# 日本文学源流史

藤井貞和
Fujii Sadakazu

青土社

# 日本文学源流史　目次

## 第三章 フルコト紀の「くに」

# 日本文学源流史

# 凡例

## 引用

・引用文、テクスト（古文など）は、信頼するに足る本文を利用して、校訂の手を加えることがある。

・句読点、送りがななどを加え、改変して、読みやすくすることがある。

## 表音

・万葉がなには上代音に基づく甲類／乙類の区別があるのを、ひらがな表記に統一してある。（歌謡、人名など。）

・琉球／沖縄語表記、アイヌ語表記はもとの資料に基づくものの、改変する場合がある。

## 句読点

・和歌には適宜、句読点をほどこす。「。」「、」のほか、一字空きは、係助辞のあと、「し、しも」のあと、比喩表現のまえでほどこされる（句読点は折口信夫のヒントによる）。

# まえがき

## 1　水源からの流れ

文学の流れを、現代にまで、古日本語以来の数千年の範囲で見通したいとつよく思う。途上、アイヌ語文化および琉球／沖縄語文化を配して、二十一章から成る本書は、詩を礎石とする文学史と言いたいきもちがするものの、書き継ぐにつれて、文学ぜんたいをあいてに、道なき道を小さな利鎌《とがま》で払いながら進む、そんな叙述になるのではないか。物語学と言ってみたい欲動はあるにしても、物語文学（『源氏物語』など）を視野の中心に据えるのか、大きく〝詩〟のなかに物語をとらえるのか、詩学と物語学との境界が曖昧なままだ。

『万葉集』が七〜八世紀を記録するに際して、そこで選ばれたうたの表記の仕方を見ると、一千二百〜三百年後のわれわれの書き方とあまり変わらない。昔もいまも相変わらず、表意と表音との組み合わせで書き綴る。文法にしろ、言語観にしろ、微細なところで変化があるのはむろんのこととして、何だか大筋で現代に至るまで、日本語は古代からずっとおなじような文法体系、言語観を呈しているという印象が大きい。

もっと古い、二千年まえの日本語はどうだろうか。三千年まえはどんなだったか。言語であるからには、日本語としての骨格を備えて、日本列島上にばらばらに配置されていたろう。よしんば戦争があって、ある部族の成人男子があらかた殺されたとしても、生きのこされた母親は子どもに古い言語で語り、うたを教え、伝承を続けるほかなかった。大きな国家ができてくると、先住や少数の周辺言語は取り込まれたり、取りのこされたりする。多言語という状況を呈するという歴史にあわせて、アイヌ語や沖縄語もまたわれわれの視界にやって来る。本書では歴史を視野に入れて、アイヌ語も沖縄語も対等な位置にある。通時的と共時的とはおなじことの二面だから（と思うのだが）、アイヌ語や沖縄語はいまも日本語とまったく対等に列島上の言語として生きている。

という次第で、新石器紀、縄文時代には、言語にあわせて、原神話、起源伝承のたぐいの生き生きした生存があったと考える。原始村落社会の構造、若者宿のたぐい、成年式など、祭祀組織や儀礼を機能させていたと思われる。囲炉裏ばたでは語りの花が咲き乱れる。歌謡は儀礼の場でも愉悦の場でも炸裂する。赤ちゃんが生まれると、秘めやかに命名が、そして成人には新しい名まえが付けられる。神々の世界ともつかぬ、祖先伝承ともつかぬ、神々と人間世界との交渉が、そこでは繰り返し語られたり、うたわれたりしたろう。このような原神話の時代を私は神話紀と称することにする。

考古学が遺跡を、遺物をあいてにするのに対して、本書は神話を、昔話（民話）を、物語を、うたをあいてとする。詩の発生を遠く告げてきた構想にいまは拠ろうという希望だ。しかも、考古学の知恵と教えとをぬきにして、何も始まらないということもたしかだ。オホーツク文化と交流し、続縄文文化へと連続する地域がある一方で（北海道）、縄文時代はそこここで新興の弥生時代と激突するか、あるいは激突を回避するか。二つの時代の交替期は、放射性炭素年代測定に拠れば、紀元前十世紀近くとも見られるようになってきて、予断できないこんにちを迎えている。

くに（国）は防御機構、柵や壕などをしっかり構えていたろう。弥生時代の定義がむずかしくなってきたこんにちだとしても、私としては昔話の誕生期を弥生時代の初期に置いてみようと思う。昔話紀（民話紀とも言える）の始まりがそこにある。前代の神話の少なくない場合が昔話の場へ持ち込まれる。とともに、多くは再構築されたり、新奇に誕生したりする昔話であり、家庭の囲炉裏ばたではそれらが旺盛に語られたろう（愉しみが映画もゲームソフトもなかった時代だ）。昔話とともに、さまざまな歌謡が曲節に沿って、時に伴奏楽器をたずさえながら（ではないか）、昼夜を充実した時間へと塗り替えていった。

紀元二、三世紀まで続いた、約一千年というその歳月は、戦争に明け暮れるというほどの乱世でなかったにせよ、それでも生涯にいくたびか、戦士としての役割が男子に求められたに違いない。一方で、女子には女子の労働が多岐にわたっていたはずで（壺作りとか染織とか）、従事するしごとは昔話のなかにさまざまにかげを落としていると想像される。

神話について、柳田國男『口承文芸史考』（一九四七）の諸稿は、〝昔話〟のかげに〝起源や神秘性を語る〟という、神話の性格を透かし見ようとしていた。また〝伝説〟のなかに〈信じる〉という神話の要点を見ていた。〝語り物〟もまた神話の裔で、〈語る〉という要素をのこし、それは物語へ引き継がれてゆくという。〝昔話、伝説、語り物〟が、かつてあった神話の要点を分散しながら受け取るのだ、と柳田は考えた。そのような神話の考え方には、学んできた欧米の神話学からの裏付けがしっかりあったはずで、われわれもまた柳田とともに、史前史へ遡る規模で考えなければならないと気づかされる。

長野県藤内《とうない》遺跡の著名な、片方の目が損傷し、涙を流しているかのように見える縄文時代の女性土偶は、柳田『一目小僧その他』（一九三四）の記事を思い起こさせる。つまり人身犠牲に供されるという、生けにえ予定者の涙跡のように見える。神話を最古の語りと見なす柳田の民間伝承学には、いまなお鋭利な方法的有効性が感じられる。しかし、私は柳田からすこし距離を置くことにする。

## 2 「異人」文学史のかたわらで

民俗学はかならずしも年代を追うことがない。事実、柳田に、年代を追うような著述を見いだすとがむずかしい。民間習俗や伝承には、歴史の流れとかかわらないという一面がつねにあるからだろう。いっぽう、折口信夫に見ると、「国文学の発生」の諸稿や、『日本文学啓蒙』のような時代の流れを追う講義録、あるいは芸能〈史〉という学の創生など、年代を越えて叙述しようとする雄大な学的構想がつねに脳内を流れているらしい。柳田と折口との深いところでの対立はそういうところにも現象していると私には見える。

文学源流史を名告る本書が民俗学からやや距離を取りたいとは、しかしかならずしも年代を追うことに専念したいからではない。時代ごとに、さらには時代と時代とのあいだに源流があり、〈発生〉がわだかまるさまを、複数文化として把握したいからで、結果的に年代をつらぬく叙述になることに特に違和感を感じない。それらは文化研究を名告るのがよいのかもしれないが、私にはこれこそ〈文学の流れ〉という名にふさわしいと感じられる。以下のように文化と時代とを往還し進める理由だ。

稲作には陸稲と水田とがあり、縄文時代から弥生時代への移行期での実態や開始期についての議論は、学説史上の興味を絶えず掻き立てる。稲作を強調する柳田に対して、追及の手をゆるめなかった谷川健一の最晩年の著作『柳田民俗学存疑』（冨山房インタナショナル、二〇一四）の副題は「稲作一元論批判」で、かれは金属器の文化にこだわり通した。

　青銅（銅／錫合金）や鉄は武具の姿で持ち込まれたのではなかろうか、しかも大量に。輸入というような表現には違和感をおぼえる。とすれば、弥生時代の始まりという激動期に、金属類が大量にはいってきた意味はおのずから明瞭だろう。初期や以降の武具の流入のもの凄さが知られる。

　それらを祭器などに鋳変えたり（銅鐸など）、新しい武具に仕立てたりと、金属の変幻自在さには魅力がたっぷりというところだったろう。〈西日本とそれ以外との銅文化の相違は〉〈銅剣の大量埋存の理由は〉〈銅鐸の使用意図は〉など、興味が尽きない。銅の融点は千度（摂氏）を超える。火をどのように扱ったか、自在な金属文化が思われる。

　鉄はさらに高い融点で、ちょっと手ごわいにしても、材料としては砂状磁鉄鉱（砂鉄）を得て、鍛冶技術が発達し、それに纏わる習俗や、あるいは伝承などが生じて、火に関する説話を大いに発達させたことだろう。

　柳田そのひとが警戒したのは、そのような複数文化というよりも、折口信夫による「まれびと」として立てられた異人論だったと見られる。折口の「国文学の発生」（第一稿～第四稿、一九二四～二七、『古代研究』国文学篇）は、神々の口より発せられる「呪詞」に文学の起点を置いた。「日本文学系譜」の始発地点に「呪詞」を置き、そこより開始する。折口の異人をアカマタ・クロマタ祭祀（八重山諸島）に類推してみると、時代をどこまで遡れるか、一言も発しないタイプの異人だ。石垣島川平《かびら》のマユンガナシに引き当ててみると、この呪詞を唱える異人は農耕祭祀にかかわる古風な訪問神だ。石垣市内のアンガマー（ウシュメイ〈爺〉、ウミー〈婆〉）は祖先神とされる。多くは遠い昔からやって来た異人たちに違いない。

折口の言う「まれびと」は、たしかに『万葉集』にその形象を窺えるから、古墳時代から七世紀代に相当させることができる。古墳時代は私の言うフルコト紀にほぼ相当する。ちなみに異人という語の出どころで、フォークロアを視野に論じる岡正雄「異人その他」（一九二九、いま『異人その他』岩波文庫）に拠れば、無言貿易などのあいてである異部族に対して排除的な感情が働くようで、日本社会だと山人、山姥《やまんば》、山童、天狗、巨人、鬼、遊行《ゆぎょう》祝言師を挙げることができる。別の論考（同）ではニューブリテン島の仮面仮装人、ニューギニアの仮面舞踊人、男鹿半島のナマハゲ、そしてアカマタ・クロマタなど、部族の秘密結社のそれらを掲げる。

異人が台湾の先住民社会に出現することを心得ていた柳田は、それが祖先神でありえないこともよく了解していた。折口も柳田とおなじように、十数冊のそれら先住民社会の調査書類から異人をイメージしているのだとすると、張り合っている。祖先神や、農耕祭祀としての祖霊信仰という視野から考える後期柳田にしてみると、日本の村落社会を異人たちが徘徊することじたいは、むろん、よく知るところだとしても、折口のように「まれびと」論としていわば大きく取り出すことに対しては、とうてい同意できなかった。

六世紀代には仏教集団の活動開始と初期神道《しんとう》（本書ではしばしば「神道イズム」と呼称する）との、〝同時発生〟が見られる。このことはたいへんおもしろい現象で、固有信仰である前代が人身犠牲や動物犠牲をこととしていたのに対して、仏教徒はそれらをやめさせるように働いた、と思われる。代わりに、穢《けが》れの部位を引き受けて、仏教集団が穢れへの差別をも抱え込むようになる。神道は穢れからの差別をつよくする。固有信仰は仏教からの要請を受けて、人身犠牲を擬制化した、つまり人身犠牲をまねごと（所作）とする、祭祀構造へとそれらを昇華させる。現代にのこる神社の祭りが多く人身犠牲を象《かたど》る。仏教集団と神道イズムとが日本社会で同時に動き始める最深の理由だ。差別／被差別がのちの時代になって日本社会で発達し、固定化する理由にもなる。仏教とも、固有信仰ともつかぬ修《しゅ》験《げん》（山岳宗教）の徒が、山野を跋渉《ばっしょう》するのはいつごろからで、その起源をどこに求めたらよいか、興味は尽きない。

本書では折口の文学史説に沿いながら、課題を見つけたり、批判を試みたりしてみる予定でいる。旧『折口信夫全集』および新『全集』をかたわらに置いて、古代と近代との往還にしばらくの時間をゆだねよう。ただし、文学史というよりは、文学源流史と名づけて、文学の水場のようなところへ下りてゆこうと思う。源流とは何か、おいおい説明を試みなければならない。

## 3　古代と中世とのあいだ

『古事記』（七一二）は紛うことなきフルコトの書で、帝紀を排除して成り立ってきた。古伝承をいうフルコトという語が最も古い叙事文学の呼称となる。『古語拾遺』も『先代旧事本紀《くじほんぎ》』もフルコトの書にほかならない。五世紀には口頭のフルコト（古伝承）が急速に〈記紀神話〉として歴史化され、整えられてゆく。六世紀代には「旧辞《きゅうじ》」として書承化が始まったろう。七世紀をへて苦心の表記体系で『古事記』を成立させる。『日本書紀』（七二〇）はアジアを見据えた本格的な編年の国家史を以後へ継承させる。およそ古墳時代はフルコト紀という時代区分だったと私は見通したい。

『万葉集』もまたアジアを視野に詩書として、日本語の詩を一千年後のわれわれにまで届く表記（漢字と万葉がなとの併用）にしてのこしてくれた。『古事記』とまったくおなじ表記意識だと評価できる。後代のために、それらは記録され、万葉びと（とは折口用語）の情念生活が熱くそこに保存される。アジアのメインストリートでの文学は漢詩漢文だから、漢詩集『懐風藻』（七五一）が当然のようにして編纂されることに疑問はない。

それにしても、芸能的宗教者たちが古代の街道筋や街中に出没し、神下ろし式の楽器である梓弓《あずさゆみ》などを奏でたり、唱えごとを発達させたりして、おおぜい、ひしめいている。こうした人々はもと語部《かたりべ》家や楽部などに所属しており、ある時から集団あるいは個人で外へ出て歩き始めたと折口は見る。渡来してきた芸能者が最初から歩いていたと見ることも易しい。芸能者たちが基層の儀礼や伝承世界を支えてきたことは、古代から中世へのだいじな橋渡しと見られる。身体所作つまり歌舞を伴うのは、内奥で宗教活動と結びついていたはずだ。そのまた内奥には服従時代の儀礼化など、芸能史の澱《よど》みが幾層にも溜まっていた。

書かれる文学の世界では、絶えず（古典としての）規範を作り出してゆく。日記文学で言うと、『土佐日記』『かげろふ日記』『紫式部日記』『和泉式部日記』と、つぎつぎに古典として規範化（カノンcanon化）される。『うつほ物語』『落窪物語』『源氏物語』など、一作一作が規範化であり、ほぼ十年置きのそれらの物語制作には言語の微妙な時代変遷が反映する。つまり、和歌を含めてそれらは当時の現代文学、そして現代詩にほかならなかった。歴史物語（『栄花物語』『大鏡』ほか）は、世界文学ならば宗教文学になるかもしれないところを、徹底せる世俗文学として書き切っている。歴史認識を宗教から切り離す日本文学の成果だろう。

四百年続いた平安時代の、最初の約一世紀には日本語で書かれた書物が一冊もない。二百年めの始まる段階で『古今集』（九〇五）が誕生する。『古今集』の編纂の周囲に、私家集や歌語り、歌合《うたあわせ》の記録が集まる。『竹取物語』もその周辺で書かれ、その百年間でのぼり詰めて、『源氏物語』というピークに至る。『源氏物語』の作中を流れる〈七十五年〉という歳月は、人物たちこそ架空であるものの、それら数百名の人物を行動させることによって、十世紀という世紀がそこにあぶり出される。天皇家のひとびと、高級貴族、中・下流官人たち、武士、さまざまな庶民層、それから多様な宗教人が出入りする。物語であるからには、かれらの多様な価値観が同時並行して縦横に描かれる。男性と女性の精神的ギャップもまたあますところがない。執筆された十一世紀初頭（寛弘年間〈一〇〇四〜一〇一二〉を含む）とは、多様な価値観が互いに生きられる貴重な時間だった。読者は『源氏物語』を十二世紀以後の宗教観で読むのでなく、あくまで十〜十一世紀という時間の作品であることを念頭に置いて読むならば、内容を限りなく〝再現〟できる。

末法の世が到来するという危機感、その終末感は、意識のうえでの古代の終りを告げる。そういう自覚に、古代と中世との接点を、われわれとしては見いだしたいと思う（歴史家たちとの違いがあってよかろう）。中世人の自覚は、いま終わろうとする古代に向き合えるかどうかにかかっていよう。古代と中世とは意識の奥で深く断裂したのだ。慈円『愚管抄』のような、承久の乱（一二二一）が起こりつつある危機期での書き物をわれわれは思い浮かべることができる。中世的世界が始まったことをそれは隠蔽し、歴史の始まりに〝天皇〟中心の国初を置いて、古代から中世へ連続している日本社会であるかのように描いてみせる。

天皇（制）は王制と別のものでない。一王国の主宰者がある時、天皇を名告ったに過ぎない。それを他国の王よりは偉そうな古代から続く絶対者の地位に据えてきたのは、やはり中世という隠蔽装置に拠る。

『神皇正統記《じんのうしょうとう》』（北畠親房、一三三九）をどう考えればよいか。南朝に仕え、戦闘に従事した近臣が、国初以来の〝正統〟性を描き切る、中世人としての真意に曇りはないが、後代からのある種の史観下に、いったんそのような書物がもてはやされてしまうと、位置づけ直すのにエネルギーを要する。『太平記』（小島法師作と言う）は、合戦の世をいわば脱構築してしまう迫力で、中世にとっても近世にとっても、つねに現代文学だった。合戦のすべてを虫干しして、近世的な読み物へと変えてしまうこの作品は、声に出して〝読む〟ことを目指していた。

十二～十三世紀における目くるめく新仏教の動き（法然、親鸞、日蓮、道元……）は、旧仏教（叡尊、明恵《みょうえ》……）からの態勢立て直しの自覚をも含めて、宗教改革の名に値する。西欧での宗教改革（十五世紀）はルター教会のそれやユグノー教徒らの、激しい弾圧のなか、近世、近代を用意する激越さをきわめた性格のものだった。激越かどうかは別として、日本社会でも、行動者や知識人を輩出し（『方丈記』鴨長明〈蓮胤〉、『徒然草』〈兼好法師〉など）、足利学校を始めとする教育システムがいろいろな寺院で進行していた（金沢文庫など）。

ポスト物語紀へ時代は大きく変わろうとしている。擬古物語（十三～十四世紀）に取って代わり、短編的な中世小説（室町物語、御伽草子とも）が軍記や説経語り、縁起物と連携プレーで大発達する。概して〈めでたし、めでたし〉ないし昇華へ向かう結末であり、庶民クラスや宗教者の活躍する新時代がめぐり来たった。

５７５７７の短歌が連歌《れんが》を産んだとも、短歌の本性に連歌があるとも、両様に論じることができる。ちなみに折口の『近代短歌』（一九四〇）に言う「近代」は連歌の歌調に始まり、木下長嘯子から良寛、そして明治短歌までを守備範囲とする。「近代」という語の使い方としてそれでかまわないし、言語学上の「近代」も十五～十六世紀以降をそれと認定するから、私としてもそれに従いたい気がするものの、こんにち一般に明治時代以降を「近代」とする傾向にある。本書ではそこにも従いつつ、厳密に定義づけることを避けることにした。

## 4　思想のゆくえ

専門を異にする丸山真男を私が本書でやや大きく扱うことには、唐突さの印象をぬぐえないかもしれない。いっぽうに『古事記』を置いて、もういっぽうに〈中世の歴史叙述〉を据えるという、めずらしく大規模な展望を見せてくれるのが政治思想史かと思うと、『日本政治思想史研究』（一九五二）のあとをこの人がどう論じるかに、大げさに言うと精神史的な将来像を託す思いと、批判してみたい焦燥とにかられて、大きく取り上げることとなった。

丸山の「歴史意識の『古層』」（『歴史思想集』〈『日本の思想』6〉、一九七二）は、『日本の思想』（岩波新書、一九六一）以来の丸山が一貫してそこにいるようにも、ポストモダン期を迎える日本思想界での、それを迎え取るための一種の防衛ライン の構築、ないしシフトあるいは転向のようにも見られて、われわれのような読者に一定のざわめきが起きた。日本古代以来一貫する持続低音＝「つぎつぎになりゆくいきほひ」がこんにちになお〝持続〟すると論じる氏の論じ方には、中世歴史書類の歴史家たちの意見から読み取ったあとが窺える。ひいては戦前期の思想家たちへの批判を含む論考だったように受け取れる。

ポストモダンとは、冷戦（東西対立）が永遠に続くと感じられていた時代での、そのような国際緊張（というより弛緩）下での〝思想〟系列であり、旧思想界から逃れて来たひとびとと、新たな思想のプレイグラウンドに遊ぶ若い担い手たちとの、寄り合い所帯だった。思いがけない冷戦の終り（一九八九）を迎えて、それとともに閉園するはずの枯れた花畠だったのに、取って代わる何物（＝大きな物語）もたいしてなかったせいか、一九九〇年代を通してかれらの生気を欠いた花が咲き続けていた。空白の十年と言われた理由だが、私とて他人事ではなかった。私的に綴ることを極力避けたいと思いつつ、ポストモダン期は私の壮年にかさなるから、おのずから力が籠ってしまう。

文学史とは何か。近代文学（明治以降の文学）は三好行雄（一九二六～一九九〇）と前田愛（一九三一～一九八七）という、両人のあいだで引き裂かれたという実感だろう。作家論、作品論、そして文学史論という、セットを提案したのは三好だ。氏にとり、文学史は未然のかなたへむけて構築中の想念体だったと思う。いっぽうの前田は、〝近世〟と〝近代〟とのあいだに架橋を試みて苦闘していた。「〝椅子と椅子とのあいだに座る人は落ちる〟と西洋の諺にはあるんだ」と氏のよく言うせりふの通り、近世という椅子と近代という椅子とのあいだには、おっかない陥穽がひらいていると言う。

鈴木貞美の考案する『日本文芸史――表現の流れ』八巻（河出書房新社）は、オキナワ、アイヌ文学、盲僧研究などを採り入れて、いわばトンデモ（＝とんでもない）文学史となっていた。これは突破口となった。『岩波講座日本文学史』十八巻がなかに「口承文学」「琉球文学、沖縄文学」「アイヌ語の文学」という三巻を含めたこともまた画期的だったろう。口承文学（神話、昔話、語り物、歌謡……）が、編年体の縛りを解いてしまえば、こうして文学史にはいってくるというシーンは、これも一部の見方からすれば〝トンデモ〟だったかもしれない。両文学史の試みは少数者の文学を文学史が迎えいれる、二十世紀最終の在り方を誇らしく見せたと思いたい。

戦争、死刑、人身犠牲というテーマが本書の深みから浮上してくる。これらを〝解決〟させるためにも本書は書かれる、という意図が次第に鮮明になる。本書のなかでは、このことも唐突さを免れないシーンとしてあるかもしれない。私に証言者となる資格があるかどうかを棚上げして、昭和二十年代という時代の〈おもしろさ〉を伝えたいという、世代的な役どころがありそうに思える。〝平和ぼけ〟に近い世代としては、何十年もかけて徐々に〝戦争、死刑、人身犠牲〟に近づいてゆく。そうした迷走の軌跡をも語ってみせる、いくらか責任を感じ出したということだろうか。文学作品がそれらを主要に扱うことの理由を、ここで言い当てたいという希望に託す。

第一〜二十一章という、二十一箱を用意して、どこから読み出してもよいように工夫してみた。第四章「琉球弧の神話文学」、第五章「アイヌ語神話文学」は、それぞれ沖縄の文学、アイヌ語文学についてのやや基礎的な知識が必要かもしれない。アイヌ語神話文学論は代表者吉成直樹による科学研究費（分担、二〇〇四〜〇七）の成果の一部であると銘記する。第二十章「犠牲の詩学」は『詩論へ』連載の意図を支える構想の提示となった。折口の著述を始めとして、古典文学や、中国文学の翻訳状況、モダニズム文献に至るまで、多く手に取って確認するところから考察を開始するという、その意味で本書は素朴なノートの集積であり、思いつきが並ぶ、一冊の報告集という体裁をなす。そういう書き方があるのだという、許しを庶幾《こいねが》って長めの導入とする。

# 第一部

# 第一章　神話紀は解明されるか

## 1　原神話からの編年

神話紀をおよそ、一万六千五百年まえから三千年近いまえぐらいまでのあいだに置こうと思う。[*1] つまり、新石器時代の縄文期に神話紀を置く。昔話紀は弥生期という、三千年近いまえから始まり、紀元二、三世紀ぐらいまでに置く。そしてフルコト紀を三世紀代から七世紀代までの古墳時代に、という編成とする。文学源流史は原神話の時代、昔話の時代、フルコトの時代というように始まり、継がれてゆく。

神話紀　ほぼ縄文時代
昔話紀　ほぼ弥生時代
フルコト紀　ほぼ古墳時代

*1　考古学の編年は最新情報によって絶えず動く。およそその情報を基底としながら、数百年あるいは一千年規模のはばで神話紀／昔話紀／フルコト紀もまた動くことがあると考えたい。最新の学説で一万六千五百年まえというのは、かならずしも同調しない研究者もいる。一万六千五百年まえは西暦で言えば紀元前百四十五世紀にあたる。

〈原神話が生き生きと行われていた時代〉〈本格昔話や動物昔話が発展し成長していった時代〉〈いわゆる記紀神話の時代〉[*2]と、三転する編年がそこに構想される。

それらの縄文、弥生、古墳期の絶対年代は、考古学において修整に次ぐ修整がなされてきた。原神話、昔話、そして記紀神話という編成を試みることは、考古学の編年からのいくぶんかなりとも解放を意味しよう。従来の考え方からの転換だとすると、新しい見方ということにたぶんなる。

昔話紀は民話紀と言い換えてもよい。このあと、物語紀(七、八世紀～十三、四世紀)がやって来、さいごにファンタジー紀(十四、五世紀～ほぼ現代)という五紀を私は考えたいのだが、命名など、それでよいのか、のこる二つ(物語紀とファンタジー紀と)については仮置きで、ずっとあとの話題とする。

なぜ〝縄文、弥生、古墳期〟から〝原神話、昔話、記紀神話〟へと、新しい転換を必要とするのだろうか。二点、その切実さを喚起しておけば、とりあえずは足りるだろう。第一点に、昔話紀からさきに言うと、本格昔話にしろ、動物昔話にしろ、主要な昔話の発生や、行われていた時代について、これまでの文学史家も、口承文学の研究者も、いつ、どこで、だれがと、確定してくれたことがない。確定できないことをもって、それがむしろ口承文学の特徴だと言われる。極端な場合、十五、六世紀(室町時代)に昔話の成立を推定する参考書すらある。事実は文字にまったく頼らない口頭の文学であることを勘案するならば、昔話の成立は文字の行われる以前であるのが自然だ。弥生時代という、文化の本格的な巻き直しの時節にあわせて、昔話もまた本格的に、そして多量に出現した、と見ることにしよう。

第二点に、原神話と記紀神話とのかさね方にわれわれの混乱が生じている。縄文時代に行われていたろう神話は、土器の表面や土偶その他に豊富に表現される図像——像容《イメージ》——のうえに読み取れるかのように考えてきた。それらを記紀神話で説明する、という方法にわれわれは馴れていまに至る。その方法にはたしかに魅力たっぷりの有効性があると認めたい。それでも、原神話が古墳時代の国家神話のなかにそのまま見いだされると考えるのでは荒っぽ過ぎる。分ける必要があるのではなかろうか。

　原神話と記紀神話とを分けた上で、分けておきながら、原神話と昔話とが大きくかさなると見つめたい。前者を母胎としながら、後者は発達し続けることだろう。そんなかさなり具合を〈神話＝昔話〉というように名づけたい。同様に、原神話や昔話を母胎とし、養分としながら、『古事記』や『日本書紀』あるいは風土記《ふどき》類その他の著名な神々の説話は、達意の文学としてわれわれの興味をとらえる。そのような記紀神話はさらに歴史語りとなかなか分けられないということでもある。

　それらの連続性を強調して、し過ぎることがない。

## 2　『神話論理』の豊富さ

　新石器紀の神話を、何とかして知ることはできないだろうか。土器や土偶のかたちや表面に描かれた図像によって、それらを見ることができるのではないか。考古学はそう考えてきた。縄文時代の土器、土偶、遺跡などの豊富な〝遺物〟から、それらの図像学的なアプローチをしばしば試みる。そうしたアプローチは記紀神話や風土記類、その他と直結させたり、実際の昔話へ類推したり、という方

＊2　フルコトのうちの神話叙述を一括して〈記紀神話〉と呼称する。「記」は『古事記』、「紀」は『日本書紀』をあらわす。『古事記』上巻および『日本書紀』巻一・巻二に語られるたぐいの神々の説話は『古語拾遺』（斎部広成、八〇七）、風土記類その他にも見られ、それらを広く視野にいれる。

法に彩られる。可視化されたことによって、われわれ現代人にも、かれら史前史のひとびとのコスモロジーに参入できるのではないか、という愉しい幻想を手に入れることができるようになった。考古学はわれわれを魅了してきたし、いまも多く拠るべき情報が考古学からやって来る。

それだけではなかった。一九七〇年代の初頭に、クロード・レヴィ゠ストロースの『神話論理』（*Mythologiques* 四巻、一九六四～一九七一）[*3]が完成して、その内容が分かってくると、八百余の、ヴァリアントを含めると千数百もかぞえられる、火の起源、たばこの起源、蜂蜜採り、動物たちとの共存、星空の天体などの、新石器紀の神話と見なすことのできる、それらの語る内容の〝豊富さ〟に驚倒させられた。

地続きだったベーリング海を、かれらネイティヴ・アメリカン、ネイティヴ・カナディアン、南米の先住民らの祖先が、アジアから新大陸へと渡って来て、それ以来、記録され始める十八世紀までに、数千年という歳月が流れる。その数千年のあいだに、変形に次ぐ変形が大いに想定されるとしても、それでもなおアジアの一角で、おなじ新石器紀を経過していたはずの、日本列島の縄文時代の神話群がどんな〝豊富さ〟だったか、『神話論理』の伝える神話の内容に〝類推〟することができるのではあるまいか。

縄文時代人はあんな感じの〝説話や物語〟を語り続けていたという想定だ。それは単なる私の妄想だろうか。日本列島で〈神話論理〉を解明することは不可能なのだろうか。そんな構想がわれわれを夢中にする。

新石器紀と縄文時代とはかさなり合う。最古の〝文学〟である原神話の研究と言語学とから、史前状態の特に新石器紀から縄文時代への在り方を考える作業には、手続きが一定程度必要だとしても、豊富な〝神話〟が行われていたとの想像をし続けたいと思う。
神話という語じたい、選ばれた術語としてある。レヴィ＝ストロースその人の〝著名な〟定義を引いておこう。

《神話》という観念は、自然現象を説明しようとする試みや、口承文芸とか哲学的思弁、さらには言語過程が主体の意識にのぼった諸例を一つの同じ用語のもとに蒐集するためにわれわれが勝手に用いている思惟の一範疇だ。（『今日のトーテミスム』、仲沢紀雄訳[*4]）

この〝定義〟は益田勝実が著書『記紀歌謡』（日本詩人選1[*5]）のなかに引いて、われわれに突きつけた。神話という語が日本社会で無雑作に、重層的な意味に対して無批判的に使われることに対して、益田はやや批判する文脈でこの引用を試みたのだと思う。初学《うい》びに近かったわれわれにはずしりと響く引用としてあった。

なお、新石器紀以前（旧石器紀）から縄文、弥生時代までを史前史とする。

＊3 『生のものと火にかけたもの』（一九六四）、『蜜から灰へ』（一九六六）、『食卓作法の起源』（一九六八）、『裸の人』（一九七一）から成る。邦訳（みすず書房）はいずれも二十一世紀を迎えてからになる。
＊4 一九六五。みすず書房、一九七〇。
＊5 筑摩書房、一九七二。民俗学の視野を取りいれた益田の古代研究から受け取った知見はあまりにも大きい。

## 3　神話と昔話との差違

神話の原初の像容《イメージ》が『神話論理』によって与えられる。無慮八百、ヴァリアントを入れて千をはるかに越える神話群には、基準神話「コンゴウインコとその巣」に始まり、水、装身具、葬式の起源、洪水の後、閉じこもる少年、病気の起源や、火の起源、ノブタの起源など、起源神話の多くが集成される。旧アジアからやってきた新石器紀のひとびとの裔が伝承としていまに伝える神話で、ルーツをおなじくしていると考えるならば、それらは日本列島での新石器紀〜縄文時代の〝神話〟のありようを覗かせる、とこれらについて注視してよいと思われる。

日本社会にあっては、コンゴウインコもジャガーもいないから、別の生物たちだったはずであり、語り口も内容も大いに異なるはずだ。蛇や蛙や水生動物たち、鳥、植物その他、人食いや怪物、自然現象に至るまで、モチーフとしての要素をさまざまに持つ説話が豊富に行われていたに違いない。具体的に言えなくとも、縄文時代に豊富な神話群が行われていたことじたいは、類推的前提（という語を造ってよければ）としてよい。[*6]

神話と昔話との差違は少なからずある、と信じられる。神話と昔話とを並べると、別個の存在だとは言えないにもかかわらず、どう素朴に見積もっても、受け取るわれわれの印象に違いがある。私はしばしば長い一本のストロー（藁）を思い浮かべる。なかが空洞になっている筒の、こちらがわから覗くと神話で、反対がわから覗くと昔話、というような筒を考えてみる。時間の筒かもしれないし、構造の筒かもしれない。その筒を記号化して〈神話＝昔話〉と書き習わすことにしよう。

火の起源は『神話論理』のなかの最も重要な項目としてある。われわれの昔話のなかに、ということになると、起源の火をなかなか見つけることができない。したがって、神話じたいと、昔話化された説話との差違はそういうところに見きわめてゆくことになる。

火種《ひだね》をもらうとか、かまど神である火《ひ》男《おとこ》の話とか、そもそも薪を取りに行く、というように、昔話の世界にもまた火があふれる。しかし、起源の興味からすこしずつ離脱してゆくところに、昔話の火は燃えている、という感触をのこす。神話の起源の興味を色濃く昔話は残存させながら、みずからを周辺化してゆく。神話と昔話との次第にひらく差違に注意を凝らしながら、〈神話＝昔話〉という眺めでやや〝方法〟化するところから開始したい。この記号〈＝〉は母胎や母胎からの離脱を意味するから、数式のようなイコールではないという強みがある。

『神話論理』の語る説話群は〈神話＝昔話〉という視野に収めることができる。

## 4　原神話と記紀神話

原神話と記紀神話との関係は、前者について具体的になかなか知ることができない。後者を手がかりにして原神話を窺い知ることとなる。『古事記』上巻、いざなみ伝承に書き留められている、火を産む話によれば、「火のやぎ速男《はやを》」神（火の炫《かが》びこ神、火のかぐ土神）を産んだために、いざなみ神はみ

＊6　アイヌ語民族神話を視野に導入してよければ、動植物も自然現象も神々（カムイ）という原型を持ちこらえる。おかみは『万葉集』に見えて（巻二、一〇四歌）、御津羽（みつは）にしても、水場や水源の神々ではなかろうか。その水場や水源にはおっかない蛇どもが守りを固めている。「鮫竜（みづち）」（『万葉集』巻十六、三八三三歌）ならば縄文土器のぐるりに蟠踞していよう（「おおさんしょううお」とも、竜巻とも）。

ほとを灸かれて病床に就く。たしかに〈記紀神話〉でありながら、古層からやって来た〈記紀神話〉以前の神話、〈神話＝昔話〉を十分に窺うに足る。火の神の誕生の語りだ。

嘔吐、排便、排尿から神々が生成する。排尿からの子孫は豊《とよ》うけびめ神と言う。ついにいざなみは神避《かみさ》る。いざなき神の哭く涙から泣沢女《なきさわめ》神が成る。いざなきはいざなみを「出雲《いづも》」（島根県東部）と「伯伎《ははき》」国（鳥取県西部）との堺のひばの山に葬る。わが子、かぐ土の頸《くび》を斬る。刀の血がゆつ石村《いわむら》に走り就いて（火、土そして血がかさなる）、先端の血から石拆《いわさく》神、根拆神、「石筒《いはつつ》の男《を》」神が成る。鍔のところから甕速日《みかはやひ》神、樋速日《ひはやひ》神、「建御雷《たけみかづち》の男《を》」神（建《たけ》ふつ神、豊ふつ神）が成る。刀の手上《たがみ》まで血でびっしょりで、手の俣から漏れ出て成ったのが闇《くら》おかみ神、闇御津羽《みつは》神。石場で血だらけになりながら、刀をかざして人身（神身？）であるわが子を斬る。人身を斬るというようなところに〃人身犠牲〃という習慣が覗いているように思いなされる。

『縄文のメドゥーサ』[*7]という興味深い書物で、諏訪地方に土着する田中基は儀礼的な吊り火器の女神（背後の髪の毛は蛇）にそれこそ火を司るいざなみ神（火の息子を産む）を見ようとする。後代のいざなみ神から類推して縄文の火の女神を幻想するという氏の方法がそこにある。原神話と記紀神話とを直結することは許されないとしても、類推的に神話像容《イメージ》の生成される場に臨む方法的な実験としてありえてよかろう。

「かぐ」はカガヤク感じだろうか、燃える火の赤さを言う古い語だったに違いない。火の起源は石からも、木からも取り出されるにせよ、最も激しいのは土に籠るエネルギーを取り出すという感じだったかもしれない。

殺されたかぐ土神から、さらに山つみ神（山の神）の誕生がある。かしら、胸、腹、ほと、左の手、右の手、左の足、右の足から、「まさか山つみ」以下、八種が成る。山つみは山の「み」だろう。「み」そして「ち」は精霊的な存在をあらわし、「つ」は助辞的な繋辞とすると、「つち」と熟して土を感じさせたり、山つみが「山住み」に変化したりする。無文字社会の自在さだ。

## 5　遺跡に立って

古代研究の立場からは、貧しい知識を動員しながら、縄文遺跡の地に佇んでみると、いろいろ尋ねたいことばかり湧き起こる。まずもって、かれらは煮炊きをどこでしていたのだろうか。旧石器紀このかた、住まいの中心部には囲炉裏が一つ、あるいは複数ある。そこで料理は可能だとしても、本格的に煮炊きができるかどうか、やや心許《こころもと》ない。冷えないようにしたり、温め直したりはできると思いたい。川魚の串刺しや餅粟の御幣餅やお燗など、囲炉裏でできる程度のことは大いによろしい。かまど、へっついができてくるのはいつの時代からだろうか。

このことは歴史時代にはいっても、物語類に見ると、「飯炊《いひかし》く屋」(『竹取物語』「燕の子安貝」条)というように別棟であり、『源氏物語』「須磨」巻では嵐の時、光源氏が寝殿を捨てて「大炊殿《おほひ》」へ逃げ込んでいる。煮炊きは別火で行われていたことを意味しよう。歴史時代の屋内にあるのは、台盤所、および御厨子所であって、煮炊きするところではなかったと思われる。

縄文時代の住居跡には、特別の飯炊く屋も大炊殿も見つからないとすると、石のごろごろする河原

*7　現代書館、二〇〇六。

や、水場に出かけていって、そのような屋外で煮炊きするなり、暖かい料理を屋内に運びこんだりしたのだろう。しかしそうすると、煮炊きの遺跡がもっとあってよさそうに思う。

縄文土偶が造られる理由は、あれだけ考古学が発達しているにもかかわらず、定説を見ない。もし人身犠牲にかかわるならば、農耕と直接に結びつけなくともよいかもしれないが、火を使う焼き畑などに撒いて殺される女神像からの作物の再生を祈るというのであれば、縄文農耕を広く認めることになる。

土器を造ろうという野焼きの実験は現代の子どもたちを集めて、時々、埋蔵文化センターなどで行われる。縄文時代人の土器をこね回したり積みあげたりして造る、神聖な段階は女性たちのしごとだったかもしれない（レヴィ＝ストロース『やきもち焼きの土器つくり』（一九八五）[*8]）。野焼きならばぜひ総出で、きっとそんな晴れ晴れした感じだったのではないか。

## 6　関東ローム層は包む

『日本の土偶』[*9]の「序文――土のなかの生命」で、日本のシュルレアリスト、瀧口修造はこのように書いている。

たしかに中期に現われる怪異な形式は注目に値いする。動物と人間との混血種のような有名な顔面把手をはじめとして、この土偶の勃興期である中期にはその種別や様式の思いがけぬ変化と同時に、どこか妖しい雰囲気のただようものがいくつか現われる。しかし妖しいのは中期だけのものではないようだ。むしろ私はこのような形容の貧しさに気づかずにはいられないのだ。それらは怪しさ、怖ろしさ、悲しさ、苦しさ、怒り、おかしさ、といったすべての分類を拒むようなものではないのか。「あらゆる汲み尽せない美、それを私は妖怪《モンストル》と呼ぶ」とアルフレッド・ジャリィはいう。

またそこには、ひとつの様式に従ったものか、あるいはひとつだけの着想（独創）によるものか、判断に迷うものもある。いずれにしてもそれらは幻覚の造形とでもいいたいものと、はげしい生命力とを同時に感じさせる以上、いわば呪術師と「彫刻家」とが一体であることを語っているのだと信じないわけにはゆかないだろう。もしそうだとすれば、呪術とは、かれら縄文人の芸術を生みだした強烈な動力の別名でしかなかったのだろう。


呪術と彫刻とが一つになっていると、私もまた深く肯いたいと思う。

三内丸山遺跡（青森市）は訪れてみると、圧倒的な規模で驚かされる。大湯《おおゆ》の環状列石（秋田県鹿角市）もまた大規模な、そして長い歳月をかけたコスモロジーの表現であることを考えさせられる。

八ヶ岳山麓の遺跡群からは富士山の遠望できる立地や水場との関係が見いだされる。以前に訪れたことのある井戸尻遺跡（長野県富士見町）は、ふと眼を遣ると、富士山が見えてくる。金生《きんせい》遺跡（山梨県北杜市）でもそうで、ここには直立する石棒について、「これは何か」と考えさせられた。

＊8　渡辺公三訳、みすず書房、一九九〇。
＊9　田枝幹宏写真、野口義麿解説、紀伊国屋書店、一九五九。

私は少年時代に奈良市にいたから、歴史を特別に学んだつもりはなくとも（日本史は戦後の教育の場で禁制とされた）、生きた歴史の地であり、おのずから古墳時代への関心や、奈良仏教などの興味をかきたてられていた。地質や鉱物にもあこがれて、花崗岩質の白い砂埃にすら関西を感じる日々であったのが、中学生になって、東京都杉並区に居住するようになると、そこは一転して、赤い関東ローム層や、その表面の黒い土の剥きだしになっている台地が連なる。この赤と黒とは何だろうか。色相の激変（白から赤へ、黒へ）は私を魅了した。台地のかげに散開する青々とした湧水地（善福寺池、三宝寺池、井の頭公園、……）のかずかずもまた私を魅了する。数千年前のひとびとの居住と生活とを直下に見いだすと（土器の破片はいくらでも拾えた）、点在する遺跡群から歴史を構想することは可能か。これはいまから想えば考古学の入り口だ。居住していた地名「井草」は井草式土器という名のうえに貼り付いていた。

中学生にとって、いわゆる学校で学ぶたぐいの「歴史」と、眼前の考古学的世界との接点が見つからない。縄文時代人がどんな言語を使っていたろうか、想像のつばさは時に羽ばたくこともあって、いまなおわが夢想が続いているかもしれない。

## 7 原日本語と新来の民族語との交通

原日本語という考え方をここで導入しておく。縄文語を骨格として、うえから新来の諸言語が支配してきたと言われる。小泉保『縄文語の発見』[*10]を復習すると、琉球縄文語の分離が最も早い段階にある。東北から出雲にかけては「裏日本縄文語」が行われ、さらに「表日本縄文語」もあって、それぞれが諸方言に広くあるいは孤立的にのこる。小泉の用意する意見は音韻を中心とするものの、私にとり説得的で多くを学んだ。

従来でも、単語のレベルでいろいろに推定されてきた。生産用具などはそのふさわしい対象で、〈いと、ひも、なは、つな、あみ〉などはどうだろうか。一音語（「を」（緒）、や（矢）、み（箕）、「ゐ」（井））もあれば、三音語も必要だったろう。動物、植物など、あるいは人名など、かれらの辞書を覗きたくなる。

動詞、形容詞のような自立語も、助動辞や助辞のような機能語も、三千年、四千年の範囲で考えるならば、もう立派に言語として発達していたと見るのが、世界的な言語の在り方からの類推だ。文法的にしっかり固有の言語らしさを持っていたと見るのでよいとして、問題はそれが原日本語なのか、という基本に立ち返る。〈いと、ひも、なは、つな、あみ〉を推定するということは、すでに原日本語であることを前提の考え方とし、したがって文法も日本語の骨格を有していたということになる。縄文語が原日本語という基盤にあるとは史前の文化を見るうえで骨子となろう。

母から子へ説話や伝承が継承されるということは、そのような原日本語が基幹にあるということを大前提として成り立つ意見にほかならない。

動詞や形容詞は自立語、意味語という、豊富な意味のネットワークを構成する。助動辞や助辞は意味を有せず、非自立的で、働きとしてのみ作用する機能語と認められる。*11 三千年、四千年の範囲で考

*10 青土社、一九九八。三浦佑之解説による新版がある（二〇一五）。
*11 藤井『文法的詩学』、笠間書院、二〇一二。

えることにより、複雑に言語として発達していたと見るのが、世界的な諸言語の在り方から考えてすなおな類推で、自立語を機能語が下支えする〈A詞B詞—C辞〉構造[*12]は、アルタイ諸語に見ることができる。文法的に見れば、原日本語は特殊な言語要素を持っているわけでなく、アルタイ諸語に近い。とともに、機能性がつよく出て〝係り結び〟のようなまさに文法という語にふさわしい在り方を見せるところは、日本語にあらわれた特徴と言えるかもしれない。いつからとも知れぬ古い先住言語だったと見るほかはない。

新来の民族の持ち込んだ諸言語は、基層語である原日本語と寄り合い、共生することに同意することになる。先住の基層語によって、家族や、家族を取り巻く生産環境が作られてゆくことを、新来の諸言語が受けいれて積極的に推進する、という段階はなければならない。同化とはそうしたことを言うのだろう。これは諸言語の交雑（ピジンなど）とはいささか別種のことで、新来の文化と先行する言語との、いわば交換システム、ないし交通trafficking が働く、というようなことではあるまいか。新来の文化とは、おそらく村作りのための制度や考え方であり、それを説明する〈創成神話〉を始めとして（ここで神話という語を使わせていただく）、祈願詞や、壮大な歴史（の叙事詩）などもあったかもしれないが、それらを先住の言語で説明し変えるというような、一大同意があったに違いない。そういう意味での交換システム、交通を考える。翻訳文化といってよければ、言語と言語との相互の生存とは翻訳システムを生きることにほかならず、言語の本性を生きつつあるということであり、新しい文化が旧来の文化において生き生きするとはそういうことだろう。のちに祈願詞がフルコト時代の祝詞へと成長する際にもそういうメカニズムが働くと思う。

## 8　戦争の起源、文化の伝達

縄文時代から弥生時代へ、どういうことが起きたか、形質人類学や遺伝子情報からの支援をへて、精緻になってゆくことだろう。推定せざるをえないこととしては、縄文時代人と弥生時代人との闘争状態（＝戦争）がある面で起きた、つまり戦争というかたちを通しての〈民族間交流〉というべきか、その場合、激突する関係で、反面には〝平和裏に〟外交や懐柔その他の交渉によって、服従する／される関係が成立することも、考えられる範囲内のこととしてある。すべて推測のこととはいえ、弥生時代人のある部分が、軍事力を背景にして、また言われる通り、水田耕作や金属器の使用という文化優勢によって、先住のひとびとを圧倒してゆく。この場合、縄文時代人の文化が前代、弥生時代人の文化は新代ということになる。

縄文時代から弥生時代へ、菜畑《なばたけ》遺跡（佐賀県唐津市）の水稲耕作遺構は縄文時代晩期に手が届くかと思われる。おなじく弥生時代の視界に広がる、屈指の吉野ヶ里《よしのがり》遺跡（同、神埼郡）は、くに（国）と称してよい、息を飲むばかりの規模であり、縄文時代からの大きな変容をつよく感じさせられる。

縄文から弥生時代へ、激しい戦争状態があったと想定してみると、侵攻してきた民族と先住のそれとの関係である以上、（ア）男子は戦闘その他をへて、戦死ならびに捕殺によって、多く殺される運命にあろう。（イ）女子は殺されるかもしれないが、多く出産要員として生きのこされることだろう。（ウ）子どもたちは生かされることも殺されることもあろう。捕虜たちの処遇はいつのころよりか、

＊12　同『文法的詩学その動態』同、二〇一五。

奴隷制を産出するかもしれない。

殺害される男子は、女子にとって父であるか、夫であるか、はたまた息子であるか、望むと望まざるとにかかわらず、戦士たちであるからには、生命的な危機に直面することになる。われわれから見ると残虐に見える殺し方には、ある種の目的意識があるはずで、瓜のように肛門から刀をいれて真っ二つにしたり、首を切り落としたり、手と足とをもいだりなどの死体損壊や、焼き殺しもあるかもしれない、いろいろな殺し方が考案されていったろう。仮面の起源となる、顔の皮を剥ぐことがあったのではなかろうか。人身犠牲の意識が芽生えてゆく機縁であり、のちのち多様になる死刑の在り方の起源ともなろう。動物犠牲にしても、首を落とし、生体ないし死体をばらばらにする。こんにちの料理することのうちにも供犠に共通するはるかな起源が籠ろう。

女子たちのなかには、巫女など殺される場合もあろうが、多く捕獲され、出産要員として整えられて、新来の男たちを迎えさせられ、家族の形成に預かることとなろう。新来の男たちが、民族移動の結果として、もとからの妻女あるいはその児童を故地から連れてきている場合には、新旧複数の女性をかかえたり、実子と継子とがいる家庭を構成したりしよう。異父のきょうだいが成立しうる環境としてある。一夫多妻婚やその他の場合の婚姻が発生する理由でもある。

そうすると、文化は子どもたちにどう継承されるか、ということが問題の焦点となる。文化の中心部には、当然、言語が存在する。私の関心としては説話や伝承の継承を考える。母親は前代から引き継ぐ説話や伝承を、そのまま子どもたちに継承させるのでなく、変形し、新時代へ適用させて語る。それでも、基本は、母から子へ、旧時代の説話や伝承を色濃くのこして語り伝えることとなろう。そこに変形の手の加わっていることがだいじで、前代から新代へ、説話や伝承は作り変えられることで、それらの〝危機〟を乗り越え、次代へと生き延びてゆく。縄文時代から弥生時代への危機的移行期に、それこそ大量の昔話が生まれる理由ではなかろうか。

原日本語の段階で〝方言〟差があったことを考慮にいれるならば、琉球語の成立に想到させられるかもしれない。その〝原日本語からの別れ〟は長い歳月の規模で考えることになる。

戦争については本書の第十二章「戦国を越える」、および最終に近い第二十章「犠牲の詩学」でも課題としてふれる。

## 9　水稲耕作民の言語は

弥生時代人の新来の部分が中国大陸の内陸を伝って日本列島へ辿りついたのは、三千年まえ、さらに古いことだ。弥生時代人は日本列島を激戦で、または懐柔策で、次第に征服し、あるいは水田という水稲耕作を教えて、日本列島でのくに（国）文化の基礎を描いていった。こんにち、長江（揚子江）流域に非常に古い水田文化が認められるということであり、日本列島でのそれらとの関連には関心が寄せられる。

大野晋はドラヴィダ諸語のタミル語社会が日本列島にはいってきたことを想定して（『日本語の形成』[*13]）、水田耕作民が海路経由、やってきたように、ややロマンチックに論じる。大野のようにではなく、ドラヴィダ諸語と原日本語との分岐点をもっと早い内陸部で起きたことを想定し、いっぽうがイ

*13　岩波書店、二〇〇〇。

ンド亜大陸南端へ、いっぽうが民族移動を繰り返して日本列島へ到達したと考えれば、けっして荒唐無稽説ということでもなくなる。大野の指摘する、（a）言語上の要素を（いろいろ保留点はあるにしても）無視し得ないほかに、[*14]（b）サンガム詩が『万葉集』の内容に通じる抒情歌その他であること、（c）そして57、57、7など、日本語の短歌形式（や長歌形式など）に通じる詩歌の形式を持ちたずさえていることには、喫驚せざるをえない。大野は、

夢の相《あ》ひは　苦しかりけり。覚《おどろ》きて、掻き探れども、手にも　触れねば

（大伴家持、『万葉集』巻四、七四一歌）

と、

カリトカイ一四二（11〜12行）

（彼が）姿を、あらわしたので、（彼と）手をかさねたのに。私は彼を、　5―7
早く、見たいと、目をあけた。（ところが）かさねていた、　5―7
手のなかに、彼はいなくなった、隠れてしまって　7

とを並べる。古代の夢はある種の夢魔の出現であり、家持は夢での逢瀬を短歌形式にする。サンガム詩でも5―7、5―7、7という音律で、うたの内容は偶然だろうと思えるものの、酷似するというほかない。

民族移動はごくありふれた先史時代の風景だったとすると、内陸から内陸へ辿ってやってきた水田耕作民が、日本列島に上陸して時間をかけた縄文文化の駆逐と、一方でさまざまな同化をやり遂げたと推定することは、すなおに過ぎるだろうか。

朝鮮半島では、遅れてやはり内陸部からやって来た諸言語がはいり込み、先住言語と同化しながら新羅語などを形成していった、というようにも推定をかさねてみたい。新羅語などの古朝鮮語じたい、実態をなかなか明らかにしえない。現代語で見ると、日本語と朝鮮語とはその骨格においてほとんど〝きょうだい語〟かと感じられる。それにもかかわらず、固有語として見ると、単語レベル（たとえば数詞）で共通性があまり見られない。

アイヌ語は日本語からも朝鮮語からも隔たる語で、アジアから太平洋諸島にまで広がる古い先住言語の裔がアイヌ語なのだろう。言語の基層性を評価するうえではアイヌ語がたいせつとなる。

現在のところ、日本語と確実にきょうだい語として認定できるのは琉球語ということになる。

## 10　ミシャグジ神という原像

本章の終りに、縄文時代と一筋、繫がりそうな古信仰として、かつて柳田國男らが『石神問答』（明治四十三年〈一九一〇〉）のなかで先駆的に追尋した、サク神《ジン》、シャグジ、シャクジンを思い起こしておこう。諏訪の人、今井野菊らの掘り起こしになる、サク神信仰（と総称しておく）にかかわる視野が

*14　参照、藤井「サンガム詩」『詩的分析』書肆山田、二〇〇七。

広がる。草深い前代に亡滅させられるべきがのこり、いまにあるとしたらば、たいへんだいじなことだと言える。積極的に伝承や言語的な裏付けのない限りは、私としてやや距離を置くことで、深入りがかなわないにしても、古部族研究会編『古代諏訪とミシャグジ祭政体の研究——日本原初考』[*15]は刺激的な始まりとなった。

そこに収められる今井の「御社宮司の踏査集成」は、長野県を中心に、関東地方から静岡・愛知・岐阜・三重・滋賀の諸県、近畿一帯にまで、無慮一千以上のサク神＝ミサクジ＝ミシャグジ＝ミシャグチ＝オシャグジのたぐいを調べあげている。宛て字は日本国中で二百余種あり（御社宮司・御射宮司・御左宮司・社久地・社古地・御社口社・御左口神・御射軍神・石神・十二社宮司・社護神・三宮神・山宮神・赤口神社・石神井・遮軍神・お尺神・おしゃごじ・西宮神・大将軍……）、発音は敬称（＝「ミ」「オ」）を除けば、しゃぐじ・しゃもじ・さぐじ・しゃくじん・さくじん・しゃごじ・さごじ・じょぐ・じょご、などと、もの凄い広がりで、今井は、

さく・しゃぐ・さぐ・じょぐ

さこ・しゃご・さご・じょご

に基づいているとする（「御作神」、同書）。

これらは古い地主神《じしゅしん》や産土神《うぶすなかみ》の最も素朴な在り方のようで、新来の神々に取って代わられるべき恰好のえじきとなったのではないか。古い地主神が新来の神に取って代わられる話は、『古語拾遺』の一例が参考になる。「宜しく牛の宍《しし》を以て溝口に置きて男茎形《をはせかた》を作りて以て之に加へよ」云々という

ように、新来の御歳神《みとしがみ》が古い大地主神に命じている。古い大地主神は「男茎形」だったろう。出土品としては、環状列石の立石《たていし》や、各遺跡（住居のなかなど）、あるいは現在の神社祭祀にのこる石棒のご神体（大山神社、日野市の石明神社〈石大明神〉……）を思い当ててよかろう。硬い石だからのこったのに対し、牛の肉で祀ったというような場合はのこるべくもないし、木製のそれも失われ易い。石製を中心とするそれらこそはかつてのサク神ではなかったか。それらが新来の神々に取って代わられる。前代（大地主神）から新来の神々（御歳神＝農業神）へ、という典型的な交代劇と見られる。古い神々は、そのままに放置すると祟りをなすとすれば、土俗的段階で、依然として信奉されて、安産や、子孫の守護神として、草深い部分で生き続ける。

『更級日記』に見える内侍所の「すくう」神、芸能神である「宿神《しゅくじん》」はのちのち視野にはいってこよう。

＊15　永井出版企画、一九七五。古部族研究会編にはさらに『古諏訪の祭祀と氏族』〈一九七七〉、『諏訪信仰の発生と展開』〈一九七八〉がある。

# 第二章　神話紀から昔話紀への画期

## 1　文字以前ということは

　ここで昔話とは、〈むかし〉〈むかしこ〉などと呼称する、口承の〝物語〟をさす。古典語だと、〈昔語り〉〈昔物語〉あるいは単に〈物語〉と言われてきた。語り始めを〈むかし〉〈ざっとむかし〉〈とんとむかし〉と起こして、〈あったげな〉〈あったと〉〈あったけど〉などと延々と続け、終りは〈それっきり〉〈いちごさかえた〉〈どっとはらい〉のような、さまざまに地方ごとの特色をあらわす言い方をする、口承文学のジャンルの一つで、語り文化の一類だと見ることができる。

〈あったげな〉〈あったと〉〈あったけど〉と、伝承の言い回しをしつこく踏襲してゆくことが一大特徴で、「げな話《ばなし》」という語すらあったといわれる。そのような伝承の言い回しは、再話によって消されることがあり、文字で書き留める際に標準語に置き換えられることも多く、繰り返しが避けられて、だんだん平板になり、ついに現代人が思い浮かべる、いわゆる〈昔ばなし〉や絵本のたぐいへと収まる。研究者は地域性分析と話型分析とをもっぱらとするから、語りの伝承的性格については気づかれないことすら起きる。

　本来は文字以前というところにすべての存在理由があったはずだ。文字発生以前の〝文学〟であって、だから文字を必要としない。文字が生まれたずっとあとになっても、文字による文学と併存する。

文字とかかわりない語る現場で生き生きと生存する。幼児への語り聴かせはその一類だ。話者が語る場所で記憶から繰り出して工夫しながら語り、それを聴き手が熱心に聴くという、参加形式に特色がある。すなわち〝語る〟文学がそこにある。

文字の歴史が日本社会で千数百年か、最大見積もって二千年とすれば、昔話なる世界はそれ以前からあることになる。二千年以上、多く見て三千年という時間を通過してきた計算としよう。三千年まえと言えば、述べてきたように、縄文時代から弥生時代への画期がその辺りにあった。昔話の発生ないし流行をそこ、原神話の次の時代に定めてみると、見えてくることがいろいろあるのではないか。

昔話は世界に共通するから、基盤をおなじくして、そのうえでの各言語文化上の特色を持つはずとしよう。世界の諸言語は精神文化を含む、各自の文明とともに発達してきた。それらのすべての諸言語に、昔話に相当する口承文学が兼ね備えられてあることを思うと、日本社会にあっても、縄文時代から〝昔話の原型〟は行われており、弥生時代という画期になって本格的に昔話として姿をあらわした、という見通しを考えたい。世界史のなかに置いてみれば、三千年の史前史は「分からない」で抛っておいてよい悠久の昔ではない。

## 2　『日本の昔ばなし』

岩波文庫『日本の昔ばなし』〈Ⅰ〉～〈Ⅲ〉には、編者である関敬吾による、各巻ごとの「この本を読まれるみなさまへ」が繰り返しでなく書かれ、昔話への導入部をなしている。〈Ⅰ〉では、昔話について、〈われわれの祖先たちによって創造された共有の文化財なのです。民族全体によってうけ

つがれ、現在まで語り伝えられてきたものです〉と、と述べられたあと、

口から耳へ伝えられるこうした物語はきわめて変化が多いのです。……昔話は万華鏡にも比すべき変化をします。これがまたその民族や地方や時代の文化の指標ともなるのです。昔話にはこうした語り手の自由意志によって変えられる部分と、みだりに変えてはならない部分とがあります。この変化しない部分を一般に昔話の類型といっていますが、この不変の構造はしばしば他の民族の昔話と共通するものをもっています。

とある。

ここの、「昔話にはこうした語り手の自由意志によって変えられる部分と、みだりに変えてはならない部分とがあります」とあるのは、柳田國男の言うところでもあり（『口承文芸史考』〈一九四七〉など）、たいへんよく知られた論調であるにもかかわらず、かならずしもその実態を摑めない。みぎのような二つの分類では、類型的で変化をしない箇所と、自由に語りひろげることのできる箇所という、二つの部位があって、語りの中身を分け持つかのような印象を持たされる。しかしながら、

（a）類型的で物語の根幹をなす、骨格的モチーフ群

は、「魚女房」「猿の婿どの」「地蔵浄土」など名づけられるように、昔話一つ一つの纏まりをなし、ぜんたい感が印象づけられる。古い時代に成立し、伝わってきた実質だろう。世界的にも通用するこ

とが多い。

（b）古くからの語り口や小道具、歌謡などがのこる

ということもまた昔話の重要要素としてかぞえる必要がある。ぜんたいのモチーフを支える具体的なありようは古くからあるはずで、かならずしも自由意志に所属すると言いにくい感触だ。

『日本の昔ばなし』〈Ⅰ〉第三話「手なし娘」（岩手県稗貫郡）は継子《まこ》譚で、古めかしさにおいて源流史を何千年か遡れそうに思える。古めかしいといっても、なかに「江戸上《のぼ》り」という語が出てきたり、飛脚がいたりと、ぐんと新しく〝現代化〟のなされることをもって昔話の特徴とかぞえる。どうか、「江戸上り」や「飛脚」が出てくることによって「手なし娘」を近世の文学だなどと論じないように。

つまり、

（c）話の舞台や時代などを、現代に近いところへ持ってくる

という特色をもかぞえておく必要がある。自由意志が遺憾なく働く部位だとは言えるかもしれない。昔話がつねに現代語、しかも地域語で語られるという特色は（c）の性格に基づく。伝承形式〈あったげな〉〈あったと〉〈あったけど〉をしっかりのこしながら、語る言語は〝現代化〟される。

## 3　手なし娘、米ぶき粟ぶき

「手なし娘」に見ると、両腕を切られるまえに、父親と二人して道中で握り飯を食べる。握り飯はさりげない小道具として、多くの昔話に見られる。前代からの何らかの新しい飛躍として、稲作を象徴するようなご飯の塊だろう。弁当が昔話によく出てくるのもおなじだ。それにしても、父親が山中へつれてゆき、娘の両腕を切るとは何ごとか。人身犠牲を髣髴とさせるというほかない。

　水飲み場で、背中の赤ん坊がずるずるとずりおちるのを抱きとめようとして、ない両腕が延びてくるという想像図には、見覚えのある土偶がかさならないだろうか。神奈川県当麻出土の女性は背中に幼児を抱える。石川県上山田貝塚の「おんぶ土偶」は長い蛇状の腕が延びて背中の子を抱き取っている。「手なし娘」の古めかしさとは、縄文時代に届きそうな古層の露出ではないか。

『日本の昔ばなし』〈Ⅲ〉第二十二話「米ぶき粟ぶき」（秋田県鹿角郡）のような代表的昔話を見ると、女性主人公「米ぶき」（先妻の子）は、名まえから、米の文化を意図するかと思いきや、異腹の妹「粟ぶき」（後妻の実子）と一緒に栗拾いに行かされ、山のお堂の木の皮はぎの爺さまから破れ袋をつくろってもらったり、山姥の頭のしらみをとって宝箱をもらったりなど、内容は稲作以前という雰囲気がつよい。ただし、突然のように、話の結末で、継母は粟ぶきを臼にのせて田の畔に引っぱってゆく。臼がごろごろと転げて二人とも田のなかにはいってしまう。そして、

　うらやましいであ
うらつぶ

とうたって、お嫁に行った米ぶきを羨みながら水に沈み、二人はうらつぶになったそうだ（うらつぶ＝宮入貝《みやいりがい》の起源）。

この結末は縄文時代から弥生時代への展開において、稲作が開始される危機的な時間をうまく表現しているのではなかろうか。その展開期は先妻や後妻の発生、つまり再婚や複婚が大量に行われる時節かもしれず、継子譚の簇生《ぞくせい》をそのあたりに見定めるよすがとなろう。実態として、前代からの家族制度の何らかの変容として〝再婚〟騒動が起きるのだとすると、まったくの無から継子の説話が生じたと考えなくてよい。見定めとして、継子の説話が大量に生産される契機を時代から時代への画期に求めたい。

## 4　瓜姫、たにし長者

『日本の昔ばなし』〈Ⅰ〉第一話「瓜姫」『日本の昔ばなし』（新潟県古志郡）は、胡瓜、ふくべ、ところ芋、機織りといった生産物や生産要素に、稲作のかげも見ることができないから、きわめて直接的に水田耕作以前の昔話と見られる。「昔、爺さまと婆さまとがありました」（関は標準語による語り口を基本とする）、「ある年、胡瓜《きうり》をまくと、ひと鞍《くら》に目立ってふとい茎が一本できました」（鞍は苗床。新潟では畝なしに植えた野菜の群を言う）と語られ出す。

この「一本」は神話の始まりにありそうな、〝始原の一本〟と見ることができる。「延びることはのびたが、ふしぎなことにむだ花ばかりで、成り花はどうしたことか、一つもなかった」と、起源の植物を語る。一本だけが延びて、鞍のてっぺんを越して、初めてずばぬけて大きな成り花が一つ付いた。

「こりゃどえらい胡瓜がなったぞ」。これから種を取ろうと、二人でかついで帰ったところ、どしんと降ろした拍子に割れて縦に口があき、赤ん坊の泣き声が聞こえて、肥った女の子が生まれる。

瓜姫にはそもそも、ところ芋のひげをむしりながら食うなどの化け物の要素があるはずなのに、爺さま、婆さまはたいせつにかしずく。姫が一人、爺さま婆さまの留守に二階で機織りをしていると、天邪鬼《あまのじゃく》がやってくる。（天邪鬼）「ちょっと、戸を開けてくれ」、（瓜姫）「爺さと婆さが、天邪鬼が来るから戸を開けちゃいかんというた」、（天邪鬼）「だら、指一本入るだけ戸を開けてくれや」と、よく知られた（世界共通〈赤ずきん式〉の）やりとりだ。そもそも縄文時代ならば、掘っ立て小屋（昔話にたくさん出てくる）こそがかれらの竪穴住居のイメージなのに、ここはぴしゃりと閉める戸のイメージを持つ。しかも二階屋。そういう室内の新しさと、ゆび一本、また一本と、あくまで瓜姫にあけさせて、三本めのゆびがはいるところで爪を立てるという、戸のそとからの天邪鬼のふしぎなアプローチの仕方とには、新旧が対立しているさまを感じさせられる。

天邪鬼が瓜姫にのりうつって、姫は人格を喪う。倒れた彼女のしたから黒い鳥が出て行ったというから、天邪鬼の正体だろうか。瓜姫は動かなくなり、からだが長いふくべになる。それからというもの、爺さん婆さんの畑にできる胡瓜は葉一枚ごとに一本ずつなるようになったという起源譚。稲作農耕をいっさい感じさせない昔話で、古層をしっかりあらわしている。

『日本の昔ばなし』〈I〉第二話「たにし長者」（岩手県上閉伊郡）は、昔、長者のもとで田を作っている小作人〈名子〉の百姓夫婦が「なんとかして、子供が一人ほしいものだね、わが子と名のつくものなら、かえるでも、たにしでもよいが」と、水神《すいじん》さまにお詣りし、願を掛ける。ある日、田の草を取りに行って、水神に祈ると、急にお腹が痛んで妊娠する。しばらくすると、一匹の小さなたにしが生まれる。たにしはご飯を一人前たべる。年貢の米を馬で大家（長者）のところへ納めにゆく。長者の娘を嫁にもらい、暮らし向きもよくなり、水神さまを信仰する。四月八日の鎮守の薬師さまのお祭見物に、嫁がたにしの夫を帯の結び目に入れて、道々、会話をしながらゆくと、行きずりの人は、「あんな美しい娘が独り言を言ったり、笑ったりして歩いている」と、眺めて通る。一の鳥居の前まで来ると、たにしは、「これこれ、わしはわけがあって、これから先へははいれない」と、道ばたの田の畔の上で待つと言う。お堂を参詣して出てくると、たにしがいない。鳥が啄んだのか、田のなかに落ちたのか、

つぶやつぶ／わがつまや／ことしの春になったれば／鳥というばか鳥に／ちょっくらもっくら／刺されたか

とうたいながら、田のなかを探すうちに、顔まで泥がかかり、美しい衣裳は汚れて、祭の帰りの人々が見て気の毒がる。娘は田のなかの深い泥沼にはいって死んでしまおうとする。

このように、「たにしの長者」は徹底して水田耕作の文化を背景とする。

しかも、水神さまの信仰を前代とするかのような、それと薬師さまの信仰とのぶつかり合いがあり、また、たにしは水田に固有の生物だとしても、「かえるでも、たにしでもよいが」と、前代を思わせる「かえる」と並べられるなど、前代から新代への画期を、ほかの昔話とおなじように、この昔話にも認めることができる。縄文時代から弥生時代へか、弥生時代から次代へか、いずれにせよ昔話には、時代から時代への画期において語られ出すのではないか、と思わせる重層を、内容や語り口のうえに

ほのかにも受け取ることができる。

## 5　人食い、戸、呪的逃走

神話という語をどのように使うか。だれにとっても定義が必要だ。私の場合、最も初期にこの課題を考え始めた際には、「伝承の構造――古代から言語へ」（一九七六）[*1]という書き物のなかで、本格昔話について、〈神話＝昔話〉という記号を考案したことを思い出す。私はいま、そこへ還らねばならないらしい。

ネリー・ナウマン「むさぼる死と人喰い」（一九七一）[*2]は、「日本の昔話における神話像の変遷について」という副題を持つ。そこで彼女の論じようとする意図は、人食い鬼としての「山姥」形象を〝復権〟させることにあった。ややもすれば、「山姥」は山の神という感じの、宝物を与えてくれるというような呪術師的側面を持つ形象として受け取られがちだった。そのような側面をすべて削ぎ落としてみると、人食いという性格に行きつくと言う。日本昔話を「神話」表象の中心部にきちんと位置づけてゆく試みとしては、柳田以来、絶えてなされて来なかった研究方法の〝復権〟でもあるのではなかったか。

ナウマンによって「神話」と言われる時、『古事記』上巻に表出されるような、神々の説話をまず

*1　『伝統と現代』38〈総特集・民話〉、一九七六・三。
*2　『哭きいさちる神＝スサノオ』檜枝陽一郎・田尻真理子訳、言叢社、一九八九。

は思い浮かべる。スタート点としてはたしかにそれでよいと私も思う。いざなき神が黄泉国《よみのくに》まで追い往くと、殿の戸のところで問答する。原文は読みにくい字なので「殿の戸」としておこう（後世に「おとど」というのは〈お殿戸《とのと》〉だろうか）。いざなみは「黄泉《よも》つ戸喫《へぐひ》」を終えており、還れないはずなのに、それでも黄泉神と相論してみようと言う。いざなきが殿の内へはいって、いざなみの姿を一つ火で見ると、うじたかれころろきて、かしら、胸、腹、ほと、左の手、右の手、左の足、右の足に、それぞれ雷（「大雷《おほいかづち》」以下、八匹）がすわっている。いざなきは見畏《みかしこ》み、逃走を始める。それをいざなみ配下のものどもが追走する。さいごにいざなみ自身が追いかけてくる。それら、神々の説話は、モチーフとして見るとどこまでも古く遡り、昔話に多量に見られる呪的逃走、そして追走にゆきつく。それらのモチーフは原神話から来ていると見ることが可能だろう。そのような在り方は私のことばで〈神話＝昔話〉に整備されると考えたい。

　呪的逃走を昔話に見ると、「天道《てんとう》さん金の鎖」では「瓜姫」の天邪鬼に山姥が相当する。『日本の昔ばなし』のそれ（〈Ⅲ〉三十一話、徳島県美馬郡）に拠れば、とんとん昔、母親が三人の子に、「ここの山のなかには山姥《やまうば》というおそろしいものがいるから、留守のあいだはだれが来ても戸をあけてはならんよ」と言って、でかける。ナウマンによれば、母親は帰途、老婆（山姥）に会っていろいろ尋ねられたあと、むさぼり食われる。『日本の昔ばなし』だと母親のそののちは知られない。山姥がやって来て、（子供たち）「手を出しておくれ」。手を出させて見ると、毛がいっぱい生えている。（子供たち）「うちのお母さんの手はもっとすべすべしとる。お前は山姥だ」。そういう問答を繰り返したあげく、兄弟たちはついに守るべき戸をあけてしまう。にせのお母さんがはいってくる。夜中になって、上二人の子が寝んでいる時、にせのお母さんは赤ん坊の弟をこりこりと食う。さては山姥であったかと、二人は逃走を開始する。兄弟たち（ナウマンによれば姉妹）が天の神さんの降ろしてくれた鎖でのぼって行ったのに対し（月と星となる）、追いかけてきた山姥は腐れ縄でのぼろうとして落ちる。蕎麦の根が赤いのはそのとき流れた血だという。

いざなみが隠れる戸はあの世とこの世界との扉《とざし》であり、子供たちの守ろうとする戸もまた前代と新代とを分かつ。戸をあける複雑な手続き（毛を剃り蕎麦粉《そばこ》を塗ったり、小豆のとぎ汁を飲んで美声になったり）には、前代と新代との葛藤が深く表象されているに違いない。蕎麦の粉と言い、小豆の汁と言い、古い文化をあらわしている。屋外から古い文化がはいり込むのは簡単でないようで、屋内から誘い込ませる以外にその交渉は成り立たない、ということらしい。ようやくにして、新代である屋内にはいれた山姥は、下の子から食い始めて、逃げ出した二人の子を追いかける。ここに氏が〈記紀〉のいざなきの「呪的逃走」およびいざなみ軍の「追走」を思い合わせることはきわめて正確で、しかもだいじな指摘としては、それらに農耕以前の性格を見ようとする。いざなみいざなきの神話に至るまでの長い道程を遡れば、縄文時代からあったモチーフ群に達する、という見通しだ。

その辺りの論旨をすこし追いかけようと思っても、ナウマンその人がまるで呪的逃走を愉しんでいるかのごとくで、追走する私にはなかなかの難解さがある。人食い鬼としての山姥は、中国や朝鮮だと「人食い」ないし虎（の昔話）に当たるという。虎は「むさぼる者」＝死の神であり、青銅器のうえに描かれた、饕餮文《とうてつもん》（虎）がそれだ、とは拠り所としてカール・ヘンツェに負う。青銅器は死者儀礼をあらわしており、生の根拠でもあるという、背反する性格を有していた。そのような古い宗教的観念は紀元前二千年代にも遡る。この紀元前二千年という年紀を記憶しておこう。中国は早くから農耕を中心としていった。しかし、昔話の人食いは、古い段階での中国の資料を手がかりにするならば、紀元前二千年に遡る。それは中国の資料を手がかりにして、ということだが、氏は〈日本の神話〉を分析する際にも、死の神いざなみをいざなきが訪問する神話の観念世界は、基本的に農耕以前の文化に求められる、とする。

## 6　食わず女房――蛙と握り飯

『吹谷《ふきたに》松兵衛昔話集』（野村純一編、旧版〈一九六七〉および増補改訂〈一九七五〉*3）には三種の「食わず女房」（喰わず女房）を見ることができる。

4　喰わず女房　（ヨシの語るむかし）
18　喰わず女房　（ちいの語るむかし）
41　喰わず女房　（尚二の語るむかし）

「4　喰わず女房」では、まま（ご飯）を食わないはずの嫁を、亭主が高台から見ていると、こったい鍋にいっぱい炊いて握り飯にして、かしらをほどき、

そうら来い、そうら来い。

と、あたまのてっぺんにある口に食わせたという。亭主はたまげて、「こげな嫁はとても置かれねえ。

去ってくれ」と言うと、「追ん出さんだば、仕っ方ね。ほいじゃ、あの桶くれ」といって、「こん中におまえ、入えれっ」と亭主を桶にいれ、おぶって、ぐんぐん行ってしまう。男は木にぶらさがってようやく逃げる。あとから行って桶を取っ払ってみると、蜘蛛《くも》の化け物だったと。いっちごさっけ。

そこに出てくる女性は、最初、やってきて住むことにより家族化される。昔話の女性がしばしば〝女房〟と呼ばれるのには深い理由――イエの成立――があろう。住居の囲炉裏を占拠することで主婦化した女（あるいは嫁）が、「食わず女房」では口を二つ持って、あたまのところ、髪の毛のなかにある隠れた口に、何かを呼ぶような掛け声とともに、握り飯を放り込む。蛇体みたいだ、という意見もある（柳田國男）、蛇と別に、蛙が口をあける格好や、もしかしたらカッパのあたまにあるお皿をも思い浮かべてよいかもしれない。

「18　喰わず女房」は嫁さんが、あたまのまん中の大きな穴に、おむすびを、

ほら喰い、そら喰い、ほら喰い、そら喰い。

とポンポコ投げ込んだのを、聟さんは見て驚き、別れ話となる。桶をもらうと嫁さんは、手を引っ張るかっこうをして、クルンと聟さんをそのなかへいれてしまう。このクルンと回転するところはかなり重要だと思う（後述する）。女は鬼になって、ドンドコ山のなかへ走ってゆく。男は木の枝につかまって逃げたものの、鬼がもどってきて、木から引きずり下ろそうとする。その根っこに蓬と菖蒲と

＊3　私家版。一九七五版は、増補改訂『吹谷松兵衛昔話集』刊行会。

がいっぱい生えていて魔除けとなり、聟さんは助かる。〈蓬と菖蒲〉というモチーフとして知られる語り方だ。

「41　喰わず女房」は蛙女房で、「混入、断片」あるいは「忘却」などの説明があるものの、〈混入、断片化、忘却〉こそは口承文学のつねであるから、これをすこし引用してみよう。

あったてんがない

あるどこい、欲の深いとっつあがあったって。ほして、その、かかがほしいってんがのう。ほうして、まあ、欲だんだんが、まあ、

「まんま、ちぃと喰うて、あっぱいっぺいしる嫁が欲しい」

って、こう、いうがんだって。ほしたら、隣の人だが、どごの人だが、

「いや、俺ら、いっこう知っている人だが、お前に世話しる」

「いや、俺ら、まんま、ちいと喰うて仕事いっぺいして、あっぱいっぺいしる人だら、そいだら、いっこうとりもってくれ」

ほして、その嫁貰うことになって、嫁貰ろうたって。

「んな、なる程、いっこう仕事はするし、まんま喰わねいし、あっぱいっぺいしてまあ、気に入った嫁だ」

って、まあ、喜んで毎日暮らしていたって。ほして、玄米の米搗くがども、ばか（大層）へるがだてんが、どうもおかしい。おかしい。と、思っていたって。

「こんげいに減るわけねいが、俺らかかは、まあ、なじんごとしていよう、ほかいでも、叩き出

すろうか」

って。ある日、

「あんまり不思議だんだんが、やばらい上って、なじんごとしているか見ているか」

って。ほして、まあ、

「かか、かか、山い行って来る」

「まあ、行って来らっしゃい」

ほして、こっそりやばらい上って見ていたって。

ほしたら、その、とっつあを送り出して、とっつあ山い行ったのを見て、ほして、こんだ、家い入って、大釜でまんまいっぱい炊いて、

「ほら、どうしようない」

って、見ていたって。ほすると、まんまがいっぺいできると、こんど、手で、いっこう山をみんなざんぶくに分けてしまって、ほこもいっこう、みんな分けて、そいで、あいだと、握っちゃ
そら　喰い　そら　喰い
と、その開けた頭の中い、みんな転がし込むって、そのいっぺい炊いたまんまを、ひとつ、ひとつ、みんな頭の中い喰わしてしもうたって。……（下略）

この嫁の正体はむこうの池のぎゃく（蛙）で、「晩方、みんながその、ギヤク、ギヤク、ギヤク、ギヤクと鳴いていたら、ある人が通り掛かって、いくじっこうを放ったら、おれが頭にぶっかかって、あいだ、穴が関いて、そいで、その、ままいっぺい喰わせればいいんだんが、そいで、その、お前の

目ぬすんで喰わしたがだ」と言ったとか。それで、その後は一緒に暮らしたとも、追い出したとも。「いくじっこう」は堅い土のことと言う。あるひとが「いくじっこう」を放ったら、それが頭にぶつかったからだ、と別の話にもある（「21　蛙女房」）。

## 7　前代へのスクロール

蛙は縄文土器にしばしば文様として登場する。東京都国立市南養寺《なんようじ》遺跡の有孔鍔《ゆうこうつば》附き深鉢《ふかばち》土器に見ると、人面に蛙がついている。単に文様が貼り付けてあるというのでなく、土器じたいが蛙の女神なのではなかろうか。頭部に大きな穴があいて身体が蛙であるような土器とは、「食わず女房」とかかわり深く感じられる。*4 土器の口から掛け声をかけて、コメを入れて料理をするのだと思う（酒作り土器という説もある）。

稲作以前の縄文土器と、コメの文化である握り飯との結びつき。それを基本的矛盾だとか、あるいは煮炊きしてそれを握って握り飯を造るのに、土器に握り飯を放り込むのでは順序が逆だとか、批判はあろう。しかし、私にはそういう矛盾や順序の逆にこそ、昔話が時代から時代への危機において大量に発生するという、理由が籠ると論じたい。前代と、その前代を滅ぼしてやってくるあとの時代とが、昔話のなかで非連続的に接続する。そういう危機がそこにある、と。平穏無事な時には説話は生まれなくてよい。握り飯というのは、〝もち米〟と対立する、日常的な〝うるち〟だろう。稲作儀礼の開始というショックがここに表現されていると見られる。時代がスクロールして、前景が変わってゆく。

「18　食わず女房」についてもう一度言うと、桶をもらって立てなくなり（演技である）、婿さんが手を引っ張って起こしてやろうとしたら、その手をぐうっと引いて、クルンと桶のなかへ入れてしまうというところ、男は桶作りだったのだろう。食わず女房を〈土器〉とすると、〈桶〉とがこの昔話ではペアになっている。このクルンという動きとともに時代が前代へスクロールする。縄文土器と握り飯と、あるいは土器作りと桶職人といった、前代と新代とがスクロール感とともに遡行したり、ぬっと出てきたりする。

土器作りがたいへんな技術と、神聖な雰囲気とのなかで、女性たちによって挙行されることは、ヒバロ族の事例などによって、ほかでもなくレヴィ＝ストロースが『やきもち焼きの土器づくり』[*5]に活写している。その場合、大きな創成神話の一部だったろう。異文がいろいろにあって、嫉妬というのも夫婦間であったり、太陽と月とであったり、断片化している。

土器の時代は終わろうとしている。そうすると、ここでの〝攻撃〟あるいは〝嫉妬〟は桶に向けられるのであり、そこにも時代のスクロールがあることになる。クルンとひっくり返して桶のなかへはいらせる辺りは、そのスクロール感だろう。夫である男を単にいたぶるとか、殺すとかではなく、その男の作る桶を利用するというところに、攻撃ないし嫉妬の対象が桶だと分かる。鬼になるのはそこ

*4　吉田敦彦『昔話の考古学』（中公新書、一九九二）は山姥の頭部が大きく開く口を隠し持ち、大量の食物でも食べられないものでも、あっというまに体内にいれてしまうことと、深鉢型の土器が天辺に大きく開いた口を持っていることがそっくりだと指摘している。とすると、このモチーフは縄文時代からやってくることになり、私には吉田説が興味深い。

*5　一九八五。渡辺公三訳、みすず書房、一九九〇。

からであって、時代がスクロールすると、その女は鬼になる。変身させられ、山の方へ走る。新しい時代がやってくる時、前代へと退行するとは鬼になることだ。蓬や菖蒲による魔除けの由来譚として語られる語り方も古いと思われる。

## 8 蛙の皮を着る女性

「姥皮」という昔話の〝おばあさんの皮〟というのは何でできているのだろうか。『吹谷松兵衛昔話集』に見ると、二話あって、どちらも蛙の皮で、冒頭部分に「蛙報恩／蛇婿入り」型のモチーフを持つのが「7　姥皮」、継子虐め型が「8　姥皮」で、その「8　姥皮」にしても、蛙報恩ではないもののの、さいごに姥皮は蛙の皮だったと明かされて纏まる。「鉢かづき」とともに、中世小説になってゆく話だ。

「鉢かづき」は『吹谷松兵衛昔話集』になくて、別の昔話集、たとえば「相馬地方昔話集」（『伝承文芸』二、一九六四）というのを見ると、高橋りきの語る「鉢かつぎ」は、なかみが「姥皮」の話で、つまり鉢がとれなくなったうえに、姥皮を身につけて、さいごは結婚したらば鉢がとれるという、二つのモチーフがかさなる。さらには「手なし娘」のモチーフもはいり込み、「鬼の息子」もはいってくる。まことに〈混入、断片化、忘却〉は昔話の実存にほかならない。

姥皮をつけると風呂の火を焚く婆になり、掃除もする。『吹谷松兵衛昔話集』では、掃除やぞうきんがけをする場合と、飯炊き婆になっている場合とがあり、いずれも夜は姥皮を脱いで、本を読んだり学問したりと元の姿にもどっている。

蛙の皮というのは、そんなにふしぎなことでもないように思われる。グリム第一話の「カエルの王さま」にしてもそうだろう、池の神さまやぬしが動物たちそれぞれの皮を着て、この世にあらわれる。折口の最晩年の「民族史観における他界観念」（一九五三）では、他界で人間のかたちをしていたのが、この世に来るときにワニなどの姿をしてやってくる、とトーテムの発生を説いていた。蛇が嫁さんをもらいに来る時、若い男になってやってくるとか、「蛙婿入」という昔話では、頭を斧で割ったら蛙の皮がとれて若い男になったとか、かず多くある。

『やきもち焼きの土器づくり』に、ヒダッツア族の話として（バウワー〈一九六五〉に拠るという）、土器作りの女は薄暗い密室で、「蛇」になぞらえられる。彼女たちが、かたちをなした壺に、焼き上げるまえに、粘土をひきしめるために、濡らした獣皮をかぶせる。

吉田『昔話の考古学』から思い合わせたいのが、こんどは神奈川県林王子《はやしおうじ》遺跡の有孔鍔附き深鉢土器で、壺の下部に蛙文様の女神が貼りついており、壺ぜんたいが女神の身体で、その壺の口の周りに、二十ばかりもの孔があけられている。なぜ、その並んでいる孔のすぐしたにぐるりと鍔があるのか。鍔と言っても考古学者がそう名づけただけで、その出っ張りを利用して、獣皮でふたをしてしばり、孔を利用して締めたかしたのではないか。

それはそのまま太鼓にほかならない。壺に皮をあてて、紐で留めて太鼓として用いる、とレヴィ＝ストロースが注意している。その祭りの名を「壺しばり」と言う。

蛙との関係が、その記事から見つからないかと思っていたところ、別の文献ながら、『食卓作法の起源』（『神話論理』Ⅲ）のほうに、皮を張って、夏の日照りに雨を呼び寄せるときに、蛙の役割として、太鼓として用いる、とあって、雨乞いの儀式ならばなるほど蛙にふさわしいか。ただし、雨蛙は日本だけの蛙かもしれない。

## 9 「最初に語る」とは

『吹谷松兵衛昔話集』へと急ぎもう一度、もどりたい。野村純一に論考のある、そして『吹谷松兵衛昔話集』を特色づける、「最初に語るむかし」についてふれておく。三人の語り手による、「最初に語るむかし」を見ることができる。「1 ちい」を見ると、爺さがにわ（土間）を掃き、穂を一本、拾う。婆さはうちを掃いて、小豆（「2 フサ」では一粒）を拾う。「ぼたにしようか、かいにしようか」とあるので、穂はもち米だと分かる。さきの、食わず女房のうるち（握り飯）と対比してみると、非日常性を感じさせる。土間、うち、そして座敷という配置にも、神話的意味を感じさせられる。ぼた餅を座敷で作り始めようとすると、蜂が飛んでくる。

爺さのほっぺ刺そうか、……

と、蜂がブーン、チクッというわけで、餅をペターン、投げつける。またもう一匹、餅を投げつけると、蜂は死んでしまう。

一本や一粒であることがだいじだ。一本や一粒から、何だかいっぱいにおもちができるというところに、神聖な原初の稲の穂、最初の小豆のさやであることが暗示されている。「豆こ話」のように唱えごとをしてふやすというモチーフが隠されていよう。神話的昔話といってよい、特別な始まりだ。

ぼた餅は祭りなどでのだいじなそなえ物だ。そこへ、なぜか蜂が飛んでくる。蜂もまた昔話にとり、だいじな存在で、ここは援助するふうでなく、ただ刺してまわる。じいさんばあさんを怒らせる役割か、もしかしたら餅をだいなしにしてしまうかもしれない、という心配がのこる。

「3　よし」では、蜂が、おじいさんの「ちょんぼ」を、おばあさんの「まんじょ」を刺すぞと言ってあらわれ、じっさいに刺してまわり、もちをぶつけられる。より笑いを求めた結果か、それともともとに近いのか、「1　ちい」と「2　フサ」との語りが上品に語り変えているのではないか、など議論の余地のあるところだ。

野村によれば、大きな動作が語り手にはいって来るし、聴き手も蜂を避けたり、おもちを投げたり、という、やはり動作や気分で盛り上がるから、前半のもち搗きから、後半の蜂による騒動へと、展開の激しさがあり、笑いの原因はそこにも籠るとされる。「1　ちい」「2　フサ」と「3　よし」とは、上品、下品の問題でなく、語りのヴァリエーションだ。それにしても、なぜ蜂なのだろうか。

しばしば利用させていただく別の昔話集『石川郡のざっと昔』（ざっと昔を聴く会、野村典彦責任編集、一九八九）の、「1　便所の屋根葺き」は、隣の家の便所屋の屋根がぬけたのを、直してやっているうちに、茅のなかから豆粒が二つ見つかる。味噌にするほどはないし、豆腐は昔のことだからまだないし、というわけで、炒るまでもないと、囲炉裏に置いて、黄な粉にしておならでふっとばした、終わり、という話。桃太郎と結びついたり、花咲爺と結びついたり、『日本昔話事典』では稲穂を三本とか、婆が便所に落とされたりとか、なかなか賑やかでたのしい話だが、これも「最初に語るむかし」の一つだという了解のようだ。

「最初に語るむかし」について、福田晃は『日本昔話事典』の「河童火やろう」の項目で、こういう話は、くつろいだ雰囲気を作るためと、一般には説明されるが、その始原としては、男性女性の交わりの物語を語って、穀物の豊饒を期待した祭の庭の語りごとに求められると、たいへん重要な指摘だ。性的交わりと蜂との関係、しかも最初に語られる話と言えば、ただちに思い出されるのが、『日本霊異記』の上巻一縁の「雷を捉ふる縁《ことのもと》」ではなかろうか。

雄略天皇が后と、大安殿でくながい（婚合）をしているときに、小子部栖軽《ちいさこべのすがる》が知らないではいって来たので、天皇は恥じて行為をやめる。ときに空に雷鳴あり、栖軽に命じて、雷を捉えに行かせる。捉えたところを雷の岡と言う。また、栖軽の墓に雷が落ちてきて嵌ったので、「生きても死んでも雷を捉えた栖軽の墓」と碑文にあると。

「すがる」はジガバチのことと言われ、「とびかける、すがるのごとき」（『万葉集』三七九一歌）と詠まれる。小子部という氏の名は、小さ子伝承を思わせる。かいこのことを「こ」と言うから、まちがえて栖軽は人間の嬰児をたくさん集めてしまい、託児所みたいな施設を経営させられるはめに陥る。

蜂ではないが、『宇治拾遺物語』第一巻第一話、つまり説話集の最初に語るそれは、道命阿闍梨《どうみょうあじゃり》が、和泉式部のもとに行って寝たあと、めざめてお経を読んでから、まどろもうとすると、人のけはいがして、だれかと訊くと五条の道祖神で、いつもは梵天、帝釈が聴聞に来ていて、自分などは近づけなかったが、きょうは行水をせずにお読みになったから、近づいて聴くことができたと、なんだか汚い。

『古事記』の冒頭は神々に続いて、いざなきいざなみがおのごろ嶋で、からだの成りあまる処を成り合わざる処にさし塞いで、国土を産みましょう、という話から始まる。ひるこが生まれ、ついで淡島さまが生まれるという失敗の原因を、天の神さまに伺いに参上する。アドバイスをもらい、やり直して、淡路島以下の神々を生めるようになる。創成神話から始まる以上は、始祖神の交わりは当然と言え、苦心したり、失敗したりという語り口は、奄美大島や沖永良部島のシャーマンの語りを思い出させるし、『吹谷松兵衛昔話集』の「最初に語るむかし」に関連させてみると、「3　ちい」の語り口のほうが本格的だと言える。

『源氏物語』の最初に語る話もまた、桐壺帝と桐壺更衣との関係からひらく。物語は主人公の親たちから語り始めるという決まりがある、と『源氏物語』研究者、玉上琢彌が書いていたのを思い出す。『源氏物語』が光源氏の起源を語るところから始まる、というのはルールに沿う書き方なのだ、と気づかされる。

# 第三章　フルコト紀の「くに」

## 1　くにの成立にとってのくめ歌

弥生時代のいつのころか、武力を持つ「神倭《かむやまと》いはれ彦」(神武)の一隊が、やまと(奈良県北部)国中《くんなか》(の平野)を目指して進出していった。かれらの本貫は分からない。やまと圏外のどこかから押し寄せたのか。「いはれ彦」の名が示すように、磐余《いわれ》地方へ通じる辺りに居住あるいは駐屯し、時間をかけて力量をたくわえると、大和平野中心部でくに(国)を形成していったと見られる。

「神倭いはれ彦」という王がいたとは、それだけならば後代からの始祖伝承に過ぎない。しかし、記紀歌謡のくめ歌[*1]が多量にのこされており、それらのくめ歌は祖先たちの戦闘のあとを刻みいれた歌謡ではないかと考えられるので、初期やまと軍の闘いがあったことや、英雄的祖先が実際にいたろうということについて、信憑性があることになる。そのようなことを証明する何かがなければ、単に伝承として処理して終わりかねない。

このことは歌謡の成立年代を推測するという、たいへん難解な課題に直結する。弥生時代に発する

*1　古代歌謡のテクストは漢字を使った〈かな〉で上代音が書き分けられている。それに従ってki(甲類)とkï(乙類)とを「き」甲類と「キ」乙類というように表記し分けるべきところ、すべてひらがな表記とする(凡例参照)。神名や地名についてもおなじ。

古い歌謡と見る意見から、六世紀以後、あるいはそれよりもあとに引き当てる説まで、これほど決め手を欠いて意見のひらきが見られる上代文学はめずらしい。「神倭いはれ彦」関連の戦闘歌謡であることを考慮すると、その征服時期とくめ歌がうたわれたこととを切り離さず、セットにして理解するのがすなおだろうと思われる。

周辺の部族を制圧するに際して、くめ歌の類が生まれ、それらは力づよくうたわれたろう。「神倭いはれ彦」一代のそれらであったかどうか、たしかには知るすべもないとしても、紀元前かなりまえにあった大きな戦闘行為を後代にうたいのこそうとした。〝歴史〟の始まりはこういうところにあると言えるのではないか。ところどころ注釈をいれながら読むと、以下のようになる。

『古事記』中巻（神武記）九〜一四歌謡

うだ（宇陀）の、たかき（高城）に、しぎわな（鴫罠を）は（張）る。わがまつや（待っとアア）しぎは　さやらず（かかりもせぬ）。いすくはし　くぢらさやる（鯨がかかる）。こなみ（前妻さん）が、なこはさば（菜っ葉をご所望ならば）、たちそば（そばの木）の、みのなけくを（実のないのを）、こきしひゑね（もいでやれ）。うはなり（後妻さん）が、なこはさば、いちさかき（ひさかきの）、みのおほけく（多いの）を、こきだ（うんとこさ）ひゑね。ええ〔音引〕しやごしや〔此者《こは》「いのごふ（吠える）」そ〕、ああ〔音引〕しやごしや〔此者「嘲笑《あざわらふ》」そ〕

（九歌謡、『日本書紀』では七歌謡〈小異あり〉）

おさか（忍坂）の、おほむろや（大室屋）に、ひとさはに（人がたくさん）、きいり（来入り）をり、ひとさはに、いりをりとも、みつみつし　くめのこ（くめの兵士）が、くぶつつい（頭椎で）、いしつついもち（石槌を持って）、うちてし（撃ってしまい） やまむ（終わろう）。みつみつし くめのこらが、くぶつつい、いしつついもち、いまうたばよらし（よろしいようで）

（一〇歌謡、『日本書紀』九歌謡、同）

みつみつし くめのこらが、あはふ（粟畑）には かみらひともと（韮が一本）。そねがもと、そねめつなぎて、うちてし やまむ

（一一歌謡、『日本書紀』一三歌謡、同）

みつみつし くめのこらが、かきもと（垣本）に、うゑしはじかみ（植えた椒）、くちひひく（口がぴりぴりするように）、われは わすれし（忘れたか、忘れはしまい）。うちてし やまむ

（一二歌謡、『日本書紀』一四歌謡、同）

かむかぜ（神風）の いせ（伊勢）のうみの、おひし（大石）に、はひもとほろふ（匍匐する）、しただみの（細螺のように） いはひもとほり、うちてし やまむ

（一三歌謡、『日本書紀』八歌謡、同）

たたなめて いなさのやまの、このまよも（木のあいだから）、いゆきまもらひ（じっと窺い）、たたかへば、われは や、ゑぬ（アアおなかがすいてしまう）。しまつとり うかひがとも（鵜飼の伴よ）、いますけにこね（兵站をよろしく）

（一四歌謡、『日本書紀』一二歌謡、同）

ネリー・ナウマン『久米歌と久米[*2]』は『日本書紀』のくめ歌をテクストとするので、さらに二首ふ

えることになる。

『日本書紀』巻三（神武紀）一〇〜一一歌謡

いまはよ　いまはよ　あゝしやを。いまだにも　あご（吾子）よ。いまだにも　あごよ
（一〇歌謡）

えみしを（夷狄はね）、ひだり（一人が）、ももなひと（百人）、ひとは　いへども、たむかひ（抵抗）も　せず
（一一歌謡）

ナウマンはくめ歌について、戦闘のさまや防護施設や武器から、弥生時代に遡る成立を考想するとともに、『日本書紀』一一歌謡については「えみし」が出てくることにより、くめ歌の流れからはずすという提案をする。それほど成立過程を論じることには困難が附き纏うものの、「えみし」を一般の〝蛮族〟をさす語のように受け取れば、かならずしもくめ歌から区別する理由はなくなる。概観としてであるにしろ、くめ歌をもって弥生時代に成立して現在にまで知られる最も初期の歌謡であることに、現在のところ反対する理由もまたなくなる。

## 2　いすけよりひめ求婚

「皇后選定」とは、『古事記』大系本なら大系本での言い方に過ぎない。そんな考え方が早くあった

とは思えない。男王として女性獲得に出たという発想だろうが、女性が王（〝きみ〟あるいは〝おほきみ〟）となる事態は古代においてありえたと言っておこう。「皇后選定」の実態には女性が首長となるくに（国）のあった可能性を、つねに古代がはらんでいたと見たい。大くめが神倭にいすけよりひめを勧めたかのように歌謡でうたわれるのは（そういう歌垣《うたがき》歌謡が行われていたろう）、ある種の合理化だとすると、王の勢力にくめ族の勢力が服従する過程が前提にあったと想像させられる。いすけよりひめと大くめとのあいだに怗しげなやりとりがあるのを見ると、神倭と大くめとひめとの三者の関係には古代の計り知れない暗部がある。

『古事記』中巻（神武記）一七〜一八歌謡

あめつつ　ちどり、ましとと、などさけるとめ
　　　　　　　　　　　　　　　　　　　　　——いすけよりひめ
をとめに、ただにあはむと、わがさけるとめ
　　　　　　　　　　　　　　　　　　　　　——大くめ

天地のちどりよ、ましととよ、どうして裂けてるの、するどいお目々は？
おとめ子に直接逢おうとて、わたしの裂けてるお目々さ！

大くめの入れ墨を詠んでいるのだという（「あめ」や「つつ」を鳥の名とする説明もある）。大くめのそれをいすけよりひめが怗しむという、このやりとりを含む一連の説話は、歌垣歌謡らしく、神倭と大くめとが求婚者として対峙し、大くめが敗れたと、くめ歌とかかわらせながら受け取るべきだろう。歌

＊2　一九八一。檜枝陽一郎訳、言叢社、一九九七。

垣の場は古い伝承を保存する効果があった。

繰り返すならば、それらの戦闘や〝求婚争い〟はいつのことだろうか。これは〝弥生時代のいつのころか〟というほかなく、いま、前紀元代としておく。紀元前何世紀か、弥生時代の爛熟とともに起きた、大きな征服する／されるという抗争だった。大規模だったから戦争ということもできる。これはやまと平野《へいや》戦争によるくに（国）の成立であり、単なる史前史ではない。〝歴史〟のこちらがわへ見えてくるとはそういうことだと認定したい。そこを認めないとあとのことが説明しづらくなる。

## 3　やまと勢力の版図拡大

やまと国《くん》なかには鍵・唐子（田原本町）の水田遺跡が広がる。それらと神倭のくに（国）との関係は分からない。ついで、かれらの手にいれたのが東のかた、山麓一帯だったと考えられる。古くから蛇信仰を持っていた三輪山は、新たな祭祀の場として神聖視されることになる。北部に祭場を有し（大《おお》倭《やまと》神社の原型）、中心（磯城・纏向〈桜井市〉辺り）に宮殿、住宅団地、墓地域を定め、鍵・唐子辺りかに穀倉を用意して、広いエリアで初期国家機能を果たし始める。

反対勢力をのこすものの、周囲に対して優勢を保ち、大阪平野は配下に収めたもようで（かれらの本貫だったかもしれない）、伊勢地方には遠征軍を送っていたろう。いっぽうで、身近な、やや手ごわい石上《いそのかみ》祭祀集団とは妥協を図るなど、柔軟な対応にも長けてゆく。奈良山から山代《やましろ》地方（京都府南部）にかけては武力を備えた勢力がいたろう。北陸道のルート確保のためにはそれら北部勢力との戦闘が避けられない情勢にある。

遠くの中国地方や九州北部に対しては、外交関係によって勇名をほしいままにしていった。一方で、吉備地方（岡山県）との関係の取り方はたいへんだった。大陸との繋がりの必要上、路線の確保や九州勢力との友好関係は必須だったに違いない。

列島を見わたすならば、〈いづも（出雲）、あづみ（安曇）、あづま（東国、吾妻）、あぢま（味間）、あつみ（渥美）〉など、類似する地名やエリアが点在する。〈あは（淡、阿波、安房）〉、あま（海部）など、海人族に由来するらしい地名をも思い合わせるならば、やまと勢力をぐるっと取り囲む全国区という感じがする。それらは海に（あるいは湖に）かかわりありそうな前代文化ではなかろうか。

これらのなか、〈いづも〉（以下「出雲」と書こう）系の人々は九州にも進出していたろう。〈あづみ〉の一族は内陸にはいりこんで、琵琶湖の沿岸（安曇《あど》川《かわ》流域）、信州一帯（安曇《あづみ》地方）に大きな文化地域をもたらしたらしい。東国を「あづま」と称したことも視野にはいってくる。やまと勢力にとって、いずれも対峙あるいは融和する関係にあったろう。

こし（越）地方、「あひづ」（相津〈会津〉）、蝦夷《えみし》の地（東北、中部、北海道）が、やまと人《びと》とのメンタルマップにどのように映っていたか、けっして小さなエリアではなかったと思う。

紀伊半島の熊野勢力とは、やまとは直接的に抗争状態を続けていたろう。

九州南部および南島には有力な民族がそれぞれの文化を誇っていた。やまと勢力としては遠くない将来、ここに版図を広げようと狙うだろう。

## 4　くに祭祀の実態――「やまと」

やまとというくに〔国〕を造成してきたひとびとは、どのような祭祀を実践してきたか。くに〔国〕は、陸地、領土、初期国家などについて、多様な使われ方をする語だから、ここでは弥生時代のそれを漠然とそう称しておく。

仮説によれば、その実態は、昔話が弥生時代に発するからには、昔話の語る内容〔舞台、人物、事件〕にほぼ見合うのではないか、という見当を立てられる。昔話の描写には山での働きや畑仕事があり、海や川でのなりわいにも広がる。怪物や蛇や動物神たち、また自然神たちと闘い、あるいは馴れ合うところに、かれらの信仰生活は彩られていた。けれども、多くは農事にかかわり、特に水田や稲穂や握り飯や〝たにし〟などの稲作文化を反映するアイテムが特徴的に観察される。

山の神が降りてきて田の神になる、などと考察されることもある、〝あえのこと〟儀礼は能登半島〔石川県〕に古い形態をよくのこしている〔『奥能登のあえのこと』*3〕。田から丁寧に農家に招じ入れられた田の神は、目が不自由で〔隻眼《せきがん》のことも多い〕、声をかけて助けてもらいながら、夕食をもてなされたり、風呂にみちびかれたりと、歓待されて春まで逗留する。いうまでもなく、古代の稲作祭祀である新嘗《にいなめ》を窺わせる。大嘗祭はもともと新嘗と別の儀礼でなく、その原型的な在り方として〝あえのこと〟儀礼に見ることができる。

農業祭祀の基本は、収穫祭や予祝など、作物の神々を迎えて送るという、サイクルを年々繰り返す。東京都板橋区のそれなど、田遊びはその基本を演じる。古代、弥生時代にあっても、そのようなサイクルが基本的な儀礼としてあったのではなかろうか。新嘗は記紀のなかにいくつか見られる。たとえば、天稚彦神《あめわかひこ》が新嘗に従事しているというような記事は（『日本書紀』巻二）、やまと古代にあっても行われていたそれを反映させているのだろう。

そのような農業儀礼は、祖霊神迎えと説明されるような在り方と本来的に別だろう。冬の祭祀や小正月、あるいは夏から秋にかけての盆行事のいろいろ、また夜を徹して三晩なら三晩踊る盆踊りのような儀礼とは、はっきり別のこととしておきたい。柳田國男と折口信夫とがするどく対立した課題にも延長する。祖先儀礼は、やはり古くから敬虔に行われていたはずで、お月見のような行事、七夕などはその一環かと見られる。もし、『万葉集』や風土記類から、新嘗のような儀礼が祖先を迎えるかのように読み取られるならば、何らかの習合がそこに起きた結果であり、ある種の混乱だろう。農業神を迎えることと、祖先霊を迎える行事とを分けようと思う。そして、両者がかさなって新たな儀礼観念を生じるところに、文化の発展もあれば、統合もある。そして、祀るがわの主体の失われた霊魂は遊動して祟りをなすので、そんな文脈から昔話において亡霊たちが跳梁することを説明できるかもしれない。

## 5　太陽神

さらに考えたいこととして、太陽神については、やまとに限らない、という普遍的なその神性を強調する必要がありそうだ。太陽とともにあり、それを日神として拝礼することは、およそ多くの人類

*3　奥能登あえのこと保存記録編さん委員会、一九七八。

が劫初より続けてきたこととしてある。農暦の基本に太陽があったことは、新嘗なら新嘗が一陽来復の夜から朝にかけて行われることに集約される。やまとというくに（国）の祭祀の基本において何らかの日神という存在があったと、だれも否定できないだろう。

問題はそれらの習合状態ではないか。やまとの当初において、建国神話はまだ深刻な必要性がなかったと思う。だから、「天照大神《あまてらす》」は存在しなくてよかった。ともに、天照らす神が習合するための、土台となる日神は、かならずだいじな古信仰としてあった。天照大神は推測ながら伊勢地方の固有神だったのではないか。三世紀代、『日本書紀』崇神～垂仁紀に天照大神記事が出てきて、倭（＝やまと）の笠縫そして伊勢に奉られるのは、伊勢での祭祀をやまとがわが〝収奪〟（と言ってきつければ祭祀を共有）するにあたり、やまとから持って行ったかのように語りなされ、斎宮の発生となされた、という経緯の結果に相違ない。祭祀とはじつにそうした交換システムの実修だろう。

すべては『古事記』や『日本書紀』あるいはそのもととなるフルコトからわれわれは覗くしかない。記紀神話は作為に次ぐ作為の結果としてあるに過ぎない。天照らす大神といえども、やまと固有の神性ではなかったと思われる。やまと固有のそれは何だったか、消去法的に透かし見るしかない。

高御産霊神《たかみむすひ》はやまとがわで観念化されたかと思われる。『古事記』に言う「高木神」はもともと、やまとの神だったろう。それをたいへん豪勢な名まえで高御産霊と呼ぶに至る（すぐあとに言う）。うえに言った天稚彦神（『古事記』の天若日子）も固有神だと考えられる。「思金神《おもひかね》」「手力男神《たぢからを》」などはどうだろうか。かれらの原初のパンテオン（神殿）が貧しかったということではない。記紀神話というパンテオンを知っているわれわれは、その神殿から判断し理解することを繰り返すので、知られざる弥生時代のそれを貧しいかのように相対的に感じるばかりのことだ。

## 6　やまととびももそびめ＝ひみこ

やまと固有の神々を想像することは愉しい。中心の一つが高皇産霊だったのではなかろうか。別名を「高木神」とするのは、一部に「木」の神かと言われるものの、まったく木の印象を受けることができないから、城《き》、柵《き》（キ〈乙類〉）というような武装の防衛的な施設の神だったろう。くめ歌に「うだの　たかきに」（『古事記』九歌謡、『日本書紀』七歌謡）というように「たかき（＝キ〈乙類〉）」がうたわれている。

二世紀後半に全国的に抗争が一段と激しくなり、後漢書では「倭国大乱」として知られる乱世になる。防御的な集落を山上にかまえることをする。高地性集落を「たかき」と呼んだと考えれば、そのような施設を守る神々として高木神は尊崇されたろう。集落は一時的で、やがて平地に下りてきて、くに（国）やむら（村）となり繁栄する。

『三国志』魏書〈以下「魏志倭人伝」〉によれば、邪馬台《やまと》国が決定的な勢力となっていった。のちの「倭、大和」と同一名であり、「やまと」と訓める以上、三世紀中国史に浮上する邪馬台国はやまと国に違いない。その「女王」とされるひみこ（卑弥呼）が、やまととびももそびめ（倭《やまと》ととび百《もも》そ姫〈『日本書紀』四・五〉）であることにも特に反対する理由がない。

『古事記』〈中〉に拠れば、

おほやまとくにあれひめ
├──やまとももそびめ
大倭根子日子《おおやまとねこひこ》ふとに──大倭根子日子国くる──若倭根子日子大びび──崇神
〔孝霊〕　〔孝元〕　〔開化〕

と。このももそびめについて、『古事記』では名まえのみであるものの、『日本書紀』の記事から推測するならば、ひみこ（卑弥呼）を髣髴とさせる。中国史の視野からはシャマニックなパワーを持った「女王」であり、男王との二重構造をなす。六世紀代のできあがったフルコトから纏められる「くに」の三世紀像は男王中心に描かれる。実像としての三世紀は女性の「王」だった可能性を否定できない。崇神（御真木入日子《みまきいりびこ》いにゑ）は、しき（師木、磯城）に都したと認められる（水垣宮、瑞籬宮）。崇神と組んで女性の「王」は祭政体を形成していたかと見られる。

しき（師木、磯城）あるいは纏向に都（珠垣宮、珠城宮）を造った次代の垂仁（いくめいりびこいさち）とともに、邪馬台国のピークを現出させ、国際的には中国史上にその一端を記録させたということではあるまいか。次代の景行（大帯日子おしろわけ）も纏向〈日代宮〉に坐す。

崇神の夢に大物主大神が出て祭祀を要求する。蛇は前代、はるか以前から（おそらく縄文時代から）恐怖の対象だったはずだ。前代から続けられてきた信仰形態が、ここに至って基層部分で激変したのだろう（祭祀集団の交替というような）。大物主の「物（モノ）」は蛇を忌避する言い方で、「ぬし」にも蛇のイメージがあろう。蛇の恐怖を新しい祭祀集団が利用するところとなり、倭ととび百そ姫（『日本書紀』崇神）に憑くことによって祭政体が完成する。大物主大神と倭ととび百そ姫とは婚姻関係にあった（蛇婿入り譚である）。

崇神記紀の歌謡には一首が伝えられる。山代〔京都府南部〕のへら坂の伝承であると特に示し、武力抗争を予言する。予言歌を童謡（わざうた）と捉えてよければ、これはその一類にかぞえてよいのではなかろうか。

『古事記』二二歌謡

みまきいりびこはや、みまきいりびこはや、おのがをを、ぬすみしせむと、しりつとよ、いゆきたがひ、まへつとよ、いゆきたがひ、うかかはく、しらにと、みまきいりびこはや

（『日本書紀』〈崇神紀〉では一八歌謡）

みまきいりびこ（崇神）よ、みまきいりびこよ、ご自分の「を」を、（だれかが）ぬすみ殺そうと、後ろの戸から、行ったり来たり、前の戸から、行ったり来たり、狙うのを知らないで、みまきいりびこよ

このうたの「おのがを」とは何であり、だれの「を」を盗むのか。ネリー・ナウマン『生の緒』[*4]の書名は訳者のほどこしたそれだろうが、縄文土偶の多くに見られる、頸から臍に至る隆帯を生命線（＝生きの緒）と見る。背骨や肋骨だろうとも思われる、そこに生命が宿る、氏の言う〝緒（＝を）〟をそこに見ることは可能だろう。「を」を盗むとは、そのようにして殺害を予告するから、建はに安王

*4　二〇〇〇。檜枝陽一郎訳、言叢社、二〇〇五。

反乱を予告すると見るのでよかろう。「戸」は地形上の要所（＝と）をさす。戦闘の様子の血腥い描写が地名伝承を伴って、異常な詳しさであり（『日本書紀』もおなじ）、歌謡とともにフルコトとなってゆく経過を覗かせる。

崇神の版図は『古事記』に拠れば、大びこが北陸（こし〈＝越〉路）に、その子「建沼河別《たけぬなかはわけ》」が東海（十二道）に遣わされたという。「相津《あひづ》」はおそらく奥州の会津だろう（尾張にも相津がある）、そこで大びこと建沼河別とが遇う。伝承がフルコトとして発展した結果、そういう父子相遇というかたちになったに違いない。

## 7 やまと（邪馬台、大和）国朝貢と箸墓

やまと、つまり邪馬台国が魏やそれ以外と交渉にはいった次第について、魏志倭人伝などから摘記しておくと、

二三五年　青龍三年（魏の年号）鏡（京都府で出土）。

二三八年　景初二年六月、難斗米《なとめ》を遣わす。十二月、詔書してひみこ（卑弥呼）へ「親魏倭王」の称号や鏡を賜う旨を報じる。翌年（景初三）のことかとも（『日本書紀』『梁書』）。赤烏元年（呉の年号）鏡（山梨県で出土）。公孫氏衰え、魏と倭との通路がひらかれる。

二三九年　景初三年鏡（島根県、大阪府で出土）。

二四〇年　正始元、太守弓遵ら倭国に詣り、倭王に会って鏡ほかを賜う。景初四年鏡（京都府ほ

かで出土)、正始元年(魏の年号)鏡(群馬県、兵庫県で出土、山口県出土の鏡も正始元年鏡か)。
二四三年　正始四、倭王、使八人を遣わす。
二四四年　赤烏七年鏡(兵庫県で出土)。
二四五年　正始六、詔して難斗米に黄幢を賜う。
二四七年　正始八、倭の女王ひみこ、狗奴国と交戦する。ひみこ以て死し、大いに冢《つか》を作る。男王を立てるも、国中が服せず、誅殺しあう。宗女、台与《とよ》(十三歳)を女王に立てて、国中ついに収まる。
二六五年　泰始(西晋の始まり)、初めて使を遣わす(『晋書』)。

という流れに捉えられる。〝卑弥呼の鏡〟がその流れをあらわしていよう。

大きな墓をひみこ(卑弥呼)は造った。倭ととび百そ姫は『日本書紀』崇神紀に拠ると、いまの箸墓古墳に眠る。両者の記事には整合性があろう。いきなり、大古墳が出現する。墓は死者の眠る家でなければならない。前方後円墳は永久に眠らせるための本格的な家(死者の館)として造られる。そのかたちは各自のもがり屋(殯、喪屋)に由来しよう。けっして魂の不滅でなく、あるいは魂の不滅と称してもよいのかもしれないのだが、その本質はいわばさながら生前の状態に置く、屍体(というより身体)の不滅にあった。

ここからしばらく、数世紀、屍体を保存するために大古墳を経営するという、いわゆる古墳時代に突入する。大古墳の出現は薄葬してはならない時代の証しであり、ひみこに始まった。ひみこは力衰え、殺されたと見られる。その屍体を永久保存したのだ。

ひみこの墓には百人余の殉死者が立てられた。古墳時代は殉死から埴輪による人身犠牲の回避へと展開する。崇神の御子、倭日子の墓には「人垣」という人身犠牲が初めて立てられた〔崇神記后妃皇子女条、割注〕。垂仁紀二十八年に、倭彦の近習者を悉く陵に生きながら埋めたという。三十二年、出雲の人、野見宿禰〔のちに土師臣〕が進言して、皇后ひばす媛の陵墓に埴輪を立てることとし、殉死が終わる。

ひみこがこの世を去ってしまうと、ふたたび抗争状態が再燃する。それを収めたのが第二代の宗女、十三歳の台与だった。三世紀後半にはいるか、その抗争状態とはさほびこ王の叛乱だったかもしれない。この王の記事は『古事記』垂仁記にも、『日本書紀』垂仁紀（四年九月）にも詳細で、ほむちわけ王〔誉津別〈日本書紀〉〕が生まれる。この王が出雲伝承をやまと勢力へと引きつける契機となってゆくことは見逃せない。

伊勢祭祀については、早く遠征して服従させた伊勢地方に、やまとから斎王を送り込んだという仕組みだろう。もし推測してよければ、天照大神（天照大御神〈古事記〉）はもともと伊勢勢力の太陽信仰であり、伊勢おとめが斎王だったはずだ。その祭祀をやまとがわが収奪し、祭主を送り込むようにした。さきに豊鉏入《とよすきいり》ひめ（『古事記』に崇神皇女）が倭の笠縫で天照大神を奉祀する。後任として倭姫が、垂仁紀二十五年三月、斎宮に任ぜられる。さるたひこも、あめのうずめも、もとをただせば伊勢祭祀の神々や伝承だったのではなかろうか。

## 8　出雲服従の証し

史実の反映というものの、『古事記』の原型であるフルコトの記事は、事後的にやまとが、都合よく経過を逆転させることをも含めて、自在なタッチで描かれる。繰り返し塗り替えられつつ、五世紀代に纏まってきた。さらには六から七世紀へかけて歴史の改訂もまたいちじるしかったはずだ。〝歴史〟とはつねにそうした人為や意図による所産だろう。われわれは最終的な改竄に次ぐ改竄のこちらがわから、数世紀の以前を覗き込むことをしいられる。

それらの人為や意図を含めて、あとの時代から四世紀代を透かし見るならば、やまと／出雲抗争が浮上する。かの堅牢な出雲の地勢を、やまと勢力は武力を用いて決定的に制圧などできるだろうか。出雲はまた吉備地方とつよい線で結びついていた。妥協や懐柔策がさまざまに練られたもようで、古代にあっては激越な戦闘行為の一方に、祭祀の明け渡し、一定の自立性の保全などが試みられたろう。『古事記』全巻にわたり、出雲祭祀権にかかわる記事が少なくない理由だ。

『日本書紀』崇神紀後半〔六十年七月〕に、出雲勢力との抗争が歌謡を伴って見られる。倭王がわが、出雲大神の天から与えられた神宝を見たいと言い出し、結果的に出雲振根（出雲臣の遠祖）を誅する。歌謡は、

やくもたつ　いづもたけるが、はけるたち。つづらさはまき、さみなしにあはれ
やくもたつ、いづもたけるの身に帯びおる太刀よ。
さやを蔓でいっぱいに巻いて、刀身は空洞、あらら

という時人の歌（二〇歌謡）だ。この「神宝」を見たいというモチーフはあとにも繰り返される。
『古事記』垂仁記に、さほびこ王の遺児、ほむちわけ御子（王）に対して出雲大神が祟る。物言わぬ御子が「くくひ」の鳴き声を聞いて一言発したことから、これを山辺の大たかが各国をめぐり追いかける。この幼く物言わぬ御子の形象は、もとをただせば出雲がわのそれではなかったか。やまとから来たと称するこの王をして出雲大神を拝させることで、物が言えるようにさせ、かれは帰途に「ひ長ひめ」を与えられる。彼女は蛇だった。ここにあるのは出雲のプライドであり、やまとに屈服するにあたり、相対的に祭祀権の自立を図ったと見られる。

当麻蹶速《たぎまのくゑはや》と対立する野見宿禰は出雲びとだ。

垂仁紀では、五年十月のさほ彦の叛乱のあと、しばらく置いて（二十三年十月）、誉津別記事となる。鳥取造の祖が出雲まで追いかけて、「くくひ」を捕まえる。この鳥を弄ぶことで誉津別は言語を獲得する。『古事記』では大たかは稲羽《いなば》にもゆくし、高志《こし》にもゆくけれども、出雲にまではいらなかった。

二十六年八月、出雲国の神宝を検校したいと希望する。崇神紀六十年七月にも「神宝」を希望する記事があったから、重複と見よう。

景行紀、前半の九州巡幸は天皇じしんのそれで、そのうちの二十七年十月～二十八年二月のみ、日本武《やまとたける》が熊襲（とろしかや、またの名は川上梟帥《たける》）を撃つ。景行紀には出雲を見ない。『古事記』景行記では「小碓《をうす》」（「倭男《やまとを》ぐな」、倭建《やまとたける》）が、西征の一端で、熊曾建征伐のあと、出雲国へはいり、出雲建を殺そうとする。そこに歌謡が倭建の歌として見いだされる（さきに『日本書紀』崇神紀として見たのとおなじ歌謡）。

やつめさす　いづもたけるが　はけるたち。つづらさはまき、さみなしにあはれ

（『古事記』景行記、二三歌謡）

このあと東伐に向かい、倭ひめから草なぎ剣をもらうことは『日本書紀』とおなじ。それ〔景行紀四十年十月〕には東伐に対して伊勢神宮で倭姫から剣を受け取るとある。

崇神記紀、垂仁記紀、景行記紀と、これらの出入りはなかなか複雑で、解き明かしようのない面があるものの、四世紀代にやまと勢力の出雲攻略が本格化していった史上の事件の反映と見られる。フルコト編成上、それらの抗争のなかで、やまと勢力が出雲伝承を獲得したことをあらわす。出雲伝承を手中に収めることによって、上巻での〈記紀神話〉記事は最初の形態に近づく。

## 9　記紀神話としての構築

いざなみ神の隠れたところは、出雲と伯耆との境のひばの山か、その近辺か。「すさの男《を》」は追放されて、出雲国のひの河上に降り立つ。以下、出雲神話となる。「八俣《やまたの》をろち」を退治して、すさの男はくしなだひめと婚姻する。５７５７７に整えられた歌ぶりながら、

やくもたつ　いづもやへがき。つまごみに、やへがきつくる。そのやへがきを

（『古事記』一歌謡）

やくもたつ、出雲の八重垣よ。妻を籠もらせるために、
八重垣を作るよ。その八重垣をね、ああ

というので、原型は自由律だったかもしれない。

すさの男の子孫が大国主神だという。名が五つある。大なむぢ神、葦原しこ男神、八千矛神、うつし国玉神、そして大国主神とは、複数の神話を縫い合わせた縫い目をよく見せている箇所だ。稲羽の素兎《しろうさぎ》（大なむぢ神による八上ひめ求婚）、八十神の迫害（同）、根の国訪問（葦原しこ男〈神〉、大なむぢ神、うつし国玉神）、「沼河《ぬなかは》ひめ」求婚（八千矛神、こし遠征、歌謡多い）、すせりびめの嫉妬（日子ぢ神）。沼河ひめ求婚については出雲とこし地方との戦闘行為を窺わせる。

本格的な国作りを大国主神は少なびこな神と協力して行う。『出雲国風土記』では国引き神話が広がる。

少なびこな神が常世国に去ったあと、海から光る神がやってきて、国作りを手伝おうと言う。「我をば倭の青垣の東の山の上へいつき奉れ」とあって、御諸山上の神だとある。三輪山信仰の根底が出雲信仰と習合したのか、まさに祭祀の交換を見る思いがする。やまとがわのぎりぎりの妥協点だったろう。

大国主神の国譲りは、八重言代主神が呪いながら海底へ隠れ、建御名方神は諏訪湖まで逃れて屈服する。出雲伝承がわの記述とは思えないから、この辺りがやまとがわと出雲との縫い目となろう。

征服し、支配下に置くとはどうすることか。一つには、その地方の高い地位の女性を奪うことにあったろう。それと、伝承、神話を奪うことにあった。一連の（あるいは数次の）征服活動をへて、出雲伝承を手に入れていったろう。被征服者との約束ごととして、伝承を鄭重に扱ったということかもしれない。四世紀から五世紀へかけて、獲得していった地方から手に入れた神話を組み込んで、やまと朝廷の神話が整えられてゆく。上巻の〈記紀神話〉の骨格は五世紀の成立となる。それは中巻、下巻の〝歴史〟が作られてゆくこととまったく同時であるはずだ。〈記紀神話〉だけが切り離される理由はとりたててない。

出雲出自としては神魂《かむむすひ》（神御産霊）、英雄神としてすさの男、神宝としての剣が固有で、それらがやまとがわの神話に組み込まれてゆこう。

## 10　神々を眠らせるまで

「ににぎ」の天孫降臨は紛うことなく九州から取ってきた伝承だ。

神々の宮殿、パンテオンは、天孫降臨、および海神の宮訪問などを取りいれることで完成する。いつのころより、やまとの建国伝承へ採り入れられていったか。やまとがわの九州遠征や、その延長である朝鮮半島進出（ないし朝鮮半島からの流入）、大陸との関係は、『古事記』に見ると、（a）小碓が熊曾建二人を殺す〔景行記〕、（b）新羅征討〔神功記〕、（c）日向国諸県君の女、髪長ひめの記事〔応神記〕、（d）新羅人、百済ら朝貢、論語、すすこり〔同〕、（e）天《あめ》の日矛〔同〕、（f）新羅国主の御調〔允恭記〕と辿ると、四～五世紀が九州や朝鮮半島とやまと勢力との深くかかわる時だったと考えられる。『日本書紀』では任那国関係（そなかしち）が崇神六十五年七月、垂仁二年などに簡略で、天日槍来帰は垂仁三年三月、垂仁紀において本格的な朝鮮半島記事、出石伝承を見る。ただぢまもり〔常世国〕伝承、『古事記』垂仁記に簡略、『日本書紀』垂仁九十年にやはり簡略だ。

　四世紀代の景行記紀は、本格的に出雲、九州、そして東国への遠征記事であるから、朝鮮についての記事がない。歌謡は多く見られる。『日本書紀』景行紀では、倭王による熊襲との闘いや、日本武による熊襲征伐もあるけれども、倭王は多く筑紫（九州を広く）巡狩し、支配下に収めようとするので、その版図は、大分、日向、襲国、諸県、熊県、火国、阿蘇、御木《みけ》、八女、浮羽と広がり、歌謡もあり（思邦歌など）、時間を費やして征服する。

やまと本国をそんなに留守にしていてよいのかと心配になるけれども、そう心配させるだけのことで、のちの仲哀、神功、応神、あるいは仁徳、また雄略など、九州とのいくどにもわたる関係のなかから、天孫降臨や、朝鮮半島に原型がありそうなことや、あるいは海神の宮訪問などが、神話として形成されてゆくのに平行して、景行巡幸説話もまた語りなされ、定着していった。長い歳月かけて、王や王子の巡幸する伝承が叙事詩的に成長するということだろう。

伊勢出自の天照大神、やまとの高皇産霊、出雲からはすさの男が集められ、パンテオンは次第に象《イメ》容《ージ》をくっきりさせる。天孫降臨する「ににぎ」は日向国（宮崎県）からの参加だろう。にぎやかになってきた神々に対して、高天原というその神殿を用意したのはだれだったか。依頼された文人か、語部の祖とでもいうべき人たちが最終ステージで纏め上げたと考えられる。雄大な構想力を発揮した神話詩人が、世の移りを見ながら一気加勢に纏めたのだ。のちの「旧辞」の基礎を用意するとともに、祝詞などの規範をも後代へのこしたひとびとだろう。五世紀のことだったと推定したい。なお日向国の神々は、天孫降臨神話ほかをやまとがわへ提供したあと、しずかに（天上の）西都原《さいとばる》古墳群で眠りに就いていていよう。

倭建（日本武）の東征譚もまた、そのような伝承パターンに沿えば、その英雄を東方十二道へ出立させ、『古事記』景行記に見るように、焼津、弟橘ひめ、蝦夷、酒折宮、みやずひめ、草なぎ剣、薨去、子孫……と、英雄語りを語り尽くす文筆家たちの誕生がここにある。

四〜五世紀、朝鮮半島記事が仲哀、応神、神功紀と続く。中国での記録を掲げておく。
三九一年　倭軍が百済、新羅と交戦する（広開土王碑）。
四〇四年　倭軍、もとの帯方郡に出陣し、高句麗に敗れる（同）。
四一三年　倭国、東晋に貢物を献上する（『晋書』）。
四二一年　永初二、倭の讃に除綬を賜う（『宋書』）。
四二五年　元嘉二、讃が司馬曹達を遣わす。讃、死して弟珍が使いを遣わす（『宋書』）。
四四三年　倭国王の済が使いを遣わす（同）。隅田八幡宮所蔵の癸未銘鏡。癸未は五〇三年かとも。
四五一年　済が死んで、世子の興が使いを遣わす（同）。
四六二年　興が死して弟武が立つ（同）。
四七一年　稲荷山古墳出土の辛亥銘鉄剣。わかたきる（獲加多支鹵）大王の名が見える。
四七八年　武、南朝宋に使いを遣わす。
五〇二年　倭王武に征東将軍を号させる。
五二七〜五二八年　筑紫国造磐井の乱（『日本書紀』継体紀二十一年、筑紫君石井の乱（『古事記』継体記）。
武は雄略だろうか。なお、しばらく作為の纏めが続くとともに、武烈の時代になって五世紀は終わる、王統が大きく乱れる。終わりし時代に対してフルコト（古伝承）と認識される。

## 11　五穀の起源

さきに、昔話紀の画期において、稲作儀礼の重大な関与があると申し述べた。『古事記』で見ると――話題がフルコト紀へはいり込む――、五穀の起源として登録されるのは大げつひめという、まさに〝殺される女神〟で、もともと鼻や口や尻から材料を出して、あるいはおいしいお料理を作り、さしあげていた。それをすさの男が、穢れだと判定して殺してしまう。これは新文化と旧文化との激突であり、新石器紀の敗北としてある。とともに、殺された身体から、五穀その他を提供するというかたちで、前代はけなげにあとの時代へと奉仕する。まずは頭から、おかいこさま、つぎは二つの目から稲だね、両の耳から粟、鼻に小豆、ほとに麦、お尻から大豆（まめ、だいず）。養蚕を別格とし、穀物のトップに稲だねという、新時代の生産体制だ。

なぜ、天石屋戸、すさの男の追放のあと、出雲神話が始まる直前に、エピソードのようにしてこの五穀の起源の話が挟まれているのか。けっしてエピソードではない。『古事記』がふと書き漏らした一言は、〈かいこ、および五穀を、すさの男が持ちたずさえて地上へ降りてきた〉ということではなかろうか。〈人類のために、稲だねを初めとして、それらを天上界から持ってきたのはすさの男ですよ〉と。すさの男が地上へ降りてくる直前に、『古事記』の編者が、大げつひめのことを書いた理由は、そのこと以外に考えられない。地上に養蚕や農業のなりわいをもたらしたのはすさの男だと、一連の記事の流れは曇りなく示す。

そうだとすると、農業の感謝祭はすさの男に対してなされるのでなければ、筋が通らない。新嘗で迎えられる神はすさの男ではあるまいか。

折口信夫が大嘗祭の神を、天孫降臨で降りてきた、天皇の祖先神だ、とするのは、折口だけの考えというわけではないにしても、ここで折口を攻撃しなければならない。天孫が降りてきた際の赤ちゃん用の「真床追衾《まとこおふすま》」（〈日本書紀〉神代・下）を、大嘗宮に用意されている布団のことだと、折口は強引に結び付けた。大嘗宮の布団をそのようにと称した証拠はどこにもない。大嘗祭と真床追衾とは無関係であり、大嘗宮に作られるベッドは、遠来の神に旅の疲れを癒すため、ぐっすり寝ていただくための寝具としてである。「まれびと」[*5]論者の折口が、なぜそのように論じないのか。すさの男こそは最大の「まれびと」であるのに。

よしんば大嘗祭の成立時に、新嘗のすさの男の役割が皇室祖先神のそれにすり替えられることがあろうとも、大嘗祭じたいを天孫降臨の実修へとすり替えることはありえない。天孫降臨のときに稲だねがもたらされたと、『古事記』のどこにも書かれていない。『日本書紀』に検索してみよう。本文に書かれていない。異文の第一には？　ない、第二の異文には？　ない。いくつめかの「一書」に、ようやく見つかる。斎部氏の『古語拾遺』にもそう書いてある。『日向国風土記』なんかは、いまの高千穂町に皇孫「ににぎ」がおりて来て、あたりはまっくらなのを、地上の土蜘蛛が教えて、稲を「ちほ」（千穂）ひっこぬいてばらまくと明るくなったというから、「ににぎ」は降りてくるまで稲を知らず、地上にあるのを教えられたのだ。

すさの男の勝ちさびという、新嘗儀礼の破壊にしろ、くしなだひめの登場にしろ、『古事記』上巻

*5　客神（＝まれびと）が村を一定の時に訪れて呪言をもたらすとする。文学の発生（呪言）と芸能の始まり（神の扮装）とを一元的に説き明かそうとする折口の仮説。

の根幹には始まろうとする稲作時代をどう儀礼化するか、という意図がつらぬき通っている。それに対して、中巻の神武以後には稲作記事を見ることがない。もう稲作時代にはいったからであって、わずかな地名のほかは、目立つこととして稲城に火をつける、さほびこ／さほびめ説話がある。水田の広がるなかでの戦闘だろう。

『古事記』上巻のフルコト系神話には、申してきたように稲作儀礼の開始という、重要な時代の画期が神話化されている。そのことは、昔話世界においてもまた、稲作以前をモチーフとするのもあれば、米や稲の出てくるのもあって、その交代期のショックが昔話を支えていることと、まさに一致することではないかと思われる。

新石器紀の、想定される神話が、破壊されながら、ばらばらに〈昔話紀〉のなかへ、そしてフルコト紀へと下りてくる。それらは『古事記』のような書承のそとで、口承として生き続ける。口承としてであるということは、文献の上になかなか出てこない。モチーフ（話型）としてならば、天人女房から鼠の浄土まで、いくらもかぞえられることは多言を要しない。「浦島太郎」が書物化されたかのように『万葉集』『日本書紀』や風土記に見えるのは、文人たちの神仙思想に絡め取られた、まさに氷山の一角としてある。

『日本霊異記』（八世紀末ないし九世紀初め）に、昔話をモチーフとする説話がいくつか見られることも、よく注意されてきたことで、狐女房、鷲の育て子、唄い骸骨、蟹報恩などが知られる。そして『竹取物語』のように、九世紀末か十世紀初めに至り、創作物語へと竹姫や小さ子のモチーフが提供される（「竹姫」「小さ子の誕生」）。『竹取物語』は〈物語紀〉の誕生を告げている。

# 第四章　フルコトの書物

## 1　〈弥生～古墳〉という推移期

ほぼ三千年という以前から、弥生時代人が進出して〝前代〟と激突しながら、あるいは〝平和裏に〟日本列島の各地を支配していった。水田耕作が広がり始めるそのころから、私の見当では昔話紀に移行する、と第二章で論じた。

現代の研究水準では、水稲耕作から弥生時代が始まったと考えると、縄文時代晩期と言われる水田遺構をどう考えるか。〝激突〟からなだらかな移行までを〈縄文～弥生〉と記号化してみると、金属器の使用をも視野にいれて（それらは武器として持ち込まれたろう）、画期というべき一時期があり、私はそこへさらに昔話という言語活動の発生をかぞえいれたいと念願する。

〝平和裏に〟移行したとしても、それで平和期が到来したのでは決してない。弥生時代の特徴づけの一つに、部族と部族との抗争という、戦争（war, conflict）があったろう。〝戦争〟が人々の交流欲や巧知、ないし狡知、残虐性を研ぎ澄まし、石器を中心に銅製および鉄製の武器をも研ぎ澄まして、住宅区域は防衛を余儀なくされ、くに（国）を形成するようになる。高い「き」（城、柵）と壕とをめぐらし、内部から支配層が析出されて、階層や貧富の差をおのずから生じさせる。昔話のなかに長者層と貧乏ぐらしの主人公とが分かれてくる契機となろう。

〈弥生〜古墳〉という推移期は歴史時代を刻み込むことで特徴づけられる。『古事記』に見る崇神記／垂仁記を、そのような歴史時代を覗かせる窓として考えようとすると、そこには叙述する人の意向や作為が記し留められて、作られた結果としての〝歴史〟が定着させられる。三世紀代にまだ〈記紀神話〉はなかった。四、五世紀代のやまと（奈良県北部）を中央とする政体による、出雲や九州との抗争のなかで、出雲神話や天孫降臨が取り込まれ、高天原というパンテオン（神殿世界）がかたちをなしていった。

## 2　フルコト（古伝承）の成立

五世紀という激動期には、記紀神話がやまとの建国神話につぎつぎに参加する。パンテオンは完成の域に達するという段階にまで進んだと考えられる。それらは多く豊かな歌謡を含む伝承であり、口承だったはずで、一部には書き留めるという程度のメモのたぐいもあってかまわない。それじたいを古伝承と言うことはできないだろう。それらが固定化し、詞章となって古伝承と見なされるようになる、権威づけを求める王朝が成立してくるのでなければ。

六世紀初頭か、前半か、男王の系譜から見ると〝王朝の交代〟があった。『古事記』が内容上、顕宗朝（五世紀末か）辺りまで、歌謡を含む豊かな説話を有しているのに対して、武烈、継体朝からあと、六世紀代の記事はふと説話性からはぐれる。簡略な系譜的記事へとさびしくなる。この喪失感は印象的だ。北陸道（福井県辺り）から来て前王を倒した新王が覇権争いに勝ち、王朝をひらき直した、というような経緯が、六世紀前半ころにあったかと言われる。ほかにも複数の説が考えられるものの、武烈から継体へ王朝がきれいに連続しているようにはとても見えないうえに、女系によって繋げるというところにも強引な歴史を窺わせる。

フルコトという語は前代の〝古伝承〟をさして言う。単に伝承というのではない。具体的な〝歴史〟をなす、つまり詞章のように表現を決めてゆくと〝そこ〟に歴史が現出する、というような。フルコトを産むことと、祝詞（宣《の》りと）のような詞章を作り出してゆくこととの根っこは一つだろう。それらの原型を作る表現技術者が五世紀に活躍して〝歴史〟を作り出していたとしても、それらを古伝承、つまりふる（＝古）コト（＝言、事）と認識し、権威づけをもくろむという段階は〝王朝の交代〟以後にふさわしい。『古事記』がほぼ五世紀以前のことを豊かに記述したあと、六世紀以後になると説話らしさを喪い、系譜を主とするさびしさを印象づけるのは、この書物——『古事記』という成書——が五世紀以前のフルコトをベースにして生まれてきたからではなかろうか。

フルコトはやまと政体の在り方や〝歴史〟と深くかかわるはずだから、文字通り伝承として蓄積されてきたことを、六世紀王朝において、五世紀代までの前時代のこととして記憶ないし記録することが、いわば次代のなすべきことであると意識されたのではないか。しかも、あとの時代から都合のよいように大いに整頓され、いわば史実と逆になるようにすら纏められていったろう。

六世紀終りか七世紀始めかには、「旧辞」として文字化が進んでいた。この「旧辞」もフルコトとそのまま訓める。『古事記』の序に言う「勅語（の）旧辞」は、「勅語（の）」とあるからには特定のそれをさしている。「旧辞」は複数あったのだ。八世紀代の『古事記』には、フルコトの決定稿を作るという意図があったと見られる。『古語拾遺』（斎部広成、八〇七）もまたフルコトの書のアンカー（最終形態）の一つだ。『先代旧事本紀』（三巻、九世紀初頭）は偽序があるために、えらく評判の悪い代物だとしても、フルコト（＝旧事）の記録であることにおいて最重要人物ならぬ書物と言える。

## 3 「古事」「古語」「旧事」そして「旧辞」

『古事記』を本居宣長がフルコトブミと読んだとは、知られる通りだ（『古事記伝』）。「古事」をフルコトと訓めるかというと、逆だろう。〝フルコト〟（古伝承）と書記するにあたって、漢字で「古事」と書いたのだ。「古語」と書いてもフルコトと訓むことができるので、つまり「古語記」でよかった。『古語拾遺』はフルコトの拾遺で、同様にフルコトを「旧事」と書く『先代旧事本紀』もあった。「旧辞」（『古事記』序）と書き、「古事」（『古事記』書名）と書き、「古語」（『古語拾遺』書名）と書き、「旧事」（『先代旧事本紀』書名）と書くのは、すべてフルコト（旧辞、古事、古語、旧事）を書きあらわした。『日本書紀』に見える「上古諸事」（天武十年三月）という言い回しについては、上〝古〟諸〝事〟だから、これも〝古事〟（フルコト）にほかならない。

繰り返して言えば、フル（＝旧、古）コト（＝事、語）とはほんらい古伝承を言う。とともに、権威ある詞章として歳月をかけて成長する。国家の起源や成立に関する一貫した説明らしく表現が備えられる。古い語句や短文を捕獲すると、それを包むようにして説話が広がる。その中心となる、それらの語句や短文をフルコトと言い、それを包む説話をもフルコトと称した。「こと」は上代音乙類なので「ふるコト」と書いてもよい（乙類かなをカタカナで示す）。漢字がなでは甲類乙類の崩れたあとの表記として「不留古止」（「古語」の割注、『日本書紀私記』丙本）というような語例もあった（「ふるごと」という濁音化はまだなかったと思う）。

『古事記』や『古語拾遺』の豊かな神々の説話を現代に統括して「神話」と言い習わすのはよい。それらを〈記紀神話〉としておこう。前代、史前史のそれらは〈神話＝昔話〉と称することにここまでしてきた。「神話」は myth（英）、Mythos（独）の翻訳語だと言われることも承認できる。（神の）話という、比較的新しい語だとも、神聖な感じをあらわす語だとも、単に統括するための語だとも、いろいろ称されてきた。

以上のような、それらの事実を指摘するだけならば、古伝承を『古事記』や『古語拾遺』は書き記している、というので、書名が内容を示すのはありふれたことだろう。しかし、私としては、そのことが意味する重大さを訴えたい。

いま、要点をしぼればつぎの三点となる。

（ア）「勅語（の）旧辞」とのみあって「帝紀」が消されている。その理由は何か。

（イ）「上古」という言い方が『古事記』序や『日本書紀』その他に見える。「上古」とはいつで、そのなかみは何を指すか。

（ウ）「記定」と「欲定…改…」との差は何を意味するか。

（ア）は『古事記』序のなかに見え、（イ）は『古語拾遺』にも見られる語で、（ウ）は『日本書紀』天武三年十月条の記事に見える「記定」記事をどう読むか、という課題をさす。

## 4 「帝紀」が消されている理由は

「勅語（の）旧辞」とのみあって「帝紀」が消されている理由は、『古事記』がフルコトの書物だからであって、「帝紀」と関係がなかったから、というのが（ア）の回答となる。これは分かりやすい。『古事記』序に拠ると、天武は、壬申の乱に打ち勝ったあと、邦家／王化の基礎を作るために、

a　帝紀を撰録し、旧辞を討覈して、偽りを削り、実を定めて、後葉に流へむと欲ふ。
〔撰録帝紀、討覈旧辞、削偽定実、欲流後葉。〕

と詔し、稗田阿礼に「勅語」して、

b　帝皇日継及び先代旧辞を誦み習はしめたまひき。
〔令誦習帝皇日継及先代旧辞。〕

と、誦み習わせたのは「帝皇日継」と「先代旧辞」ということになる。

それから二十幾星霜が経つ。運移り、世異って、まだその「事」が行われなかった、という。元明の代に到り、

c　旧辞の誤り忤へるを惜しみ、先紀の謬り錯れるを正さむとして、

〔惜旧辞之誤忤、正先紀之謬錯、〕

和銅四年九月十八日をもって、太安万侶に詔する。

d　稗田阿礼の誦む所の勅語の旧辞を撰録して、献上すといへれば、

〔撰録稗田阿礼所誦之勅語旧辞、以献上者、〕

というような経過を辿った。

成書になっている「旧辞」なるものが存在しており、それが『古事記』の基礎になっているという事情をここに受け取ることができる。さきに「旧辞」を「先代旧辞」と言い換えているところを見ると、「先代」を冠して重々しくその内容をいっそう明示する命名であるとともに、〝先代〟にかかわる内容が記されている、と分かる。

〈a、b〉と〈c、d〉とのあいだには、二十数年が経っていて、〈a、b〉は天武の代、〈c、d〉は元明の代のことに属する（天武、持統、文武を経て元正に至る）。

（天武の代）

a　帝紀……、旧辞……

b　帝皇日継、先代旧辞

（元明の代）

c　旧辞……、先紀……
d　（勅語の）旧辞

と、このように整理してみると、a、bにおいては「帝紀（帝皇日継）／旧辞（先代旧辞）」の順序のペアで書かれていたのが、cに至って逆転し、「旧辞／先紀（＝帝紀）」という順序のペアになる。そればかりではない、dでは「帝紀」を叙述から消して「勅語（の）旧辞」だけにしている。まことに鮮やかな逆転であり、旧辞への焦点の引き絞りだ、というほかはない。

なぜ、このような逆転と「帝紀」削除とがなされているのか。いうまでもなく、『古事記』が「旧辞」をベースにして書かれた書であり、「帝紀」に基づく書ではないからにほかならない。

現在の『古事記』学の水準では、文学史のたぐいにしろ、辞書のたぐいにしろ、『古事記』を稗田阿礼の誦み習った「帝皇日継」と「先代旧辞」とを資料とし、太安万侶が編纂して作られた書だ、とする。しかし、それは序文の伝える趣旨に反している、ある種の思い込みによって支えられてきた意見でしかない。つまり、序文が誤読されてきたわけではない。著名な『古事記』学者たちは、そのことに気づきながら、まさか『古事記』が「帝紀」をはずして作られたとは信じられない、という思いからそう読まれてきた。『古事記』へ「帝紀」を参加させている図でしかない。

山田孝雄『古事記序文講義』*1（一九三五）の理屈だと、

勅語阿礼令誦習帝皇日継及先代旧辞
〔阿礼に勅語して帝皇日継及び先代旧辞を誦習せしむ〕

を〝節略〟して、

稗田阿礼所誦之勅語旧辞

〔稗田阿礼の誦する所の勅語の旧辞〕

と言うのだ、とする。

勅語阿礼令誦習（帝皇日継及先代）旧辞

と、〈帝皇日継及先代〉部分が中抜きしてあるという。倉野憲司『古事記全註釈（序文）』は山田に追随する。

しかし、そんな乱暴な〝節略〟など、漢文の流儀にあるわけがない。近代の〝歴史学〟や〝国文学〟が帝紀をはずしにくかった、というに過ぎないと思われる。その上、旧辞＝フルコト＝「古事」という関係が発見されなかったことにも起因しよう。

繰り返せば、『古事記』は勅語を受けて稗田阿礼が誦習した「帝紀」と「旧辞」とのうち、「旧辞」を纏め上げた書であって、「帝紀」とは関係のない文献だ。

＊1　国幣中社志波彦神社・塩竈神社。

## 5 「上古」は何を指すか

つぎに、「上古」は何を指すかという課題に移る。『古事記』序や『日本書紀』そして『古語拾遺』にも見られる語で、さきに『古語拾遺』から見る。

（現代語訳）けだし聞くところによると、「上古の世に、まだ文字が出現せぬころは、身分のあるもなきも、老いたるも少きも、口から口へ伝えあって、前からの言や昔からの行いはいつまでも忘れられることがない」ということだ。

〔蓋聞、上古之世、未有文字、貴賤老少、口々相伝、前言往行、存而不忘。〕

みぎの「上古の世に、未だ文字有らざるとき、貴賤老少、口々に相伝へ、前言往行、存して忘れず」の、「前言往行」とは前人の語や以往のふるまいを言うので、そうした伝えるべきことがすべて言い伝えとしてあった、という趣旨だ。むろん、その通りだったと思われるものの、だからといって、そのことは証明しようのないこととしてある。つまり、これは前代に就いての考えを述べている一節なのだから、文字を持つ古代人が、過去の時代、つまり文字のなかった時をそう思い浮かべているということになる。

『古事記』序に、

（同）上古の時には、言葉と心に思うこととがどちらも素朴であって、文を並べたり句を構えたりすることが、漢字にあってなかなかむずかしい。
〔上古之時、言意並朴、敷文構句、於字即難。〕
ここでは「上古の時に、言と意と並びに朴にして」云々と、やはり上がれる時代のことを思いめぐらしての発想になっている。『古語拾遺』の、「上古の世に、未だ文字有らざるとき」ということと、『古事記』の「上古の時に、言と意と並びに朴にして」とあるのとが、思想的に同一のことを言っている、と見ぬくことはかなめとなる。「上古」という時をかれらは頭のなかで特定して、文字がなかった口承の時代、というように押さえていると知られる。
『古事記』序には、もう一箇所、「上古」を見る。
智海は浩汗として、潭く〝上古〟を探り、心鏡は煒煌として、明らかに〝先代〟を観る。
〔智海浩汗、潭探上古、心鏡煒煌、明覩先代。〕
と、このように〝先代〟が〝上古〟と対になって使われている。この〝先代〟と言い、また〝上古〟と言い、はっきりと指している時代があるはずだ。この「上古」を『日本書紀』天武十年三月条にも見ることができる。歴史編纂にかかわると言われる記事のなかにそれはあって、
丙戌〔十七日〕に、天皇、大極殿に御して、川嶋皇子・忍壁皇子、……（中略）大山上中臣連大嶋・大山下平群臣子首に詔して、帝紀と上古諸事とを記し定めしめたまふ。大嶋・子首、親ら筆を執り

て以て録す。

〔丙戌、天皇御于大極殿、以詔川嶋皇子・忍壁皇子……（中略）……大山上中臣連大嶋・大山下平群臣子首、令記定帝紀及上古諸事。大嶋・子首、親執筆以録焉。〕

と見える。

この記事は従来、読み誤られてきたかもしれない。『日本書紀』に書かれている記事だから、『日本書紀』じたいの編纂の始まりを示した一節であると、そのような理解が多数派を占めてきたかと思う。しかし、すこし考えてみればわかるように、『日本書紀』じたいの叙述内容は、推古で終了するどころか、そのあと、舒明、皇極、孝徳、斉明、そして天智、天武、持統と、時代がさがるにつれてぶ厚くなり、持統十一年（文武元年、六九四）まで、延々と記事が続けられてゆくのであって、それは「上古諸事」を「記し定める」という、みぎの編纂の記事内容と大きくくいちがっている。

## 6 「令記定」と「欲定……改」と

みぎの記事のなかの「記し定めしめたまふ」（令記定）は無視できない。天武十年三月十七日の当日に何がなされたかというと、事項を一つ一つ「記し定め」させたのであって、決して何かの編纂を開始するというような記事ではない。なぜそれを言うかというと、この記事をもって編纂の開始だと見なす意見が歴史家のなかに少なくないからで、いささかここは厳密さを期しておきたい。すなわち、ここの言語態のあらわすところは「詔して、……記し定めしめたまふ」〔詔、……令記定……〕に尽きる。

この記事の前月（二月二十五日）には、有名な浄御原令の編纂を開始するという記事があって、これは、やはり、天皇が（皇后とともに）大極殿にいまして、親王や議臣を喚して詔するという、そこまでは三月条によく似る。

詔して曰はく、朕、今より更に律令を定め、法式を改めむと欲ふ。故に倶に是の事を修めよ。

〔詔之曰、朕、今更欲定律令、改法式。故倶修是事。〕

と、これは法改正に着手するという、事業開始を宣言する文体で、「詔之曰、……欲定……改……」とある。これは、さきの、

詔、……令記定……

という言い回しと、それぞれのさす実態の大きな相違に基づいて、別々の表現になっている、と見なすべきではなかろうか。「詔、……令記定……」は御前会議で決定されてゆく事項をいま大嶋と子首とが筆を執って書き記す、という作業をさす。

すなわち、この記事は氏姓をただしくするという天武時代の一大事業の一環として、〝帝紀〟と〝上古諸事〟とを記し定めているのだということが分かる。〝帝紀〟や〝上古諸事〟こそは各氏の出自や由来が根拠づけられる理由であるからだ。

『古事記』に見ると、しつこいぐらいに各氏の職掌の由来や出自が書き込まれていて、その記述の

詳しさは『日本書紀』をうわまわる、とすら言われている。明らかだろう、〃上古諸事〃の〃上古〃は『古事記』の時代内容の設定にまさに沿うということが。

平田俊春『日本古典の成立の研究』[*2]にただしく言いあてられているように、国史編纂というような立場であれば、「諸事」の材料の収集にあたり、「上古」に限定する必要がなく、現に『日本書紀』は持統天皇までの諸事を記していることではないか、という指摘が核心をついている。つまり、「上古諸事」に対応する記事をかかえているのは『古事記』にほかならない。私はこの「上古諸事」をフルコトとしてみる時、平田の言は徹底されることであろうと思う。すなわち「上古諸事」はフルコトをふる（―上古）とコト（―諸事）とに分けて記した書き方にほかならず、したがって『日本書紀』天武十年三月条にみる、

帝紀と上古諸事と〔帝紀及上古諸事〕

というのは、『古事記』序文の、

帝紀を撰録し、旧辞を討覈して、〔撰録帝紀、討覈旧辞〕

あるいは、

帝皇日継及び先代旧辞を誦み習はしめたまひき。〔令誦習帝皇日継及先代旧辞〕

の言い回しに見る「帝紀」（帝皇日継）と「旧辞」（先代旧辞）とに対応して、「上古諸事」はそのまま「旧辞」あるいは「先代旧辞」に一致する。

## 7　『古事記』の古さ

「序」文については、これを後代（平安時代にはいって）の偽序だろうとする意見があって、三浦佑之はその一人にかぞえられる（『古事記講義』二〇〇三、ほか）。氏はしかし、「序文」以外の、『古事記』の内容および表記について「古層性」を十分に認める立場をとる。表記というのは、「も」（甲類）「モ」（乙類）という二種の書き分けが『古事記』に見られることで（甲類に「毛」字、乙類に「母」字を使う）、これは『万葉集』になるともうその区別を見ることができない。つまり、も／モの書き分けを『古事記』が持っているということは、『万葉集』の表記が新しく、『古事記』のそれは古い時代のそれをのこしている証拠となる。

このことは『古事記』がフルコトを基礎にできてきた書物であることの有力な証拠にもなる。上代音甲乙の区別（mo〈も甲類〉mö〈モ乙類〉）がかな書きのうえにあらわれたという、母音の区別（oとö）に求める説に対して、反対する理由はまったくない。三浦は『万葉集』などよりも『古事記』本文が「少し古い時代に書かれた可能性」を考える。私は「少し」でなく、〝十分に〟古く書かれた文をのこしていると考えたい。推古時代の「旧辞」をのこしながら、そのうえに新しい用字がかぶさっ

*2　日本書院、一九五九。

てきたのではなかろうか。

私としては神田秀夫・太田善麿両人の成立説（「解説」『古事記〈上〉』日本古典全書、朝日新聞社、一九六二）にいまなお魅力を感じ続けている。かな遣いにも踏み込んだ両氏の説は無視されてよいのだろうか。その日本古典全書『古事記』の本文は、飛鳥層（推古前後）と白鳳層（天武・持統朝）とに分けるという大胆なテクスト作りを見せる。『古事記』には「旧辞」がのこっていると考えるならば、飛鳥層を神田らが分けて示したことと一致する。『古事記』天武時代に大胆に『古事記』の内容が決定されたこと（前節参照）と、氏らが白鳳層の本文を考えたこととも、やはり符合する。全書本はさらに敏達のころの表記の痕跡があるのではないかとして、古層を考える。神田・太田説はもっと検討に供されてよいと思われる。

序文に、

亦、姓に於きては日下を玖沙訶と謂ひ、名に於きて帯の字を多羅斯と謂ふ、此くの如き類は、本の随に改めず。

〔亦、於姓日下、謂玖沙訶、於名帯字、謂多羅斯、如此之類、随本不改。〕

とあって、「日下」と「玖沙訶」と、「帯」と「多羅斯」と、二種の書き方があるように言う、その場合には「日下」「帯」が推古層ということになろうか。そして「本の随に」とは、書かれた本があったのではないかと氏らは推定する。「旧辞」は書かれていたはずだ。

序文に言う「交用音訓」と「全以訓録」とは、前者が新羅郷歌式表記で、後者は漢詩式表記に相当する（参照、藤井『文法的詩学』）。表記意識について序が正確に記しているとは、序の書き手が『古事記』の最終的な纏め方をよく踏まえていると評価することができる。

ここから本書の叙述は琉球弧という沖縄諸島へ渡る。初期王権時代を神話的な段階から見せながら、着実に古代を履歴し、成熟させてくる過程を、ヤマト（鹿児島県以北を沖縄社会から「ヤマト」と呼ぶ）に平行させて視野にいれるという試みが、一九七〇年代沖縄語文化の基幹部でなされてきた。祭祀や歌謡のなかに〝神話〟が生きて行われている、というほかはない圧倒的な実在感がそこにある。

# 第五章　琉球弧の神話文学——史歌の性格

## 1　稲村賢敷宮古島論

〝郷土史家〟稲村賢敷《けんぷ》（一八九四〜一九七八）には『琉球諸島における倭寇史跡の研究』（一九五七）という著述、そして『沖縄の古代部落マキョの研究』（一九六八）という著述がある。歴史学的、考古学的著述ということになるのか。宮古島を起点とする、雄大な歴史や考古を構想したこの人に真に与えるべき呼称が見当たらない。若年にしてニコライ・ネフスキーを案内し（一九二二）、宮古島の言語ならびに歌謡の在り方についてガイドした人として知られる。ネフスキーが宮古島までやってきて、その言語や歌謡を調査し明け暮れる姿に、稲村こそは身に多く受け止めることがあったろう。大きな教育者でもあった。

『宮古島庶民史』（一九五七）と『宮古島旧記並史歌集解』（一九六二）とは、前者が史歌を駆使して島史を構築する試みであり、後者はその原点あるいは原典であるところの史歌に注釈を試みて、それらの全貌を遺憾なく示そうとした。ネフスキーと出会わなかったならば、これらの書物はなかったろうと考えると、ネフスキーを通して世界の口承文学に連続するこれらの研究だと言える。そのことを非常に貴重だと最初に言いたい。

民俗学者、柳田國男は郷土史や郷土史家をたえずはげまし、全国的に郷土史ならびに郷土史家を、自覚させたり書かせたりした。郷土の伝説や伝承をたいせつにしなければならない、かなめのところにかれらはいて、対外的にインフォーマントでもありうる。伝説や伝承は郷土のなかで信じられ、愛好され、祭祀や行事の根拠となっている。郷土史家はムラの知識人でもある場合に、何かと合理的な解釈をほどこしたり、日本歴史などに根拠を求めたりするから、ときに割り引かれることもある。すぐれた郷土史や郷土史家に託すべき課題は多い。きわめてだいじな、歴史学と民俗学との接点ともなりうる課題ではないか。

宮古島の場合、伝承というかたちをとって、史上の事件や人物の事績がのこっており、具体的には史歌が多数、祭祀歌謡としてのこされたというところを最初の根拠とする。もし、そのことを疑ってしまい、「単なる伝説だ」「単なる歌謡だ」と、それらをいわば流してしまうならば、問題の起点とならない。それらの伝承や歌謡に歴史的な有意味性を認めるところから問題は始まる。水掛け論にならないように、慎重さを求められるものの、私には宮古島がすぐれた〈口承文学〉学の起点だと確信させられる。

稲村の言う〝史歌〟という語を、術語として採用したいと思う。日本古代の『古事記』などの古代歌謡の性格をみきわめるうえで、稲村がもたらす史歌という知見は広い範囲を覆う。むろん、そのことは八重山の歌謡についても言える。

## 2 史歌の編年、考え方

『宮古島旧記並史歌集解』に見る史歌は一貫した主張で統一されている。ただし、叙述が一貫して

分かりやすいということではないので、纏めると、

（1）「にーり」（ニイラ）が史歌発達の最初。

（2）偉人の業績を述べ讃えるのが「あやご」（アーグ）。

（3）多良間島には後世になってできたニイリもある。

（4）仲宗根豊見親《とよみや》の最盛期ののち、叙事詩述作が終わる。

（5）長あやぐ（叙情歌謡）の時代。

というような順序に受け取れる。ニイラはニイラアグとも言う。ニイラアグはニイラのアーグで、「後生のあやぐ」つまりニイラは「後生」だと言う。「与那覇せど豊見親のニイリ」に、ニイリ島は死んだ人々のいる島、後生のこと、ニイラテダは後生の大王と説明される。多良間島や来間島のニイリも先祖に関するうた、死んだ人々のことをうたったのだから、ニイラのあやぐと言う意味でニイラアグとなる。

狩俣《かりまた》村ウヤガン（祖神）の史歌である「狩俣祖神のニイリ」は、フンムイに天降りしてきた祖先の事績、村草創の歴史をうたうから、ニイラアグから始まった、とする。（一）～（五）という展開があって、各編は語韻も曲調も違う、別個のうたとしてある。ことに「ニイリ（四）」が座《ビ》ニイリと立《タッ》ニイリという二様の謡い方からできていて、ニイリ歌謡の最盛期だろう。（一）～（五）全部ができるのに二、三百年またはそれ以上の期間を要した、という重要な推定がある。多くの研究者を育てることになる（外間守善・新里幸昭『宮古島の神歌』〈一九七二〉など）、この「狩俣祖神のニイリ」は稲村のテ

クスト作りと考察とがその起点となった。

平良地方でも、十五世紀なかごろ、根間いかりという人が竜宮から先祖祭の様式として「鼓（＝こねいり）」祭を授かってきた。「こねいり」は踊りの手だろうが、これを「鼓・ニイリ」と受け取って稲村はニイリが行われたとする。

「与那覇せど豊見親のニイリ」は本島に広く行われていたのが、いま多良間島に粟摺りうたとしてのこるという。与那覇せど豊見親は一三九〇年、中山《ちゅうざん》へ朝貢した人で、その人の若い事績が述べられる。なぜニイリかというと、稲村としては与那覇せど豊見親が後生にいったん、行ったひとだから、と考えているらしい。過去のひと（先祖にあたる人）を扱うのがニイリということでもある。別個に「目黒盛《めぐろもり》豊見親のニイリ」というのもあった。

ニイリ制作期から百年ばかり後れて、十五世紀末から十六世紀にかけて、仲宗根豊見親が現れて、中山に対しては朝貢、八重山・与那国に対しては征伐という、外交および外征を試みた。このころになるとニイリと言わず、アヤグなのだという。「現在」に沖縄に行ったり、八重山征伐に行ったりして、花々しく活動している事績をうたうのだから、ニイリ（ニイラアグ）にはふさわしくなく、生存中に作られたと考えられる、英雄叙事詩というに足る内容であった、と。

「仲宗根豊見親八重山島入の時あやご」は五十二節から成り、史歌の代表というべく、武芸者たちの出身地や族称、名乗りを述べてゆく。第十九節に呼び出す金志川金盛《きんすがーかなもり》は「金志川金盛のあやぐ」の主人公にほかならない。第三十六節からは八重山〝征伐〟と、さらには鬼虎との一騎打ちを描写する。ことばが簡潔で事実そのままをあらわそうとした苦心が窺われる、とも、「潤色」であろう、とも稲村の筆は揺れる。

多良間島には「うえぐすく金殿がニイリ」、「かでかりのニイリ」、「かず神《がん》のニイリ」（一）（二）（三）、「土原《むたばる》豊見親のニイリ」がある。「かず神」は鍛冶神で、鍛冶伝来をうたっているものの、後世になり、祭を行うにあたって鍛冶渡来伝説に拠り、叙事詩体に作り直したかという。具体的にそのような推定が可能かどうかを保留するにしろ、島の行事が整うようになって祭のうたとして作られるという、いくらか後年の述作とでもいうべき在り方を稲村は考えるらしい。

稲村執筆時からかぞえて、四百五十年まえまでは盛んにうたわれて、仲宗根豊見親が宮古の首長となったころに最盛期に達し、そののち、こうした叙事詩述作がほとんど絶えてしまう、と言われる。沖縄本島のオモロもまた十七世紀にはいり制作が終わったように考えられ、それについては三味線の輸入に原因を見る仲原善忠の考え方がある、しかし、宮古島では楽器の伴奏なしに声音だけでうたい伝えられたのだから、楽器のためだとするわけにゆかない。とすると、社会的事情の変遷が「あやぐ」を内部的に変えてしまったと見るのが適当のようだ。仲宗根豊見親の時代にはなかば封建制度ができあがって、自由な変貌がなかなかできなくなる時代で、叙事詩の述作は大きく影響を与えられたのではないか。稲村はそう論じている。

歌詞よりも音曲に特色があって、長あやぐは、とうがに、正月のあやぐ、七嶺、島嶺のあやぐ、高越と新越、あやぐに、石嶺のあかうぎ、旅ぱいなど、盛んにうたわれ、また多く作られた。ニイリや英雄叙事詩の述作が止まったためにそういうことになったようだ。

## 3　神話か歴史か――「与那覇せど豊見親のニイリ」

稲村という人の世界の口承文学に連続する広い感覚と、郷土宮古島の深々とした伝承から長年培われた歴史感覚とによって、『宮古島旧記並史歌集解』のうちにもたらされる、以上のような〝編年〟は貴重だろう。神話という語を稲村が使うわけではないが、〝神話と歴史と〟のあいだに〝編年〟が割ってはいる。「与那覇せど豊見親のニイリ」は異界訪問譚であり、著名人となった与那覇せど豊見親を先祖として祀るうただとすると、十五世紀始めには成立したということではないか。若き日に異界ニイラ島でニイラテダに会う、訪問をしたことがあるというのはいかにも偉人にふさわしい。〝神話か歴史か〟、混沌として分けられないのはかれらばかりでなく、われわれにとってもそうだということを強調したい。

「与那覇せど豊見親のニイリ」

一　むいか越《ぐす》、与那覇《ゆなぱ》よ〈盛加越（＝峯）の与那覇よ〉
　　与那覇しど、とよみやよ〈与那覇原の鳴り響くお頭《かしら》よ〉
二　宮古《みやーく》の、始りんよ〈宮古の始まりの時〉
　　島ぬ新立《あらだつ》んゆ〈新しい島立ての日に〉
三　とよむしゆが、にゃーんにば〈鳴り響く主がいなくて〉
　　名といしゆが、にゃーんにば〈名取り主が無くて〉
四　じやらばん、とゆみみ〈「それでは私が鳴り響き〉

じゃらばん、名とりみ〈それでは私が名を取ろう」（とて）〉

五　いでぃとゆみ、うたすが〈出て鳴り響きおったが〉
いでぃ名取〔り〕、うたすが〈出て名を取りおったが〉

六　しゃなんすが、うぷさん〈猜む者が多い〉
憎《にく》むすが、たいさん〈憎む者がたくさんで〉

七　しゃなんすん、しゃなまり〈猜む者に猜まれ〉
憎んすゆん　憎まり〈憎む者に憎まれ〉

八　にいら島、下りていゆ〈にいら島〈後生〉に下りてゆき〉
あらう島、下りていゆ〈あろう島に下りてゆき〉

九　にいら天太《てだ》、う前《まい》ん〈にいらの王のお前に〉
あらう天太、御前ん〈あろう島の王のお前に〉

以下、にいら島に降りてゆくと、にいらの王と問答する。「どうしたのか、与那覇よ、何のためにか、豊見親よ、おまえの年の子供が、そんなに美しい若者が、にいら島に下り来たのか、あろう島に下り来たのか」「真実のことを申し上げる、ありのままを申し上げる、宮古の始まりに、島の新しい出発に、鳴り響く主がいないので、名取り主がいないので、ならば私が鳴り響こう、ならば私が名を取ろうとて、出て鳴り響きおったが、出て名を取りおったが、私の二十歳ごろ、大いに勝れたころに、猜む者がおおぜい、憎む者がたくさん、猜む者に猜まれ、憎む者に憎まれ、にいら島に下り来たよ、あろう島に下り来たよ」。にいら島の王は、大きな帳簿を起こして、しまいまで捌いて調べると、「与那覇は胸の美しい人である、心の美しい人である、おなじ宮古に帰れよ、おなじ娑婆に戻れよ」と言う。「誇らしく思うが、喜ばしく思うが、目も口も面変わりして、おなじ宮古へ帰れない、おなじ娑婆へ戻れない」「それならば与那覇よ、それならば豊見親よ、にいら大道に、あろう大道に、青綱を張ってやるから、まぶ綱を張ってやるから、それを辿ってお帰りよ、糸を辿ってお戻りよ、島に行ったら与那覇よ、国に行ったら豊見親よ、人の世の習いとして、よかる（富裕）人もいるだろう、貧しいひともあるだろう、富裕であればあるほど、貧しい人を見落とすな」。

ここから帰還のストーリーが続く。船を出し、夜空の星にみちびかれて、帰還を果たす。こうして宮古島の首長（豊見親）となる。

……

四六　んなぐ船、んなかん〈砂で造る船のまんなかに〉
しなぐ船、んなかん〈砂で造る船のまんなかに〉
にんた起き、しゆうちゆい〈寝たり起きたりしながら〉
四七　寅の方《ぱ》ゆ、見いりば〈寅の方向の方を見ていると
あがるなゆ、見いりば〈ひんがしの方を見ると〉
四八　ゆしやすみやーや、きんたてい〈四隅（ペガサス）は四隅に柱を立て〉
うりがあとからや〈そのあとからは〉
四九　んみ星《ぶす》ば、あがらし〈群れ星（スバル）をあがらせ〉
うりがあとからや〈そのあとからは〉

五〇　むい星ば、あがらし〈箕星（馭者座）をあがらせ〉
　　うりがあとからや〈そのあとからは〉
五一　たーきゆみや、上らし〈たーきゆみや（星）をあがらせ〉
　　うりがあとからや〈そのあとからは〉
五二　うぷらくーら、あがらし〈明けの明星をあがらせ〉
　　うりがあとからや〈そのあとからは〉
五三　うぷてだゆ、上らし〈大太陽がのぼってくる〉
五四　にいらてだ、うかぎん〈にいらの王のおかげで〉
　　あらうてだ、みうぶきん〈あらうの王のお助けで〉
五五　島たていば、ならいゆ〈島立てを習うよ〉
　　ふん立ていば、ならいゆ〈国立てを習うよ〉

それらの歌謡の行われていた時代から数百年のちになって、稲村により採録されたのが多いとすると、その期間、口承によってうたわれるなり記憶されるなりしたのだから、このことは口承文学が文学史に寄与する事例になる。

## 4　木に変成して船材となる神話的歌謡

史歌という叙事歌謡は神話的歌謡でもある。神話と歴史とが〝連続〟するさまをそれらは如実に教えてくる。史上の女性をうたう叙事歌謡かと思うと、以下のように彼女は木に変成してりっぱな船材となって育つ。

池間島の「まつさびがあやご」を、稲村は多良間島の「土原とよみやのにーり」に引き続いて載せる。柱に「池間島のにーり」とあって（「池間まーづみが」とともに）、ニーリにいれているかもしれない。「池の大按司鳴響み親〈いきぬぷーじとうゆみやー〉のアーグ」（池間島）や、狩俣では「山のマッサビ」とあるのとかさなる。

八重山では「いきぬぶしぃじらば」（宮良）、「いきぬぼうじゅんた」（平得）、波照間島で「ぱいさきよだじらば」などとして見いだされる。喜舎場永珣『八重山古謡』の注に『日本書紀』の神話を思い合わせている。「……カグツチ、埴山姫（＝土神）を娶きて、稚産霊《わくむすひ》を生む。此の神の頭の上に、蚕と桑と生《な》れり。臍《ほそ》のなかに五穀生れり」（神代上）、と。

ここは喜舎場の「いきぬぶしぃじらば」から、表記をやや変えながら読んでみよう。

「いきぬぶしぃじらば」（宮良）

1　いきぬぶしぃ（てぃんさんぬずげーま〈囃〉）　てゆみーか〈池の辺りに亡くなったヌズゲーマ女は評判だ〉
2　あまぬ美《かい》しゃん　生りばし〈絶世の美しい生まれをし〉
3　どぅぎゃぬちゅらさん　産《しぃ》でぃばし〈あまりの美しい生まれをし〉
4　親々に　望まれ〈お役人親に望まれて〉
5　主《しゅ》々に　見のうされ〈お役人主に指名され〉

6　親々や　うかさんどぅ　〈お役人親は恐れ多いよ〉
7　主々や　あこさんどぅ　〈お役人主は恐縮のあまり〉
8　うむとぅ山　登ぶりょうり　〈おもと山に登りなさり〉
9　てぃらしぃ　頂《てぃじぃ》　上《あ》がりょうり　〈照らし頂にあがりなさり〉

以下、三ヶ月を籠り、日が百日になるまで籠り、わたしを探すひとはない、これを探すひとはない、兄弟のない育ちなそうな、あまりのひもじさ苦しさに、おなじ道にもどりなさり、おなじ足を踏み帰りなさり、おなじかわらを越えられず、おなじ砂州を越えられず、かわらの端に臥しなさり、池のそばに臥しなさり、片乳から樫の木、片眼からタブの木、樫の木は船板にとり、タブの木は船体用、船板取りの木の見事なことよ、船体用の木の見事なことよ、タブの木は竜骨にし、樫の木は船板に使用する、おなじお役人親に乗られて、おなじお役人主に乗られて、船になってもおなじように乗られるのなら、生き肌に乗せてやったらよかったのに。

## 5　起源とは——史歌の性格

日本神話の歌謡から起源という課題を調べると、「史歌」というべき歌謡を『古事記』や『日本書紀』に求めることができる。

私は『物語文学成立史』（一九八七）*1 のなかで助動詞「し」に注意したことがある。過去をあらわす機能語「き」の連体形と言われているそれで、わずかに例示すると、

（A類）

1. 『みつみつし　くめのこらが、かきもとに、うゑ〈し〉はじかみ、くちひひく』われは　わすれし。うちてし　やまむ　〔『古事記』中、一二歌謡〕

2. このみき〔御酒〕は　わがみきならず、『くしのかみ、とこよにいます、いはたたす　すくなみかみの、かむほき、ほきくるほし、とよほき、ほきもとほし、まつりこ〈し〉みき』ぞ。あさずをせ。ささ　〔同、三九歌謡〕

3. 『かしのふに、よくす〔横臼〕をつくり、よくすに、かみ〈し〉おほみき』、うまらに、きこしもちをせ、まろがち　〔同、四八歌謡〕

と、このような『二重カギ括弧』の部分に「し」の出てくる歌謡がいくつもある〔歌中では〈し〉で示した〕。この『二重カギ括弧』は何かというと、歌謡のなかの比喩的表現というべき部位にあり、過去にこういうことがありましたという「し」〔助動辞「き」の連体形〕をそこに配置している。

四八歌謡で言うと、「かしのふに横臼をつくり、横臼で噛んでつくった大御酒」というのが起源の説話で、その昔のままにいま眼前で醸造する大御酒を、「うまらにきこしもちをせ、まろがち」〔うましとめしあがりませ、われらが親〕と勧める。〈し〉で引用される箇所が起源譚をなしている。起源の説話を持ち込むことで歌謡を成立させる。史歌というべきこれらの歌謡に「し」が出てくるのは起源譚だからではなかろうか。

（B類）

1. さねさし　さがむのをのに、もゆるひの、ほなかにたちて、とひ〈し〉きみは　も
（同、二四歌謡）

2. をとめの、とこのへに、わがおき〈し〉、つるきのたち、そのたちは　や
（同、三三歌謡）

3. ……あはし〈し〉をとめ、……あはし〈し〉をみな、……わがみ〈し〉こら、……わがみ〈し〉こに、……
（同、四二歌謡）

4. やすみし〈し〉、わがおほきみの、あそばし〈し〉、ししの、やみししの、うたきかしこみ、わがにげのぼり〈し〉……
（同、九八歌謡）

（B類）のような史歌がA類の『二重カギ括弧』の部分に代入されると、比喩的表現をかかえる歌謡となろう。そうすると起源譚が成立するという理屈ではないかと思う。

（B′類）

1. あめなるや　おとたなばたの、うながせる、たまのみすまる、みすまるに、あなだまは　や、みたに、ふたわたらす、あぢしきたかひこねのかみそ
（同、六歌謡）

2. みまきいりびこは　や、みまきいりびこは　や、おのがをを、ぬすみしせむと、しりつとよ、いゆきたがひ、まへつとよ、いゆきたがひ、うかかはく、しらにと、みまきいりびこは　や

＊1　東京大学出版会。「き」については、参照：『文法的詩学』笠間書院、二〇一二。

3.　やつめさす　いづもたけるが、はけるたち、つづらさはまき、さみなしにあはれ
〔同、二二歌謡〕
〔同、二三歌謡〕

（B′類）は（B類）より進化して、アヤゴ的と言えばよいか、（B類）をニーリ的と類推するわけではないけれども、古代歌謡とひとしなみに言われている歌謡どもに、起源譚の視角からすこしは亀裂を生じさせることができるかもしれない。

比喩ということに注意してゆけば、

『みやひとの、あゆひのこすず』　落ちにきと、みやひととよむ。さとびとも　ゆめ
〔同、八一歌謡〕

というようなのも、小鈴が落ちて鳴ることと、女性が宮人の手に落ちるということとがかさなる（＝比喩する）関係にある。

枕詞も起源譚から来ることがあると知られる。

……あは　もよ、めにし　あれば、なをきて〔措きて〕、をは〔男は〕　なし。なをきて、つまは　なし。『あやがき』の　ふはやがしたに、『たくぶすま』　さやぐがしたに、『あわゆき』の　わかやるむねを、『たくづの』の　しろきただむき、……
〔同、五歌謡〕

というのについて見ると、『括弧』（枕詞）の部位が起源の集約だとわかる。枕詞の成立の主要な場合は起源譚に負うということが見てとれよう。

文学源流史が琉球（沖縄）文学、またアイヌ民族文学を〝取り込む〟ことについて、一言、説明をほどこしておいたほうがよいかもしれない。改造社版『日本地理大系』（一九三四〜）は〈樺太、朝鮮、満州、南洋〉を含み、別巻に「海外発展篇」（上・下）までを持つ。つまり、刊行された時点での〝版図〟（領土というか）を起点に「日本地理」を記述するのであって、そのことは歴史書（や歴史教科書）にみる「日本史」や、あるいは「日本文学史」でも、基本的に変わらない。つまり歴史や文学史に不動の座標軸のような基準は考えられない。現代にあって、一般に行われる歴史や文学史など、いまを起点とする記述であるからには（そんなのばかりだが）、私の考えたい源流史のシーンから、微妙に、ないし大胆に離れることとなる。結果はおなじことになるかもしれないが、歴史や文学史を起源から尋ねたいのであって、〈源流〉を名告る理由は一にかかってそこにある。

かつて琉球王国の地であり、いまにあっても沖縄文化の独立性は疑いようがなく、燦然と光芒を放つと私は言い続けたい（『甦る詩学』まろうど社、二〇〇七）。潜勢力としてのその文化的独立性を尋ね続けるのが源流史の役割としてある。このことの基本認識は次章においてさらに拡大する。

# 第六章　アイヌ語神話文学――〈聖伝〉に見る

## 1　翻訳としてのアイヌ語文学

文学的源流史は〈先住民族〉論とここでふれあう。けっして日本文学史の一部でなく、周辺的な文学でもありえない、（一章しか与えられないとしても）固有の中心をなすという主張が、本書でアイヌ民族文学を問いかけることの根底にある。「日本文学史」へ〈先住民族〉文学が参画してくる、その参画の仕方を問うのであって、以前に私も参加した『岩波講座日本文学史』（一九九五～九七）の一角に「アイヌ文学」を据えた理由でもある。もうすこし言えば、明治政府以後の同化政策（土地利用の方法や〝日本人〟化をめぐる植民地主義の一環）によって可視化されてきた、日本近代の〝成果〟に基づく記述だという、あられもない一面がある。私としては、アイヌ文学の持つ神話性や、アイヌ語文学の叙述の特質、および研究史から得られる翻訳文学としてのそれについてふれたい。

アイヌ語文学に接近できるのは、私の場合、当初から金田一京助『（アイヌ叙事詩）ユーカラの研究』一・二[*1]を始めとして、金成《かんなり》マツ筆録・金田一訳註『（アイヌ叙事詩）ユーカラ集』[*2]など、日本語による

＊1　財団法人東洋文庫、一九三一／一九六七。
＊2　三省堂、一九六八～一九七五。

研究や日本語での筆録を通してに尽きる。基本となる知里幸恵《ちりゆきえ》『アイヌ神謡集』[*3]は、彼女じしんによるアイヌ語のローマ字表記を左ページに、日本語訳を右ページに組む。

翻訳文学として接してきた、とこれらを称してたぶん間違いなかろう。ただし、金田一らのしごと（あとに言う久保寺逸彦のそれも含める）からアイヌ語文学をすこしでも知りたいと、独習ばかりしてきた私などには、翻訳という臨界をすこし越境して、アイヌ語と日本語とのボーダーラインに立つ、という思いもなくはなかった気がする。

アイヌ語によって日本語や日本文学の理解が深まる、ということはあったし（物語叙述について）、それ以上に先住民族のことばとしてのアイヌ語が、古来、そして近代以後にどのような地位に置かれ、いまに至っているか、隣接語である日本語常習者の知らなければならないこととしてあると思う。

翻訳のボーダーラインということでは、山邊安之助著・金田一京助編という『あいぬ物語』[*4]が、おそらく世界最初のアイヌ民族による著書ということになろう。カタカナでアイヌ語を併記する日本語による著述であるものの、山邊その人の語りを金田一が筆録し、巻末に「樺太アイヌ語大要」も載せられている。

アイヌ民族研究者による研究や著述としては、私の入門書が知里真志保『アイヌ文学』[*5]だった。萱野茂からは『萱野茂のアイヌ語辞典』[*6]など、だいじな知見がもたらされたことについて言うまでもない。参議院議員として萱野が国会でアイヌ語によって演説した日のことを忘れ得ない。これは翻訳としてのアイヌ語を脱した記念すべき民族独立宣言となった。

## 2　人称接辞に学ぶ

アイヌ語文学研究者、久保寺逸彦（一九〇二―一九七一）を取り上げよう。久保寺の『（アイヌ叙事詩）神謡・聖伝の研究』[*7]を繙くと、一九二二年（大正八）、帯広市在のコタン（村）を訪れてより、営々たる研究活動に従事してきた成果を集成する。世界遺産とこれを称してもふさわしいほどの、神謡《カムイ・ユカラ（しんよう）》百六篇、聖伝《オイナ（せいでん）》十八篇が後進の手に渡される。

それらのなかから聖伝 oina をここに視野にいれる。聖伝について、神謡 kamui-yukar や英雄詞曲 yukar ともとより分かちがたく、かつ伝承者の意識や地域的展開によってまちまちだから、ジャンルの独立性を疑問視することは一案としてある。[*8] 私はあくまで一読者として、久保寺の著書からこれらを読み進めることとした。著者の学位論文（國學院大學提出、一九六〇）の副本を佐々木利和が原稿整理した大著で、概説、対訳篇（神謡・聖伝）および註解篇から成る。

久保寺は奉職先の東京学芸大学で、アイヌ語／アイヌ文学の大きな学究であるとほとんど知られることなく、ひたすら一国語教師として職をまっとうしたと言われる。その久保寺のもとに通いつめて

*3　郷土研究社、一九二三、岩波文庫、一九七八。
*4　博文館、一九一三。
*5　元々社、一九五五。
*6　三省堂、一九九六。
*7　岩波書店、一九七七。
*8　聖伝を独立させることに批判的なのは、たとえば奥田統己「アイヌ文学から歴史をどう読みとるか」（本田優子編『アイヌの歴史と物語世界』札幌大学ペリフエリア・文化学研究所、二〇〇五）。

いた、國學院大學（そして法政大学大学院進学）の一学生がいた、それが佐々木だった。

私は沖縄語／沖縄文学に接したときにおなじく、まったくの独習であり、『（アイヌ叙事詩）神謡・聖伝の研究』をひらき見る時々を繰り返していた。日本語訳からアイヌ語を覗き込み、註解、概説を読み進めるのが中心で、その読み方は金田一京助『（アイヌ叙事詩）ユーカラの研究』一・二を読んだ時にも同様だった。言語を学んでから文化や文学へ進むというのが、一般に奨められる方法ではないか。そこからはずれる学習方法だったと思う。けれども、金田一や久保寺の出版意図のうちには、私のような専門外からの読者も想定されていよう。疚しくとも、かまうものかという思いがあった。

独習者はローマナイズされたアイヌ語について、註解篇にみちびかれながら拾い読みして、いろいろ疑問を持つことになる。日常語（口語、ふつうの言葉 yayan-itak）と雅語（飾った言葉 a-tomte-itak）との〈分化〉ということは、日本上代の祝詞や『古事記』などに類推して納得できるきもちがあったから、当初はその〈分類〉に従って考えていった。

（雅語を用いる場合）
（1）正式の会釈・会見の詞 Uwerankarap-itak
（2）神祷の詞 Kamui-nomi itak, Inonno-itak
（3）誦呪の詞 Ukewehoms（h）u-itak
（4）談判の詞 Charanke-itak
（5）神謡 Kamui-yukar　聖伝 Oina　英雄詞曲 Yukar　婦女詞曲 Mat-yukar などの詞

これらは日常口語と違って、sa（節調）kor（持つ）itak（語、言葉）であるという。これらに対して日常口語は ru（融ける）pa（口）itak（語、言葉）＝融けてばらばらな、つまり散文ということになる。まことにうまい分類ながら、日本語の文語と口語とのように、単語や語義や文法的な区別をほどこしてくれるのでなければ、あるいは歌語や詩語のような語が十分にあるのかどうかを説明してくれるのでなければ、そのままだと了解しがたいという思いものこった。

一九九〇年代にはいり、新しいアイヌ語文法学が進展することとなる。新しいアイヌ語文法学のもとに『（アイヌ叙事詩）神謡・聖伝の研究』をたえず置き直すこととなる。たとえば人称接辞があり、第四人称（略して四人称）がある。

摘記すると、（2）の神祷の詞では第一人称（略して一人称）単数の人称接辞（ku-）が出てくるのに対し、（5）の神謡、聖伝、英雄詞曲（英雄叙事詩とも）などでは、神謡に排他的一人称複数（ci- -as など）が、そして英雄詞曲（や散文説話 Uepeker）では四人称（a- i- -an）をもちいて主人公が〈自叙〉するといった、興味深い事実が知らされるようになって（中川裕[*9]）、金田一・久保寺以後における、まさに研究の画期が訪れているとの感触をつよく持つことになる。

神謡がつねに排他的一人称複数をもって語られるかどうかは、後述するように再考の余地があり、知里幸恵『アイヌ神謡集』ではたしかにそうだ、という限定づきで考えるべきことかもしれない。ともあれ、口語、雅語という区別ではない考え方がつよく要請されることとなろう。

*9　中川裕『アイヌ語（千歳方言）辞典』（草風館、一九九五）ほか。

## 3 非過去という時制

アイヌ語に過去という時制 tense はない。完了的な時間を始めとする表現が可能だということと、文法的に時制がないということとは別のことだ。活用形を持たない動詞（形容詞を含む）が、一方に人称接辞を発達させている事情は、アイヌ語と日本語とがまったく異質な言語であることの重大な指標としてある。諸言語を日本語と〝対訳〟するにあたって、きもちを汲んで日本語の過去形を利用することは、一般書ならばむろん、よいにしても、厳密な学問書、特に文法書のたぐいでは検討課題だろう。

日本語ではたしかに叙事文学に明確な過去形（助動辞「き」）を使うことができる。『古事記』や歴史語りなどに見ると、動詞のあとに「き」を付加して現代から切り離された過去「〜した（もう終わったこと）」を明示する。その一方で、古典語でも現代語でも、けっして過去形をおもとしていない。中古叙事文学（『源氏物語』など）から取り出すと、現代語に直して言えば、非過去で「〜である」（＝なり）、「〜ごらんになる」（＝ご覧ず）、「〜した（のでいまはこれこれだ）」（＝たり）、「〜持ちある」（＝持てり）、「〜なくなってしまう」（＝失せぬ）、「〜たところだ」（＝つ）などと語り分ける。

それどころか、昔話の「だそうな」「とさ」とおなじように伝承形式で語る。それを担うのは「けり」という助動辞で、過去のことは「〜だったという」（＝けり）「〜たのである」（同）と、語る現在へ持ってきて（＝という、のである、だ）言い収める。

金田一や久保寺がアイヌ文学を雅語だと言う以上、それらを日本語の文語体で対訳しようとする試みは、われわれにとり、その問題に直面する。かれらの素養の深さということもあるけれども、翻訳文学としての妙たるや、まことに魅力そのものではなかろうか。
　時制の扱いについての判定をやや下しておきたい。

（「虎杖丸」、金田一、一九三二／一九六七）

| | |
|---|---|
| iesu yupi | まゝ兄（と） |
| iresu sapo | まゝ姉（と） |
| ireshpa hine | われを育てて |
| oka-an ike:— | われら暮らしける：— |
| kamui kat chashi | 神工の山城の |
| chashi-upsor | 山城のなかに |
| aioresu. | われ育てられたり。 |

……

（下略〈以下、すべて部分引用〉）

　金田一の対訳でみると、「われら暮らしける：—」と伝承的だ（けり＝伝承）。〈暮らしてきた→（いま）暮らしている〉という時間の経過が「けり」に籠もる。「oka-an ike:—」は厳密に言えば伝承形でなくとも、「ありける」→〈ずっとありきたりいまにある〉感じを日本古語の「けり」はあらわすので、適切だろう。「aioresu.」は「われ育てられたり。」（私は育てられ（たのでいま成長し）ている）と、「たり」＝存続（英語で言えば現在完了）で収めている。かれらが文語でアイヌ語を翻訳しようとした時に、思わぬ副産物かもしれないが、時間感覚が両者のあいだから浮上する。これはなかなかスリリングなことだ。

（「神伝（カムイ・オイナ）〔一〕」、金田一、一九二三[*10]）

カムイカッチャシ　Kamuikat chashi　神の　工《たくみ》の　山城《やましろ》の
イレス　チャシ　iresu chashi,　我を育てし　山城の、
チャシ　ペンノキ　chashi pennoki　山城の　東《ひんがし》の軒
チャシ　パンノキ　chashi pannoki　山城の　西の軒、
トカプチュプノカ　tokapchup noka　日輪の　象《かたち》を
チエヌイェカラ　chienuyekar　ゑがき、
クルカシケ　kurkashike　そのおもて

以下、「二重《ふたへ》の　明　光／三重《みへ》の　明　光／差《さ》し延《は》へて／山城の際《きは》／照り　わたり／耀き　わたる。／山城の　内に／養《まゝ》　姉《あね》／我を克くかしづきて／養ひ育て居たり。（下略）」と続く。ほぼみごとに日本文語によって達成させられる非過去の出現にほかならない。二句め「我を育てし」と「し」（＝過去）がでてくるのは正確に言えば意訳であり、「（我を）育つる」が正しい。

ところが、つぎのような場合はどうだろうか。

（「古伝（オイナ）〔三〕」、同）

ケメイキパテク　kemeiki patek　針仕事を　のみ

ネプキネアキ　nepki ne aki　業《わざ》　と　して
アナナイネ　ananaine;　われ在りしが、
シネアントタ　Shineantota　とある日
プヤラオンネヒ　puyara onnehi　窓の　かた
クルンカネ　kurun kane,　闇くかげり　て、
インカラナワ　inkaran awa　わが打眺むれ　ば
タパンポロツキ　tapan poro tuki　その　大《おほ》　杯《さかづき》
カンパスイカン　kampasuikan　わたせる酒箸《さかばし》の上を
モムナタラ　momnatara　漂はして
プヤラカリ　puyara kari　窓　より
アフプルヱネ　ahup ruwene;　入り来れる　なりき。

と、「われ在りしが」（し＝過去）、「入り来れる　なりき」（き＝過去）などと、過去形が多用されるように見える。日本語の含みで時制を意訳したということだろうが、アイヌ語にない「過去」が出てくる点で、私ならばいったん、保留したい。

*10　『アイヌ聖典』世界文庫刊行会、一九二三。アクセント記号などを省略して引用する。「プ」「ク」を小字化するアイヌ語表記が見られる。

## 4　聖伝の人称接辞は何か

人称接辞もまた日本語に見ることができない。

日本語にない人称接辞を〈アー日対訳〉することはどれぐらいまで可能だろうか。金田一や久保寺はアイヌ語叙事文学を一人称による自叙文学であると見なした。それにもかかわらず、聖伝にみる人称接辞は、久保寺に見ると、多くの場合、a- i- (他動詞)、-an (自動詞) という形態をとる。これらは一人称 (ku- en-〈単数〉、ci- un-〈複数・他動詞〉、-as〈複数・自動詞〉) とまったく違い、これらに見る限り、けっして自叙といえるような文学でなく、安易に「我が」「我を」「我」とは言えなくなる (ci- は文献によって chi- とも表記する〈以下おなじ〉)。*11

むろん、金田一らは早くからこれに気づいて、不定称と称し、そして「雅語による一人称」と見なしてきた。それらを雅語による人称だという考え方に執着するならば、「一人称」という考え方はありえてよかろう。しかし、じつは「雅語」のうちでも、(2) の神祷の詞の場合、先に述べたようにけっして a- i- -an によって祈られることがない。久保寺から引くと、

kimatek tap　　　　慌て驚きし
ku-ne akusu　　　　我なれば
yai-asurani　　　　事の仔細を (神々に) 告げ
ku-ki hawe-ne.　　　知らせ奉る次第なり.

と、一人称のku-（＝私）こそは祈る人から神への人称であって、ほかの人称をとりようがないということだろう。つまりku-は、単に日常口語の「私」だというのではなくて、たった一人の個人に立ち返って、神を始めとする、二人称へ向かうときの、文字通り非物語的な一人称表示としてある。

そのku-（en- chi- un- -as）とまったく違う、a- i- および -an は、一人称と違うという、積極的な表示でこそあれ、けっして二人称に向き合う意味での「私」ではないはずだ。しかも、人称接辞は私のような日本語ネイティヴにとって、なかなか想像もしがたい言語現象であり、これに見てもアイヌ語による叙述は、日本語のそれと決定的に異質だと称してよかろう。

さきほどちらと言い出したことで、（5）の神謡Kamui-yukar　聖伝Oina　英雄詞曲Yukar　婦女詞曲Mat-yukarのうち、神謡と英雄詞曲（＝英雄叙事詩）との人称表示がことなると言われる、やや厄介な問題がある。もし神謡と英雄詞曲とが、人称接辞の形態を別とするのだとすると、ただちに跳ね返るのは、まさに当面する、聖伝（および婦女詞曲）の人称接辞はどうなっているのかだ。「聖伝」は「広義の神謡」（＝久保寺）と言われ、地域によってはoinaという語の意味がまちまちで、今日での研究において、聖伝を神謡にすっかりとりこんで特に分立させない考え方が優勢となりつつあるかもしれない。

久保寺による引用だが、知里真志保は「第一人称を、神謡では、chi-〔われが、われらが、われの、われらの〕、-as〔同上〕、un-〔われを、われらを〕等で表わすのに対し、英雄詞曲ではa-〔われが、われらが、われの、われらの〕、-an〔同上〕、i-〔われを、われらを〕等で表わす」とする。つまり、chi- -as un-は、知

*11　チャは、ca, cha という二通りの書き方がある。ca（チャ）、ce（チェ）、co（チョ）などとなる。

里によると、「われらが」とあるように一人称の複数で、しかも眼前のあいてを人数にいれない（＝排除的）複数としてある。

知里幸恵の『アイヌ神謡集』を切替英雄『「アイヌ神謡集」辞典』[12]の人称接辞（ci- -as など）の明示によって示すと、

“sirokani pe ran ran piskan, konkani pe
「銀の滴降るまはりに、金の滴
ran ran piskan” ari an respo ci ki kane
降る降るまはりに。」と云ふ歌を私は歌ひながら
pet esoro sap as a ine. aynu kotan enkasike
流れに沿つて下り、人間の村のうへを
ci kusu kor si corpok un inkar as ko ……
通りながら下を眺めると……

と、ci ki（〈我〉～をする）や sap as（下りる〈我〉）を見いだす。このように梟の神は排除的一人称複数で叙述しているということになる。たしかに神謡は英雄詞曲や散文説話 Uepeker と違う人称体系を有しているということになりそうだ。

もしそうだとすると、聖伝は神謡の一類と見なされながら、人称体系ならば英雄詞曲や Uepeker に類同することになりかねない。

## 5　四人称叙述の見通し

久保寺は知里真志保を引用して、神謡の場合に排除的一人称複数であると認めるかのようであるにもかかわらず、『(アイヌ叙事詩) 神謡・聖伝の研究』じたいが、百六篇もの神謡と十八篇もの聖伝を集めながら、それらの人称表示として、chi- un- -as という接辞をそのなかになかなか見せてくれない。見せることもあるにはあるにしろ、多く見られる限りは a- i- -an であって、まさに物語人称の叙述形態を神謡も聖伝も採っている。『アイヌ神謡集』が時に chi- や -as を見せるようであるのに対し、久保寺の『(アイヌ叙事詩) 神謡・聖伝の研究』が a- i- -an を基調とするさまは壮観だ。

〔神謡 1〕

Kemeiki patek　刺繍にのみ（いそしみて）
a-ko-shine-an-i　側目もふらず一つ所を
enutomom ma（wa），　見つめ守りて、
ramma kane　常日頃
kat-kor kane　変はりもなく
oka-an ruwe　我等暮らしてあり
-ne rok awa,　けるに、

*12　北海道大学文学部言語学研究室、一九八九。

shine-an-to ta
a-ante hoku
a-so-kar hoku
……
nupan kamui
e-ne a he ki
yainu-an kusu,
a-sem-kotannu
an-an ruwe ne.

〔聖伝1〕
A-kor sapo
i-reshpa hine
ramma kane
kat-kor kane
an-an ruwe
-ne hike,
……
amset kurka

とある日
我が添ふ夫
我が侍《かしづ》く夫は

凡庸《よのつね》の（軽き）神（にて）
汝はあらんやと
我が思へれば、
素知らぬ様を装ひて
ありありけり。

我が養姉《ままあね》
我を育てて
常日頃
変はりなく
（我）ありあり
たるに、

その高床の上に

| | |
|---|---|
| ai- (y) o-resu. | （我）養ひ育てらる。 |
| Ine-ap-kus-un | あはれ、如何に |
| a-kor sapo | 我が養姉の |
| i (y) oma ruwe kusu | 我を愛《め》で慈み |
| iki yaka | せしかも |
| a-e-ramishikari, | 我言ひ知らず、 |
| …… | |
| i-koipuni, | 我に捧げつ、 |
| konneshi-un | さるままにありてぞ |
| chi-tomte-resu | 我斎《いつ》き育てられ |
| i-ekarkar kor | つつ |
| an-an rapokke, | ありける程に、 |
| inu-an humi | 我が聞く物音 |
| ene oka- (h) i;— | かくありけり— |

以上のように神謡にも聖伝にも、しきりに容易に a- i- -an を見ることができる。人称接辞は省略できないといわれる。動詞に人称接辞を附加することが不可避的となる。一人称、二人称にあって不可避であり、a- i- -an もまた不可避であって、したがって、もし人称接辞をほどこさない（＝$\phi$）ならば、それは三人称の表示ということになる。

a- i- -an を中川裕が四人称と称したのに倣い、私もその呼称に従いたいと思う。四人称という呼称が適切か、議論はあろう。『アイヌ語（千歳方言）辞典』を引くと、

（1）（話あいてを含む）われわれ。
（2）あなた（女性から成人男子へ）。
（3）（不特定の）人、もの、誰か、何か。
（4）（引用文・物語中の）私。

と纏められる。文法記述上、四人称に纏めたということながら、a- i- -an というセットが（1）にも（2）にも（3）にも（4）にも出てくるのだから、その理由を質したいように思う。フランス語の on（homme ＝人の変形だろう。不定称）の使い方に近いと言われ、受け身にように感じられることも似るらしい。日本語では、それがし、なにがし、といった不定称が自分をあらわすことを想起させる。「身ども」というような複数形もある。（2）の「あなた」は彼方（＝あちらのほう）が原義であり、もと不定称であったことを匂わせる。「お前様」というのもそれに近いかもしれない。

これらは日本語での四人称なのだろうか。発生的にまさにそういうことなのだろうが、アイヌ語ではいわば、それがし、なにがし、身ども、あなた、お前様が、同一の a-, i-, -an であることに要点があるのだから、それらをもって一人称などを代行しているかのように考えると、ふりだしにもどってしまう。ここに四人称を立てることの積極的な理由があるはずだろう。

## 6　繰り返し句をめぐる文法

サケヘ（繰り返し句）について、思うところを述べておこうと思う。hotenaoをどこにいれたらよいか、私にはよく分からないので、まさに適宜、ほどこしておくことにする。『アイヌ神謡集』から、切替辞典を参照しつつ書き出すと、

（小狼の神が自ら歌った謡）

hotenao　ホテナオ！　（翻訳すると）
shine-an to ta　シネアントタ　ある日に
hotenao　ホテナオ！　（翻訳すると）
nishmu-as kusu　ニシアムシ　クス　退屈なので
hotenao　ホテナオ！　（翻訳すると）
pis ta sap-as　ピシタ　サパシ　浜辺に出て
hotenao　ホテナオ！　（翻訳すると）
shinot-as kor　シノッアシ　コロ　遊んで
hotenao　ホテナオ！　（翻訳すると）
okay-as awa　オカイシ　アワ　いたら

というようになろうか。サケヘ（繰り返し句）について、言語の翻訳システムという考え方を以前に私

は提出した。*13 そのことはただちに、おなじくサケへをもつ聖伝にあっても説明がつくことだろうかという疑問に辿りつく。これもなかなかの難問かもしれない。ホテナオ！ というのは小狼の発する鳴き声の擬音だとしても、けっして単純な音でなく、言語だろうというのが私の意見だ。

神謡——英雄詞曲
（サケへ　あり）　（サ　ケへなし）
聖伝——散文説話（ウウェペケレ）
（サケへのないこともある）

ホテナオ！　ホテナオ！

と、「ホテナオ！」と聞こえる、かれらの鳴き声は、かれらの世界での言語であり、それを人間のことばに翻訳すると、シネアントタ（ある日に）となる。小狼の声としては「ホテナオ！」でも、「その意味はね、シネアントタなのだよ！」というように、動物語（小狼語）を人間語へ変えてみせるのが語り手の役割ではないか。つまり〝聞きなし〟でなく（あるいは聞きなしの原型かもしれないが）、言語そのものとして。繰り返し繰り返し、サケへがなければならない理由をそこに求めてみたい。語り手とはじつに動物や鳥、魔物、神々の世界を通訳する技術者だと見なせる。

ただし、英雄詞曲 yukar や、また散文説話 uepeker もまた本来的に a-, i-, -an で語るのだとすると、それらにはサケへのないことを、このままだとうまく説明できなくなる。けれども、それこそはサケへが何であるかを教えてくれそうに見られる。翻訳システムを必要とするのが神謡だとすると、それの要らなくなったのが英雄詞曲や散文説話であって、つまり人間語による語りであるからには、サケ

へを要しない。図示すれば、上図のようになろうか。さきに言った、通訳という比喩を使ってよければ、第一に神謡は、すぐれた通訳者による語りの発生と見なすことができるかもしれない。

それに対して、聖伝は大きくみると「神謡」の一種であると、金田一、久保寺は広く認める。聖伝がサケへを保持しようとすることには深い理由のあるはずだと思われる。久保寺に見ると、

聖伝1　kanekaun-kaun
聖伝2　(前半) Kane-ka-un, ka-un, (後半) Unhu, unhu, unhu, unhu
聖伝3　Hei inou
聖伝4　未詳
聖伝5　eieinou
聖伝6　不詳
聖伝7　atte panna　(以下略)

と固有のサケへを持ち、いくらかの未詳や不詳がある。

男主人公が神である場合に、かれの言語である叫びや声であって、神謡のサケへと本質においてまったくおなじであり、それらの叫びや声の人間語への翻訳として聖伝がこの世にさまざまにもたら

*13 『物語理論講義』東京大学出版会、二〇〇四。サケへと排除的一人称複数とをつよく結びつけたのだが、今回はややしどけなく結びつけたい。

されたということではないか。アイヌラックル語あるいはアエオイナ始祖神の〈言語〉を伝えると見るのも可であって、アイヌラックル、アエオイナ始祖神が、話の始まりはむろんのこととして、その最も力のはいる戦いの場面などに、固有の言語である叫びや声を持つということではなかろうか。それが人間によって語りに翻訳されると、われわれの聖伝として生まれ変わるというシステム。

ヘーイ、イノウー　hei inou　（という叫びは、翻訳すると）
a-ye rok kunip　（＝音に聞く）
ヘーイ、イノウー　hei inou　（という叫びは、翻訳すると）
Poro nitne-kamuiz　（＝大魔神）
ヘーイ、イノウー　hei inou　（という叫びは、翻訳すると）
a-ar-kotomkap,　（＝とおぼしきやつ、）
ヘーイ、イノウー　hei inou　（という叫びは、翻訳すると）
pon nupuri　（＝小山に）
ヘーイ、イノウー　hei inou　（という叫びは、翻訳すると）
tek-a-ushte　（＝手をはやしたる）
ヘーイ、イノウー　hei inou　（という叫びは、翻訳すると）
chikir-a-ushte　（＝をはやしたる）
ヘーイ、イノウー　hei inou　（という叫びは、翻訳すると）
semkorachi okaipe,　（＝如きやつ、）

ヘーイ、イノウー　hei inou　（という叫びは、翻訳すると）
nan-ne-korpe　（＝顔なるものは）
ヘーイ、イノウー　hei inou　（という叫びは、翻訳すると）
soshke pira　（＝崩れ崖）

と、hei inou（ヘーイ、イノウー）をどこに入れたらよいか、そこここに勝手に入れてみた。ヘーイ、イノウーは、神謡13（仔熊の神の自叙）に「エイ・イ・ノウ」、33（蝉の神の自叙）に「エ・エ・イ、エ・ノウ」など多くある。聖伝5・18にも類似したサケへがあり、それらはすべて主人公たちによる鳴き声や叫びに違いない。鳴き声や叫びはすべて言語であって、つまり意味を持つということにほかならない。サケへの淵源がシャマニックな技術に発するかどうかということになれば、賛同することにやぶさかでない。

日本語の隣接語であるアイヌ語は、非常に古い太平洋諸語とかかわり深いらしいと言える程度にしか分からず、古日本語もまたその基層において数万年という遠い起源から来ていると思われる。ということは、まったく別の言語系であるにもかかわらず、両者の共存ないし交争関係もまた気が遠くなるほど遥かからであるはずだ。有史以後、その共存／交争関係を『日本書紀』を始めとする諸文献からしっかり受け取ることができる。言語史は何よりもまずここから記述が開始されるべきだろう。その共存／交争史の過程で、政治的優位と劣位と、軍事的征服と敗北とが生じ、ひいては後代になって、つよくなってくる差別感情など、源流史、とりわけ文学は敗者や深層にせまるために、文学源流史の課題になるのだ。

本書の第一部はとりあえずここまでとして、第二部以下、日本語文学の物語紀以下へと語り進めよう。

# 第二部

# 第七章　物語紀――〈歌語り〉定置

## 1　物語紀の始まり

フルコト紀は物語紀へと引き継がれる。

フルコト紀　　ほぼ古墳時代
物語紀　　　　七、八世紀～十三、四世紀

折口学説の根っこに〝語部《かたりべ》〟がある。宮廷に語部的女性がおり、そのような語部的女性は家々にもいたという。女性に限らないので、そういうしごとに従事する家々が語部で、かれら彼女たちが家を出ると巡遊伶人になる、という折口芸能史の起点だ。

私は宮廷や家々の正統的な語りをフルコトとし、それ以外の民間の語りや〝非正統的な〟語りをモノガタリというように、分類できないかと考えてきた。フルコト（古伝承）を重々しい語りとすれば、モノガタリは構えて語りとするほどでない、二流の（＝もの）語りとなる。

フルコト　　　神話や歴史の語り、家々の伝承という二分は、前者が歴史を正統化する「記」の世界に属し、後者は自由な語りである物語文学へ連なるという、日本文学を二つに類別する慣習に至る。助動辞「き」（過去）は前者を特徴づけ、「けり」（過去から現在への経過、伝承）は後者を特徴づけることだろう。

『古事記』のもととなった「旧辞」はそのままフルコトで、語部家がそれの制作や保持、伝誦に従事してきたろう。大嘗祭での語部が「古詞」をヨムというのは[*1]、声に出して唱える。じっさいには文字のかたちになっているのを明かりのもとで読み上げたらしい。だから本来の語りでなくなっているにしろ、語部という名称通り、語りを管理するのがかれらの家のしごとで、それは「古詞」の管理にほかならなかったと思われる。「古詞」もまたフルコト（「古」＝フル、「詞」＝コト）と訓める通りで、語部の職掌を如実にさしあらわしていると見たい。大嘗祭は〝太古の時代〟を儀礼の場にいま再現するというのが端的な意図としてあった。

それに対して、モノガタリは自由な語り、座談における語り、さまざまな話題を意味したに違いない。『万葉集』では名称のみ「淡海《おうみ》県《あがたの》物語《ものがたり》」（巻七、一二八七歌）というのが知られるほか、略体表記の「語」一字をモノガタリシテと訓むらしい辞例（巻十二、二八四五歌）もある。『日本書紀』訓では「言談」「語話」など、いかにも雑談めく語りをモノガタリとする。

七、八世紀には浦島子説話のようなストーリーがモノガタリの場所へ持ってこられる、という雰囲気を推定したい。漢文述作に供されるようになるのはその一環だろう。『万葉集』巻十六に見られる竹取翁をめぐる長歌や短歌は、歌語りというべき言語活動の流行を十分に思わせる。けっして九世紀代の終りの『竹取物語』のような物語文学ではないが、物語紀はフルコト紀の終りとともにもう始まったように思われる。

物語という呼称は、端的に言って、モノガタリすることにほかならない。あとにも言うように、〈伊勢物語〉は「伊勢という女性がモノガタリする」の意味であり、〈大和物語〉は「大和という女性がモノガタリする」ということであって、物語成立の事情を物語名《ものがたりな》のうえに焼きつけている。

## 2 歌語りの時代

歌語りに光を当てようとする意見に、伊藤博のそれと、益田勝実のそれとがあった。前者[*2]は『万葉集』から、後者は平安時代の文学から迫る研究だった。

『万葉集』巻十六には「歌語り」関連のいくつものうたが見られ、八世紀の段階で脈々とそれらが生きていたとみることに、不自然さを感じない。伊藤の議論は十分に成り立つであろう。一九五〇年代当時の万葉学の水準で多くのひとの承認を得ていた意見かと思う。

一方、益田「歌語りの世界」[*3]は、歌語りの例示と言えば『紫式部日記』が思い浮かぶことで、「かひぬま」のそれを引いたあと、

*1 藤井『物語文学成立史』東京大学出版会、一九八七、同『物語の起源』ちくま新書、一九九七。
*2 『万葉集の表現と方法』上、塙書房、一九七五。
*3 一九五三・三、季刊国文4。『益田勝実の仕事』ちくま文庫2、二〇〇六。

平安朝貴族社会の文芸をみて行こうとする時、こう言う歌が語られる事実を看過しては、その本質をつかみ得ないことにならないだろうか。歌語りは歌物語の親であり、歌語りの世界は貴族の口承文芸の世界であった。

と、適切に指摘したあとで、

試みに今日通行の文学史をめくってみよう。すると、私達は、今日残存する貴族文芸の諸作品を手際よく羅列してあるのに、気付くことが出来よう。平安朝の文芸を、貴族の文字文芸に限って、口承文芸は認めず、貴族社会の文芸に限って、民衆の文芸を認めないようなことには、一体どうしてなったのだろうか。平安朝の貴族文芸を、文字の文芸の側面からのみ見ようとすることは、あまりにも狭い貴族文芸の見方でしかない。まして、貴族社会よりも遥かに広汎な民衆の社会があり、そこには民衆自身の文芸が存在するのであるから、私達は、従来の文学史が教えてくれたよりも遥かに広く深い文芸の世界を、新しい平安朝文学史の対象としなければならない筈である。

と、口承文学を無視ないし軽視する物語研究の水準に不満を漏らす。歌語りを口承文学に位置づけるというもくろみがそこにある。

益田は、文学史家たちが（民衆の）口承文芸を無視してきた理由として、第一に「文字以前には文芸はない、話や歌謡は文芸以前だと言う見方が鞏固であったからであろう」、第二に「口承文芸は幼稚なもので、同一段階にいつまでも停滞しているものだ、という考え方であったと思う」、第三に「口承文芸は……一度文字文芸が出現すれば忽ち凋落してしまう、という見方だと思う」と論を進めてゆく。

的確だと思えるとともに、益田の論の大きな限界は、歌語りを論じ明かすにあたり、資料に基づいて十世紀を開始期とし、十一世紀へと辿り進めたことにある。いや、豊富な資料から、十世紀〜十一世紀代に歌語りが行われたことは氏の言う通りだ。しかし、私の見るところ、〈歌語りの時代〉を、そこから百年前の、九世紀へ持ってゆかねばならなかったのではないか。伊藤の論じた八世紀以前と、資料が教える十世紀以後とのあいだの、ぽっかりひらく九世紀にこそ、われわれの歌語りの生き生きとした生存状態を見通さねばならない。

ひらがなが発達しつつある時代であることはだれもが知る。というより、短歌が大いに行われていたことと、ひらがなの発達とは、表裏一体だ。短歌をメモするのに使う、速記術の道具としてひらがなは生まれたろう。うたは、文字なんかなくても、記憶すればよいのに、控えたり、憶えたり、練習のために、または手紙文として、さっさっと、ちょこちょこと書くために、ひらがなが発達する。

その証拠は、と訊かれると困る。何一つ証拠となる書物形態の遺品がない。漢詩や漢文はたくさんある。５７５７７形式の短歌や長歌が、すこし歴史書などのなかにのこる。そういう残存でなく、八世紀の終りからの百年間、当時の短歌は本のかたちや集積された現物として、ぜんぜんのこされていない。のこされていないことが雄弁な証拠となっている。

端的に言って、うたが記憶され、口頭でやりとりする文化だった時代に、記録する必要はないということだ。あるのはメモだけであり、要らなくなれば捨てる。歌語りは、現代に生きる昔話とおなじで、何ら書く必要がなく、語ることの好きなひとや、上手なひとを中心に、集まって楽しむのであり、おもしろい話ならばどんどん伝え広げてゆけばよい。

## 3 平安最初の百年は

いまさらというもの言いながら、平安四百年を省みるならば、最初の約百年、日本語で書かれた書物が一冊もない。喪われたのでなく、産み出されていない。これは一時代を俯瞰するに際し、異様な眺めではないか。ひらがなが発達しつつある時であるはずなのに、ふしぎだ。一王朝の最初の四分の一が、現地語の、と言うか、〝民族語で〟書かれた書物を一冊も一巻も産出していないとは、どういうことだろうか。

九世紀の終りになって、満を持したかのように、十分に発達した、かな表記の文化を背景にして、『古今集』編纂の機運が出てくる前後を目安とし、中将御息所歌合から亭子院歌合（延喜十三年〈九一三〉）の新作辺りまで、何だか急速に動き出した感がある。『新撰万葉集』の編集、寛平御時后宮歌合（后宮は班子女王でなく、温子ではないか）などの歌合、『句題和歌』（大江千里集）が連動していよう。遍照などの著名な歌人たちの「家集」を作るという促しも、この動きから出てこよう。編者たちの「家集」の制作が命ぜられ、集められる。そのいきおいのなかから、『竹取物語』などの書かれる物語類の生産態勢、『伊勢物語』類の編纂が、と動き出す。和歌含みで、物語文化が急転直下だ。そのまた百年後に『源氏物語』『枕草子』そして『栄花物語』を産み出すまでに、平安文学は以後、のぼり詰めてゆく。

そういう、急速な〝書承化〟の動きのまえの、九世紀代という約百年は何だったのか。何にものこされていないその百年に、それでも平安時代文学を出発させる諸条件が籠っているはずだ。そのことを考えるヒントが『古今集』両序にあることは言うまでもない。

（a）色好みの家にうたが埋もれる

「色好みの家」（真名序「好色之家」）は、文字通り「家」でよかろう。歌舞伝授の場、というより端的に〈遊女屋〉であり、そこでは、女性たちが57577をだいじに扱っていた。歌舞音曲は彼女たちの専門であり、真名序に拠れば「花鳥之使」ともあるから、恋文横町ではないが、「うた」類を媒介させての〝婚活〟活動に供していた。男性たちは漢文文化の裏がわで、恋愛習俗に57577を活用しなければならなかったから、しきりに出入りして指南を仰いでいたろう。

（b）六歌仙その他、活躍は伝承で伝えられる

すべて、記憶、伝承によって流布している。何百首、憶えたり、知ったりしているだけならば、何の苦労があろうか。「うた」類ならだれでもいっぱい記憶し、57577だって、まずは何百首、分かると思う。記憶という口頭文化、あるいは脳中に基本的に置かれていた。万葉がなからひらがなへ、あるいは漢字かなとカタカナとのあいだ、草仮名をひっくるめ、生まれ出した私的な〈かな〉文字を駆使して、われわれのノートのように書き留められもする。手紙のかたちでやりとりされる。しかし、

ほぼすべて散逸しようし、書かれる場合にはあくまでメモであって、基本の基本は文字に拠らない口頭文化だった。印象深い、だいじなそれらは記憶され、伝わってゆく。

印象深いうたをめぐり、成立事情や地名やことばが想起され、また歌人の名、興味深い挿話が物語される。前者を〝歌枕の語り〟、後者を〝歌人の語り〟としよう。あわせて歌語りをなす。折口ならば〝家々の女性の〈語部〉がそれらのうたを管理した〟と言うだろう。管理するひとがなければ、(ふたたびいう)われわれのノートとおなじように反故《ほご》と化し、まして記憶のなかのうたも歌語りもいつしか霧消する。

## 4 語部的女性――『伊勢物語』の成立

座談だった一群の歌語りが纏められるようになるのは、そういう雰囲気のなかであるはずだ。折口信夫は『伊勢物語』の成立について、いろんなところで、三つぐらいの説を述べている。一つは、伊勢という女房(語部的女性)が語ったという説だ。著名な伊勢《いせ》の御《ご》でなく、どこかの家に所属していた女性を折口は推定している。

第二に、紀貫之がかんでいるかもしれないと言っている。

おもしろいのは第三の説で、芸能者に在原を名のる家が多いと言うことに注意して、在原の翁による芸能を考えている。

三つとも、私には興味深い。とりわけ、第一の説が重要だ。家々に伝わる語りをあるとき纏めたひとがいる、という。私が思うのは、「物語」とは物語することだ、という単純なところだ。『堤中納言物語』は、藤原兼輔が物語した。ほんとうに兼輔がぜんぶを語った、ということではない。そう考えたひとがいるというだけで、作者説として成立する。和泉式部が物語すると、『和泉式部物語』。小野篁が語る『篁物語』。平中（平定文）が物語する『平中物語』。大和という女性が語ると『大和物語』。〈一休ばなし、そろりばなし、きっちょむ話〉と、みな語り手の名まえをかぶせて言う。

『伊勢物語』は伊勢という女性が物語したのだ。何かのきっかけから、〈伊勢という女性の語る物語〉へと纏められていった。彼女がどこにいたか、まったく分からないが、二条の后、高子《たかいこ》は、汚名を着せられたまま、九一〇年に亡くなるから、彼女の名誉を守るために書きのこそうとしたかもしれないし、六十九段は高階氏の伝承だろうから、その近辺からかもしれない。『古今集』へ載せてもらうことを意図していた、つまり『古今集』のために記録化が急速に進んだ際に、『伊勢物語』もその方向に沿い、『古今集』や、また『後撰集』に取りいれられてゆく、ということではあるまいか。

『伊勢物語』がもともと歌語りだったという、大きな証拠は、と言うと、しつこく「けり」という助動辞を身に纏うというところに見いだされる。『古今集』の詞書きにもしつこく「けり」が出てくる。それらもベースが歌語りだったからではないか。大和、篁、平中など、「けり、けり、けり」……と〈けり〉がいっぱいあふれるのは、歌語りをもとにしていよう。『竹取物語』でも、諺をめぐる語りの部分になると「けり、けり」になることはよく知られる。それとおなじ文体を現代に求めると、口承の語り、いわゆる昔話がそれだと思い当たる。「けり」という助動辞は〝時間の経過〟をあらわす。世界の言語には未完了過去や半過去、進行形など、これに類する表現を持つ言語がたくさんあって、日本語の「けり」はそれらの一つだ。それを使って語る。

どんなシチュエーションのうたか。うたが興味の中心にならなければ、歌語りのおもしろさはない。

まじめな作歌事情もあれば、５７５７７をめぐる、とんでもない作り話や、混ぜ返しや、うたの附加を繰り返して笑いを取る。凡庸な座談では凡庸な歌語りしかできないにしても、つまはじきしつつ、みなで笑う。

『源氏物語』の雨夜の品定めが事実談らしさで盛り上がる男どもの歌語りであるのに対し、「けり」文体のそれは昔話の場を装い、あくまで伝承だと言い張る。

## 5 咎めと答え

折口による〈家々の語部〉説や、伊藤、益田らの〈歌語り〉という考え方に沿って、私も『伊勢物語』から歌語りの実態に分けいってみよう。〈うたとは何か〉という基本に立ち返ることでもある。うたをめぐる座談であるから、男どもが、あるいは男女が数人集まって、作歌をめぐる事情（どんな女に送ったうたか、その女はどんな返歌をしたか）について笑いをまじえながら語り、また一首一首について作品のよしあしを遠慮なく言い合う。時に下卑た笑いが雰囲気をぶちこわすことも予想の範囲にあろう。けっして高尚な文学ではなかったと押さえておく。男たちの座談の場合には遠巻きに女性たちが耳を傾けているはずだ。

座談であるから、たとえば、

（四十三段）
時鳥《ほととぎす》、汝が鳴く里のあまたあれば、なほうとまれぬ。思ふものからをめぐって、語り手は話をでっちあげなければならない。うたの内容から、女一人に男が三人、と話のなかの登場人物を設定する。男の一人は親王さんだとさ（＝けり）、二人めがナンパして（＝なまめきて）、自分だけかと思ったって（＝けり）、と「けり」文体は面目躍如たるものがある。

第三の男が絵とうたとを送る。それがみぎの作歌で、

ほととぎすよ、あなたの〝鳴く里〟が、たくさんあるから、（やっぱ）
きらわれっちまう（おれは）。いくら好きでも、さ

と（親王のうたと見る読みは採らない）。

女が返す、

名のみ立つ、しでの田長《たをさ》は　けさぞ　鳴く。「庵《いほり》あまた」とうとまれぬれば

評判ばかりが立つ、しでの田長は、けさというけさこそ鳴く、泣くのよ。

「住む庵がたくさん」（なんて言われて）嫌われてしまうから

と。

このうたは語りの場で附加されたのだろう。「うとまれ」を自然勢から受身へと取り替えたところ

が秀逸ではなかろうか。つぎのうたも座談での附加だろう。

庵多き、しでの田長は　なほ頼む。我が住む里に声し　絶えずは
　住む庵が多いしでの田長は、それでも頼みにする。
　私が住む里に声が（もし）続くならば

これらは賀陽親王生前の歌語りであるから、九世紀後半から伝わった。
著名な、冒頭のうたをもちらと見ておこう。

（一段）
春日野の若紫の摺りごろも。忍ぶの乱れ、限り知られず

うたの基本は古来、問答だった。うたを前半と後半とに切り離してみる。

　春日野に生いる、若い紫草の衣は、しのぶ摺りだよ。

と前半を詠むと、つっこみがはいる。その心は？
　そこで後半、

忍ぶ（わが）乱れ模様ったら、（果てる）限り（も）分からない

と続ける。淡い紫色の摺り衣を元服の狩姿に見立て、春日の里へ男を行かせることで、話をなんとか作りあげた（「女二人」は塗籠本で「女ばら」とある）。

つぎのうたは歌語りの場での注釈として持ち込まれた附加だろう。

陸奥の信夫《しのぶ》もぢずり。（咎め）たれゆゑに？

東北地方、信夫の里の特産品、もじ摺りを詠む。だれのせいで？　と訊く。

たれゆゑに乱れ初めにし？　われならなくに！

乱れ始めたのは、だれのせいで？　私のせいじゃないよ（あなたのせい！）

というように問答としてある。答えは、〈忍ぶ思いを秘めて乱れる〉。

誤解はないはずだが、『源氏物語』より百五十年前の歌語りであるから、言われているような「若紫」巻と無関係にある。

## 6　聴くルール

五十四段から歌語りのさまを連続して辿ってみよう。一段一段のいずれもベースが歌語りであることを確めるために、五十四段から六十二段までを連続の相のもとに繙いてみる。

（五十四段）
行きやらぬ夢地を頼む袂には（問い）
（答え）あまつ空なる露や　置くらん

〈天空の露〉という答えで、一応、かまわない。でも、分からないふりをした人からつっこみがはいる。「その心は？」。

第二の答えは「涙」。あたりまえに過ぎて、ばかばかしい問答かもしれない。

決まり切った答えであり過ぎて、あまりにもばかばかしいなぞなぞに、答えないでいたら負けちゃった、という話が『枕草子』にある。だから、答えねばならない。だじゃれなんかはみんなが知っていて、何回か聞いたような、ばかばかしいだじゃれでも、ルールとして笑う。もう聞き飽きたと、笑いながら怒る。また笑う。話芸なのだから。

で、語り手が用意するシチュエーション（真の答え）は、〈冷たい「つれない」女〉。

「行きやらぬ夢地にまどふ袂には　あまつ空なき露や　置きける」（後撰集、五五九歌）なら分かりそうだ。とすると、『伊勢物語』では分かりにくくして、なぞのうたにしたてているのだろう。

（五十五段）
思はずは　ありも　すらめど、言の葉の、折りふしごとに頼まるるかな
思う、思わない、思う、思わない（葉っぱを折るおまじないをしながら）
〈愛してる、愛してない、愛してる、愛してない〉
……（私を）思ってくれないみたいだけど、
思わなくたって、それはそれでありだろうけど、（でも以前に、私を頼みにさせたあなたの）ことばの葉っぱが、
折るたびに（それでも）頼みにさせられる　ああああ

座談としては、どんなシチュエーションのうたか、という問いかけで、答えは「とりっぱぐれた女」。なんだ、つまらない（すべて男どもの座談だ）。

（五十六段）
我が袖は　草の庵にあらねども、暮るれば、露の宿りなりけり

「わが袖とかけて、草の庵と解く、その心は？」という問いで、「暮れると露の宿り」が〈答え〉。「何それ？」「分からない？」。真の心は「涙でぐっしょり」。
笑える？　歌語りとしては、草の庵に「起きもせず、寝もせで〈昼を〉暮らしては……」といったところ。

(五十七段)

恋ひわびぬ。あまの刈る藻に宿るてふ、われから身をも　砕きつるかな
恋にすっかりまいっちまう、くたくた。

と、初句切れはだいたい、なぞなぞの始まりとなるらしい。聴き手は、「ああそう、それがどうした?」ぐらいにいなしつつ、聴く。

あまの刈る藻に宿るという。

なになに? 答え、「われから」。「なによそれ、虫? 見たことないね、フナムシ?」。「「われから」と言ってるでしょ。つまり〈自分から〉」。

みんなが歌語として知っている懸け詞でも、分からないふりをする。何度聞いてもおかしい。懸け詞は、文字があったら成り立たない。ことば遊びという、口頭の文化だ。現代のおやじギャグのなかには、というか、おやじレベルでは、文字を思い浮かべてから理解して笑うというのがあるかもしれない。一般には文字不要だ。

まあ、懸け詞としては、「あまのかる藻」と来れば「われから」だと、みんな分かっているのだから、ちょっと気取って言う。清音、濁音にまたがるような懸け詞ならば、同時に発音できないところを、むりして同時に発音して笑う。

次の段はかなり傑作か。

（五十八段）

荒れにけり。あはれ幾世の宿なれや。住みけむ人の音づれも　せぬ

荒れてしまうんだトサ。

何が？〔初句切れ。〕

あらら、かわいそ。何代も続くおうちかしらん。（何じゃ、それ？）

住んでたらしい人が、空き家にしているらしいて。音もしない。

どういうシチュエーションなのさ！　いったい？

というわけで、歌語りの用意する〈答え〉は、「逃げ隠れする男」の家。色好みの男はたいへんだと言うことらしい。以下、さらにうたが附加されて展開する。

葎生ひて、荒れたる宿のうれたきは　かりにも　鬼の集《すだ》くなりけり

葎が茂って、荒涼たるおうちだよ。心が傷む、それは。かりにも……

何か借りるの？　空き家じゃなく。借り家？　いえいえ。

一時的にでも鬼（亡魂）が集まりさわいでうるさかったこと！

つまり〈答え〉「女どものうるさいったら！」。もののけどもの棲む家に見立てる。

うちわびて、「落穂拾ふ」と聞かませば、我も　田づらにゆかましものを
　零落して、……

どうするの？
　「落ち穂を拾う」と、……
残り物にがまん？
　そう聞いたならば、わたしも田んぼに寄ってったかもね。
落ち穂（「残り物」の女）でもいいか！

## 7　絶妙な合いの手

（五十九段）
住みわびぬ。「今は　限り」と、山里に、身を隠すべき宿求めてむ
　住みづらくなってしまう、つらいつらい。〔初句切れ。〕
つらいなら、どうする？
「今はもう限界」と山里に、身を隠すべき家をさがしましょう
続く展開が傑作。

我が上に、露ぞ　置くなる。天の河。と渡る舟のかいのしづくか
　私のうえに露が置くとか。……

「なる」は伝聞の「なり」で、何かが耳に聞こえてくる、がやがや。(第一の答え) 天の河。(ううん、もう一声)(第二の答え) と渡る舟のかいのしづくか。(彦星さんが港を渡る、渡し舟の櫂の雫かしらん。) 歌語りが用意する (第三の) 答えは、「気絶していた男へぶっかける冷や水」。みぎはユーモアの研究者、織田正吉の、何の本だったか、絶妙な解釈だと思う。気絶していると、何やらがやがや耳に聞こえてきて、水をぶっかけられて正気にもどる。

(六十段)
　さつき待つ、花橘の香をかげば、むかしの人の袖の香ぞ　する
　五月を待つ、花橘の香を嗅ぐと、
　むかしの人の袖の香がするぞ

　著名なうたながら、「ほととぎす」では凡庸な答えだ。宇佐の使いという、元彼《もとかれ》ならぬ「元カノ」と再会する話にしてみせた。宇佐の使いは四月だったかもしれない。「元カノ」にお酌をさせるという、不愉快な話ながら、物語の場なのだから、ときに下品なのや、不快な話とか、いろいろあって

笑う。

（六十一段）

染河を渡らむ人の、いかでかは　「色になる」てふことのなからむ

　染河を渡ろう人が、どうしてどうして、

　「色になる」ということがないのでしょう

「色になる」とは？　という、なぞなぞを含み、〈答え〉「情人になる」。女の返しうたは、

名にし　負はば、あだにぞ　あるべき。たはれ島。浪のぬれぎぬ、「着る」といふなり

（たわれ島という）名を背負うならば、浮気できっとあるでしょうよ。

どういうこと？

たわれ島（色恋の島）は無実の罪を「着る」という噂です。波をかぶって

（六十二段）

いにしへのにほひは　いづら。桜花。こけるからともなりにけるかな

歌語りが作り出した話としては、地方へ行って、「元カノ」を呼び出して、云々。

あれ？　六十段とおなじではないか。つまり、おなじはずはないから、六十段（花橘の香）をパロッている。とてもまじめなうたとは思えない。元歌があり、作り変えていると知られる。拍手をもらえるか、つまはじきされるか。「にほひ」「にほふ」は『落窪物語』なんかに臭い匂いを意味する使い方があるから（＝「もの臭き屋のにほひたる」）、

さっきの悪臭はだれの？　桜花よ。
（すみません）放《こ》き出しちゅうのガスとなってしまいましてなあ

と、「こく」（狭い所から吹き出す）は古い語だろう。書き直せば、

去にし屁の臭ひはいづら？　桜花。放ける〈から〉ともなりにけるかな

と、スカトロジー歌なのだ。返歌も当然、スカトロになっている。

是れや　この、我にあふ〈み〉を遁れつつ、年月ふれど、増り顔なき
ハア、コリャ、これなのでは……
自分に出逢う身を遁れ逃れして、（「近江」をかけるか）
年月を経ても、増る顔をしないよ……

なぞなぞうただから簡単には分からない、としておく。「あふみ」の「み」は「から」に対して何か〝実質〟だろう。

スカトロジーが出てきたら、口承の場では打ち切りというルールがある。

座談をじっと聴いていた伊勢という語部的女性が、後年、しっかり憶えていて、新しい話も交え、〈伊勢の語る物語〉へと纏めていった。『伊勢物語』は全編、このような歌語りをベースとして、書き改められたのだ。五十四段〜六十二段という連続する段を取り上げてみた。

## 8 『枕草子』のファイル

ついでに、というか、『枕草子』をも繙くことにしたい。けっして歌語りではないし（清少納言は短歌が不得意科目だったと言われる）、座談の纏めでもなくて、むしろたったひとりでノートに向き合う、文学少女のような書き手を想像することが『枕草子』にふさわしい。それでも物語という座談ばやりの時代に、思うまま綴っていったその書き物は、それじたいが物語という語りであるかのように、かれらの生態を語ってやまない。

ここでも折口の『枕草子』に向かう評価の仕方が私にはおもしろい。とは、とりもなおさず、現今の『枕草子』研究が顧みない折口的〝異端邪説〟だ。現今の研究は多く、いわゆる三巻本という雑纂系統本をもって研究対象とする。おかしくないのだろうか。折口は考える、人がノート類を作る時に、

（ア）地名や歌枕をいっぱい集めたノート

（イ）身辺雑記、日記、感想集め
（ウ）わが思想的著述

と、別々に用意した冊子に書く。歌語りを書き留めるという要素も色濃く感じられる。
(ア) も (イ) も (ウ) も、十代から生涯かけて個別に書かれ続く。いきなり一冊のノートに書く人はいない、と。こんにちのコンピュータ文化で言えば、（ア）（イ）（ウ）を別々のファイルに書き込む。

ある時、高い文学意識から、これを一つに集成することはあってかまわない（三巻本の成立）。けれども、（ア）（イ）（ウ）ともに立派に『枕草子』であり、たとえば（ア）（イ）（ウ）の順に編纂された『枕草子』（類纂本）があるとすると、少女時代以来の清少納言を髣髴させこそすれ、三巻本が偉くて類纂本が低くみられる理由はないように思う。

私などにはとりわけ堺本《さかいぼん》（類纂本）が、それこそ何度ひっくり返してもおもしろい。「これが『枕草子』かよ！」と思える異文、異文……の連続は、清少納言ご本人の若書きでなくして何だろうか。折口が言おうとしていたこととは、こんなおもしろさではなかったのだろうか。

## 9　物語文学とうた

物語紀には七、八世紀から十三、四世紀という、六百年がかぞえられると思う。九世紀のすえか、書かれる物語文学の『竹取物語』古本が成立する。なかにうたが十七篇あり、うたをめぐる物語という一面を有している。十世紀は物語文学の時代と見て過言でなく、短編物語から連環体の物語が物語を産むといったていの長大化も見られ、読者による要求は次第に高くなっていったろう。かれらの批評精神と、それに応える創作者たちとの、いわば物語共同体は歌語りを支えてきた仲間意識の延長上にある。ついに『うつほ物語』二十巻をこの世にもたらす。『うつほ』には一千篇以上の57577を見ることとなる。

うた世界からの乖離、自立が物語を産むのだとしても、一千篇以上を含むとはとてつもないことだ。歌数を減らすことで物語という散文文学を自立させるのでなく、野放図にうたを作中のすべてのページにばらまくとてつもなさで、うた世界のかたわらに物語文学を解放した。『うつほ』が目指す芸術的世界は音楽であって、うたと深くかかわりあう。

わび人は　月日のかずぞ　知られける。明け暮れひとり空をながめて（「俊蔭」巻）

最初のうたからして琴歌ではないか。

『落窪物語』を見ると、七十七篇の短歌を検索することができる。求愛行動を含む、日常生活の一部に和歌のそれが自然に組み込まれているままに、ある種のリアリズムで書き述べていった。

日に添へて、憂さのみまさる世中に、心尽くしの身をいかにせむ（巻一）

これも琴歌に相違ない。女君は琴をまさぐりながら独詠する。

読者への教育効果がもくろまれていよう。どんな５７５７７をどのような時に詠むのかを教える書き方も含めて、かならずや『落窪物語』の作家は女性だったろう。全体にわたり、かれらの理想的な結婚規制を考察する興味深い叙述にあふれており、和歌の効用はその一環と思われる。なおこれまで『落窪物語』が女性作家の手になるという明確な意見はない。

『源氏物語』には七百九十五篇もの５７５７７が見られる。なかには数十ページにわたり、和歌の見られない叙述箇所もあって、『源氏物語』のうたとは何か、かならずしも解決済みの課題になっていない。主人公たちの性格づけを、かれら彼女たちがどんな５７５７７を詠むかで決めてゆこうという、作家（紫式部）の野心は十分に感じさせられる。そんなことが可能なのだろうか。和歌が個性の産物であるとの揺るぎない考察がそこになければ、性格づけとしての和歌は生まれようがない。紫式部の挑戦はそのような確信に支えられてではなかったかと思われる。

平安後期から鎌倉時代にかけての物語類の多くもまた、女性作家の手になる、と判断される。ただし、詳細には知られることでなく、また物語は作家が作品内に作り出す〝語り手〟によって語られる世界であるから、そのような語りの仕組みを丁寧に読み分ける必要がある。女装、男装を含む少数者の世界の主人公たちが登場してくるのは、けっして興味本位の書き方でなく、作家の書こうとする野心のよすがとなるからであって、物語紀はここに爛熟の季節を迎える、というほかない。物語紀という考え方を導入することによって、平安物語、鎌倉物語を一望のもとに見ることができる。

物語史はここから、十五、六世紀の室町物語（御伽草子あるいは中世小説）へ向かう。物語紀は終わり、つぎの〈紀〉をどう名づけようか。それらの物語（三百五十篇以上ある）の呼称がたくさんあるのは（室町時代物語、近古小説なども言われる）、どの言い方を好んでもよいわけで愉しい。現代へ通じる小説群であり、ファンタジー物語やＳＦなどがもう始まっている。かりにファンタジー紀としておこうか。

# 第八章　否定性と詩文

## 1　奈良から平安への画期

漢文学と仏教とは古代史およびテクストのうえで、深くからまりあう。さきに仏教から垣間見ると、奈良びとたちが古典時代にあっても、現代でも、仏教の習いを多く顕教によって親しんでいるということは、ごく分かり易い。法隆寺は別格だとしても、唐招提寺、薬師寺への愛着、東大寺の盧遮那仏（大仏）、仁王像、三月堂、二月堂の仏たちとともにある。興福寺はかれらの広庭、元興寺（極楽坊）は街中のパサージュ、たたずむ法華寺の境内、海龍王寺と、千年をはるかに越える〝古寺〟たちなのに、けっして遺跡のたぐいとならない。

聞けば、東大寺には檀家なし、学問寺であり、その他の諸寺もまた奈良時代を通じて六宗兼学するところとして知られる。一つのセクトに凝り固まるようなひとびとではなかった。信仰篤い光明皇后が、かならずしも奈良では過去の人になりにくいと思われる。

もともと仏教〝以前に〟日本社会の宗教的性格が修行型の山岳宗教（修験となる）をベースにしていたとの見通しは、一通り立てられてよいだろう。気が遠くなるほど遥かかなたから、それらの活躍があったと見られる。役《えんの》小角《おづの》は七世紀の人、官寺を出て修行したと称しても、最初から山岳宗教の出身であったことは疑いない。行基になると、民間修行者であった最初から聖武に迎えられてゆくまでのルートが、ある程度ながら探れるように思われる。

空海（七七四〜八三五）にしても、密教の創始者であるかのような一通りの理解を逸脱してやまない。もし奈良時代から平安時代への画期に際会するのでなければ、偉大な第二の小角、第三の行基といった役どころの演じ方をしいられたろう。しいられたというより、積極的にそれを演じて憚らなかったはずだ。空海が官学に飽き足らずして、飛び出すや室戸岬、また大滝寺で修行し、ついに感得、観入する大日如来とは、行基が開眼供養を仕切った東大寺大仏のそれにほかならない。奈良仏教に引き続き、仏道の出世間《しゅっせけん》と鎮護国家的性格とが矛盾なく並立するさまは、空海の『性霊集』の各文においても曇りなく看て取れる。

空海の著述のなかで、わりあいすっとだれもがはいれる著述は、一部の難解扱いにもかかわらず、『秘密曼荼羅十住心論』（八三〇、日本思想大系に収録される）を挙げたい。弁証法的だと言うような先入見を去って、静かにわれわれが直対するならば、最上位に密教が置かれ、そのしたに「顕教」を順次配置し、最下位は動物と変わらない悪人たちを置く、その明瞭な階梯性に疑問をさしはさみようがない。「顕教」＝釈迦（応身仏）の教えを〝差別〟するのであって、否定するのではない。最終的な「秘密」のところが、たしかに涙が出るぐらい難解といえば難解だとしても。

空海その人のみごとなスタンスの取り方として、新たな平安の都を根拠にしつつ（東寺、綜芸種智院など）、人跡を離れて数百里、高野の聖地に自由な修行の場（安住の場）を構築するという、二元的というよりは、空海のこれまでの在り方の双方向的な性格をそのまま実現する。「顕教」つまり奈良仏教の真上に真言密教を置くことは、双方向的な水平性を垂直化してみせた表現にほかならない。

## 2　淫する空海

安藤礼二『霊獣』[*1]が空海から始めたことは、予期できなくなかったにしても、中将姫《ちゅうじょうひめ》伝説、『台《たい》記《き》』（藤原頼長）、藤無染《ふじむぜん》、折口、ゴードン夫人らを縦横に縫い留めており、じつに清新だ。『死者の書』続篇（『台記』の頼長を登場させる折口の作）が、このようにして空海を手繰り寄せるのか。この清新な試みには礼嘆しなければならない。若き日の著述『三教指帰《さんごうしいき》』（七九七）に出る仮名乞児《けみょうこつに》を、空海の自画像かとは川口久雄『平安朝日本漢文学史の研究』[*2]の言うところ。安藤もこれを「自伝的なドラマ」だとする。

川口の大著は『三教指帰』について、戯曲的構成と見なしている。蛭の牙のあるやくざ、うさぎに角のあるおやじ、亀の毛先生（儒教者）、虚亡《きょぼう》隠士（道教的人物）を配したうえで、仏教の行者《ぎょうじゃ》、仮名乞児がみなを承伏せしめる下巻に至るまで、博覧強記というばかりでなく、『新猿楽記』に通じる滑稽文学でもあって、一の「小説」として読めると氏は位置づける（小説と位置づけたのは五十嵐力の卓見だ、と）。

空海の詩は代表作がどれか、岡田正之[*3]や川口は「遊山慕仙」（『性霊集』の）をたとえば挙げる。読み出すと、目が回るような長編的五言詩で、一気呵成の作だと推測できる。作の終りになると、「無塵は宝珠の閣、堅固金剛の牆《かきね》、眷属は猶《なほ》し雨のごとく、遮那《しゃな》（＝仏陀）こそ中央に坐しますなれ、遮那

＊1　新潮社、二〇〇九。
＊2　明治書院、一九五九。
＊3　『日本漢文学史』共立堂書店、一九二九。

とは阿誰《た》が名ぞ、本より是れ我が心の王なり……」と宗教的になる。一気呵成の詩は空海が大詩人たる証拠かもしれないし、大日如来を拉し来たるのはさらに大宗教詩人たる必然というべきか。『三教指帰』を二晩で書いたとは伝説としても、『性霊集』序文（真済）に「草按《そうあん》を仮らず、わづかに了るに競ひ把らざれば、再び看るに由なし」（草案なしで作るから、その場で採集しておかないと散逸する）とは重要な情報だ。空海の詩は大仏教者のそれであって、菅原道真（八四五〜九〇三）や紀長谷雄《きのはせお》（八四五〜九一二）らが世俗を挫折することで、みずからを詩人へ育てて行くのと、おのずから相違があるかもしれない。

『文鏡秘府論』（六巻）については、あとでもう一度ふれることになるが、声《せい》の譜、調べの声、七あるいは八種の韻、四声の論、十七勢、十四例、六義《りくぎ》、十体、八階、六志、二十九種の対《つい》、文三十種の病累《へいるい》、十種の疾、論文意、論対属などにわたり、詩学、詩論の百科全書であり、これを越えるか同等かの著述は、アリストテレスの『詩学』しか思い浮かばない。『詩学』の編纂意図は分かるような気がする。それに対して、『文鏡秘府論』のそれは結局、「余が癖、いやしがたく」（序）とあるように、儒学や学問に没頭した以来の文章彫琢に淫する性格が、この詩学全書に赴《おもむ》かせたということになろうか。そのことが仏教者としての性格となんら矛盾なく渾一であることに驚嘆させられる。

序によれば、仏・儒・道の三教を立てて仏を優位に置くという在り方であり、『三教指帰』に通じることはむろんとして、三者を深く対立させるといったていでなく、おのずから仏・儒・道が並ぶのだとしよう。ちなみに『三教指帰』の構造についても、弁証法的に仏教の優位を導いているとする解読を見かけるのは、当たっているだろうか。

## 3　密教を選ぶことは

むろん、奈良仏教以前にも、前密教の要素が指摘されるにせよ、そのうえで私には分からないことがのこる。身も蓋もないことながら、密教じたいのいわば「秘密性」＝神秘主義（即身成仏を頂点とする）が、どこからやってくるのか、なかなか摑めない。台密とともに、平安初期仏教の基本的性格として、その最高位に「秘密」を置いたことには、インド、チベット仏教の流れがそうだから、あるいは中国の阿闍梨たちからそう教わったので（師からの直伝である）、ということでよければ、〝未熟な〟日本古代仏教を一つその方向へ押し向けて成熟させるために、という答えが用意されよう。それでは新奇な文化をもたらしたという役割に過ぎないのではないか。繰り返せば、私には、空海のなかに密教が密教として選ばれる、積極的理由がいま一つ見えない。かと言って、顕／密を分けること、あるいは「顕教」とは何か、ということに空海の説明不足はまったく感じられない。釈迦なら釈迦を応身仏としてその教えをすべて飲み込んだ大きさであって、小さな否定ではない。

在来の山岳信仰から、「秘密」という名の一種の神秘主義を受け取った、というようにも、なかなか言えそうにない。修行のさなかの閃き、充実、絶頂感など、だれに伝えることもできそうにない神秘性はあろう。しかし、それを秘密として教義にしてゆくことに、正直言って意義があると思えない。ただし、山岳修験が日本の仏教を秘密化するにあたって、空海の体験からしても、力を貸したとは言えるだろう。

「九世紀とは何か」――そうした問いへ連なる、との観測を立ててみたい。日本漢詩文のために、啓蒙者として、実作者として（偉大な漢字研究者、書家でもある）、本性、尽きることなき究明の徒であったことと、密教主義に身を置いて、著述においても実践家としても、一気呵成に描き倦まない空海その人であることとが、矛盾なく一つである在り方を九世紀が許した。奈良時代が終わるということを開放感とともに受け止めたひとは多かったにしても、文化の総合や再構築に邁進する最大級の古代人は空海を措いて存在しない。

思弁的、あるいは否定の契機を持ち込んだのは、最澄だったかもしれない。法相宗の徳一と大論争したことが最澄みずからを鍛えたように見える。徳一の著述は現存せず、したがって確定的なことを言えない。それにしても、九世紀の早い時代に、東国へ出掛けてゆく都びとを迎えとり、各地に寺院活動が見てとれる、新興仏教の広がりもさることながら、旧仏教側から受けて立つ一学僧の徳一が、なんと福島県会津にあり、それと五年にわたり論争を繰り広げるという、いったい会津と京都とのやりとりをどうやって続けられたのだろう、どんな通信手段で、と改めて考え込まされる。

九世紀は、もしこう言ってよければ、源流という視野から言えることとして、文化の自由で清新な進展のかたわらで、おぼえず異神たちを解放し出したということではなかろうか。密教の秘儀がどのように作用するのか、貴族宗教に馴れ合いながら、どこかで否定性の動輪に手をかけつつある。最澄のほうに危機感は、よりつよかったのかもしれないが、もののけたちの世界に住む何かが、むっくり起きようとしてくる時にはいろうとする。

中世にはいって浮上する異神たち（山本ひろ子に『異神たち』〈ちくま学芸文庫〉がある）の淵源を九世紀代に探し求めるという今後がひらかれてきそうではある。

## 4　漢詩を女性が書く時代

一王朝（平安時代）が始まり、四百年という歳月が続くあいだの、最初の四分の一、つまり正確に百年間、ヴァナキュラーな、というか、現地語の著述、母語による書籍が一つもない。前章に述べ出したことで、日本文学のピークと一般に見なされている平安王朝なのに、その最初の百年である九世紀に、日本語で書かれた書物が一冊もないのは、皮肉な言い方になるにしても、壮観だ。

失われたのでなく、必要としなかったからだとしても、とてつもないことだ。九世紀は編纂されたのが、漢詩文であった。本格的漢文から和製漢文まで。むろん、歴史書、公式文書、願文（『東大寺諷《ふ》誦文稿《じゅもんこう》』など）、和習のそれといえども、漢文、漢字の使用による。かくて、漢詩文全盛の時代を迎えるにあたり、空海があらかじめ、時代のために〝虎の巻〟を用意して、かれら男性官人たちに供した理由は痛いほど分かる。しかし、当時、漢文が男性に対してだけ向けられていたわけではない。女性にもひらかれており、宮廷社会に女性の漢詩人が何人も誕生する。差別は官人の採用にあるのであって、漢詩文に関してなら女性たちを排除する理由がなかった。

女性詩人（＝惟宗氏）の作を一つ挙げておこう。三音、五音、七音あるいは六音を配した自由な感じの律はこの時代に共通のもの。いかにも清新な新茶のかおりがただよう。

山中茗早春枝　　山中の茶の木、早春の枝、
萌芽採擷為茶時　　新芽を採みとって茶にするひと時。
山傍老　　山の傍ら、老い人の、

愛為宝
独対金鑪炙令燥
空林下
清流水
沙中漉仍銀鎗子
獣炭須臾炎気盛
盆浮沸浪花
起鞏県埦商・（閩イ）家盤
呉塩和味味更美
物性由来是幽潔
深巌石髄不勝此
煎罷余香処々薫
飲之無事臥白雲
応知仙気日氛氳

めずる思いは宝にも等しい。
ひとり金鑪に向かい炙って乾燥させる、
からっとした林のもと、
清らかな水の流れ。
砂のなかに銀玉を漉きいれて、
獣炭をしばし。炎気は盛ん、
盆に浮き、浪の花のように沸く。
……
呉の塩に味を合わせる。さらに美味になる。
物のさがとして、もとよりもの深く潔く、
深い巌も石の髄もこれに堪えない。
煎じおわると余香があちらこちらに薫る。
これを飲んでなにごともなく白雲に横たわると、
まさに仙気を知る。日はふつふつとして。

（惟宗氏「和出雲臣太守茶歌」『経国集』〈八二七〉第十四）

まるで宋詞にありそうな自由律の味わいがある。

## 5 「詩は蓋し志の之《ゆ》く所」か

「詩とは何であるか」と問われたとき、平安時代の人たちはどのように応じたことであろうか。儒学的詩文観がやはり「詩とは何か」に対する回答になっていることをわれわれはまず一通り認めなければならない。〈詩がどのようであったか〉という問題をそのさきにひらくから、簡単に見てしまおう。政教主義という語は、初期平安時代を説明するために使われてきた、便利で、しかし出所の知れない語だ。〈政教分離〉〈政教一致〉という、明治十年代より見かける語とはおよそ違う。いずれ、それよりあとに出てきた語だろう。〈儒教主義〉と言った語に相当するかと考えられる。

『菅家文草』七（菅原道真、『本朝文粋』巻一にも）には、賦序にこんなのがある。「蓋志之所之」は『詩経』大序（毛詩「関雎后妃之徳也……　詩者志之所之也。在心為志、発言為詩、情動於中而形於言……」）による。

……天子召見文章士十有二人於殿上、有勅曰、賦者古詩之流、詩蓋志之所之。各献一篇、具言汝志。詩云賦云、一文一字、不可風雲其興。不可河漢其詞。未旦求衣、欲陳人主思政之道。寒霜晩菊、欲叙人臣履貞之情。

（菅原道真「未旦求衣賦」）

〔……天子、文章士十有二人を殿上に召し見たまふ。勅有りて曰く、賦は古詩の流れぞ、詩は蓋し志の之《ゆ》く所ぞ。各一篇を献じて、具に汝が志を言へと。詩と云ひ賦と云ひ、一文一字、其の興を風雲にすべからず。其の詞を河漢にすべからず。いまだ旦《あかつき》ならざるに衣を求むとは、人主の政を思ふ道を陳べしめんと欲ふなり。寒霜晩菊とは、人臣の貞を履む情を述べしめんと欲ふなり。〕

『詩経』大序に出拠を仰ぐ言い回しは、このようにして「易六十四卦、決屯蒙於儒人、詩三百五篇、致諷喩於帝者」〔易六十四卦は屯蒙を儒人に決し、詩三百五篇は諷喩を帝者に致す〕（大江匡衡「奉行成状」、『本朝文粋』巻七）というような例、「遂発詩境之中懐、以為政途之先導。」〔遂に詩境の中懐に発し、以て政途の先導と為す。〕（大江以言「暮秋陪左相府（＝道長）宇治別業即事」詩序、『本朝文粋』巻九）というような例もあり、高階積善の詩序には「礼云、志之所至、詩且至焉、……」（『本朝文粋』巻十）とあって、『礼記』をふまえる場合には「志→詩→礼」という展開かと受け取れる。

〝政教主義〟の発想をもうすこし挙げておきたい。菅原文時（八九九〜九八一）の作る詩序「仲春釈奠毛詩講後賦詩者志之所之」には「夫詩之為言志也、……」〔夫れ詩の言為る志なるや、……〕（『本朝文粋』巻九）と、『詩経』大序をふまえて詩論になってゆくところがあるものの、さいごは「請謂治世之言、将貽採詩之職。」〔請ふらくは治世の言を謂ひて、将に採詩の職を貽さむことを。〕と締め括られる。

採詩の職（＝職）というのは『経国集』序に「古有採詩之官、王者以知得失」〔古《いにしへ》に採詩の官有り、王者以て得失を知る〕と見えるところ。いま挙げた文時の詩序のときの実際の作詩は『扶桑集』巻九に見えており、「聞説篇三百、蓋皆志所之」〔聞説《きくなら》く篇三百、蓋し皆志の之く所〕（文時）、また「在心為志発為詩、詩句何非志所之」〔心に志と為ること在りて発して詩と為る、詩句何ぞ志の之く所に非ざる〕（菅原雅規）など、課題に見合う。

## 6 「積みて後満ち、満ちて後発す」

当時の「詩とは何か」に対する、公式的ないし意識的な回答は、およそみぎに見るような在り方だった。しかしながら、そのことをもって「文」と同一視するのではない。なるほど、儒教的な文学観においてかさなりながら、しかも「詩」が「文」から離脱する端緒は、たとえばみぎに引用したいくつかにおいてさえ認めることができるように思われる。

それはおそらく「詩」の機能に密着して端緒があるということだろう。詩は志のゆくところだ、詩は志を言う、と「詩」の機能は繰り返されながら、にもかかわらず、「志」の内容はペンディングであるということが事実としてのこる、そういう保留を用意している。「志」が儒教と結合するという側面が、何等かの都合で欠落してしまえば、志は儒学的な名分から解放されるかもしれない。詩じたいが目的化される可能性はつねに持っていると、注意しておきたいように思う。

臣聞、詩人感物而思、思而後積、積而後満、満而後発。臣満矣、遂献詞、云爾。（都《みやこの》良香《よしか》「早春侍宴賦陽春詞応製」〈詩序〉、『本朝文粋』巻八）
〔臣聞かく、詩人は物に感じて思ひ、思ひて後積み、積みて後満ち、満ちて後発す。臣満てり、遂に詞を献ると爾云ふ。〕

たしかに、この文においても、「……皇沢之平施、……鴻化之遠被」と言ったありふれた言い回しの対句にわれわれは出会う。それはこの詩序じしんが「文」としての一定の形式性を要求するからであろう。

とともに、詩人の思いが積まれ、満々としてついに爆発すると、心の鬱屈を外へあらわすというところには「文」との分岐点が籠るように見える。儒学的思想に染め上げられる志では考えにくい、詩と詩序という文とのあいだの断層を見たいように思う。菅原道真は詩のなかで、「性無嗜酒愁難散、心在吟詩政不専。」〔性《ひととなり》酒を嗜《たしな》むことなければ愁へは散じ難く、心《こころ》詩を吟ずることに在れば政は専らならず。〕(「冬夜閑思」、『菅家文草』四)とうたう。

前引の「未旦求衣賦」序のような公の場から解放される時、この詩句には詩が頼みになる、頼まれるという、詩じたいの目的がひそかに込められてゆくようである。そして道真からその死を惜しまれている島田忠臣(八二八〜八九二)という人は詩作が詩じたいの目的であったかず少ない一人であったように思われる。大きな詩人として紀長谷雄を忘れてはならない。

## 7　和文という詩の説

短歌57577は「倭詩」と漢文のなかで書かれていた(『万葉集』巻十七、三九六七歌〈詞書〉)。和歌については、「志之所之也。……情動於中、言形於外。……」(藤原有国「讃法華経廿八品和歌」序、『本朝文粋』巻十一)とあるように、漢詩についての説明がそのまま使われる。詩は本来、古典中国詩を意味して、端的には『詩経』が「詩」そのものだった当初から、広く漢詩を詩と称し、その応用として倭(=和)詩と称することは分かりやすい成り行きだ。

『古今集』真名序、『新撰和歌』序などを引くまでもない。『歌経標式』の序文に「臣浜成言。原夫歌者、所以感鬼神之幽情、慰天人之恋心者也。……」〔臣浜成言はく、原《たづね》れば夫れ歌は鬼と神との幽情を感ぜしめ、天と人との恋心を慰むる所以なり。……〕、あるいは同「蓋亦詠之者無罪、聞之者足以戒矣。」〔蓋し亦之を詠ふ者は罪無く、之を聞く者は以て戒に足らへり。〕云々とあるなど、『詩経』大序などに拠るところが多い（「動天地、感鬼神、莫近於詩……」）。

『本朝続文粋』巻三にある「詳和歌」〔和歌を詳らかにせよ〕の策問文にも、〝和歌は志のゆく所で、心が動くと言が外にあらわれる〟という趣旨を見ることができる。

和歌は述べたように「倭詩」と呼ばれて、漢詩と並び扱われていた。そして実際の作歌の場において、漢詩の場合と同様に、「……因作三首短謌、以散鬱結之緒耳」（『万葉集』、三九一一歌〈詞書〉）とあるような、述意の機能を果たす在り方を言う。『日観集』序には日本の漢詩と中国の漢詩とを比べているだけであるものの、それより一世代あとの源順などの場合には、和歌と漢詩とを対等に見比べようとする考え方がよほど分明になってくる。

和歌という語じたいは古来、用例があって、現代に膨大なかずの古典詩歌のうち、和語和文によるそれ（57577など）を安易に現代に「和歌」と称してしまう。

## 8　アジアに向き合う

『文鏡秘府論』にもどろう。私は小西甚一『文鏡秘府論考』*4で追いかけ、のちに興膳宏の弘法大師

*4　大八洲出版、一九四八。

空海全集[*5]で探索しながら、力がおよばない。なぜ、これを空海が編纂したのか、意図がいま一つ分からない。仏教者にとって、「文章」が肝要であることは言うまでもない（経典その他、文章でもたらされる）。しかし、時代環境が要求するという言い方では安易な感じだ。留唐し、書物を博捜してきた空海が、いささか虎の巻的性格を有する（と川口の言う）『文鏡秘府論』を著述し、社会還元という責任を果たしたというだけでは、説明の足りない気がする。ダイジェスト『文筆眼心《げんじん》抄』（弘仁十一年〈八二〇〉）をみずから編むぐらいの空海であるから、虎の巻的性格は否めないにしても。

　空海の先進国の詩学を摂取する方法は、けっして偏狭でなく、できるだけ原典をそのまま取りいれようとする。原典を取りいれるからといって、編著を編むという方法ではない。たとえば『文鏡秘府論』の論文意の部分を斟酌して、『文筆眼心抄』の冒頭の「凡例」における詩文の本質論へと転移させているところにも窺えよう。帝徳論を取りいれて王道のための語彙の紹介をする部分は、読者としてだれが想定されてあったかを想到させられる。王昌齢（六九八?～七五五）に沿って意を重んじた彼が、同時に詩病を論じ高度の技術を詩作者に要請する。この一見、矛盾的なところに、詩の秘密、認識から思惟への通底器があろう。つまり矛盾ではない。

『文鏡秘府論』について、小島憲之の見解として「文鏡秘府論はどれだけ当時の人々に利用されたかは疑問である。僧侶として教導すべき立場にあつて、述作上の宝典をも人々に示すことは当然であらうが、偉大な編述であるだけにかへつて独走的な立場にある書と云へる」（『上代日本文学と中国文学』下）[*6]と、小島の意見としてぜひ聞き置くこととする。

　さきに『文鏡秘府論考』（小西）もまた、それの序で、それの日本文化への影響ということを、「孰れかといへば限られた部分」のことであり、「他の大部分は殆ど影響らしいものを与へなかつたと認められる」としていた。

したがって、研究資料としてあまり役立たないかというと、そうでなくて、むしろ「その後世に直接しなかつた点にこそ独自の資料価値が存するのではないかと思ふ」（小西）というのだから、ややこしい。

また長年、この『文鏡秘府論』に打ち込む中沢希男は、このなかに保存されている六朝や唐代詩論の断簡について、「これらの断簡は当時の文学を発見する上に掛け替えのない貴重な資料であり、秘府論が光彩を放っている所以は実にこの点に存する」と言う（「文鏡秘府論」[*7]）。『文鏡秘府論』とはこれらの程度の評価が支配的に見舞う場所であるようだ。

しかしながら、史料価値の問題として『文鏡秘府論』を論じ切ってしまってよいのかどうか、あるいは論じ切れることなのか。それの序に、空海はまさに自分の手で詩論を繙いたと言明する。苦心して、自分が初めてダイジェスト版を作成したという口吻をもらす。論と論との重複を削り、それぞれの論者のオリジナリティを採ったという。空海がどのようにアジアの詩論者たちと出会い、どのような詩論をひらいてアジアと向き合ったか、『文鏡秘府論』じたいが語ってやまない。

そのいくつかは空海がもたらしたろうし、また早く渡来していた書物もあろう。『日本国見在《げんざい》書目録』に見ると、多くの詩論書が平安時代前期に読まれていた。『歌経標式』がすでにあり、九世紀初頭は奈良時代から平安時代への結節点にあって、詩の方法という問題を現実的な課題にせざるをえな

*5　第五巻、筑摩書房、一九八一。
*6　塙書房、一九六五。
*7　『国語と国文学』一九五七・一〇。

い時だった。しかも『文鏡秘府論』によって初めて将来された文献が多く（と序文から窺える）、「文園」「詩囿」の要求であったというから、『文鏡秘府論』は詩の方法における平安詩の成立を最大の目的としていた、とぜひ言いたい。

## 9 儒と道とへの批判

思惟じたいが否定性を持つといったていの在り方について、名づけようもないにしても、仏教は豊かな〈否定的思惟の可能態〉だったろう。感想として言うのみながら、『日本霊異記』の魅力は、素朴であろうとそういう自己言及の深化というところに求めてよいのではないかと思われる。島田忠臣がそうであったように、道真もまた仏教へ傾斜してゆく。時代の好みで見るばかりでなく、仏教が思惟の可能態であったのに対し、それならば儒教は当時のひとびとにとって何だったのかという問題に置き換えて、解決の糸口だけでもつけておきたい。

中国大陸における思弁の中興は宋学だったろう。『近思録』には朱子の先達たちが時として釈氏（仏教）についてその害の甚だしきを慨嘆する。韓愈の「原道」はそもそも道教仏教を批判しつつ先王の道を追求する試みだった。朱子学への道仏二教の影響を無視しえない。そうした道教／仏教への批判というところに、儒学の自己相対化の契機があるということではあるまいか。儒学じたいの相対的価値の認識は思弁へ転化することだろう。そのことが宋学による道仏二教を〝征圧〟せんとする展開にはいってゆく道筋だろうと見たい。

いっぽう、『三教指帰』は儒と道とへの批判を虚構的方法の駆使によって示した傑作としてある。

そのことによって相対化される仏教はいうまでもなく空海の主題となる。若くして儒学に接していたことは、『三教指帰』序、『遍照発揮性霊集』序によって明らかであり、綜芸種智院に俗の博士を招くなど、大いに交流を図っている。この院は「三教ノ院」であって、空海における学問が何であったかを知る。儒と道との対比による、仏教の相対化によって空海文学の複合的性格は生まれた。それは相対化の契機だと言えるであろう。仏教にはそもそも論争や教団活動で鍛えられてきた否定性や自己対象性の契機が含まれると思われる。

そのような相対化の契機をついに持たなかった平安時代の儒学の限界と、空海の可能態的哲学との比較、対決をここに構想してよかろう。中国儒学は道仏二教の批判的摂取によって、独特な思弁的哲学＝朱子学を形成した。その朱子学との比較によっても、平安時代儒学の宋学以前的性格はくっきりする。平安時代儒学は思惟という在り方から切り離されていた。政教主義的態度とはまさにそうした在り方についてふさわしい名づけではなかろうか。

日本の思弁的伝統は儒学を相対的にとらえて摂取するタイプの仏教的流れのうちに、次第に育成されてゆく。現実社会の闘争や否定的な圧力とそれを無常と見て逃れたくも思う（いや、逃れてはならぬという、現世肯定的、葛藤的な）心情のうちに、思想らしさが切実さの度を増す。中国における宋学が日本社会に見る仏教学だったのではなかろうか。歳月ののち、ついに日本語による思惟が中世にはいり本格的となり、親鸞（一一七三～一二六二）、道元（一二〇〇～一二五三）、日蓮（一二二二～一二八二）らにより確立する。

## 10　往生極楽と常不軽

十世紀にはいると、空海の予言的な著述活動にもかかわらず、というべきか、あらかじめ空海には分かっていたということか、比叡山に本拠を置いた最澄派仏教による、法華経信仰ないし阿弥陀仏の救いにわれわれの後世を委ねる方向が、貴族層から一般庶民層までに進展する。

『往生要集』（源信、九八五）と『日本往生極楽記』（慶滋保胤、九八五以前）とは連動しており、後者の序に「予、少き日より、弥陀仏を念じ、行年四十より以降、その志いよいよ劇し。口に名号を唱へ、心に相好を観ぜり。……また、『瑞応伝』に載するところの四十余人、この中に牛を屠り鶏を販ぐ者あり。善知識に逢ひて十念に往生せり。……」とあるのを引いて、河田光夫は「保胤が屠児までも往生できるということに感動した[*8]」と読む。「屠児までも」というところは親鸞と正反対であるにしろ、感動の質に共通性を観ることができる。

ここにふしぎな新興宗教がある。ころは十世紀。寒夜、あけがたまで家々を回り、額づくのか、杖で地面をつくのか、「つく」という動作を繰り返し、千鳥に競うかのような哀切な声を門外から響かせ、病人がいるなら病人に聴かせる。唱える回向の句は法華経の常不軽《じょうふきょう》菩薩品の一節で、その句をたずさえて、町中をわたり歩くという修行者たちだ。まちがいなく、かれらは乞食《こつじき》僧の姿をしていたろう。

われわれが町を歩いていて、あるいは門外でかれらに出くわすとして、かれらから「私はあなたを軽蔑しない」といきなり言われる。そんなことを言われたら、多くの人はムカツき、悪意を持ち、罵り、悪口を言うことだろう。そのような怒りや悪意のなかから、ひとそれぞれの仏性を引きずり出そうという修行だと言われる。法華経の句とは、「われ、汝を軽しめず、汝らは道を行じて、皆まさに仏と作るべければなり」というようなので、常不軽菩薩がそのように唱えたのを、かれら新興宗教の徒は実践している。のちの日蓮宗がこの菩薩を重視しており（不軽菩薩とかれらは言う）、かれらの折伏に似る修行の在り方は、あたかも〈いじめ〉社会をみずから引き受ける構造であり、それが十世紀に見られることには興味をそそられる。

松沢清美は「なぜ、常不軽なのか――回向の声と千鳥の声と」（『水鳥』、一九八八）という好論で、「人間を拝むという行為は明らかに奇行として人々の目に映ったに違いない」「礼拝された人々は例外なく、悪意をいだき、かれを排除しようとする」と問いかける。法華経の一句については、佐藤勢紀子論文（「不軽行はなぜ行われたか」『日本文学』二〇〇八・五）から教えられた。

かつて原岡文子が、『往生要集』的な修道によってついに救いを得られなかった人々が、その反省、対策を常不軽に選び取ったのではないかと、つまり懐疑として論じていた、と思い出す。[*9] 常不軽信仰を懐疑のゆきつくさきで受け取ったのが『源氏物語』だと、これは物語の究極的なシーンにかかわってくる。『源氏物語』を流れる仏教は天台浄土だと、それまで研究者も、一般読者も、思い込まされてきたのに対し、そうではない、じつは観相業に対する懐疑を『源氏物語』が書き出したのだと原岡は論じる。

三善為康『後拾遺往生伝』（上、十二世紀後半）の摂津国豊島郡勝尾寺座主證如の説話、『閑居友』

＊8 「親鸞と屠児往生説話」、一九九五。なお第二十章「犠牲の詩学」でもふれる。
＊9 「宇治の阿闍梨と八の宮」『むらさき』一九七三・六。

〈上〉の「あづまの方に不軽拝みける老僧の事」など、あるいは『今昔物語集』巻十九・二十八語に僧蓮円の「不軽行を修して死にたる母の苦を救ふ語」と、説話集の成立は『源氏物語』以後だとしても、十一世紀初めの『源氏物語』のなかに常不軽教団を登場させているのだから、確実に十世紀に発生した、記事に見る限り奈良時代に遡れそうな信仰だ。（ただし『今昔物語集』の勝如（證如）説話〈十五巻二十六語〉には常不軽行に関する記事を見ない。）

## 11 『うつほ物語』の差別

『源氏物語』については次章を独立させることとし、そのまえに十世紀の後半に書かれた目くるめく大長編物語『うつほ物語』（二十巻）がある。中上健次歿後二十余年かと思うと、流れる歳月のきびしさに思い至る。思い合わせてみると、かれが新宮高校で学校図書館から『宇津保物語』（＝『うつほ物語』、日本古典文学大系）を借り出して、夢中になっていたまさにそのころ、一九六四年前後か、私もまた卒業論文を書こうとして、大系本に取りついていた。

高貴な血から語られる物語とはだれの夢であろうかと問うとき、けっして貴族文学の一種として過ごしてはならない、文学の基底社会からの照射が必要となる。『うつほ物語』の主人公たちが高貴な出自であることは、貴族文学だからなのではない。われらの差別されたる物語の主人公たちはつねに「高貴な血」として語られる、と押さえる必要がある。

としかげの娘は、その子、なかただを連れて、都からさすらい出ると、北山のうつほ（洞）に隠れ住む。ひとが〈尊貴〉であるとはどういうことか。戦後の数十年間、『源氏物語』研究はさかんになった。しかし、これを〈差別〉から論じた人がいなかった。人間の底知れないディスクリミネーション（差別）の暗部を知らずして、物語文学は理解されたと言えるだろうか。主人公の尊貴さとはディスクリミネーションにほかならない。『源氏物語』のかげに隠れる『うつほ物語』はその暗部を極端にあらわす文学としてある。

としかげは神々しい子だった。漢籍を、読ませもしないのに読むことができ、試験をするのにも、「日高く題をたまひて」つまり時間を短縮して回答させる。高麗びとと漢詩文を作りかわす。すべて、自然に身についた能力だという。異児だといってよかろう。宮廷を拒否して隠棲することになる、帰国以後のとしかげの在り方はすでに決定されてある。『うつほ物語』は異児の生誕から始まる。言ってみるならば神の子の出発を持つ。

そして、としかげの娘からなかただ（仲忠）が生まれる。聖母子像と言ってよかろう。物語文学は尊貴な一族の誕生と流浪とを語る。貴族階級が物語の世界に身をすり寄らせて内部に食い込んだように見える。貴族物語を語る者はだれか。最下層の夢であることを成功裏に隠すのが物語文学だ。ディスクリミネーションの感情が物語文学の深部で逆転するのでなければ意味がない。

ひとにぎりの貴族たちがまさに差別を通して生き生きと生存する。物語文学はそこを照射するという構造を持つ。高貴な血によって、誇らしい家を創設するために、神話的起源を語って倦まない存在が、最下層化される芸能者たちであることを見ぬく必要がある。いや、後世には、というのでなく、『うつほ物語』を産み出す十世紀にあってそうだった、とぜひ見通したいと思う。『うつほ物語』は芸能の起源を語る物語としてある。

芸能の起源とは芸能者の家を立てる起源を語ることにほかならない。芸能者たちが各自、通常の場合、起源伝承をたずさえてあることは、他の職業者や家々の〈伝承〉と異ならない。とともに、その〈物語〉を音楽によって語ることを職掌とする。思い出そうではないか、当道派の祖、雨夜尊《あまよのみこと》は仁明天皇第四皇子、人康《さねやす》親王であると伝える、あるいは蝉丸が醍醐天皇のやはり第四皇子であったと、いつのころよりか伝える。座頭琵琶＝盲僧琵琶の起源伝承もまたそのような高貴な出自を語ってやまないと、いつまでも思い合わせたい。

次章は『源氏物語』の〈宗教〉に向き合いたい。この物語は制作年代が十一世紀初頭ということになっている。ただし、物語のなかを流れる時間を測ると、〈七十五年〉という途方もない長さの時間であって、架空とは言え、十世紀社会を舞台とすると認められる。『うつほ物語』に踵を接しつつ、それを突き放す物語作者の営為として、登場人物たちの行動や思いのなかから読み取れることは少なくない。

# 第九章　『源氏物語』の仏教

## 1　『源氏物語』という書物

『源氏物語』はどのような思想、特に宗教的なそれから成るか。なぜ『源氏物語』の仏教は〝天台浄土〟思想をベースにしていると、これまで、多くの人が、思い込んできたのだろうか。

その理由は簡単なことで、平安末期にはいり、天台浄土という考え方が一円支配し始めたときの読み方が、『源氏物語』の読みを決定づけていまに至るというに過ぎない。事実上の『源氏物語』は十一世紀初頭という、平安時代文化のピークに書かれた。『往生要集』（九八五）の源信が大活躍する時代だが、それで世のなかが『往生要集』で固まったわけでなく、ライバルたちも健在で、とくに覚運《かくうん》（九五三〜一〇〇七）は上東門院家（道長家、紫式部はこの家で彰子に仕える）に出入りし、説経僧として女房たちを魅了していた（馬内侍との浮き名は知られる）。

覚運は残念ながら亡くなるものの、それでも生前、紫式部と二年間にわたり、活躍時期がかさなる。説経僧と一貴族家に仕える逸材との関係で、影響があったと見てよかろう。『源氏物語』が覗かせる仏教知識のユニークさは、十一世紀初頭でのリアルな反映だろう。それの一部は覚運らの説経から受けた影響ではなかろうか。

天台浄土の観相業という考えから読んでしまうと、『源氏物語』の人物たちはめちゃくちゃな宗教観で行動していることになる。実際にはめちゃくちゃなはずがなくて、多様な宗教観が並列して行われていたのを、登場人物たちは右往左往しながら受けいれたり、拒絶反応を起こしたりして、物語のなかを生き死にしている。いったいかれら彼女たちの何人が成仏できたろうか。

仏たちは簡単にわれわれを救ってくれない。六条御息所は成仏しえずして、生き霊、死霊、そして悪霊という三段階を踏みながら地獄へ堕ちてゆく。痛ましい限りだ。葵上はその六条御息所のせいで殺されるから、あわれをきわめるものの、普賢菩薩に守られて成仏できた可能性は高い。いっぽう、夕顔の女君は、阿弥陀仏からその死後、受け取りを断られる。それはどうしてだろうか。紫上は「若菜」下巻でいったん、息が絶えたはずだ。「寿命が尽きても、それでも助けてくれ」と、光源氏はとんでもない祈願をする。寿命の尽きた人をそれでも蘇生させられる神仏などいるのだろうか。仏道修行に専念し、護持の僧にあれだけ守られた宇治八の宮は、それなのに成仏し得なかった。安楽土はまったく狭き門というほかない。しかも驚くことに、責任を感じたらしい護持の僧は、既成仏教を疑ったのか、何と当時の〝新興〟宗教に依頼して門先まで来させている。その哀切な経文の声がいま病床にいる大い君の耳に届く。『源氏物語』の書き手は何を考えているのか、まったく底知れない。

## 2 「菩提と煩悩との隔たり」

『源氏物語』の仏教的背景をめぐっては、研究書や論文が汗牛充棟であっても、物語内部からの検討についてはなおいくらか注意を向けてよいことがあるので、以下に整理してみたい。物語のなかの人物たちが、時に仏教教義に基づくかのような言を口にする。「螢」巻で光源氏が、仏のいとうるはしき心にて、説きおき給へる御法《みのり》も、方便といふことありて、悟りなき者は、ここかしこ違《たが》ふ疑ひをおきつべくなん、方等経の中に多かれど、言ひもてゆけば一つ旨《むね》にありて、菩提と煩悩との隔たりなむ、この人のよきあしきばかりのことは変はりける。
〔仏のまことに立派な心で、説き置きくださるお教えも、方便ということがあって、悟りのない者は、あっちこっちが違うと、疑いをきっと決めつけるにちがいない、方等経の中に多くあるけれど、言いもてゆけば趣旨は一つであって、菩提と煩悩との隔たりが、人としての善悪程度の変化だったということだよ。〕

と述べる、そのなかの「菩提と煩悩との隔たり」が出典不明だ。

『源氏物語』の注釈のたぐいは『往生要集』（源信）その他を持ち来たって、「菩提即煩悩」のことだと説明を加える。しかし、『源氏物語』テクストは菩提と煩悩との「隔たり」のうちに〈人の世の善と悪との変化が収まっている〉というのであり、菩提「即」煩悩とおなじと考えてよいかどうか、疑問をのこす。「隔たり」と「即」とは反対概念ではないか。

このことを早く問題にしたのは、例によって本居宣長『源氏物語玉の小櫛』であり、ついて見られたい。もしかしたから、注釈者の言う通り、「菩提と煩悩との隔たり」は「菩提即煩悩」とおなじことかもしれない。そうだとしたら、『源氏物語』は後者の分かりにくさを、前者のように分かりやすく説き換えたことになる。

むろん、紫式部の独創ではなかろう。日ごろ、親しく上東門院家に出入りしている説経者が、並みいる女房たちや聴衆に分かりやすく解説してみせたのを、紫式部は『源氏物語』に取りいれた。前節に覚運のような人がいた、と私は注意した。[*1] たぶん、そういうことだろう。

教義書から直接に学ぶよりは、複数の種類の宗教者や説経僧の教えから、物語の書き手は興味深い考え方をさまざまに取りいれて、物語の主人公たちの行動に規制をかけたり、思想的規範にしたりしたろう。『源氏物語』には、十世紀から十一世紀初頭にかけての、宗教教義を受け取る貴族層や女房たち、あるいは衆庶の実態が、ほとんどリアルタイムで書きあらわされていると読まれる。

## 3　紫上の不出家

死は厳かな事実であっても、それを宗教的に受け止めて処理する方法は、個々の死ごとに判断せざるをえず、その判断は冷静でありえないから、右往左往してしまう。物語はそういう右往左往を興味津々と描くことにこれ勉める。まずは死をもののけのしわざではないかと疑うから、夜一夜、加持祈祷や読経を繰り返し、各地の寺社にはお布施（誦経と謂う）の使いを走らせる。ついにむなしく、明け方とともに人々は紫上の死を受け止める（「御法」巻）。もののけとの闘争がそのようにして終わる。闘い終わると、加持を引き受けていた大徳も、読経の僧たちも、帰り支度をして出て行く。光源氏はかれらを呼び返そうとする。かれらの手を借りて、源氏その人が、これを機会に出家しようと考える。従来の読み（旧および新大系）では、死後の紫上に受戒させたいと、混乱の極みで源氏がそのように息子夕霧に相談するところとされる。いずれにしろ、冷静な判断などあるべき場面ではない。夕霧の言が源氏の狂乱を押しとどめることで、紫上の不出家という主題が完遂する。

いや、不出家か否か。四年前の「若菜」下巻で、紫上は大病を患い、かろうじて蘇生すると、「忌む事の力もや」とて、おん頂をしるしばかりはさみ（切るのだろう）、五戒を受けさせる。「しるしばかり」という、その程度が分からないので、在家かどうか、出家に至らぬ中間形態があったかと見ておく。『源氏物語』に、出家と在家との相違はたいへん重要な課題と思われるものの、私にはそれを弁別する方途が見つからない。よって、女三の宮の場合ならば出家と見ておく。

すべて、生涯のどこかで密通事件を引き起こした女性はのちに出家するらしい。作中に大きな密通事件が五回ある。出家させるとは、密通について、作者が、あるいは世間が、または仏教の教理が、彼女たちを罰している、つまり現世で滅罪させることにより、死後の救済を試みているのかと判断される。彼女たちとは、藤壺中宮（妃の宮、薄雲女院）、空蟬、女三の宮、朧月夜尚侍、そして浮舟の女君という五人だ。

密通と出家との関係をさぐるためには、密通しない女性が出家しないことを指摘しなければならない。源氏の「正妻」である葵上、夕顔という女性、明石の君、花散里、末摘花、秋好中宮、玉鬘、そして宇治大い君、中の君たちは密通せず、従って出家しない。宇治大い君に至っては五戒も許されなかった。

## 4　だれが紫上を救けたか

紫上の場合には、病気を除いて出家をする理由がない。亡くなる四年前に大病を患っている。密通

*1　藤井『タブーと結婚――「源氏物語と阿闍世王コンプレックス論」のほうへ』笠間書院、二〇〇七。

以外の理由で出家する女性たちはもちろんいる。六条御息所と朝顔の姫君とを挙げておく。病気が理由で出家しなければならないのならば、のちの宇治大い君もまた出家させなければならないことになる。紫上が「しるしばかり」の剃髪をするに至る経緯はかなり衝撃的だ。

紫上の絶息が光源氏に伝えられる。二条院に駆けつける源氏に、お仕えする女房が、〈にわかにかように絶え入りたまう〉と告げる。もう女房たちは、遅れまいと動転している。宗教者たちはどうしているかと見ると、後片付けをしている。いわゆる修法の壇を毀《こぼ》ち、いのこるべき人をのこして、それ以外の僧どもはほろほろと、分かれて散るのだろう、さわいでいる。「さらば限りにこそは」(「若菜」下巻)と源氏は観念する。しかし、そこからが凄い。

さりとも、物のけのするにこそあらめ。いとかくひたふるになさわぎそ。
〔そうだとしても、物の怪がするのだろうよ。そのように仰山に騒ぐな。〕

と、僧たちを静めて、いよいよいみじき願をいくつもさらに立て添える。すぐれた験者どもの限りを集める。験者たちは、

限りある御命にて、この世尽きたまひぬとも、ただ、いましばしのどめたまへ。
〔限りある(紫上の)命で、ご寿命が終わってしまおうと、ただもうそれでもしばらくは猶予してくだされ。〕

と、頭より黒い煙を立てて加持をする。「寿命が尽きようとも救けてくれ」とはもの凄い願だ。願を

立てるあいてはだれだろうか。こんなときに呼びかけられる存在とは、不動尊だった。「不動尊の御本《もと》の誓ひあり。その日数をだにかけとどめたてまつりたまへ」と祈る。修験の徒の信仰に縋るという図ではなかろうか。

こういうときに、頭部から黒煙が立つかどうか。熱気や湯気に黒い煤がまじると、そういうこともあるか、リアリズムではないかと思われる。源氏もまた一心不乱に祈る、その内心を仏も見てとってか、六条御息所の死霊が駆り出され、よりましに憑いて喚き泣く。

もののけが退散すると、紫上はようやく蘇生し、出家をつよく望むので、しるしばかり剃髪させ、五戒を受けさせる。導師が「忌むこと」の尊さを仏に報告する。源氏と紫上とは心を合わせて仏に祈願する。もののけに対しては法華経一部ずつを供養し、「不断のみ読経」を欠かさない。それでももののけはなお纏わりついて、病状は一進一退となる。

ここで紫上を救けたのは、端的に言うとお不動さまだった。源氏や紫上が一心に祈るあいては「仏」で、救けてくれたのが不動尊であるとすると、仏の内実がやや分かりにくい。この分かりにくさは、宗教者たちが各自いろいろな仏を持ち分とする、その分掌にかかわる。ここはぎりぎりのところで修験の徒が呼び込まれたという図だろう。

## 5　成仏できない夕顔の女

仏に一心に祈るからと言って、仏がかならず聞きとどけてくれるとは限らない。夕顔は成仏できなかった。若くて死んだ彼女には、出家する余裕がなかったといえ、頭中将と関係が切れたのちに光源氏との関係が生じたとすれば、密通的な疚しさはないはずで、成仏できてもよかったろう。

かの人の四十九日、忍びて比叡の法花堂にて、……

阿弥陀仏に譲りきこゆるよし、あはれげに書き出で給へれば、……（「夕顔」巻）

〔かの人、夕顔の四十九日は、ひそかに比叡山の法華堂で、……

阿弥陀仏に譲りもうす由、しみじみと（願文に）書き出してあると、……〕

と、四十九日は比叡の法華堂で、惟光の兄の阿闍梨が行う。夕顔を阿弥陀仏にお譲りするよし、願文を源氏が書く。そして、源氏の君は、せめて夢になりと見たいと思い続ける。すると、この法事をしての翌夜に、ほのかにあのときの院のままに、付き添っていた女のさまもおなじようにして見られる。夕顔が、もののけの女と並んで夢のスクリーンに映し出される。

なぜ、夢の女が死霊だと分かるかというと、死んだ夕顔と並んで出てくるからで、夕顔もまた今後、中有をさまよい続けることになる。もののけとは死後、成仏できなかった魂で、それを追善するのだという。苦しみを和らげることはできるとしても、成仏させることはむずかしい。

荒れたりし所に住みけんものの、われに見入れけんたよりに、かくなりぬること。

〔荒れていたあの場所に住んでいたらしい霊物が、私に見入れたらしい便りに、そんなことになってしまうのか。〕

と、ゆゆしく思う。作者なりの真相表明だろう。夕顔といっしょに出てきた女はもののけだったというのだから、夕顔もものけになったということであり、成仏できなかった。つまり、阿弥陀仏は彼女を救わなかった。『源氏物語』でわりあいはっきりしているのは、阿弥陀仏の概して冷淡さであり、基準があまりよく分からないにせよ、成仏できる人とできない人とをすぱっと選別する。救わない、と決まると、阿弥陀仏との縁が切れることになる。

ずっとあと、「玉鬘」巻になって、玉鬘が母夕顔を恋しく思うと、乳母の夢にも現れる。成仏できない、ということは、この世のどこかにとどまり続けて、娘を見守ることになる。ほんとうは冷淡なのでなく、母親としての役割を果たさせるために、この世の近くに夕顔を投げ出しておくという、慈悲だったかもしれない。

## 6　六条御息所の悪霊化

六条御息所は生きて生き霊、死して死霊をかかえる、激しくシャーマン的なパワーを持つ女性で、生涯のさいごに出家をすることは分かるような気がする。もののけ＝六条御息所の生き霊を鎮めるために、「加持の僧ども、こゑ静めて法華経をよみたる」（「葵」巻）、その声はこのうえなく尊い。しかし、救われる六条御息所ではない。加持の僧が声を静めて法華経を読経するなか、もののけは哀訴する。山の座主も来ている。お産が終わって油断すると、葵上は急死する。野辺送りは鳥辺野で、寺々の念仏僧が参加する。そのとき、源氏は「法界三昧普賢大士」と唱える。ここに呼び上げられるのが普賢菩薩だということは、これも分掌だろうか。葵上のほうは普賢に守護されて成仏の道を歩み始めたかもしれない。そんな気がする。

六条御息所は、「澪標」巻で病気重く、かつ斎宮という神域に娘といっしょにいた罪深さから尼になる。その死霊が、「若菜」下巻で源氏と紫上との会話をじっと聞いている。六条院は成仏できない六条御息所の住処であり（六条＝六条）、発病した紫上を二条院に移さなければ危険だ。いったん、息の絶える紫上が、すぐれた験者たちにより、不動尊の本誓によって蘇生する。もののけがちいさな子にかかり出現すると、紫上はようやく息を吹き返す。もののけは供養を要求し、娘の中宮の待遇を依頼するなど、現代の民間シャーマンのホトケ下ろしと同様だ。

源氏は「言ひもてゆけば、女の身はおなじ罪深きもとゐぞかし」と思う。亡き六条御息所が成仏できないことを暗示するか、女身は罪深いというのだと、紫上も女身を持つからには成仏できないと言うことか。しかし、紫上は五戒を受けて、信心の途にはいる。仏を源氏ともろともに念じ、どのようにかして、これ（紫上）を救いかけとどめたてまつろうと、ここに「救ひ」という語が出てくる。この世にとどめることを救いと言う。

さらに、「もののけの罪救ふべきわざ」として、さきにも引用したように、日ごとに「法花経一部づつ」、供養する。しかし、悲しげなことを言いながら、もののけはまだ出続ける。もののけのあいてをする法華経には、死者供養の意味合いがあろう。救いということを考えるとき、救われないはずのもののけについて、「もののけの罪救ふべきわざ」という言い方に固執するさまには興味を引かれる。

「柏木」巻で、若君（薫）が生まれ、源氏は「さてもあやしや、わが世とともにおそろしと思ひしことの報いなめり。この世にてかく思ひかけぬことにむかはりぬれば、後の世の罪もすこしかろみなんや」と思う。源氏だけの知ることであり、智者の報いではないかとする意見もある。「尼にもなりなばや」「尼になさせてよ」と女三の宮は懇願する。「忌むこと受けたまはんをだに結縁にせよ」と、父朱雀院の計らいで剃髪する。後夜の御加持に六条御息所の死霊が出てきて、女三の宮を出家させたとて凱歌をあげて去ってゆく。悪霊に成り切ったというほかはない。

## 7　善見太子としての薫の君

既成の仏教教団を越え、それらの限界を大きく克服するところに、清新な、鎌倉仏教の試みが次々に誕生する。淵源は早く平安時代にあるとしても、歴史から隠されることが多いのに対して、『源氏物語』のような平安物語が、リアルタイムで衆庶の宗教的感情や、宗教者たちの実態、法華八講その他の儀礼の在り方、ひいては民間教団のようすまで、垣間見せてくれる装置になっているのではないか、ということである。

八の宮は成仏できないからには、この世での罪障をぬぐい切れず、〈悪人〉のままで往生を試みたのだろう。その法《のり》の友と言ってよい、宇治十帖の男主人公、薫の君もまた、いかなる〈悪人〉かという主題を抱えていそうだ。大い君に女人往生の課題があるとしたら、鎌倉時代の悪人正機説へ向かう前段階に、薫の君を置いてみるということはむだだろうか。

幼心《ごこ》ちにほの聞き給ひしことの、をりをりいぶかしうおぼつかなう思ひ渡れど、問ふべき人もなし。……「いかなりける事にかは。何の契りにて、かうやすからぬ思ひ添ひたる身にしもなり出でけん。〈せんけうたいし〉のわが身に問ひけん悟りをも得てしかな」とぞひとりごたれける。（「匂宮」巻）

〔幼少時にほの聞いたことが、おりおりいぶかしく不審にずっと思うものの、問い糾すあいてもない。……「どういったことなのだ、一体。どんな（前世の）約束で、かように不安な思いがついて離れぬ身として生まれ出たのかしら。〈せんけうたいし〉がわが身に問いかけたらしい、悟りをでも手にいれたいよな」と、ずっと独り言が出ておれる。〕

（薫の独り歌）

おぼつかな。たれに問はまし。いかにして、はじめも　果ても　知らぬ、わが身ぞ

不審なこと！　だれに訊いたらよい？　どのようなわけで、

出生の始めも、行く末も知らない、私の身であるぞ

ここに見る「〈せんけうたいし〉のわが身に問ひけん悟り」は、かの阿闍世王《あじゃせおう》のそれではなかろうか。〈せんけうたいし〉は善見太子《ぜんけんたいし》であり、阿闍世王の別名にほかならないと志田延義が論じた[*2]。法華経で言えば、提婆達多品《だいばだったほん》を想到させられる。大般涅槃経は全巻あげて〈悪人〉阿闍世王の救済を主題とするとみるべく、その出生の秘密を抱えるところ、「未生怨」説話は薫の君に引き当ててみるとおもしろい。提婆達多が噂の真相を太子に告げる。ここに、薫が思い合わせる〈せんけうたいし〉とは、王の太子時代の名である「善見太子」のことかと判断される。ずっとあとになり、大般涅槃経を大胆に引用するのが『教行信証』（親鸞）の「信」巻だ。真宗教団の成立に至る、はるか前段階で、「善見太子」説話を紫式部の耳に入れた宗教者がいたとみることは、想像に属する。善見（せんけん、ぜんけん）が「せんけう」と書かれることについては国語学的にむりがない。

## 8　宇治大い君が聴く常不軽行

宇治大い君、ならびにその父、八の宮を見てゆきたい。『源氏物語』のなかに、生まれたときから亡くなるまでが描かれるひととしてこの大い君がいる。大い君は最初から物語にとじこめられ、死が克明に描かれる。

八の宮は「椎本」巻で、念仏に専念するものの、のこし置く子供のことが執念となる。死去に際しては、娘たちをさいごまで見捨てがたい、生ける限りは明け暮れ娘たちを世話することを慰めにというきもちと、自分の往生の思いとのあいだに引き裂かれたように書かれる。邸でも念仏の僧がさぶらい、持仏を形見として、行いを続ける。その一周忌から「総角」巻は始まる。

大い君がなぜ死病に取り憑かれるのか。亡き父を悩ませたことを思い、自分は罪が深くないうちに亡くなろうと思い沈む。中の君の夢に八の宮があらわれる。夢に出てくるとは成仏ならなかったことを意味する。匂宮の途絶えはますますひどくなる、つまり中の君を宇治に置きっぱなしだ。このことが発病の因ではないはずだが、大い君の意識のなかにはある。身分差を思う。父の遺言に思い至る。

＊2　「源氏物語両条における仏典関係の注釈について」（『国語と国文学』一九六五・三）には「せんけうたいし」＝善見太子＝阿闍世王という指摘があった。しかも、志田論文の引くように、大系（山岸徳平）に、「或は蘇婆陀羅（subhadra）、即ち善賢の事であろうか。善賢はまた善見とも記す」云々と、善賢は知らないものの、「せんけう」が善見と表記されうるとの先見をそこに見る。志田論文は善見太子が阿闍世太子つまり頻婆娑羅王にほかならないことを、『涅槃経』三十四によって証し立てる。「「問ふべき人もな」い薫の求める「我が身に問ひけん悟り」によく適合するやうに思はれる」と、これ以上付け加えることは何もない。わが『タブーと結婚』（二〇〇七・三）刊行後、旧友中哲裕が書簡をよこして私の不明を正してくれた。

中の君を一人にしてはならないなら、何としても生きようとしなければならないはずなのに。病が進行する。

薫がやって来る。十二人を交代させて、法華経を不断に読ませる。薫とのあいだにある運命（契り）を大い君は感じる。陀羅尼を阿闍梨が読む。そして、薫に、阿闍梨は先ごろの夢に八の宮を見たと告げる。これは中の君が夢を見たときと同時ではなかろうか。八の宮は中の君と阿闍梨とに、何か訴えたいことがあり、夢のなかへやってきたのだ。夢のなかに出てくるとは成仏できていないことを示す。このようなときに宗教者は何をしなければならないか。阿闍梨としては宮の臨終に至るまで、きちんと世話をしてきたつもりでいる。その宮が成仏できないとは、責任の一端が阿闍梨になくもないというところだろう。法師ばら、五、六人に「なにがしの念仏」をつかまつらせるほかに、思い得るところあって常不軽《じょうふきょう》をつかせる。

常不軽行をこととする民間修行者の群れが以前よりいて、このような阿闍梨たちと接点を持って活躍していたことが分かる。行者たちは里々や、京都にまで歩きまわり、明け方に家々の中門へやって来て、尊く「つく」。この「つく」という動作が特徴であるらしい。哀切な、その声が邸内にまで聞こえるという行であるらしく、唱える内容は法華経の常不軽品の一節だろう（佐藤勢紀子論文[*3]）。

病床の大い君の耳にその声が聞かれる。その声を大い君の耳に届けたいというのがこの場面での真意に違いない。女人往生を彼女が妨げられているとしたら、『源氏物語』が試みる一つの挑戦は常不軽行という回答だった、ということではなかろうか。

重々しい行ではないとされ、邸内に招じ入れず、声だけをみちびき入れるということは、阿闍梨たちの往生行で救い切れなかった死者を、それでも救う可能性があるとして、民間宗教者の存在に注意が向けられている場面だと見ることができる。『源氏物語』が書きとどめておいてくれたことにより、かれらの実態を知ることができる。常不軽菩薩（不軽菩薩とも）は次の時代にはいり、日蓮教団の重視するところであり、もしかしたら繋がりがあるかもしれない。

## 9　法華経と阿弥陀仏と

『源氏物語』のなかに最も多く出てくるお経は何か。文学部の学生に訊くと、「法華経です」と答える。むろん、それでよい。お経の名が七回出てくるとか、法華経関連の説話などの引用がものの本によればじつに四十カ所とか、かぞえられる。

いちばん人気のある仏様は、というと、お釈迦様かもしれない。「さかむにぶつでし（釈迦牟尼仏弟子）」（「須磨」巻）や「釈迦の念仏」（「松風」巻）などと、出てくる。では、出番の多い、つまり最多出場如来はだれか。答え、「阿弥陀仏」。

いちばんよく『源氏物語』に引用される法華経じたいに、阿弥陀さんはしかし、ほとんど出てこない。法華経のなかに阿弥陀仏がどれぐらい出てくるか、プロでない私には、ほとんど答えられない。二か所か三か所か、というところであろうか。漢訳仏典には出てこなくて、観世音菩薩普門品のサンスクリット本（岩波文庫による）の偈に、「〈観音は〉指導者アミターバの右または左側に立ち」云々とあるようなのを、かぞえるべきか否か。

＊3　「不軽行はなぜ行われたか――宇治十帖に見る在家菩薩の思想」『日本文学』二〇〇八・五。

この観世音菩薩普門品を、妙法蓮華経の漢訳仏典で読んでゆくと、阿弥陀仏は出てこないから、したがって、観音さんは文字通り自在に、一人で大活躍する。阿弥陀さんの脇侍として立っている、という窮屈さがない。『源氏物語』に見ると、清水《きよみず》（「夕顔」巻）、石山、初瀬、あるいは九州の（清水《しみず》の御寺）観世音寺（「玉鬘」巻）など、霊場に出現して、みんな独立した信仰を集めている。阿弥陀仏のかたわらで窮屈そうにしている観音と、おなじ観音でも二種類あるということだろう。妙法蓮華経のもとになった古い言い伝えに原始性があり、現存サンスクリットの阿弥陀のかたわらにいるという説明はあとからとって付けた印象がする。

法華経の成立時代に、阿弥陀浄土はすでに世に出てきているにしろ、法華経の基盤とそれの基盤とは、別のところにあったということか。だから、法華経のなかに阿弥陀仏信仰がほとんど出てこない。女人がそのままでは成仏しない、という考え方じたいは法華経の成立のある段階からあって、法華八講（『源氏物語』では「賢木」巻、「澪標」巻、「蜻蛉」巻など）のなかでいちだんと印象的な、提婆達多品の後半は、いわゆる龍女成仏で、サンスクリットでは露骨な言い方で、女性のからだがどんどん男性に変わっていって成仏したことになっている。

『源氏物語』で法華経と阿弥陀仏とが、お経と仏さまとの、それぞれのトップを占めているということは、別々の文化基盤から生まれてきた法華経と阿弥陀仏信仰とを、二つとも、つまりどちらかを切り捨てることなく、ともに受け入れたということだろう。このことはけっして『源氏物語』に責任のあることでなく、まさに時代がそうだったから、ということだが、しかし時代がそうだったから『源氏物語』もそうなのだ、ということにとどまらず、それではまだ何か答えが足りないので、そこに多様な宗教者たちの積極的な関与と活躍とがあったと見るのがよかろう。

## 10　浮舟の君の信仰

もののけの語によれば、浮舟は観音がずっと守ってくれた（「手習」巻）。

されど観音、とさまかうざまにはぐくみ給ひければ、……

〔しかし、観音があれやこれや保護して来られたから、……〕

妹尼の言によれば、初瀬の観音に祈ってこの女性をもらったのだと彼女は思っている。意識のもどった浮舟は、尼になることを希望する。しかしそんなことをできないと妹尼は言い、代わりに僧都が五戒を授ける。これは出家でなく、在家信者（優婆夷）となることを意味するか。頂ばかりを削ぎ、五戒を受けさせる。以前、紫上もまた、もののけから解放されようとする時、まったくおなじように五戒を受けた（「若菜」下巻）。

浮舟は、死ぬと地獄に堕ちる自分を反省して、下山してきた僧都に依頼して、ほんとうに出家してしまう。「前途ある出家はかえって罪深い」と僧都はためらう。女君は親が昔からそう言っていたと僧都を説得する。「夢浮橋」巻によれば、僧都としては女に護身などをほどこして蘇生させたが、まだ「もの」が身を去らない感じだと女が訴え、悲しげに言うので出家させたとある。

浮舟はぎりぎりの選択として出家する。しかも再出家という構造を持つ。出家後は、手習い短歌に思いを託す。はればれとして、行いをよくし、法華経はむろんのこと、ほかの法文をもたくさん読む。「夢浮橋」巻では阿弥陀仏に思いを紛らわしてもいる。ただし、専念するのでなく、紛らわしのために念仏するという感じで、気になるところだ。ともあれ、尼になったあとの浮舟に見ると、法華経と阿弥陀仏という平行関係が依然として見られる。『源氏物語』の最終局面まで、両者の平行を見届けることになった。

繰り返すと、浮舟のさいごの、「阿弥陀仏に思ひ紛はして」とはどういうことなのか。女三の宮にも、音楽に気をとられて、数珠をまさぐる手が怠りがちになるという記事がある。

横川僧都はどうだろうか。母尼には念仏を進め（「手習」巻、「夢浮橋」巻ともに）、自身も長くないだろうと言い、「ほとけを紛れなく念じ勤めはべらん」とあるのは、後生を託すからには阿弥陀仏だろうか。けれども、僧都のしごととしては、だいたい、加持をする祈祷僧として登場する。もののけと闘う僧侶としてある。「真言を読み、印をつくりて」とは、密教修行者の在り方であり、天下の験者としてのそれだ。新大系がここで『往生要集』を引くのは思い込みでしかない。行いを勧める一方で、漢詩を朗唱したりもする、貴族社会に深くはいり込む僧の在り方として、ごくふつうの在り方と見られる。横川僧都が源信をモデルとしていると言われるのは、思い込みを捨てて読んでゆくなら、積極的な証拠はないといわざるをえない。

繰り返すようだが、『源氏物語』の内的世界を、十世紀、十一世紀以前の精神風景に置き直して読むことにする。もしひとびとの内面を彩る宗教が、決まり切った一種や二種に限定されてしまっている時代ならば、『源氏物語』が生まれることはなかったろう。多様な価値観が物語のおもしろさを支えたのだとぜひ論じてみたかった。八世紀か九世紀かには始まっていたらしい乞食行《こつじきぎょう》が、『源氏物語』にも見られるとか、鎌倉時代になって優勢になるはずの〝悪人往生〟が、早く『源氏物語』のどこかに覗いているとか、従来の宗教史の常識を混乱させる事態が、この物語のなかだとふつうのことなのかもしれない。こうした実態を描いて見せてくれるのが文学という装置の効用ではないか。その実態にふれることができたとすれば、文学源流史を用意したかいがあったということになる。以上を第二部とし、つぎの第三部はいわゆる中世そして近世の始まりという、激動期をあいてにする。

# 第三部

# 第十章　中世の歴史叙述

## 1　桓武平氏／清和源氏を疑う

世は武士の時代へとにじり寄る。では武士の時代〝以前〟という時代があったのだろうか。平将門の〝系譜〟を遡ってゆくと、桓武に至るという。

古代びとにとり、系譜とは何物か。祖先伝承にかかわるという点では、系図のたいせつさを強調し過ぎることがない。そのような伝承をも含めて、歴史民俗学ふうの立場から、系譜について折口信夫が何か答えを出しておいてくれたらよかったのに。系譜はありふれた、折口言うところの貴種流離《きしゆりゆうり》譚《たん》、つまり貴人《きにん》に繋がれたい者たちの制作物でしかなかったのではないか。

高望王《たかもちおう》という人は、桓武からかぞえて四代めで、桓武平氏の祖とされる。『尊卑分脈』に見ると、「高見王」という人がいて、その人の子であると書かれる。その「高見王」にはいっさい説明がなく、名まえのみがある。その王《おおきみ》の子が平という姓を与えられて、上総介平高望になったということだろう。『将門記』には「故上総介高望王」とある。

高望王の父である、この高見王という王は何者だろうか。桓武からの系譜が平高望に繋がるところに置かれる、名まえのみ書かれるこの人物を、われわれは疑わなくてよいのだろうか。草深い東国に何代もかけて起こった実力者が、ある時に中央に連絡を求めて平姓を名告った、というようなことな

桓武天皇——葛原親王——高見王——高望王——┬平国香（良望）
　　　　　　　　　　　　　　　　　　（上総介）　└良将——将門

のではあるまいか。ありふれた尊種渇仰《かつぎょう》のありようでしかないように文学の読みからは思える。

東国に興った一族が、平姓を名告り、二代の「王」をへて天皇家に直結することを主張するために作製された系譜だとすると、それを追認すれば『尊卑分脈』に書き込まれよう。貴種流離という話型を考えてよければ、都から、源重之の父のように赴任してきて、女婿として迎えられ、土地の豪族に取り込まれる、というような話が作り出されるや、すぐにできあがってくる系譜だ。東国なら東国の、『将門記』に出てくる「王」たち、「藤原氏」たちにしても、源経基らの「源」にしても、実態はどうだろうか。

歌人の源重之は実の父親が陸奥国に土着したと言い、そこに娘どもがいて、重之じしん、陸奥に生を終えたと言われる。父親の兼信が真に土着の人であったかどうか、土着とはどうすることか、複雑な婿入り社会だから、都びとと地方の豪族の娘との婚姻は大いにありうるとしても、土地の豪族がかれらをどう受けいれるというのか、未解決の疑問点ではないか。

清和源氏の祖、経基王という人を、実際にそのような経歴であったと考えるならば、疑問を出しようがなくなる。『将門記』には介源経基、介経基、武蔵介経基とあり、京都へ逃げ帰って告状を太政官へ提出する人物として書かれる。何だか卑小な人物として描かれることには注目してよい。その父は清和第六の皇子、貞純親王であると言われる。よって六孫王と号した、と『尊卑分脈』に書いてあり、天徳五（応和元、九六一）年六月十五日、源朝臣姓を賜ったとあるのは、国史大系の頭注に「天徳云々とは誤りだろう」

と推測する。鎮守府将軍、各国の国守、内蔵頭、大宰大弐その他を歴任したように『尊卑分脈』にあり、さらに「母源能有公女」「天徳五年十一月十日卒（四十一歳）」ともあって、以上のような〝公式記録〟に接して、それらを疑うべきでないと言われれば、引き下がるほかないものの、まあ不自然というほかない。六月十五日に源氏賜姓、その十一月に亡くなったとすると、亡くなる直前の賜姓ということになる。

平清盛にしろ、その父は忠盛、その父は正盛と〝系譜〟を遡れば、伊勢平氏なのにいつしか平国香に到達し、桓武平氏という次第だが、『平家物語』に見ると平家は本来、西日本に基盤を持つようでもある。どうにも平安武士社会の歴史は作為に次ぐ作為で固めて、「何か」を隠蔽しにかかっているように思われる。いろいろ疑うに足ることが多い。

## 2 〝歴史〟の整合性とは

『尊卑分脈』をさらに見ておくと、清和の子は、陽成、貞固親王以下、貞何親王数人と、源長淵以下、源何四人、女子は内親王四人および源載子とある。貞固親王の子に、源国淵（宮内卿、従四位上）、貞元親王の子に源兼忠や源兼信と続き、前述の源重之は兼信の子で、兼忠の養子になる。兼信が土着したと言われるように、おなじく経基王も土着したのだ、と言ってしまうならば、疑問をさしはさみようがなくなる。『尊卑分脈』が頭注に引く石清水文書によって、〝清和源氏〟とあるのを、じつは陽成源氏かと明治期の歴史家は言ったらしい。朧谷寿『清和源氏』[*1]の結論では、経基は貞純親王の子と見なさざるをえない、それに陽成の父は清和なのだから、いずれにせよ二世賜姓であることに変わりない、とする。その子が多田満仲（源満仲）だということを疑う歴史家もまたなかなかいないらしい。『大鏡』はむろん清和源氏を疑わない。

歴史はみごとに整合された形態でできあがっており、疑問の余地がなく存在しているかのようだ。明治にはいって疑問を呈した歴史家がいなくもなかったにせよ、満仲の四代まえは〝天皇〟である、というような系譜は、崩すことのむずかしい基本のようにしてある。けれども、われわれはまさにその基本を疑いにくいとすることによって、かれらの〝語り〟の術中にはまった、と言われるべきではないか。高見王を祖とすることが疑わしいのならば、おなじ疑わしさのきもちを経基に、また満仲その人に向けなくてよいのだろうか。別の言い方で言い替えるならば、源義朝や、あるいは伊豆の流人《るにん》頼朝の始祖が、皇族に繋がるというような系譜は、どこかの段階で作られた、貴種流離の実体化としてあるのではないか。なかなか話題にしにくいことながら、歴史と文学との接点にわきあがる大きな疑念としてある。

後代の系譜作り屋みたいな〝職〟を待たなくともよい。〝語り〟という課題は、かれらの家の〝歴史〟を創製するために、信念をもって、かれらの貴種流離の物語として、かれらの指示する〝語部〟たる巫現や宗教者たちによって〝幻想〟され、熱っぽく語られた、ということなのでは。つまり、「王」や「藤原」など、皇族の裔や高級貴族の裔が東国で覇権争いをしていたのではない。『将門記』の描いて見せた世界は、これまでの数百年を繰り返し彩ってきた、武装する抗争史の一駒でしかないのでは。長年にわたり先住民族（古代蝦夷）と抗争してきた、東北地方経営というなかで、武力をたくわえてきたかれらの祖先以来の歴史がそこにある。その武力をもって中央政権と結びつき、ついで高貴な存在を祖先伝承に組み込んでいった。「藤原」を名告るのもその一環ではないか。

もしこう言ってよければ、かれらの合戦はまさに語り継がれる家の〝歴史〟のために、今日をたたかわれる。それがあしたの家の歴史となる。抗争史はそのようにして続き、これからも繰り返される。『古今集』や『源氏物語』を産み出したような、京都の貴族主義政権はついに呑みこまれ、凌駕されて、武家の棟梁たちが、さらなる〝新皇〟たらんとするいきおいで、表層に躍り出てくる（平将門は新皇を名告る）。

『将門記』から〝保元〟〝平治〟そして〝平家〟へと、流れる太い線を認めることができる、と言いたい。〈歴史＝物語〉と言い替えてもよかろう。『将門記』そのものを〝物語〟と称した事例にはめぐりあえないにしろ、巫覡たちや宗教者が育てて語りなす〝物語〟に雁行して『将門記』は書かれたろう。〝保元〟〝平治〟そして〝平家〟といった〝物語〟を産み出す機制を『将門記』もまた十分に持ちこらえている。

## 3　『愚管抄』の「道理」は

慈円の書『愚管抄』をここで覗いてみよう。承久の乱（一二二一）直前という、成立にかかわる、きわどい書き増しや編纂があるとしても、『愚管抄』というテクストの存在感は格別だ。巻一は「漢家年代」から始まり、ついで「皇帝年代記」において、神武以下、歴代の略述をなす。神武に三人の子があって、三男を東宮とする。神武亡きあと、長男手研耳《たぎしみみ》が世のことを申しつけられると、たちま

＊1　教育社、一九八四。

ちに弟二人を殺そうとする。次男神八井耳《かむやいみみ》は長男を射殺そうとして手がふるえ、結局、東宮が長男を射殺す（『古事記』によれば長男は異腹）。次男と三男とは四年間、受禅を譲り合って、ついに三男が即位する（綏靖《すいぜい》）。これについて慈円は思う、

一切ノ事ハカクハジメニメデタクアラハシオカル、ナルベシ。
〔すべてはかように最初からめでたくあらわしておかれたことのようだ。〕

と。

兄を射殺すことは悪に似ているとしても、わが位に即かんがために射殺すのでなく、大方の悪を退治せられる心からであるという。次兄に位に即きたまえと勧めたのは、ただ「道理ノ詮」ゆえであるとする。また、そういう器量であることをあらかじめ見ぬいて、神武は三男を東宮にした、という。このようなハジメからあとの時代を見ると、仁徳と宇治王子（太子菟道稚郎子《うぢのわきいらつこ》）とが位を譲りあったことや、仁賢と顕宗との間、また崇峻が殺され、大友皇子が討たれたことなどの、「一番ニミナノ事ヲシメサル、也」と言う。歴史の最初にこのようにシメサル、とか、カクハジメニメデタクアラハシオカル、とか、主格が分かりにくいのは、天皇たちの行為が歴史を顕現するからというのだろう。

「道理」を「詮」とするという、キーワードが早くも出てくる。「道理」＝筋道の「詮」＝〈つまるところ〉〈きわまるところ〉〈明らかになるところ〉ということで、『愚管抄』に何と百数十回の「道理」を見ると言われる。「詮」もまた何度も出てきて、あわせて〈道理ノ詮〉となる。究極的な出現、意味のついにあらわれ出るところを言う。しかし、決定的な何かが最初にあって顕現するというのと

はおよそ違って、「道理」は事態にあわせていくらでも生まれ出る。

巻三は『愚管抄』全七巻のうち、書き出された最初の巻と言われる。それによれば、神武から成務（十三代）まで、天皇位は正しく継承されるという「道理」のままにあった。十四代仲哀に至って、国王に子（男子）がなければ孫が天皇になってもよいという「道理」が出てくるという（仲哀は第十二代景行の子〈日本武《やまとたける》〉の子）。神功皇后は女身で王子（のちの応神）を孕みながら、いくさの大将軍であってよいのか。応神が生まれて六十年まで皇后を「国主」にするとは何ということか。これは何ごとにも定めなき「道理」をようようあらわされたということなのに違いない、と『愚管抄』は書く。つまり男女によらず、天性の器量をさきとすべき「道理」であり、また母后が存命のあいだ、それに任せて孝養すべきことが「道理」なのだと。そしてこのような「道理」を末代に知らせるために、その因縁が結果として生じたのだ、という。

一見、無定見に見える「道理」かもしれない。しかしそうでなく、ここには道理が生成してあらたな局面を迎えることと、結局のところ道理があらわれ出るという面と、二つの面を兼ね備えるのが「道理」であり、つまるところ、道理とはそういう性格だというところに「詮」という語が出てくる。「道理」は物語類にもしきりに出てくる、きわめてありふれた語であり、「詮」にしても、現代に「所詮」などと言うような感覚で使われる語であって、慈円は平易な日常語で繰り返し繰り返し〈歴史とは〉〈何が歴史か〉に対して答えようとしている。

しかし、だから歴史の永続性を慈円は論じている、ということではあるまい。歴史叙述は「何か」を隠蔽するために著述する努力なのだと言いたい。〈事態にあわせて生まれ出る〉〈道理が生成してあらたな局面を迎える〉のがおそらく歴史の隠蔽からぬけ出てきた真理であり、反対に〈末代に知らせるために〉という理屈や、綏靖で言えば「一切ノ事ハカクハジメニメデタクアラハシオカル、ナルベシ」というような理屈は、隠蔽のためにする論理立てであるに違いない。「詮」は明らかにすると称して、結局、著者にもしかと分からない、隠蔽された部分を繰り返し繰り返し連呼することに終始する。慈円は何を隠蔽しようと推し量っているのであろうか。

## 4 中世的起源の隠蔽

そもそも、なぜ、中世の歴史叙述は書かれるのか。答えをあらかじめ言ってしまうならば、古代の、ではなく、中世的国家の起源を隠蔽するために、途方もない長さの古代が呼び込まれているということではないのか。平安時代を通して武士的支配はつい近隣にまで押し寄せている感触がつよくても、古代貴族政権が断絶するまでは真に武士の国家を成立させたと言いがたい。また断絶後にも貴族政権は続くという理屈を中世はついに立て通した。事実、貴族である北畠家の一統が南朝方の武将として戦うこともあった。

しかし、それでも、公家と武家とは交錯し混交しているようでいながら、『太平記』などに見るならば、ついに公家と武家との二元論が容易に日本歴史から立ち避らない。中世初頭をもって新たな国家が武士たちによって起源的に成立させられたと見るほかはなかろう。公家と武家とに振り分けられているわけではないにしろ、鎌倉時代の公家将軍（『愚管抄』はごく直接的にその正当化のために書かれたと言われる）や、南北朝の成立は、公家と武家とのねじれた関係を表現する二重政権としてある。鎌倉時代から南北朝へかけての長い期間にわたる二統対立についても、その二重政権の背景を見通すならば、分かってくることが多い。中世的国家の成立を隠蔽するために『愚管抄』は書かれ、また『神皇正統記』にしろ、貴族家の果つるところに立って起源を隠蔽するかのように作成された一面がある。その隠蔽の仕方は、ありもしない、古代の永続性を顕彰することによって。ただし、後者は、実際に中世的な戦争に従事し、転戦した当事者でもあった。

『愚管抄』は中世的起源を隠蔽しながら（だから古代から語り始めて）、みごとに武士の世の始まりを語ってしまう。かれらの倫理観や史観をどのような文体で、あるいは表記体系で語るかという腐心にこそ新しい時代が込められることになる。

巻二の終りの部分および巻七（附録ともされる）には、カタカナで書くことの理由が繰り返される。道理を知る人がいなくなり、僧も俗も学問するようでいて、漢字の義理を理解せず、経論などを学する人は少なく、日本紀や律令はわが国のことなのに、いますこし読み説く人が少ない。やまとことばで書く、さらにはハタト、ムズト、シャクト、ドウト、あるいはヒシトなどというような語をまじえることで、知らずには済まされまい国の風俗のなれるさまや、世のうつりゆくおもむきなど、道理をわきまえる道となるに違いないことをのみ、ここは書くのだという姿勢を取る。不満があれば学問らしい方面をこのさきに大いにすればよいではないか、といかにも言いたげに。

斉明代の終りごろ、多くの人が死に、豊浦の大臣（蘇我蝦夷）の霊がすることと言われる。大臣は入鹿が殺されて、火を自宅に放ち、「日本国」の「文書」とともに身を滅ぼした。かくて「大鬼」となったことが、この『愚管抄』（巻一）のほかに『簾中抄』『扶桑略記』『水鏡』に見える。『日本書紀』斉明紀の元年、空中に龍に乗る者が青油の笠を着てあらわれたり、七年に鬼火があらわれ、大舎人や近侍のひとびとが多く病死し、また天皇の喪のとき、朝倉山の頂上に鬼が大笠を着て葬儀を覗いたりしたとあるのは、その鬼が蝦夷大臣の霊であると『愚管抄』は明記し、龍に乗って空を飛ぶところを人に見られたのも蝦夷の霊だったとする。御霊信仰や怨霊の発生を古代に求めるのは一般的了解かもしれない。古代のこととして書くのは当然のことながら、読み取られるべきは『愚管抄』のような怨霊史観が中世的なあらたな開始としてあるということだ。しかも、そこを隠蔽して古代からの発生であるかのように書く。

平易な和語の主張と言い、怨霊史観をあらわにすることと言い、そういうところに中世における新国家の姿勢が、隠蔽いかんにかかわらず雄弁に語られる、とわれわれには見て取れる。

## 5 『神皇正統記』(北畠親房)

『神皇正統記』は、これもまた中世的な国家成立を隠蔽する一面があって、古代からの「神皇」の正統性を主張する書物だった。書き手、北畠親房が一公家として天皇に仕えることに疑問はない。後醍醐の皇子、世良親王の乳人(めのと)となる。元亨三年(一三二三)一月、権大納言に昇進し、正中二年(一三二五)一月には内教坊別当、父祖を超えて源氏長者となり、元徳二年(一三三〇)、世良親王の急死を嘆いて三十八歳で出家し、政界を引退する。宗教者である(慈円もそうだが)親房が、伊勢神道に結びついて「大日本者神国也」(大日本《おほやまと》は神国《かみのくに》なり)と『神皇正統記』を書き出すことじたいにも、この人の経歴からして、何ら疑問がない。「天祖《あまつみおや》はじめて基をひらき、日神《ひのかみ》ながく統を伝へ給ふ」と。

しかるに、

我国のみ此の事あり。異朝には其のたぐひなし。此の故に神国といふなり。

とは、なぜこう言えるのか。ちなみに、『神皇正統記』についての明治期以来のテクストの生産、再生産、講義、読本のたぐいはおびただしく、関係研究書も親房関係を中心にどれほどかぞえればよいやら、この著述についてはテクスト生成論的に重要ないくつかの課題があり、研究がさらに待たれているといえるかもしれない。

日本古典文学大系（『増鏡』と合）および戦後版岩波文庫の校注者である岩佐正の前者の解説を読むと、北畠顕家「上奏文」について、「憂国のひびき」あり、「ほとばしり出る肺腑のそれ」だ、とあり、この上奏文を追憶し「吉野を思う至情の赴くところ」に『神皇正統記』は生まれつつあるのだ、と戦前派丸出しと言うほかない。「日本の道」「憂国の改革の至言」「肺腑をつく至言」「神国の姿の究明」「正しい姿」そして頭注に「皇紀八六一年」とあるなど（〈皇紀八六一〉は西暦二〇一年）、校注者の意向だからと納得するならばそれまでながら、空虚な言を連ねて、しかもこれらの語を二回ずつ繰り返す。これを泥まみれの証拠だとは言えるであろう。まだ泥まみれを洗い流してない古典が日本語の文献にはこうしていくつもある。

さきに引く「大日本者神国也」の、「大日本」をオホヤマト（＝大日本）と訓むのはよいとして、「神国」をカミノクニと訓むか、シンコクと訓むか、よく分からない。このような言い回しは、『日本書紀』に一例あるのを除いて、平安末期から何らかの宗教者集団が好んで言い出し、定着していった。ヘーゲル式に言えば、日本国もアジアの一角にあるからには、大きく見て「神政的専制政」を形成しようとしてきたはずだ。古代国家が十一世紀、十二世紀あたりを境目にして、変質、というより滅亡する過程にはいる。それは王権体制じたいの滅亡と言えるし、それと武士政権との二元的構造のもとにあらたな国家体制が誕生すると従来は考えられてきた（石母田正、戸田芳実、石井進……）。いずれ「乱世」時代化して、小領土に割拠するのは、ある種の複数小国の併存状態と考えれば、中国の古代や中世とおなじ理屈で、十三世紀初頭以来、日本列島上に複数のそれがそのころからあったと見ることに、さらには琉球諸島や東北地方の経営（北畠一族が後者をあいてに奮闘するところ）を視野に収めれば、何ら不自然さを見いださない。

「大日本者神国也」はちょうどそのころの宗教者集団による、幻想がいろいろに定着した一環だと考えられる。「我朝は神国也」式の言い方は、『保元物語』、『平家物語』〈義経の腰越状〉、『撰集抄』などにいくらも見える。のちの神道家を育ててゆくような神人集団が、伊勢や八幡その他や習合的な山岳宗教、修行者集団、あるいは新宗教家たちのなかから成長してきた。かれらがいち早く中世国家の成立過程に寄り添ったということだろう。その成立過程から『平家物語』も、『愚管抄』も、それに『神皇正統記』も生じてきたのだ。かれら文筆の徒は、古代からの「一統」や連続を無理して強調するたびに、そしてそこにむきになって神道家の説に随従しようとすればするほど、かれらの〈思想〉の奥から中世が出てくる。隠蔽するようでいてあらわれる歴史にこうして私はじかにふれるような気がする。

## 6　複数の王制

『歴史思想集』（『日本の思想』6）[*2]において、注記に〈「大日本は神国なり」という書き出しは、親房の独創ではない。……「日神長く統を伝へ給ふ」こそ、親房の主張である〉（益田宗）とある通りで、伊勢神道の信奉家である親房は、その説を援用しながら「統」を「三種の神器」に求める。この語（＝三種の神器）に至っては十二世紀（平安後期）にも見つからず、鎌倉時代にはいって見つかる語のようで、『神皇正統記』をへて『太平記』用語となってゆく。親房という人は思想家というよりは歴史家といわれるべき態度で（『太平記』もそうだろう）、まさに歴史を「現代史」にまで冷静に辿るように見えて、歴史家ならば何かを必死で隠蔽するために書いてもよかった。そのはずなのに、慈円とはどこかが違ってしまう。比較神話学を知らず、王権国家だけを称揚する役割どころにあるこの十四世紀人を、後代の視野から裁断するぐらいおろかなことはない。

親房は複数の王制があることをわきまえたように見える。なぜ「神国」なのか。「異朝」に例を見ないというのはインド（天竺）や中国（震旦）を参照してそのように言う。「豊葦原の千五百秋の瑞穂の国」「大八洲国」「耶麻土」などの国名の一々証拠を挙げ、「大日本」「倭」などと表記する理由を加える。仏説では須弥という山があり、そこからはるかに離れて海中に日本はある。天地開闢からの歴史は天竺に似るようであるけれども、天竺の最初の王である民主王からして民衆に選ばれて相続したのだし（民主王の直前には平等王というのもいる――民主王は『承久記』にも言及される）、のちに下種の王も出てくる。震旦に至ってはさらに乱雑で、血筋が定まるわけでなく、民間から出て皇帝になったり、北方の異民族から出てきたり、臣下が帝位を譲られたり、天子の氏姓を替えること三十六回。さまざまにそのような王権の形態を知ったうえで、ひとり日本国家のみが、一時的に傍系になっても正統の後

＊2　参照、十九章。丸山真男編、筑摩書房、一九七二。

継者に血統が還ってくるというように、正しい継承の仕方を続けている、と親房は言う。

複数の王制の在り方や、王制が危殆に瀕することが、震旦ばかりのことでなく、この日本社会でもありうるのだと、親房が現実的に肌に感じているとしたらば、〝神皇正統〟という書名の意味は歴史書のそれを越え、思想あるいは中世の〈詩〉へと転化する瞬間を隠し持っている。その時代に公家の末裔として生まれ、武装して王制のために尽忠し、その方向で書き切る一文人の著述が、文字通り〈皇国史観〉まみれであることを（現代から）断罪しても、何の意義すらもたらさない。それよりは、親房が歴史家であることをやめようとしなかったことに評価の軸を求めたい。〈およそ神書には異説が多く、『日本紀』『先代旧事本紀』『古語拾遺』などに載せてないようなことは、今日の学者が信用しがたいであろう。決定できないことが多く、まして異書においては採用しないほうがよいのではなかろうか〉という態度だ。

『神皇正統記』からは、私なりに見ると、親房という人の隠蔽体質というよりは、中世的な連戦から実感する歴史を直叙できるところまで隘路を発見した人といえる。

## 7 物語紀からファンタジー紀へ

本章の終りを借りて、物語紀の消長についてあらあら述べてしまいたい。述べてきた『将門記』あるいは『神皇正統記』、また『太平記』は、それらの名称に見られる通り、〈記〉にほかならない。『古事記』という〈記〉に類推してよければ、それらは正統的な語り、フルコトに比すべき位置にある。私の関心はつねにそれらと対比的なモノガタリ＝非正統的で自由な語りの世界にある。

中世短編物語群を三百五十篇までかぞえ、かつ物語研究会の企画で（一九七〇年代）、集めに集めたことがある。それらを積み上げ、発表もした。おもしろいこととしては、御伽草子、中世小説、室町物語という、三通りの言い方があって、好みでどれを選んでも、だれかが咎めたり、反対したりすることがない。叢書などのうえではさらに室町時代物語とか、近古小説とかいう言い方もあった。

時代はもう物語紀を越えようとしている、と思われる。物語文学ならば、だらだら続く物語のすえに〈完結〉があるにしろ、どうもその完結ということの重みが短編のそれと違う。読み方にしても、物語文学は部分を延々と読み続けている感じがする。部分の総体が物語なのでなく、部分と全体とがいつも向き合って、細部からの読みをしいてくる、それが物語文学であるような気がする。それに対して、室町物語（と称しておく）はとにもかくにも全体を読んでみようと、さきへさきへ逸る心にみちびかれる。どうやら〈完結〉ということの意味合いが物語文学のようではなくなっている印象だ。

室町物語はほぼ数十ページの短編であり、そのなかで完結しようとする。現代に見る文庫本や文芸雑誌での小説の起源が、それらの室町物語にあるのではないかとふと思われる。突拍子もない印象だとしても、現代小説に親しむわれわれが、まあ大長編を除くとして、手ごろな読み物から受け取れる完結性は中世後期からの賜物ではなかろうか。予定調和という語を使用してよければ、十四、五世紀代からあと、近、現代に至るまで、小説世界はほぼ予定調和的な完結へ向けて書かれていると言える。ミステリー小説、SF、ファンタジー小説に至ってはその完結性を至上とする。十四、五世紀代から、近、現代までを一括りにして、ポスト物語紀という紀を立ててよいのではないか。

室町物語に口語の物語はまだ生まれてこないにしろ、口語で書く習慣がないから文語で書くだけのことであり、しばしば庶民の読み物と称されるほどの平易な文体は、ついそこ、あと一歩まで口語の文学が押し寄せていることを感じさせる。平家を口語で語るルネサンス人の到来はもうそこまで来ている。

明治以降においても、かならずしも完結しない物語性を有する短編が、それなりに例外的な文学としての生存を主張する、ということはある。たとえば樋口一葉や広津柳浪の文学のなかに、反・近代の可能性があったかもしれない。そのようなさまざまな可能性を食いつぶしながら現代はここまで来ている、ということだろう。

ファンタジー紀と仮に名づけてみる。文学がこのあと、新しい〈紀〉を産むことはない。どんなディストピア（未来の破滅）を描いても、それもまたファンタジーの所産なのだから。かくてファンタジー紀はいつまでも続く。

# 第十一章 〈連〉の源流

## 1 その時代の〝現代詩〟

思えば、連歌はそれが生まれ育った時代の最先端であり、言い替えれば、その時代での〝現代詩〟だったということができる。一般に言って、古典詩はつねにそれがジャンルとして生まれ育った、盛んに行われる時節における現代詩に違いない。それはそうだが、近代詩や現代詩のルーツ探しをしてゆくと、形態面からとは言え、連歌、特に鎖連歌に思い至る。

日本近代詩、現代詩には、1、自由律という観点と、2、口語詩、言文一致詩という観点とがあるのと別に、3、詩行を分けるという観点がある。一行また一行と、行（verse）を並べる書き方を〝詩の改行〟と呼ぶことにする。「改行すると詩らしくなるよ」とは、こんにちの子どもたちの教室などでふつうに行われている指導ではなかろうか（よいと思う）。近代詩の当初である、翻訳詩を多く集めた『新体詩抄』（明治十五年〈一八八二〉）から始まった特徴ではないかと私は睨む。『新体詩抄』以前には、いくつかの試みを除いて、改行するという思いつきがなかった。長歌にしろ、漢詩にしろ、区切れはあってもそれが改行ということにならない。

改行ということがどんなにだいじかというと、改行のまえの一行と、改行のあとの一行とが、まったく対等に並ぶ。

…………（A行）…………（改行）
…………（B行）…………（改行）

と詩行の連なりが進むと、A行とB行とは対等に置かれる。自由詩の場合に、一行をどんな長さで書いてもよい自由があるのだとすると、近代詩にしろ、現代詩にしろ、その本質は一行一行が自由な長さで平等だ、というところにある。縦組みの場合、横へ横へと連なる書き方をする理由だ。

詩の行という行をすべて対等にする試みは、歴史上になかったことだろうか。じつは連歌がそうだったのではないか。十二世紀後半という時代にもう行われたらしい、鎖状に続く連歌の初期は、しかし実物がのこっていなくて、流行したにもかかわらず、記録されることすらなかったらしいのだ。『新古今集』成立以後の作ということになると、

くるとあくと、詠めも　あかぬ真木の戸に
外《と》山へだつる宇治の川霧　定家
峰ふかき雪のこなたは　跡も　なし　家隆

というような、三句の付け合いを『菟玖波集』（一三五七）から復元した研究者（奥田勲）がいると、光田和伸「連歌の流れ」[*1]に引かれる。各句が対等になることが連歌の特質であるとすると、句ごとに独立するさまは近代詩や現代詩の改行とそっくりではないか。

『連歌集』（日本古典文学大系）からも出すと、

よしの山、ふたゝび春になりにけり　後鳥羽院
としのうちよりとし（＊）をむかへて
鶯のしのぶる声も　いかならむ　家隆
（＊「とし」は「春」とも）

というように復元できるという。これは建保五年（一二一七）四月の後鳥羽院庚申百韻連歌の時、つまり百首のうちの三首で、たぶん百韻の巻頭の一繋がりだろう、と。

## 2 〝現代詩〟のルーツは

類推するというのならば、一般には、中国詩（漢詩）の世界が五音や七音を連ねるから、日本詩歌の57あるいは75にかさねてよく理解されてきた。中国詩には早く四音が見られるものの（『詩経』の詩）、五言絶句や七言律詩など、五音や七音が発達し、三世紀代には五音と七音とを組み合わせた形式の長詩も見られる。[*2] 日本語の長歌の先蹤形態と見てよいと思う。宋詞に至っては自由律と言うほかない詩の各行の長短の自由が広範に見られる。漢詩文化を現代詩の第一のルーツと見ることができる。

＊1　『岩波講座日本文学史』6、一九九六。これと別に五句ぐらいを復元した試みも見たことがある。
＊2　陳琳「飲馬長城窟行」、後漢〜魏。楽府題。参照、藤井『詩的分析』（書肆山田、二〇〇七）。

『新体詩抄』の詩歌は57調や75調など、近世の歌謡集その他にありふれている調子をベースとするものの、欧米詩の影響のもとに横へ横へと改行をほどこすところが画期的だった。逆に言えば、欧米詩を日本語へ輸入しようと張り切ったのはよいとして、歌調は従来の歌謡や『万葉集』の長歌のたぐいに乗っかるそれらでしかなかった。欧米詩が日本現代詩のルーツの一つであることはよく論じられている。

現代詩のルーツとして、中国詩および欧米詩に引き続いて、第三に短歌を連ねて生まれてきた鎖連歌の在りように求めようという提案をしたい。

短連歌は575に77を加えて57577を作り出す、あるいは77に575を加えて、短歌形式に到達する。つまり、古来の短歌形式へと回収される。そうすると、57577をそこから越えさせて、77575、また、57577／77575へと、鎖状に句がはてしなく伸びてゆく鎖連歌が発生するところに、連歌としては最初の意義があると見たい。そこに現代詩の誕生を類推したいとは、飛躍のあり過ぎる意見だろうか。

短連歌は早く十二世紀前半に、完成といってよい状態にはいってきたろう。『金葉集』（一一二七ころ）に連歌という部立が見られる。源俊頼の『散木奇歌集』『俊頼髄脳』（一一一五頃）などでの扱いは短連歌を言うらしい。鎖連歌がいつごろよりあらわれ出たか、「連歌の骨法」（『袋草紙』上、一一五七ころ）に「本末ただ意に任せてこれを詠む。然りといへども、鎖連歌に至りては発句は専ら末句を詠むべからず」云々とあるから、句を連ねることは十二世紀前半の三十年がほどに始まった。聯句（漢詩）のほうに百韻がさきにあったとも言われる。

鎖連歌の百韻は記録上、『明月記』正治二年（一二〇〇）が初見とされてきた。有心無心連歌は建永元年（一二〇六）より流行するといわれるから、『新古今集』（一二〇五）成立時代とまさに期を一にするというところが要点だろう。

新古今調が、古今、後撰、拾遺、後拾遺、金葉、詞花、千載と、まあ勅撰集ばかりを並べても仕方がないにせよ、和歌の歴史のなかから内破的にもたらされたろうということは、だれでもが〈証明〉したいと思ってきた。確実な鎖連歌の事例が新古今以後で見つかるために、連歌の新しさを新古今の画期により始まった歌調なのだろうと考えてしまう。それで仕方がないにしても、連歌を源流として、そのなかから誕生したのではないかと、『新古今集』の画期的な歌調にふれるつど、ふと思いなされる。証拠がないとて、あまり論じようのないことかもしれないにしても。

## 3 「あめが下知る」

詩はあくまで時代のなかで生きるのだ。愛宕百韻《あたごひゃくいん》を引いてみる。

源三位頼政は以仁王《もちひとおう》の謀叛に与して挙兵する。時は五月雨《さみだれ》の季節で、宇治川の水まさり、押し寄せる平家の勢が躊躇する。ここのところを、かの明智光秀を囲んで行われた愛宕百韻の脇句が踏まえているのではないかという説がある。

時は今あめが下知る五月かな　　光秀
水上まさる庭の夏山　　行祐
花落つる池の流れをせき留めて　　紹巴

発句は「時」が「土岐《とき》」で、土岐氏である光秀が「天が下知る」、天下を取る、つまり信長への叛意を寓意していると言われる。本能寺の変の直前のことに属する。行祐《ぎょうゆう》の脇句は、よく言われる読みによると、「水上」は源《みなもと》（＝源氏）のことで、源氏である光秀が信長を圧倒する、というように受け取れる。織田氏がもともと何氏だったか分からないが、信長は自分のことを平氏だと心得ていた。

ここに宇治川が増水するという、『平家物語』（巻四）の描写が踏まえられているという。小和田哲男『戦国大名と読書』[*3]が津田勇論文というのを引いていて、私はそれの孫引きということになる。私にとっては、津田の論じる里村紹巴の第三句についての指摘が興味深い。「花落つる池の流れをせき留めて」は『源氏物語』の花散里を踏まえた句であると。

つまり、この百韻は第二句で『平家物語』を踏まえ、そのつぎの句で『源氏物語』を踏まえるという、二つの古典にまたがっての一座だったことになる。「花散里」巻に池の描写が出て来るわけではないにしても、彼女は夏の女性であり、五月雨のころになると光源氏は思い出す（「澪標《みをつくし》」巻）。六条院では夏の御殿に住まいする。

武将にしても、一般武士にしても、『平家物語』や『源氏物語』を、単に聞きかじりの知識として知っていたのでなく、子どもの時から教養として身につけてきた。『平家物語』の源平合戦には、戦場での必要な実戦のヒントになることが描かれているし、『源氏物語』にしても、〈源氏〉の物語だから、武士たちにとり祖先伝承としてある。光源氏のような祖先がいたとなかばかれらは信じて『源氏物語』をたいせつにした。足利や、のちの徳川など、みな源氏を名告り、光秀にしろ源氏の自覚のもとに行動を起こした。

歴史を生きるとは詩歌のいとなみの一つ一つに刻印されるというような方法だったのではなかろうか。つねに源流を意識するともなく意識し、そこからの流れに自分を置くことの証しとして詩歌があった。

## 4　「春風馬堤曲」の源流

すこし話題を先取りするようながら、源流と言えば、近世文学研究者、潁原退蔵による「春風馬堤曲の源流」[*4]を思い起こす。蕪村の「春風馬堤曲」（『夜半亭』所収、安永六年〈一七七七〉）ならびに「澱河歌」（同）について、「それは一見俳句と漢詩とを交へて続けたやうなものであるが、実は必ずしもさうではない。言はば一種の自由詩である」というように始めて、それらの作が近世社会にあってけっして孤立する試みでなく、先蹤があるのではないかとして、いくつもの作を挙げてゆく。自由詩はどこから来て、どこへ行こうとするのか。自由詩の前型を探り明かそうとする潁原のしごとを私としては素通りできない。自由詩の由来を知りたいわれわれにとって、このたぐいの探り当てる試みはけっしてむだになることがないと思われる。

「春風馬堤曲」は十八首からなる、「俳句」と「漢詩」との組み合わせであり、なかに自由律ふうの短詩を含むと読める。絵画ふうのタッチだと言えば言えるし、じっさいに画巻に添えられたと見てお

＊3　柏書房、二〇一四。
＊4　『蕪村』創元社、一九四三。『潁原退蔵著作集』十三。

かしくない。

春風馬堤曲　十八首

○やぶ入や浪花《なには》を出て長柄川

○春風や堤長うして家遠し

○堤ヨリ下テ摘芳草　荊与蕀塞路

荊蕀何妬情　裂裙且傷股

……

○矯首はじめて見る故園の家黄昏

戸に椅る白髪の人弟を抱き我を

待春又春

……（以下略）

（日本古典文学大系『蕪村集・一茶集』より）

一読して、ほとんど即興ではないか。俳句と漢詩とから成るというより、俳句が一瞬のでき具合で字余りにもなり、漢詩は面倒とばかりに書き下しになる体であり、刷毛加減で自由律ふうにもなろう。漢文による前文があり、それを加味して読むと偶々帰省する女性と同道したというから、やぶ入りで古郷へ帰るというその女性の家はまださきにある。

「澱河歌」のほうは送別の詩であり、これも俳諧者らしい一瞬の即興作に違いない。扇面に書かれたと言われる。こちらは女性仮託だろう。

澱河歌

○春水浮梅花　南流菟合澱
錦纜君勿解　急瀬舟如電
○菟水合澱水　交流如一身
舟中願同寝　長為浪花人
○君は水上の梅のごとし花水に
浮んで去ること急《すみや》か也
妾《せう》は江頭の柳のごとし影水に
沈んでしたがふことあたはず

「曲」と言い、「歌」というのも、唐、宋代以来の自由律によそえての戯れと見るらしい。頴原によれば、「春風馬堤曲」や「澱河歌」の源流はまず蕪村その人の教養にある、ということになる。「北寿老仙をいたむ」[*5]はそれで、句読点、送りがなを付す。

君あしたに去りぬ。ゆふべのこゝろ千々に、
何ぞ　はるかなる。
君をおもうて岡のべに行きつ遊ぶ。
をかのべ何ぞ　かくかなしき。

*5　早見晋我の歿年は延享二年（一七四五）で、当時の作だろうとする。

蒲公《たんぽぽ》の黄に薺《なづな》のしろう咲きたる、
見る人ぞ　なき。

……

「春風馬堤曲」とともに「和詩」と称するのも可だろう（大系本による）。「和詩」運動とでもいうべき仮名《かな》詩の推進は各務支考の創始になるところで、しかし、潁原は仮名詩について蕪村へ流れいる源流とすることにえらく否定的だ。それは蕪村その人がそれらの平俗をきらったことに基づくらしい。潁原が引いていたのは、慶紀逸「放鳥辞」、加藤暁台「蒿里歌《かうりのうた》」などいくつかあった。三好行雄もまた「春風馬堤曲」以前で、やはり紀逸を引く。*6

追善文　慶紀逸
貌《かたち》ハ精舎の松の陰に埋て　哀を春の艸に問
名ハ青楼の閨の中に残て　昔を軒の風に答
月ハ朧の影薄く　招魂の裳只に翻
梅ハ霞の衣深く　反魂の香空く立
夢のうちに皃《かたち》作て現にことばを飾
酒のうへに愛慕して酔に枕を双《ふたつ》
無常を示てハ　保胤が詩
恋路を進でハ　貫之が歌

郭公訪夏泪ハ鬢を閉る別路の鶏
蟋蟀鳴秋袖ハ肘に纏る待宵の鐘
……

三好はこれを「和詩」として、「やや強引な押韻と対句仕立てで、ために難解な措辞も含むが、『漢武内伝』や待宵の小侍従の歌……などを踏まえ、奔放な修辞を弄した、一種のワードパズル風な遊戯の詩である」というように押さえる。

近代詩への道程を考えるうえで、評価がまっぷたつに割れることになる。潁原が「所謂、新体詩は西洋詩の模倣として発生したにちがひないが、今日から回顧すればそれは単に自由清新な詩形を求める動きにすぎなかつた。日本の詩と詩精神はすでに新体詩以前、遙かに古い世から存して居たのである」というのに対して、三好による「しかし、日本の近代詩は和詩の伝統からは、というより蕪村からはまじまらなかった」とする評価はまっこうから対立する。

本節は潁原の「春風馬場曲の源流」に引っかかって、「源流」という語にいささかこだわってみた。源流という語を、文字通り水源からの流れというようにとらえて、何らかの成算のもとに起源を構築する作業とは対立させて理解したい。十八世紀の近世びとは、一部のひとびとだとしても、一世紀ののち、近代詩、現代詩の時代が来ることを思わず、手探りでポスト俳諧（ひいてはポスト短歌）を引き寄せていた、ということだろう。

＊6 「和詩の伝統」『近代の抒情』（塙書房、一九九〇）。『三好行雄著作集』七。

次章は５７５７７短歌に立ちもどる。

# 第十二章　戦国を越える

## 1　「忘られざりし敷島の道」

歌道――敷島の道――に執心《しゅうしん》することは、情けある武人であるための条件だった。ただし、殺戮その他のしごとに従事しなければならないかれらが、いっぽうで情けをこととするとは、やや分かりにくい取り合わせかもしれない。「武芸にも、歌道にもすぐれて、よき大将軍《たいしやうぐん》にておはしつる人を」と、薩摩守（平）忠度《ただのり》が討ち取られた時の敵や味方の感慨に、その取り合わせがよく出ている（『平家物語』九「忠度最期」）。

もののふのこれや　限りのをりをりも　忘られざりし敷島の道
（源〈細川〉和氏、『新千載集』巻十七、雑歌・中、一九一二歌）

武士のここ、この場が最期《さいご》ではと、思うその時その時でも、
忘れることができなかった　敷島の道だ

という作歌を、米原正義『戦国武士と文芸の研究』[*1]がその序章で引いていた。室町~戦国の武士たちは文化の主要な担い手だった。この大著はかれらの活動から、畠山（能登）、朝倉（越前）、武田（若狭）、

尼子（出雲）、大内（周防）といった諸大名以下の文芸を取り上げる。米原はまた、

武士《もののふ》の道こそ　あらめ。わかの浦の浪さへ人に越えしかしこさ
　武士の道として第一人者でまさにおられた。和歌の浦に寄せる浪、
　うたを浸《ひた》す心まで人に越えられた、畏《かしこ》きお人よ
（「あしたの雲」『群書類従』雑）

を引く。「あしたの雲」は多々良《たたら》〈大内〉政弘追善の一文で、そのなかにおいて「武将でありながら和歌の道までも人に越えている」（歌意）と称えられた。

乱世や戦国の世に武士たちを中心にして、文芸という、およそ武芸と対立する、さまざまな文化領域である、詩文、芸能、学術の開花が見られる。その中心に歌道の嗜みがあった。連歌の流行はいうまでもない。王朝の物語などを蒐集したり書写したりという、各種の文化事業に眼を瞠らされるシーンが現出する。

かたはらいたき事なれども、愚老が歌の心の付《つけ》たる事は、源氏を三反披見して後より風情も心も出で来し也。
（今川了俊〈貞世〉「了俊一子伝」）

と、了俊は『源氏物語』を三回読んだというのだから、低頭させられる。

合戦に明け暮れる、という言い方は、もしわれわれが乱世や戦国の武人たちの日常を思い描いてそう言うのだとすると、かれらの歌道や連歌、また『源氏物語』の披見やそれら、文化事業のかずかず

をどう評価するかで、すこしとまどいをおぼえる。しかし、武芸第一であるからには、合戦の日と合戦でない安寧の日とが交互に来るわけではあるまい。日常座臥にあって合戦をかまえ、こととしている。合戦はそうでない日々の延長にある。

## 2 「合戦」のあらわれ

「合戦」という語についてやや調べてみたくなった。〈(合戦が) 出て来る〉というような言い方には実感があろう。戦乱は好む好まざるにかかわらず引き起こされる、という真実はそれとして、災厄のようにして **ranga ideqitaru** (乱が出で来たる〈日葡辞書〉) というように言う。「乱」はごく一般に戦乱をさす。

合戦、役《えき》、乱、変あるいは事変、謀叛《むほん》(謀反《むほん》) などと、アトランダムに挙げてみる。「合戦」はカフセン (合―戦) で、「命を棄てて合戦す」(『将門記』承徳点)、「**caxxen** (合戦) **auaxe tatacǒ** 合わせ戦う」(日葡辞書) と言う。「合戦出で来たらば」(『太平記』一「謀叛露顕の事」) などの言い方になる。

「あふ」とは、古辞書に「闘《あ》ふ」と書かれたこともある (名義抄)。会《あ》う、遇《あ》う、遭《あ》う、逢《あ》うと宛てるすべて、「あふ」は「向き合うこと」を言う。つまり、「あふ」という普通の動詞が戦闘用語でもある。「とる」も、普通語であるとともに、相手を討ち取る、国を取るというような戦争用語だった。

辞書 (たとえば新潮国語辞典) の説明には、〈中国にも例があるが日本の用語としては「相 (アイ) 戦

*1 桜楓社、一九七六。

〈タタカウ〉」のあて字を音読したものか〉と見える。『日本書紀』（神武紀）には「会戦」（「会ひ戦ふ」と訓むか）も見える。

「孔舎衛《くさゑ》之《ノ》戦《たたかひ》」（『古事記』中巻、神武記）のように「～の戦」とは一般に言う。

「役」字はふしぎな語で、文永の役、慶長の役などと、よく行われる語のようで、用例が見つからない。ヘボン英和辞書に「朝鮮の役」という語例を見る、という。ヤク（呉音）とエキ（漢音）と、両様の訓みがある語で、日本語での意味上の区別があるのか、よく分からない。戦争関係では「えき」と訓んで、「人民を徴発して使役する意」（日本国語大辞典、新潮国語辞典）と説明される。

「乱」は中国での事例を日本社会に応用した語だと思われる。「承久の乱出で来て」（『太平記』一「後醍醐天皇武臣を亡ぼすべき御企ての事」）などと用例は多い。

「変」は乙巳の変、本能寺の変などと言われるけれども、用例的に不安がある。

戦国という語は本来、（中国の）春秋戦国時代を指したはずで、「日本もまた（中国の春秋戦国時代のように）〝戦国時代〟だ」と、十五～十六世紀日本について言う使われ方かと思う。語構成的には「戦っている―国」で、地方地方を国と考えれば、群雄割拠の乱世を戦国時代と称するのは特におかしくない。

「謀叛」は律における八虐の一で、謀反《ぼうへん(むほん)》、謀大逆、謀叛……という順序があるということだが、謀反と謀叛とは混同されるのが常だろう。「謀叛」（『律』『日本書紀』など）、「謀叛の由を大官に奏す」（将門記）、「すはや上杉社《こそ》むほんのくわだてありけり」（『結城戦場物語』、群書類従〈合戦〉）と、用例は多い。明智光秀による信長襲撃（本能寺の変と言われる）は一般に謀叛と見られている。

合戦をこととすることはそれとして、詩文、芸能、学術を忘れないという、そのような時代の在り方を私は端的に〝中世〟と名づけようと思う。

## 3 〝中世〟の創造性

和辻哲郎がいきなり次のように言うのに対しては、もうすこし厳密に中世と中世以後であることとを分けてほしいと提案したい。何かと問題含みで批判されがちな和辻の『鎖国――日本の悲劇』*2を、それでも私はここにしばらく利用しながら、中世から中世のあとへと辿りたい。すこし長い引用になる。

西欧にルネサンスの華を開いた十四、五世紀は、わが国の室町時代に当たる。この時代はわが国自身に即して言えば同じくルネサンスなのである。

と、いきなり、日本社会で「十四、五世紀」がルネサンス期だとは、なかなか承服しがたい類推だろう。どのような文化の時代かと言うと、

藤原時代の文芸、特に『源氏物語』は、この時代の教養の準縄となり、その地盤の上で新しい創造がなされた。謡曲にせよ、連歌にせよ、すべてそうである。しかもこの時代に作り出された能狂言

*2 岩波文庫、一九五〇。

や、茶の湯や、連歌などが、現代に至ってさえもなお日本文化を特徴づけるものとして重視されているのである。

と、「新しい創造」という語が持ってこられる。「準縄《じゅんじょう》」は水準器（水漏り）と墨縄とをさす。規範、法則を言う。平安時代という古代の『源氏物語』（十一世紀初頭）がさまざまな文化の地盤をなすとは納得できる。

そうしてそれは決して空言ではない。演芸の一様式としての能は、人間の動作の否定的な表現として実に独特なものであり、そうしてそれを理論づけている世阿弥の芸論にはかなり深邃《しんすい》なものがある。文芸の一様式としての連歌も世界に比類のない共同制作であって、その理論にも欠けていない。茶の湯に至っては芸術の新分野の開拓と言えるであろう。これらを創造した時代は、イタリアのルネサンスと同じく、充分に尊敬されねばならぬ。

ここにはありがちな日本文化独特論（世界に比類がないなどの論調）を見せながら、『源氏物語』という準縄、謡曲（能）、連歌、能狂言、茶の湯、世阿弥の芸論について、日本ルネサンスと位置づけられている。「創造した時代」ともある。

日本ルネサンス期という考え方はともかくもとして、和辻に即して見るならば、これらの室町時代の創造的可能性が、のちに鎖国によって絞め殺されてゆく、と辿ってゆく論旨じたいの一貫性は肯える。すぐあとに「すべてこれらの点においてわが国の十四、五世紀もまた近代を準備している」ともあって、一貫する。

けれども、挙げられている『源氏物語』という準縄、謡曲、連歌、能狂言、茶の湯、世阿弥の芸論などのすべてにわたって、和辻の言う通り、それらは「創造した時代」の文化であって、その時代の固有性に括りつけられるのではないか。〝中世〟に位置づけて、その時代の所産としてみるならば、疑問はない。つまり、創造的な中世にあってそれらは生きられる。謡曲、能狂言、連歌、茶の湯、世阿弥の芸論などを古代社会に見ることがない。とするならば、ルネサンスという語があまりふさわしいとは思えない。

『源氏物語』という準縄、つまり大きな古典文学について、それを文化として受容し発展させたという点も、けっして古代への振り返りでなく、注釈や学問を通して積極的に自己の一部にしてゆく活動としてある。『源氏物語』をカノン（canon 規範）とすると、それらの注釈や学問を始めとして、謡曲のかずかずとその芸論、連歌の道、能狂言、茶の湯など、新しいカノン、むしろカウンターカノンと見なされる。中世はカノン／カウンターカノンの時代なのではなかろうか。

## 4　中世の終りとは

冷泉為和（一四八六〜一五四九）の子、明融《みょうゆう》は『源氏物語』明融本で知られる。『校異源氏物語』（池田亀鑑、一九四二）の時にまだ知られず、戦後に発見されたそれを『源氏物語大成』（同、一九五二〜五三）は巻末の補正ページで、九巻（桐壺・帚木・花宴・花散里・「若菜」上・下・柏木・橋姫・浮舟）の校異のみ、記しとどめた。冷泉家には青表紙本の（藤原定家がこれと定めた）「証本」があって、かれは親しく披見し、臨模することができた。

その父、為和は、桂川《かつらがわ》の戦い（一五二七）で細川高国（管領）が敗れるや、東坂本に身を寄せつつ、将軍義晴の朽木御所（琵琶湖西岸）に祗候する。将軍にはお供衆や奉公衆、それに奉行人までが随従していたというから、ちょっと前例がない退居で、しきりに歌会を催しては無聊を慰めていた。「為和詠草」に、

木々も　秋の色に酔へるや　味酒《うまさけ》のつきぬ葡萄の千しほ百しほ
木という木も色づいて、赤々と酔うているのかしらん、極上の、百返も千返も仕込みましたるこのワイン

と、葡萄酒を詠む作歌があると小川剛生『武士はなぜ歌を詠むか』[*3]は記録する。葡萄酒があったとはちょっとした驚きだ。

高国が三好元長に敗れて自刃すると（大物崩れの戦い、一五三一）、為和は九月か十月か、東下して駿府に居を構え、終身、ここに在国となる。今川氏輝にまみえて、ようやく師範に迎えられたのが十二月であったという。歌道門弟を育成し、謝金を受け取り、最終的に古今伝授を行うといった、プロの公家歌人像がそこにある。室町後期にもなると、秘事を否定するような合理的古典学が盛んとなるという時に、冷泉家があえて秘伝を紡ぎ出すのは、受者がわの要望に添うためではないか、と小川は見る。

師弟の契約としてこの儀礼はふさわしかったということだろう。古今伝授の破綻ないし無意味化は

中世の終りを象徴するから、たしかに一考に価する。為和は二十年、駿府に定住し、また相模（後北条氏）、甲斐（武田氏）などに赴いて、歌道の頒布に尽くしている。小田原に下向して（一五三二）、

この国を四方《よも》にや　引かん。桑の弓、蓬《よもぎ》のや（＝矢）すき世のためしには
相模の国の四方に、弓を引いて矢を放つ、桑の弓、蓬の矢だ。
やすらけき世を寿ぐ試みとして

と、桑弧蓬矢《そうこほうし》（君主に男子が生まれた時の祝い）を詠み入れた。
武将たちの作風を見てみよう。

連夜見月
又あすの光よ、いかに過ぎてこし。跡は　こよひの月のかげかは

これは今川義元の作で、「こよいを過ぎて、明夜の光はいかならん。昨夜から見てきた月の、いやます光ののちはいかに」といった詠歌か。「過ぎてこし」のあとを切るべきか、つなげるのがよいか。今夜の明月があしたに続くのか、それとも曇るのか、すこし舌足らずだ。それでも、「義元が、題に向かい合い、その『本意』を沈思しつつ作歌しているのはたしかであろう」（小川）。「これは室町期

＊3　角川叢書、二〇〇八。

和歌の一つの傾向でもある」、とも言う。
今川氏真のうたを見る。

海辺月
秋の海や。磯打つ波を見わたせば、月かげくだく、をちの浦風
秋の海よな。磯を打つ波を見わたすと、
月光を砕く、遠方の浦風だ

これは十二歳以前の作だという。武家の習作はなかなかのこらないとすると、貴重だろう。氏真が幼少の時から水準以上の歌才を持っていたことが確かめられる。今川家を没落させてまでも歌道に執心した氏真の面目だ（ちなみに私の旧居、杉並区今川町には氏真らの菩提所〈観泉寺〉がある）。

小川によると、氏真は和歌に耽溺したために国を喪った大名と言われる。しかし、東国・西国を問わず、領国支配に心を砕いた大名は、むしろ和歌を大いに利用した。氏真もまた国内の統制に、あるいは他国との交渉に手だてを尽くしたが、功を挙げる前に晴信（武田）の侵攻を招いた（一五六八）。すべてがじり貧の治世にあって、光を放ったのは歌道であった。それがかえって不運であった。

やがて中央に出現した統一政権は、中世国家の限界をやすやすと越えて、人と土地の一元支配を実現する。「詩を作り、歌を読（―詠）み候事、停止たり」（加藤清正掟書）など、それまでは決して出てこなかった、明確な否定の言が見られる。文弱を嫌う戦国乱世の殺伐の気風のなせるものである

と同時に、武家政権の成立から四百年、つねに権力者とともにあった和歌が、中世の終焉とともに一つの役目を終えたことを示している。(小川)

小川が歌道のなかに中世の終りを見たとは、近世以後への〝和歌〟の退落をあわせ考えるならば、深くも頷かされる。

## 5　教会に流れる邦語歌謡

中世はかくて終わる。内乱や抗争を繰り返している範囲内で、内破的にそれを突き破る要因にはとぼしくとも、群雄割拠をやめて統一政権になれば、つまり戦国大名の世じたいが終われば、時代は変質する。かならず、二つの理由で、中世とルネサンス期とのあいだに過渡期が作り出されたろう。

二つの理由とは、宗教という改革、および文化を含む外交ということになろう。時代の差を地域の差に読み換えてみれば、模式的ながら、フランス地方の十五世紀は、北方ドイツ地方社会の、まだ始まらない十六世紀宗教改革と、十四世紀南方イタリア諸地方の、ルネサンス盛期との挟撃にあり、百年戦争を終えた過渡期を通過しつつある、というような見渡しが分かり易いかもしれない。歴史はつねに引き返し不可能に進もうとするから、しばらくそのようにして過渡期を通過するしかない。

信長の安土城は南蛮寺を何層倍かにしたかたち、かつ高さで、キリスト教の聖堂を模したと見られる。中世的城郭の時代は終わり、天守閣の時代にはいる。実際の書き方は「天主閣」で、天主＝キリスト教の神あるいはイエス・キリストを祀った場所ということになる。それがあったところの字名は

「ダイウス」と言ったらしい（三田元鐘『切支丹伝承』[*4]）。ダイウスは「神」を意味する。極端に喩えれば、信長は代表的キリシタン大名と言ってよく（と、そう密かに思っていた当時の人もいた）、かれの〈許可〉のもとに、十六世紀後半に数十万人（十五万人とも何十万人とも言われる）のキリスト教徒が、大名から庶民に至るまで、全国を埋めていた。日本社会に深く根を下ろしたことについて過大評価し過ぎることがない。

いっぽうで、信長は長島一揆を誅殺し、一向一揆に対峙し、石山本願寺衆は追い出すことに成功し、雑賀衆を押さえつけて、ついに旧仏教の本山、比叡山を焼き尽くす。法華宗をも弾圧する。六世紀「古代」宗教激突の再現ではないか。十字軍をきどっているのかもしれない。

キリシタンの教会において、ミサ聖祭における聖歌の他に、聖書より取材した新作の邦語歌謡が用いられたという。永禄五年（一五六二）の降誕祭に平戸で、翌年は度島で、二、三の説教の後、散文の体にて、世界の創造、アダンの堕落、ノアの洪水、アバラアン及びシビルの歌が唱われ、生月、度島などではアダンとエワ、牧者、天使、シビル、最後の審判、王等の来訪、ビルゼン（童貞女、聖母）のこれと語りしこと、及びヘロデのことなどを人形芝居を以て演じた後、夜には男女別に座して御主の生涯とその御栄光、聖名、聖クルス（十字架）、キリシタンの掟て、ゼンチョ（異教徒）の盲目と悪魔の欺瞞などについての、邦語の歌を唱い、ほとんど終夜を過したと云われる（助野健太郎『キリシタンの信仰生活』[*5]）。

一五六六年（永禄九）の復活祭には、島原で「日本の学術に通じたるパウロという邦人（パウロ・ようほうのことか）に依り、キリストの埋葬と聖墓所まえのマリアの場が脚色され、マリアに対する天使の答が、「日本で通常歌う韻文の形式」に依り、日本語で綴られ、そこの少年少女らに歌われた、と

（同）。これを海老沢有道は今様、長短歌のかたちか、謡曲、琵琶歌のごときものに翻訳された「新作の和曲」だろうとする（『洋楽演劇事始――キリシタンの音楽と演劇』[*6]）。

海外進出は公式にも遠く南方の国々へ押し寄せる日本人たちがおり、非公式には倭寇が猖獗して何世紀にもわたる。秀吉の朝鮮の役は、最大の倭寇と称してよいのではないか。中世はそこに吹っ切れたと言える。

## 6　ルネサンス人の冒険

次章に「文芸復興」という語について検討を加える予定でいる。十六世紀〜十七世紀を目指して日本ルネサンスのピーク時に振り当てるのが至当かと思われる。そのルネサンス期のことをしばしば「文芸復興」と言い習わす。〝中世〟が終わるとはどういうことか。〈文芸が復興する〉とはかなり中世の終りを言い当てているようと感じられる。中世的な創造ではないが、大きな規模で何かが新生ないし再生する、ルネサンス期らしさを安土桃山時代から江戸初期にかけて、つまり鎖国政策以前から以後へという流れのうちに見つめることができる、としたい。「文芸復興」期に希望を見いだそうとした人はかず知れないだろう。私もいささか後塵を拝することにしよう。

契沖（一六四〇〜一七〇一）よりも八十年まえの、ルネサンス人と言われるべきだろう藤原惺窩（一五

＊4　厚生閣、一九四一。
＊5　中央出版社、一九五七。
＊6　太洋出版株式会社、一九四七。

六一～一六一九）は、あとから江戸儒学の開祖だとか、林羅山（一五八三～一六五七）の師だとか言われる。そういうのは結果であって、青雲の志がどこへ飛んでゆくか分からない時代であった。剃髪して龍野（いまの兵庫県）景雲寺（禅宗）に学ぶ。仏教と言いながら儒学を学びやすい環境にあった。ところが十八歳のとき、父が土豪別所長治の来襲によって長兄とともに敗死する。羽柴秀吉に訴え、死者のために報いんとしてなだめられ、やむなく焼けのこった書物を集めて、母を連れ京都相国寺に落ちつく。儒学への傾倒がすすみ、天正十八年（一五九〇）の朝鮮通信使一行来日の際には宿舎大徳寺にしばしば赴いており、朝鮮朱子学との接触が惺窩の大きな特徴ということになろう。

文禄二年（一五九三）には肥前名護屋（佐賀県）で明国信使に会し、また初めて徳川家康に謁見する。その年の暮れには江戸に呼ばれて『貞観政要』を講じている。敢然、明《みん》に渡ろうと決意するところがすごい。そのまえには還俗つまり仏教から脱出していたろう。慶長元年（一五九六）に京都を発し、鹿児島をへて便船を待つ。冬季の海に出帆するも風濤のために鬼界島に漂着、そのまま滞在して翌年初夏にようやくにして帰洛する（『藤原惺窩集』下に「南航日記残簡」がある）。

慶長三年（一五九九）の朝鮮の役の捕虜である儒者、姜沆《かんはん》（一五六七～一六一八）と親交して筆談し、これに師事して儒学に努めた。姜沆には『看羊録』があり、家族らを喪いながら捕虜となり、三年ののち帰国するまでの記録で、そのなかに日本社会の政情が詳細に記されるほか、惺窩らとの交友や詩作など、思いが横溢する。惺窩が仏者を脱して儒者になりきるにあたっては、姜沆という大きな存在との交流が決定的だったろう。惺窩の主要著書『文章達徳要領』に序を贈り（明万暦己亥〈一五九九〉姜沆序）、帰国を果たしている。

木下長嘯子（勝俊、一五六九～一六四九）、松永貞徳（一五七一～一六五三）ら、いずれも惺窩とある時点から接触があり、知り合えば専門を越えて（長嘯子は歌人、貞徳は万能のなかでも俳諧者として著名）、肝胆相照らすようになる。みなルネサンス人たちであり、長嘯子も貞徳も儒学に明るかった。

## 7　キリシタンとの喧嘩

林羅山という人をどう評価してよいのか。体制に取り込まれることと小ぶりになってゆくこととが揆を一にするように見える。惺窩との比較を試みても私のなかでなかなか定まらない。やはり仏教の縁辺から出発し、建仁寺にはいって読書するものの、禅＝仏教を非難して帰宅し、あとは独学する。二十二歳にして惺窩と議論のすえに入門する。のちに家康に命じられると剃髪して仕官する。昌平黌を起学し、孔子廟を経営し、林家の学を幕府の官学たらしめた。禅宗と儒教とをあわせ持つのは五山文学以来の伝統的な姿と見てよいかもしれない。

羅山二十三歳にして南蛮寺に乗り込み、不干ハビアン（フェビアン、一五六五～一六二一？）と大喧嘩をする。ハビアンは前年に『妙貞問答』（慶長十年〈一六〇五〉）を著したぐらいの耶蘇会者として著名であり、早くキリシタン版『平家物語』（天草本『平家物語』、一五九二）の口訳者としてあまりにも貴重な存在だ。南蛮寺に乗り込むにあたって、すでに『天主実義』（マテオ・リッチ、一五九五）および、この『妙貞問答』を読んでから乗り込んだというから、羅山という人もすごいと言えばすごい。つきそいが貞徳および実弟の林信澄（一五八五～一六三八）という豪華なキャストだ。

最初にデウス画像（実際にはキリスト図だろう）をめぐっての議論では要領を得ない。

ついで「円模の地図」をみてハビアンは「地中を以て下とす」、羅山は「地下あに天あらんや」と反論する。円模とは丸い模型で、地球儀を見ての議論ではないかと私などは思ってしまう。議論は完全に羅山の負けだが、「いはゆる天半地下を繞る」（朱子）などとつぶやいて負け惜しみを言う。プリズムを見せられては「奇技奇器を作り、以て衆を疑はしむるものは殺す」（『礼記』王制）と、これまた負け惜しみだ。新奇な西欧文化とキリスト教とが一体化する。

『妙貞問答』にふれて、こんな書物は火にくべろ。『天主実義』については羅山「天主を造る者は誰ぞや」、ハビアン「天主始めなく終りなし」、羅山「理、天主と前後あるか」、ハビアン「天主は体なり、理は用なり」と、だんだん昂じて貞徳らをまじえての罵り合いになる。

石田一良は「羅山と同時代の新興思想には、三つのものがあり、二に大別される」として、一は朱子学思想と結んで幕藩体制の「イデオロギー連合」を作った天道思想と神君思想、二は反封建的イデオロギーとして徹底的に弾圧されたキリシタンの思想であると論じる（「前期幕藩体制のイデオロギーと朱子学派の思想」[*7]）。キリシタン思想は、成立しようとしている幕藩体制を支持する面と、その成立と維持を阻害する面とを持っていたと石田は言う。

キリシタンという宗はかくも盛大に戦国大名たちによって迎えいれられ（天正遣欧少年使節〈一五八二～九〇〉もあった）、それは内破的に戦国を終わらせる。ついで、かれらの後継者秀吉、ついで徳川たちによって弾圧される。デウス（神）とキリシタン（教徒）とが君臣関係に類推される限りで封建社会に受けいれられるとともに、神の国（教会）を諸大名の領国支配とかさねながら別世界を作ろうとするから、（一）デウスと主君との二者択一を迫られた場合に、キリシタンは容易に後者を捨てて前者に赴こうし、（二）秀吉としては天主を中心として団結する宗が天下統一にとり障害になると見て取らざるをえなくなり、弾圧する。

天正十五年（一五八七）の最初の弾圧以来、徳川幕府に引き継がれ、禁令、会堂の破壊、大弾圧（殉教）、禁書令、鎖国令、島原の乱の鎮圧（一六三七〜三八）をへて、表層世界からは息の根を止められてしまう。あくまで表層からの退出だ。

ハビアンはキリシタン版『平家物語』を作った翌年に棄教する。仏教とのからみだろうか、棄教して著書もあるにしろ、著述ごときから信仰者の内面をうかがい知れないはずだと私には思える。宣教師のなかにも転んだひとがいて（フェレイラ神父）、やはり著書をのこしている（＝『顕偽録』）。

## 8　日本ルネサンスはどこに

日本ルネサンスはどこにあるのだろうか。ルネサンスを「古典」復興と受け取ると、いろいろ不都合も生じるが、意識する意識しないにかかわらず、古典時代が新生ないし再生するという幻想はつよくなるようだ。

琵琶から三味線へ、新しい伴奏楽器で人形劇が浄瑠璃時代を現出する。かぶいた踊りが劇的要素を深めて人形ぶりから歌舞伎が成立する。これらはまぎれもなくルネサンスだった。最古の劇が人形によって演じられた古代や、田遊《たあそ》び起源の田楽踊りを思い合わせる必要がある。十六〜十七世紀を彩る浄瑠璃や歌舞伎は〝復興〟というか、新生ないし再生にほかならない。そこには中世的な芸能の否定がある。あるいは前代を形骸化する。代わって様式的な美や学的な裏付けが推し進められる。

＊7　『藤原惺窩・林羅山』日本思想大系、一九七五。

キリシタン版『平家物語』の語り手が、ほかならぬ琵琶法師、検校で、かれらはしかしながら、琵琶をかたわらに置いたまま、口語で〝平家〟を語る。まさにルネサンス時代をよく映し出す。キリシタン文化はルネサンスのまんなかにあって、偉容を誇る。キリシタン教義のなかに「古代」＝天主と向き合いキリストの受難や復活を信じることが織り込まれている。現世化して堕落のように見える仏教に対して、キリシタンの来世観は新鮮であり、天国での再誕を信じてしまえば、いまの世を苦しくとも受け容れることができる。

戦国の終り、大量の武士浪人が剣からペンや絵筆に持ち換えて、桃山時代文化、そして仮名草子の時代を迎えたことは、これこそルネサンスという現象にほかならない。印刷技術の進展は海外からの刺激の一環で（グーテンベルク活版印刷機の導入）、写本のほかに版本や古活字本による、見るからに易しげな「かな」の氾濫でもあり、草子の時節の到来は十七世紀前半のルネサンスじたいだった。新政府に仕官する体制内的文人たちを産み出す一方で、武芸を廃業したひとびとの果て、多量に生産される隠者たちがそれらの文化の担い手となる。

仮名草子によって、室町物語（中世小説、お伽草子）は終焉期を迎える。古来の物語文学（擬古物語を含む）はそれらによって、短編化やファンタジー化（異類物その他や口承文芸との交渉など）を見せたのが、ここに至って仮名草子化する。町民層の形成を迎えて、啓蒙時代の到来であり、新時代に即応する口語を含む文体が求められ、貴族的と見なされてきた文化を庶民に向けて新たに教訓的に垂れるという、ルネサンスと言うのにふさわしい文芸の生産は、絵画も含めてめざましい光景となった。

和辻の書物、『鎖国——日本の悲劇』の言い分にもどってみると、室町時代末期に見る、古い伝統の殻がうちこわされ、因襲にとらわれない、新鮮な活力が民衆のなかから湧き上がってきた時代に、ほとんどかな文字ばかりで書かれる物語や舞の本（幸若舞曲）のたぐいは、いま見るとじつに驚くばかりの想像力の働きを見せているとある。和辻の言うのはルネサンス前夜的状況ということになるのだろうが、あと一押しでルネサンスとなる時にあたる。

死んで甦る神の物語もあれば、美しいもののもろさを具象化したような英雄の物語もある。ああいう書物を読み、ああいう想像力を働かせていた人々の間に、ローマ字書きが広まり、旧約や新約の物語が受け入れられるということは、いかにも自然なことであったと考えられる。

（『鎖国――日本の悲劇』下）

と、近世の精神をひらいてゆく可能性へとそれらは位置づけられていった。そのような十七世紀の前半を日本ルネサンス期に類推するのでよいのではなかろうか。

延宝年間あたりがその初頭ではないかと考へられる。従つて安土桃山時代から江戸時代の初めへかけての、非常に新鮮な創造的な気分は、寛文延宝頃を以てその絶頂とすることになる。思想の方面でも、江戸時代の最も優れた学者、中江藤樹、熊沢蕃山、山鹿素行、伊藤仁斎などは、だいたいこの頃までに、すでに死んでゐるか或はその主要な仕事を成し終へてゐるかである。戯曲について云つても、浄瑠璃の五部の本ぶしや公平浄瑠璃などを貫いて伸びて行かうとしてゐるのは、正面から人生と取り組んで、それを生真面目な態度で表現しようとする努力である。井上播磨掾の『頼光跡目論』などは、さういふ傾向の一つの記念碑と云つてよい。

（和辻『日本芸術史研究――歌舞伎と操浄瑠璃』五篇）*8

寛文（一六六一～一六七三）、延宝（一六七三～一六八一）年間のおもしろさとは、爛熟期の始まりだとしても、なお清新な、気骨ある正面からの取り組みが行われた時代だという。鎖国のために、それまで押してきた創造力が一種独特な発酵を催してくることになる。もし鎖国がなかったならば、シェイクスピアの史劇なんかはどんどんはいってきて、『頼光跡目論』のあとに続く展開をがらっと変えていったろう。そういう類の可能性が殺されてしまったと和辻は述べる。じっさいに歌舞伎などでの五段目物の完成などはシェイクスピア劇の影響があるかもしれない。

そういう可能性に蓋をされて、しかも江戸中期なんかにみる何とも茶化した閉鎖文化へと腐乱するよりまえでの、たしかな絶妙のバランスがそこにはある。ある種の自由というべきかもしれない。和辻は『日本芸術史研究――歌舞伎と操浄瑠璃』で、浄瑠璃作品「阿弥陀の胸割」に特権的な考察を加える。父母の菩提をとぶらうなどの古めかしい物語的基盤を見せながら、これまでになかった自己犠牲を少女が演じる血の昂奮などの、集団的エクスタシーを催させる新奇な舞台は、かならずやキリシタンからの光が射し込んでいる内容だと私にも感じられる。

## 9　禁教＝恐怖政治

まだ、のこる問題がある。近世と言われる二百六十年間、人々はけっしてキリシタンの大弾圧を忘れることがなかった。信仰の当事者にとってだけではない、近世社会ぜんたいが、キリシタン弾圧という歴史を意識の奥深い部位に仕舞い、まさにそれを精神の深層構造として日々を暮らしつつあった、ということをさいごに指摘したい。キリシタン摘発という事件はたえず繰り返され（大塩平八郎が取り締まったとか、数千人が摘発された〈あまりの多人数に、なかったことにして処理した〉とか）、酷薄な刑罰が行われた（逆さ吊りから火刑まで）、禁教の実行についてここに述べなくてよかろう。むしろ、忘却とは何かということだ。日本社会は忘れっぽいとしばしば言われる。そうだろうか、一個人にあっても、一社会にあっても、忘れ得ないことをどう心内に納めるか、という問題だろう。

研究の端緒をひらいた姉崎正治が、近世社会人のいだく恐怖の感じについて、みごとな概括をのこしてくれている。「禁教の事は、一般人心にとつても、隠密の中に重大の影響を及ぼした事で、キリシタンとかバテレンとかいふ名称だけでも、常に畏怖猜疑の暗影となつて、徳川時代の人心を支配したのみならず、明治時代から今日にも及むでゐる」、つまり、明治に至るまで、忘れ得ない深層の恐怖を形成していた。

キリシタンの場合は、始は外寇でも来た畏怖を与へたのであるが、後になるに従つて、患は内部にある事になり、どこに彼等が潜むでゐるか分からぬといふ不安に襲はれる外、何か魔術でも使ふ者だといふ畏怖心が加はつてゐたのだから、病は一層深い。此点に於ては、当局者も人民も、大体同じ心理状態にあつたが、一般人民の側に特に深い。且つ人民側にとつては、キリシタンやバテレンを恐れる外に、何時、何人の悪意で、自分自らもキリシタンだといふ訴人にあひ、如何なる憂目を

＊8　岩波書店、一九五五。

見るや分からぬから、疑惧の心は一層深く、而してそれから生ずる畏怖心をキリシタンやバテレンに投影して見る（人間は自ら心中の畏れを外部に投影したがるものである）。人民の疑惧と畏怖とは、幕府の禁断政策が功を奏した一動力であるが、社会人心の上に与へた暗影として、一般に悪影響を及ぼしてゐる。

（姉崎『切支丹宗門の迫害と潜伏』[*9]）

日本社会が〈忘れっぽく〉させられているとしたらば、忘れるポーズをいつどこで身につけたか、二百何十年というキリシタン弾圧時代のなかに、大きな原因要素を認めようという趣旨でもある。じっさいには近世びとの最底辺の意識に閉じ込めるのであって、忘れようはずがなかった。二百何十年の精神構造の根底部に、禁教という恐怖政治を置いてみるならば、中世の終りから近代までを太い筋状でわだかまる、暗黒の社会的病巣が検出できる。

## 10 「鎖国」批判は妥当か

鎖国はキリシタンを嫌って断行されたと見る見渡しでよかろう。すなわち、禁教と鎖国とは直結すると見る。エンゲルベルト・ケンペル（一六五一〜一七一九、日本滞在は一六九〇〜一六九二）の『日本誌』から翻訳を試みた志筑忠雄が「鎖国論」（一八〇一）をあらわした。ここは『日本誌』[*10]を引いておく。ケンペルは両論併記したあと、日本社会が鎖国に至ったことを最終的に肯定する。鎖国批判としては、

日本の国民が造物主の定めた配置や自然の法を顧みず、この神聖な人間社会を最も卑劣な方法で隔

離して憚らないのは、社会の繋りを破る行為とも言うべきである。日本人が自国の門戸を堅く閉じて、全面的に外国人の入国を禁じ、交流を断っていること、外国人を排斥し、とくに許されて入国した外国人を仇敵の如くに見張っていること、自国民をも拘束して海岸の外へに出さぬこと、海が荒れて外国の海岸に打ち上げられた者をも逃亡者として処罰し、永牢に繋いでいること、自国の空の下に一生を送ることにあきあきして、一度でもよいから海の彼方を見ようと思って国外への脱出を図った者を磔にかけること、また暴風雨や悪天候のために、日本の海岸に漂着した外国人を捕えて投獄することなど、日本人のこのような行動は、神聖な神の定めた秩序と自然の法則を破るものであり、天罰を受けても致し方ないということにもなろう。

と、きびしい。一方で、この国のかかる鎖国政策をこんな論調で受けいれる。

地球上に居住する諸民族が、言語により、習俗により、才能によってそれぞれ別れて生活していることは、神の叡智に適う生き方である。この地球は、一民族の居住のために設けられたものではなく、多数の民族のために設けられたものであることも、はっきりしている。地球のいろいろの部分は、川により、海により、山により、さらにまた全く異なる気候によって自然の境界線が画され、互いに離隔され、これによってそれぞれの地域に全く才能の異なる民族が住みつくように形造られ

＊9　同文館、一九二五。
＊10　平井正訳、石黒武雄発行・霞ヶ関出版、一九七三。

ている。そして人間がノアの洪水後、一つの社会に纏まろうとした時に、神自身がかれらを言語の相違によって互いに分けてしまったのではなかったか。これは明らかに全部の者が纏まった完全な社会を揚棄して、それぞれの国に、それぞれの国民が住むようにさせる意図で行われたものではなかったろうか。その後、漸次、一つの社会に合同し、一つの言葉を使うようになった者は、いわば全く異なった言葉を用いる隣人を嫉み憎んでいる。広大な国土の建設を夢み、永遠の自然境界を無視して憚らなかった君主達は、自分の勢威を他の国に確立しようと努めて、かえってほとんど常に叛乱によって、自国の一部を失っている。広大な国家は、多数民族の合同した力によってその勢力を維持することは極めて少なく、むしろやがて自分の重味に堪えかねて、多数の弱小国家に分裂し、絶えず毛嫌いし憎しみ合って、互いに抗争してやまない。

そして、もしも自然がすべての国に必需品をことごとく供給し、人間の心に宿る慾望を充ち足らすならば、各民族はその領域内で満足し、戦争によって家や町が破壊されたり、人が殺されたり、国が荒らされたり、寺社・教会・人家等の諸建築が破壊されたりすることはなく、筆舌に尽しがたい災禍を蒙るようなこともなくなるではないかと言う。日本国の鎖国政策に一定の評価を与える口調だ。だいじだと思うので、やや長く引用してみた。

十七世紀の後半は、徳川時代の始まる最初の一世紀を通過するところにあり、慶長より元禄にかけて、十七世紀は和辻の言う通り、文化のあらゆる方面において活力を示す。

もし当時のヨーロッパ文化を視圏内に持って仕事をしたのであったならば、いまなおわれわれを圧倒するような文化を残したであろうと思われるほどである。学者として中江藤樹、熊沢蕃山、伊藤仁斎、文芸家として西鶴、芭蕉、近松、画家として光琳、師宣、舞台芸術家として竹本義太夫、初代団十郎、数学者として関孝和などの名をあげただけでも、その壮観は察することができる。

（和辻『鎖国——日本の悲劇』）

たしかに、鎖国にはいってからの最初の世紀に文化の華が存分にひらく。鎖国によって根っこを切り取られても、しばらく生き生きする生き物たちだ。しかし、十八世紀に至って次第にそれらは褪色し、活力を喪ってゆく運命にある。鎖国のマイナス面を過小評価してはならないだろう。鎖国という語は、海禁の実態および、和辻の言う日本の立ち後れを考察する途上で、避けて通れない。こんにちの趨勢として、朝鮮通信使や対中国関係を重視する立場から〝鎖国史観〟を批判する歴史学者がいることはいる。禁教という恐怖政治を軽視しさることには、やはりつよいためらいをおぼえる。

# 第十三章　〈文芸復興〉の踏みあと

## 1　「文芸復興」という語

めずらしい語ではないが、まず「文芸復興」という語にすこしこだわってみる。「文芸復興」はもともとイタリアに始まる、フランスなどヨーロッパ圏でのルネサンス期をさして、美術、文芸、学術などの新生ないし再生という、多分に掛け声であったらしい。日本社会では林達夫「文芸復興」[*1]に見ると、たしかにルネサンス期をさして言う。

われわれの文学史の知識としては、昭和七、八年前後での流行語として「文芸復興」があった。文芸誌である『文學界』（一九三三・一〇～　）が文化公論社から刊行されるに際しての、これも掛け声であったと言われる。〈純文学よ、興れ〉という、プロレタリア文学が弾圧されたあとでの国粋的な精神高揚時代の一環ではなかったか。掛け声としての「文芸復興」の終末からいわゆる日本浪曼派が出てくるというようにも理解されている。

そのような掛け声が興ってからしばらく経って、折口信夫はある方向でそれに同調する思いを持つことになる。つまり〈国学の復活〉がそれだ。

＊1　岩波講座『世界思潮』一九二八。『文芸復興』小山書店、一九三三。

（……）契沖も長流《ながる》と同じく、学と作力とはあつたが、其《その》学の為の真目的は持たなかつた。之《これ》を見出したものが、国学者であつた。古文献以外に、古代生活を見ようとした。文芸復興の本体を攫まうとしたのである。

（折口『近代短歌』、一九四〇）

学の〈真目的〉というようなことを考えてゆくと、古文献学の契沖（一六四〇〜一七〇一）、長流（下河辺氏、一六二四〜八六）ともに惜しくも落選し、春満、真淵、宣長といった国学者たちが当選圏内にはいってくる、といった感じで折口が論じる文脈のなかに、「文芸復興の本体」という語が出てくる。春満以下の国学者たちは〈古代生活〉を見ようとしていた、単なる古文献学者ではなかったと、折口の趣旨としてはそういうことになろう。

「王朝語」（室生犀星『王朝』序文、一九四一）に見ると、

文学を見る心が、時を逐うて変化して行く。昔びとが深く感じて居乍ら、詞にしをふせなかつたものを発見して、其を具象し、新しい語に活して、大きく育てゝ行く所に、古代文学は我々にとつて意味がある。……つまりはこゝに、文芸復興の精神がある。

というようにある。古代にはわれわれの知らない、われわれのちょっと持てそうにない「人情」で人々が生きていた。万葉時代はそうだったし、『源氏物語』にしてもまるで砂金の層のような何かを抱え、いつまでも輝き続ける、これこそは近代文学の上に附け加えることのできる新しい要素だ、と折口は言う。この限りだと復古主義というのとすこし違う感触がある。

## 2　戦場送別の辞

折口によれば、文学じたいが生命をもって後世に生きるということではない。次代が顧みずに過ぎ去り、継承されなくなって、古代文献のなかに埋没し、中止させられた精神文化が、遙かの近代になって発掘せられる。条件が整えられて、ひょっくり浮かび上がり、再発足する。よほど心の整った時代がこないと、こんなことは容易に行われない。一代ぎりで断絶したものの現代での継承運動である、という。その王朝ぎりで途絶えた文学動機、文学の上にある個性の発展が、時をへておなじ脈を打ち出した、と。そこまではよい。

時局の要請する危機時代に向かって、折口もまた若者を煽り立てる言説を引き受け始める。「国学の幸福」（一九四三・四）という講演にも「文芸復興」という語が出てくる。すでに大学などでは、東条内閣のもと、修業年限を短縮しており、十月には学徒出陣が始まる。この講演はそのすこしまえでの新入生ガイダンスだという。

折口は神道家／国学者、矢野玄道（一八二三〜一八八七）の「橿原の御代に帰ると思ひしはあらぬ夢にてありけるものを」を引いて（この歌を折口は諸所で繰り返し引く）、これは矢野が明治時代になって情けない西洋の文化に酔う世相への反感を詠んだのだという。それはその通りだろうが、それとともに、もう一つの意義として、

橿原の御代は、日本人が考へてゐる最も純粋な、清潔な時代です。それが橿原の御代を対照として、

こゝに新しい清純な橿原の御代が復興する。文芸復興とは必しも文学復興・文芸復興ではなく、世の中が行きつまつた時に古代の美しい文学・芸術を見て、それから新しい反省を以て、そこに美しい世の中を築きあげようとする、此が文芸復興です。

というように、国学の理想は純粋なところにもどることにあるのだと言う。それを折口は昭和十八年にかさねる。「今の世の中が一番によい事は、つまらない複雑を捨てゝ単純な気持に戻らうとしてゐる。国学者の持つてゐた理想を、世の中が持つやうになつた」、と。文字通り、「國學院大学」だけがその名の通り国学の伝統を正当に伝えているとして、「日本の文芸復興」を支えるために、いまが国学の徒の出番だという。大学の予科も本科も含めての、新入生ガイダンスにおける講演の意図に、何と言えばよいか、裏も表もない一教師としての演説だった。

そのような、実生活に古典の甦る時というのが、真に昭和十年後半においてありうることだろうか、という実態を問うことは、むろん、まったく別のことに属する。実質の古典研究は、国粋的、軍国主義的な研究者たちがつぎつぎにアカデミズムを牛耳る。折口もまた、奇蹟を信じて、つよい信仰の心が日本人に力を貸すのだ、有事の国家が平時と違う奇蹟を産むようにみちびいてゆくのだ、と述べてこの「国学の幸福」を締め括る。これが結果的に、戦場へ赴く若い学徒へのはなむけのことばとなることを、折口始め教師たちの集団が分からなかったはずはなかろう。

折口が文芸復興を論じたことの終末は無惨だが、あらためて前章にふれ出した十七世紀以下の日本ルネサンスのその後もまた、おなじように〝無惨な〟ことになるのかどうか、あらあら尋ねたい。

## 3　契沖を国学からはずすことは

古典の研究ということになると、最初に本格的にせりあがってくるのは契沖だと私も思う。「国学の系統の中で、一人名高い坊さんがありましょう。釈契沖といふ方です」（折口「国学の幸福」）。国学の大人《うし》を、荷田春満《かだのあずままろ》（一六六九〜一七三六）、賀茂真淵（一六九七〜一七六九）、本居宣長（一七三〇〜一八〇一）、平田篤胤（一七七六〜一八四三）という四人だと折口は認める。折口ばかりでなく、だれもがそう言い習わして、いまなおそのように言われる。つまり、国学を始めた人と言ってよいかどうかというと、契沖をその代表的な人の一人にはかぞえないのだと折口は言う。

契沖は「倭学」の大家だった。契沖の時代には研究の目的が「歌」にあった、という。古代の歌を含んだ文を正しく解釈できるようにすることが中心の目的としてあった。契沖は悉曇学《しったんがく》（インドの言語学、サンスクリット学）に通じていたので、後世の人々に影響を与えて、語学、国語学が盛んになった。けれども、国語学じたいが国学そのものではない、と折口は線引きをする。

荷田春満については、大嘗祭を調べたために身に災いを及ぼした。つまり、荷田は気概の学であった。国学者は漢学者が政治の術や経済の学で諸国の大名たちを支えたように、国学者が世の中を治めてゆかねばならない。実行的な目的を持つようになって、道徳ということが考えられ、一口で言うと「日本を救ふには日本の倫理思想でなければならぬと考へるやうになつて来ました」。「気概の学」というところに春満を最初の国学者の一人とする理由を求める。

本居宣長を見ればよろしいとも折口は言う。宣長は歴史ばかり、国文ばかりをしているのでなく、ある点から見ると国語学者のようであり、国史学者、倫理学者でもあるし、見方によっては歴史家のようでもある。では八百屋のようかというと（＝折口の言い方）、一貫した道がある。「信仰」ということが問題になってきて、その道徳練習によって国学が決まる、――と折口はそのように言い収める。

このようにして国学者の資格を見てゆくと、春満、真淵、宣長、それに篤胤が合格する（後述するように「平田国学の伝統」という講演記録もある）。それらに対して、契沖ははいってこない。折口に即するならば、そういうことになる。

## 4　世界同時性としての

この国の十七世紀はルネサンスのただなかではないのだろうか。そうとすれば、契沖の「倭学」のなかに〈文芸復興〉を見いだすというのが正解値ではなかったか。それなのに、折口の言う「復興」は、昭和当代の掛け声に呼応してか、行き詰まった時代を国学による再興に賭けるといった意味合いに傾いた。

契沖についてはあとでもどることにする。

前章に書いたように、声を大にして言えることとして、十六世紀に始まり、十七世紀の初頭から、徳川時代の初期は、眼と心とが、海外、とりわけ西洋社会に大きくひらかれていた時代だったということがある。十六、十七世紀、キリシタン時代には数十万人以上の教徒を全国に配した。そのため、蕩々と欧米文化が日本社会を洪水のように嘗めたのであり、うえは大名からしたは庶民に至るまでをキリスト教化した。

それと連動しているはずで、大航海時代は列島弧の岸辺を洗い続ける。南九州から鉄砲伝来もあった。天正遣欧少年使節（一五九〇年の帰国）は雄大な企画で、グーテンベルグ印刷機による活版技術をもたらしたと知られる。早く〝倭寇〟が——国際的海賊だ——大活躍していた。琉球を倭寇の建国した王国だったと、折口の考え方はそんなところらしく見られる。倭寇に取って代わり、朱印船貿易が長途を海南に繰り広げるようになって、日本人町を持つところが出てくる。

日明貿易の拠点だった堺、つまり摂津国と和泉国との境界都市は、朱印船貿易の拠点に変貌して発展し、自由都市と見なされる。そこをイタリアのヴェニスに比していた宣教師の記録もある。[*2] 長崎という地は鎖国以後であっても、洋学や西洋科学、医学を夢見る若者たちの聖地であり続ける。

こういう欧米社会に目をひらかされたことは、いったん、そうなった以上、閉じたら忘れる、などということがあろうか。目を閉じたふりをしても、脳裡においてはどうだろうか。世界同時性とはそういうことでなくてかなわない。鎖国は西洋科学や文明を現実から閉め出したかもしれないが、長崎の出島を通して、確実にこれらは日本社会の脳裡へひびいてくる実態であり、有為の若者たちを長崎へ誘惑し続けて倦まない、たしかな実質としてあった。

西洋社会のルネサンス時代から遅れながら、鎖国を断行する十七世紀において、日本社会もまたルネサンス期の渦中にあったと見ることが許されるならば、じつに多くのことが説明できる。世界史の教科書ではルネサンスのことを「文芸復興」と称する。「文芸」に限定することはおかしいと言われるものの（林達夫）、折口用語でもあるので、しばらく使用する。

それは引き返し不可能な地平を日本社会にもたらしたはずだ。禁教に伴い、急速に海禁＝「鎖国」

＊2　新村出「堺港の異国情致」一九二五、『続南蛮広記』所収。

という時代になる。それでも、十七世紀から十八世紀へかけて、なお為政者がわには新井白石（君美、一六五七〜一七二五）が出てくる。海外事情にするどく関心を向けた、一種の諸学横断型の人だ。

さらには十八世紀以後期の天明時代（一七八一〜一七八九）に、「蘭学の進運と露国の侵逼とによつて、鎖国中の日本に海外思想が湧いて一時高潮に達せんとした」（新村出[*3]）と言われる。そのまえの安永時代（一七七二〜一七八一）にしろ、日本の新学界は「欧州の智識を渇仰してゐた」時であるよし、トゥンベルク（ツュンベリ）の『日本紀行』を見よ、と新村は言う。そのあとの寛政時代にしても、鎖国政策を引き締めた「改革」（異学の禁、一七九〇）は、かえって海外熱の進展を世に知らせたろう。諸学が進行するのを抑えられるはずもない。

松平定信（楽翁、一七五九〜一八二九）その人は、早く西学を吸収し、海外のさまに通暁しようとしていた。これらを要するに、徳川時代二百六十年にわたり、西洋社会への関心についてならば、心内には、そして遠くを見据える眼裡には、「鎖国」のうちなる安住なんかこれっぽちもなかった。眠りこけている人はどの時代にもいるのだから、そんなのを基準にしても始まらない。心あれば、遠い眼があれば、いったん知ってしまった世界同時性を、ふたたび眠らせることなどできようか。記憶や記録を肉体の抹消以外で抹消できないことぐらい、先刻承知のことではないか。

鎖国にあって、それをもう一度言い示すならば、いったん知ってしまった国外を、肉体が滅ぼされぬ限り、忘れることはできない。近世という二百六十年の下面を生き続けた文化とは、思想とは何か、という問いかけでもある。鎖国のうちがわでひとびとが両の耳目を眠らせてしまえるかどうか、それが永久に続くと考えるとしたらば単なる非現実だろう。

## 5 長嘯子、長流、西鶴

日本〈文芸復興〉期というのをどこに見定めるか、歴史上、折口の見解にもかかわらず、中世から脱却した近世隠者たちの文学の時代に何と言っても指を屈する。「隠者の文学」と言い出したのも折口信夫なのだから、この人は大きくて捉えがたい。折口の『近代短歌』によると、下河辺長流はその名さえ「長嘯」に模したらしいという、――さらには鴨長明（『方丈記』作者）から来ているとも言う。木下長嘯子（木下勝俊、一五六九～一六四九）は武将を廃業して隠棲し、作歌にあけくれた。国文の著述はなくとも「文芸復興」が始まろうとしている。

折口が「隠者の文学」という考え方を用意していたことじたいはまったくその通りであり、賛成したい。戦乱の時代を終え、ひとびとがてんでに集まってくると、お江戸の日本橋は雑踏の地と化す。そのなかには医者になりたいと思うような隠者たちが多量にまぎれいる。西洋古典の翻訳である『伊曾保物語』（イソップを主人公とする）のような出版が平気で出てくる、われらの仮名草子の時代であり、これを編纂した仁はかならず隠者たちだったろう。

西鶴（一六四二～一六九三）序の『近代艶隠者』（橋泉作と言う、一六八六）はそうした隠者列伝で、巻三に下河辺長流も出てくる。この『近代艶隠者』は時代がルネサンス～バロック期だったことの宣言の書であり、作者橋泉にしろ、序文を書いた西鶴その人にしろ、隠者ののちであったと言ってよい。芭蕉（一六四四～一六九四）が真に隠者であることは言うまでもなく、近松（門左衛門、一六五三～一七二四）

＊3　「天明時代の海外智識」一九一五～一六、『続南蛮広記』一九二五。

もまた江戸で一時、隠者であった可能性がある。次代を作るべきアーティストは人生のどこかで隠者であることを経験するという真実だ。

長嘯子、長流と辿ってみるならば、契沖をその系譜に積極的に位置づけることが可能ではないか。篤信の仏教的宗教者であり、為政者の下問に応えるという一面もあって、けっして国文にばかり専念していたわけではないから、折口の言い分はかならずしも当をえていない、と割り引く必要がある。折口の、〈契沖の時代には研究の目的が歌にあった。古代の歌を含んだ文を正しく解釈できるようにすることが中心の目的であった〉というような言い方も意図的な矮小化であり、「名高い坊さん」というのは国学＝國學院の学という趣旨に沿って、やや排除的に聞こえる。〈契沖は悉曇学（インドの言語学）に通じていたので、後世の人々に影響を与えて、語学、国語学が盛んになった。けれども国語学じたいが国学そのものではない〉という趣旨も含んだもの言いに聞こえる。

## 6　文献学という詩学

契沖に何度も還ってしまう。契沖の文献学がいったいどこから生じたのか、だれから学んだのか、一種の奇蹟とも考えられている。『万葉代匠記』（一六九〇稿本）、『厚顔抄』（一六九一自序）、『古今余材抄』（同、稿本）などは歌学だとしても、『源氏物語』『伊勢物語』以下を注釈する契沖を単純に「研究の目的が歌にあった」とは言いがたい。『和字正濫抄』（一六九五）を初めとする語学書、地名や歌枕の研究、歌集や雑記、校本など、かず多くをのこしている。契沖の中心は〈「和歌」と「国語」とで、あとは周辺的位置をとる〉という日本古典文学大辞典（阿部秋生執筆）の総括もまた何だかさびしい。

それでは定家にしろ、中世の偉大な歌人たちや注釈家たちの多くが「和歌」と「国語」とを中心としていたのだから、契沖を中世から切り離す特質をそれでは言い当てていない。

契沖の「和歌陀羅尼」観を重視する考え方は近頃にもあるけれども、[*4]〈和歌＝真言〉観は無住の『沙石集』や心敬の著述などにいくらも見てきたところであり、契沖を中世から近世へと接続するところへ位置づける限りでならば言える。

かならずしもその見方は誤っているわけでなく、契沖は生涯、たしかに真言僧であり続けた。仏寺を保つなどの「俗事」は契沖のよくするところでなく、研究の時間を割きたかったということはあるにしても、けっして仏教者であることを、生涯、やめるということがなかった。住職であることに不熱心で、学問に専念していたところに近世の自由人らしさがある。実兄が江戸生活の挫折から帰ってくると、学問する弟を支え続けたという話題も、この際、重要だ。そういう周囲のありようも含めて、自由な時代であることが契沖の学を産んでいる。契沖の文献学という詩学の出所はそのような自由な時代に第一に求められなければならない。

契沖の項目（日本古典文学大辞典〈阿部〉）に見ると、文献学という「その方法の来由については、何も語られていない」「随筆・雑記類のなかでも、研究の体系論や方法論を言わない人である」。第一、中世に見る師承や伝授や家学などのような伝統的なかげが契沖には見られない（〈師学に随わない〉と『厚顔抄』序にある）。下河辺長流からは影響があったろう、しかし、長流が契沖ほどの明確な文献学的意識を持っていたとは思われない、と阿部は言う。契沖と伊藤仁斎（一六二七～一七〇五）との直接的

＊4　友常勉『始原と反復——本居宣長における詞という問題』、三元社、二〇〇七。

な接触は認めがたいが、「契沖もまた仁斎の如く、古書を証するに古書を以てすることを自得発明したとしても不思議ではない」と、阿部。やや乱暴な言い方かもしれないが、明代から清代への交代期（明の滅亡＝一六六二）には考証学の国外流出が加速されたかもしれない。仁斎から荻生徂徠（一六六六〜一七二八）への展開は本邦における儒学的文献学の成立であり、中国大陸での動きに敏感でなければならないかれら儒的人間のいわば本能としてである。とともに、清代考証学の、徂徠学、さらには国学への影響がこのごろ取りざたされるのは、視野をもう一つ大きく、契沖をも含んでくるのでなければ物不足だろう。近世ルネサンス期とはそのような視野の課題でもある。

阿部の叙述を読み続ける。すなわち、「中世の古典研究に文献学的思考が皆無であったわけではない」と。これは言わずもがなだろう。「契沖の学んだ悉曇の研究者で友人でもあった浄厳（一六三九〜一七〇二）も文献学的復古主義で、平安末期の明覚の後を追うものであるといわれている」。浄厳は覚彦房雲農、河内の人。阿部の言う文献学的復古主義という語は分からない言い回しだ。悉曇学にある程度そういう傾向があったということならば分かる。浄厳は契沖に延宝五年（一六七七）以後、『儀軌』を伝授した真言僧であった。結局、契沖は「幽居して悉曇を学び、仏典・漢籍・国典を耽読する間に、契沖自身で古筆によって古筆を証する道を発明したのではなかろうかとも考えられる」と、阿部の結論はやや締まりがない。

けれども、そのあとが問題となろう。「近世に入って約百年、寛文・延宝（一六六一〜一六八一）から貞享・元禄（一六八四〜一七〇四）という時代になると、文献学的方法が一斉に花を開いても不思議ではないというところまで、近世的思考は成熟していたと思われる」と。ひとり契沖のことでなく、文献学的方法こそは近世の成熟だったという見渡しが成り立つという。

しかし、もっと残念な見通しを言ってよければ、文献学的時代の若い自由な息吹が次第に行き詰まって、権威主義やひいては国粋主義との結びつきをつよめてゆくことになろう。宣長中心の時代（十八世紀）がやってくるとは、そのことの端的なあらわれだと見ることができる。

## 7 『衝口発』

「国学」批判を言うまえに、藤貞幹（一七三二〜一七九七）にふれておく。日本古典文学大辞典を引くと、「藤貞幹〈とうていかん〉国学者。本姓藤原。藤を通称する。『続諸家人名録』等に姓を藤井とするは誤伝」とされる。「藤原」を名告ることはよくあることだとすると、真の本姓は依然として分からない。

引き続き、大辞典を引いておく。「字は子冬、通称叔蔵。無仏斎・蒙斎・亀石堂・盈科堂・端祥堂と号す。仏光寺中の坊の院家久遠院権律詩玄熙の妾腹の子。遠祖は藤原家光」と。僧を嫌い、還俗して学問を志し、書画、器物、典籍、金石文の調査に各地を歩いた。〈天明元年〈一七八一〉『衝口発《しょうこうはつ》』を著し、神代の年数は信用できないこと、素戔嗚《すさのを》は辰韓の君長であること、神武元年辛酉は六百年繰り下げるべきこと、神武の血統は仲哀で絶えたこと、日本の古代文化は朝鮮・中国の文化に由来すること等を指摘した〉とある。

さいごのところをもう一度書く、

（1）神代の年数は信用できないこと

（2）素戔嗚は辰韓の君長であること
（3）神武元年辛酉は六百年繰り下げるべきこと
（4）神武の血統は仲哀で絶えたこと
（5）日本の古代文化は朝鮮・中国の文化に由来すること

と、これらのすべて、（1）（3）（4）（5）ともに、今日にあって学説としてならば、ごく穏当であり、当時としてみると画期的だった。（2）にしても、『日本書紀』を見ると、スサノヲが朝鮮に天降りしたと書いてある以上、学説としてなら生きられてよい意見だ。『衝口発』はこれらばかりでなく、記述が上代の言語、姓氏、国号、衣服、葬送儀礼、和歌などにわたる。学問の進展のなかで、これらを取り上げ、『日本書紀』批判ぐらいのことを言う人が出てくるのは自然ではないか。明治時代にはいり、「神武元年辛酉は六百年繰り下げるべきこと」について、論争のあったことはよく知られるところ。それ以前での、『衝口発』はなかなか厳密な「考証」の遊びなのだった（私の持つのは伴信友手校の複製）。『衝口発』のなかみを、どこかから見つけた書物のなかにあったかのように韜晦しているのは、ありふれた文人のわざであり、これをもって貞幹の「偽書づくり」を難じる人のいることは残念だ。貞幹を攻撃する宣長そのひとが『源氏物語』の欠巻部と称する偽書づくりに遊んでいる。

『衝口発』に反論して書かれたのがその攻撃の書、『鉗狂人《けんきょうじん》』（一七八五）だ。（3）は漢意（からごころ）にまどわされたさかしらである、（4）の論拠の「或記」は貞幹の捏造した偽書であるなど、妄説としてすべて斥ける。日本古典文学大辞典は概して宣長に好意的で、「確実な文献批判の上に立つ駁論」とし、一方の『衝口発』については「特異かつ断定的で……、史料の信憑性やその扱いに大きな問題があり、説得力に欠ける議論が多い。意図的な偽証とも考え得る」とする。バロック時代でもあった日本近世社会であったから、偽証や偽書づくりに遊ぶこともする文人墨客はけっして少なくなかった。

すぐに分かることとして、〈古代〉への向き合い方が貞幹と宣長とではまるで違う。千年も二千年も、さらにはもっと太古に遡ることを、現代と関係あるわけでなし、遊んでどこが悪いかというバロック。六百年を上代史が繰り下げられるおもしろさは現代にあっても十分に通用する。十八世紀後半という時代においてそれらが〈穏当〉ではなかったとしても、そのことじたい、近世的な事件であった。しかし、宣長にとっては『古事記』が神聖な書物であり、さらにはそれの偽書説など考えもできない理屈であるうえに、『古事記伝』じたいがもしかしたら「偽書」をものしているかもしれないなどと私が言ったらば、宣長はどう対処するだろうか。『古事記』を自分の都合のよいように作り替えたところのある『古事記伝』の本文に、こんにちでも安易に乗るひとは多い。それでよいのだろうか。

## 8 自分を世界のそとに置くという私心

よく知られるように、宣長は上田秋成（一七三四～一八〇九）に向かっても『呵刈葭《かかいか》』（一七八六以後）を書いて噛みついている。『漢字三音考』（一七八五）などにみる宣長の偏狭な言語観に対し、批判を加えるのは自由人秋成の面目だろう。秋成はまた創作者として文学上の大きなしごとを世にもたらした（『雨月物語』『春雨物語』ほか）。対して宣長は文学作品らしい何ものこさず（偽作まがいのものがあるにはあるが）、凡庸な和歌を量産するばかりで生涯を終えた。国文学者の先達としてみると、もう賞味期限の切れそうな『古事記伝』を除いて、われらの『源氏物語玉の小櫛』のみがこんにちに生きられるかという程度だ。

十六世紀に日本社会はキリシタン文献を知り、十七世紀というルネサンス期をへて、「鎖国」政策のもと、十八世紀がずいぶん及び腰になったとしても、いったん、ひらかれた眼と心とを、容易に閉じることなどできそうにないはずだ。地球が丸くて地面の裏側（？）に西欧諸国があることぐらい、そしてその日本での窓口が長崎であることなど、宣長ならずともだれもが知る。安永、天明期はロシアの南下政策が日本社会の国際化をうながそうとする時であり、長崎を中心に機運がたかまる。長崎遊学や見学は若者たちの憧れであって、三浦梅園（一七二三～一七八九）なども二回か、訪れている。国際感覚というべき高い見識が梅園にあるとしたらば、若き日の見聞が大きかったろう。オランダ語通詞が大活躍することは当然のこととして、蘭学の著述は『和蘭訳筌』（前野良沢、一七八五）、『蘭学階梯』（大槻玄沢、一七八八）など、大いに興隆した。世界地理書のたぐいは国内によく知られるようになり、だれもが参考しようと思えばできる状態にある。当時の世界地図がメンタルマップのようにして各人の脳裡に仕舞われていった。

天明四、五年ころの著述で寛政元年に一部分公刊されたという、泰西輿地図説（朽木昌綱、一七八九）の序文に「蘭冊数十編校考取捨始成蓋二十余年」とあるという（新村、前掲論文）。それは欧州の部だけで十七巻六冊があるらしく、造詣のほどが偲ばれる。朽木（福知山侯）はオランダ語を学び、大槻玄沢とともに切磋して、チチング（カピタン）と親交関係にあり、『西洋銭譜』（一七八七）の著述もあった（新村、同）。西洋科学に明るい平賀源内（一七二八～一七七九）は安永年間に亡くなっているが、その友人司馬江漢が洋画を学び、エッチングを始めて創ったのは天明三年(一七八三)のこと。しかるに、宣長という人が、新しい時代をまったく受けいれようとせず、かたくなに日本中華思想を守る。かれこそは「鎖国」というイデオロギーをのほほんと受け止めた張本人だろう。事実は、斎藤英喜の述べるところでは、宣長の読書ノートに『職方外記』『天主実践』『天経惑問』など、キリスト教関連書が複数見られ、かれの〈神話注釈学=ミュトロギー〉には確実に「西洋」が宿っている〉(斎藤)。[*5] 知識として知っていながら拒絶して、宣長の『漢字三音考』が、そのような天明期に書かれた書物であることと思うと(一七八四〈天明四年〉)、偏狭なその国粋主義に対して、心底からあきれざるをえない。

ふりがなを省略していささか引けば、

皇国ノ正音

皇大御国ハ。天地ノ間ニアラユル万国を御照シ坐マス。天照大御神ノ御生坐ル本ツ御国ニシテ。即其御後ノ皇統。天地ト共ニ動キナク無窮ニ坐テ。千万御代マデ天下ヲ統御ス御国ナレバ。懸マクモ可畏天皇ノ尊ク坐マスコト。天地ノ間ニ二ツナクシテ。万国ノ大君ニ坐マセバ。異国々ノ王等ハ。悉ク臣ト称ジテ。吾御国ニ服事ルベキ理リ著明シ。然ルヲ。禍津日神ノ心ニヨリテ。此理蔽ハレテ未顕ハレズ。世人ノ心皆外国籍ニ眩惑セラレテ。是ヲ悟ル事アタハズ。イトモ悲シキワザナリケリ。

*5 『異貌の古事記』青土社、二〇一四。

と、つまり日本国が天照大御神の生まれた国で、天皇は万国の大君であり、異国の王たちはみなわが国に服従すべきである、しかるに禍津日神の心のせいで、その理屈が蔽われて、世の人たちは外国の書物に眩惑されており、そのことを悟ることができないでいる、悲しいことだ、という。『直毘霊』(一七七二)の論調を性懲りもなく書き綴っている。

『直毘霊』については、『まがのひれ』(市川匡麿、一七八〇)が論駁を加えた。匡麿の論駁にはしごくまっとうな意見が見られる。儒学の立場からの批判だと言われるものの、『直毘霊』を読むひとならば、だれだってその野蛮さに対して文句を言いたくなる。『直毘霊』について、匡麿は宣長を「御国を天地外に置く人」だと規定した。宣長が「御国」(＝日本)の優位を絶対化して考えているがゆえに、「私心」によって考えていることになる、と匡麿の指摘は鋭い。ここを取り上げる野崎守秀『本居宣長の世界』[*6]の解説をすこし利用させてもらうならば、「小さい場所で、小さい場所の外に問題をおしひろげようとしないで、その場所そのものを絶対化することが」私心にほかならない。自分のかたくなな狭い思い入れで天地を論じたって、それは「私心」でしかない。

## 9 世界への接し方

平田篤胤という人についてはどうしようか。折口の言うところを見ると(「平田国学の伝統」、一九四三)、

篤胤先生といふ人は、何でもいゝ、とにかく古代の書物を読んで、日本の古代だけで足りなければ、

支那の古代の書物、印度の古代の書物を読んで、それから新しいものが出て来れば、それが日本の国のためになる書物だ、日本の国の著しい古代をば引き出すことになるのだ。かういふ風に考へてゐられたやうです。さういふ非常に楽なところがある。あちら任せにして楽に研究してゐたところがある。……篤胤先生のやうに、江戸へ上るから——恐らく生れるからでせうが——死ぬまで、貧乏神と手を繋いでゐるといふ印象を与へてゐる人が、さういふ裕かな気持で学問してゐる。

と、「楽なところがある」そして「貧乏神」とは、学問という性格をうまく言い当てているので、けっして否定的評価ではないにせよ、惜しみない評価だというようには聞こえない。篤胤の天狗や仙童寅吉の神隠しへの入れ込みについて、折口らしい顧慮は見せるとしても、いわゆる幕末激動期社会へ大きな影響を示した人というような通行の評価にならないらしい。

鎖国が、もしかしたら国内だけで通じる、独善的な雰囲気を作り出すとしたらば、国学を産むのみに限らないことで、江戸後期になって、世界制覇というめちゃくちゃを論じる、佐藤信淵（一七六九～一八五〇）のような人が出てくるという事態もありうる。

宣長より早い人、安藤昌益（一七〇三～一七六二）について言われなければならないことがあるとすると、かれには、（折口ふうに言えば）「支那の古代の書物、印度の古代の書物」をどんどん与えられるだけ与え、かれの入手しえた狭い書物や資料の限界を軽々と突破させてやりたかった。——断定しえぬことだとしても、この思想的大人はやはり国内で読み得た範囲内での天文学、医学、哲学……から

＊6 塙新書、一九七二。

 

の誠実な思索者だった。

# 第十四章　江戸の教え――都市空間遊学

## 1　「国民」の情動

鎖国という国内を、有為の人たちがどう〝出入り〟したか、実際に出国はできなかったにしろ、想像のなかでの出入りや、また国内をどのように行き来したか。

琉球国使節の江戸上《のぼ》り[*1]は困難な長旅だった。一国の使節の来日という点では、ほかに朝鮮通信使一行の旅というのがあるにせよ、琉球国使節のほうは、和文和語をかれらが教養として、また公文書の作成などのためにも学ばねばならないので、時あってやって来る本土への旅のチャンスであり、最大限に生かされてかれらの見聞や知識に寄与したろう、と信じられる。

平敷屋朝敏《へしきやちょうびん》（和文物語・組踊作者、一七〇〇～一七三四）は江戸上りをしたろうか。一七一四年（正徳四）の一行、百七十名のうちに「襧覇里之子《ねはさとのし》」が楽童子として参加しており、これが朝敏かと考えられてきたのに対し、別人だという説もある。[*2]一七一八年（享保三）のチャンスにも「襧覇里之子」が

*1　厳密には下りであろうが、『慶長見聞集』（一六一四年序）「江戸を都といひならはす事」に「諸国より江城へのぼるといへば」（『改訂史籍集覧』十）云々とある。宮城栄昌『琉球使者の江戸上り』第一書房、一九八二、真栄平房昭「江戸上りの旅と墓碑銘」『沖縄文化研究』21、沖縄文化研究所、一九九五、紙屋敦之『幕藩制国家の琉球支配』校倉書房、一九九〇、など参照。

いるのは、[3]弟かもしれない。別の説に見ると、このチャンスに随行しており、滞在中には深川の本誓寺で仏教、源氏物語、和歌などを学んだ、とあって、[4]しかし文献上に確かめえない。『若草物語』や「手水《てみず》の縁」を、大和帰りの手になると考えるのがふさわしいとか、かならずや大和旅を立身の階梯としていたろうとか、推測の理由なら示せる。玉城朝薫（玉城親雲上、組踊作者、一六八六～一七三四）はたしかに宝永七年（一七一〇）に使讃（通詞）として江戸行きの役割を勤めていた。

旅の距離ということならば、長崎と江戸とのあいだなんかはずいぶん大きかった。洋学（蘭学）を学ぶなどの機会としてでかけるとしても、はるかな旅じたいが秘めやかな目的だったろう。福岡の人、貝原益軒（一六三〇～一七一四）が長崎へ二度赴くのは、近いから問題でない。『蕃藷考』の青木昆陽（江戸生まれ、一六九八～一七六九）については長崎へ行ったかどうか、両様の意見があるらしい。長久保赤水（地理学、一七一七～一八〇一）、前野蘭化（良沢、一七二三～一八〇三）、平賀源内（一七二八～一七七九）らの長崎遊学は、開明派にとって江戸より上位に長崎および、そのさきの西ヨーロッパがきらりと輝いていたことを知らせる（参照、森銑三『おらんだ正月[5]』）。

旅をするそのことに政治的意図が刻印されてしまわないか、大規模であればあるほど、その心配がなくはない。古代の万葉時代の防人は東国から駆り出されて、筑紫の国へ連れて行かれる。地元九州一円で人材を調達すればよいではないか、などとむちゃを言っても始まらない。実戦にたけた東国のひとびとを必要とした、ということもあるにせよ、「国民」を成立させるためには東国から西国までの「攪拌」が必要だったのだと考えたい。「攪拌」はバーバラ・ルーシュの使用した語[6]で、日本中世社会に「国民文学」が生まれるためには、九州出身の武士が東北地方で戦ったり、反対に東国からやってきて九州で敗死したりするなどの、日本列島を洗濯槽のなかみたいにかき回す装置がだいじなのだ、と言う。

　ルーシュ教授の場合、「国民文学」は『平家物語』のことをさす。古代国司たちの大旅行のあとを追って、平家一族も、そして戦国時代の武将たちもが「国内」をかけずりまわった軌跡は、海外での倭寇たちの大暴れと広がり方が似る。早く藤原純友の活躍したエリアは、播磨、摂津から四国、太宰府にまで及ぶ。大山崎の関にも侵入する。『純友追討記』によれば、平将門とも連絡をとっていたという。純友も将門も「国民」に奉仕したという次第だろう。

　宗教者たちもまたよく歩きまわった。求道的に聖地や海外や布教をめざす歩き方があったいっぽうで、歩き回るという仕方もまた、かれらの聖なるしごとだったはずだ。うごめきまわる宗教者たちが、中世をへて近世にかけて、定着ないし被強制的な共同体依存を果たし、多く表面上の遊行や漂泊生活をやめてゆくという、劇的な変化の相を見せる。江戸時代の幕はそこに切って落とされる、という展開ではないか。

＊2　池宮正治『近世沖縄の肖像』上、ひるぎ社、一九八二。
＊3　横山學『琉球国使節渡来の研究』吉川弘文館、一九八七、および同（解題・論文）『江戸期琉球物資料集覧』四、本邦書籍、一九八一。
＊4　玉栄清良『平敷屋朝敏の文学』東海出版、一九六七、仲原裕『平敷屋朝敏作品集』一九九七。
＊5　富山房百科文庫、一九三八。
＊6　『もう一つの中世像』思文閣出版、一九九一。

## 2　江戸時代――「一つの宗教」

尾藤正英[*7]によると、ベラー（R.N.Bellah）の *Tokugawa Religion*[*8] が邦訳されて、注目されたことの理由の一つに、Religion（宗教）という単数になっていた点が挙げられた、と言う。丸山真男が批評した語のなかに、

日本の歴史的宗派は教義の上《うえ》でも宗教行動の上でも相互に混交しながら、実質的には国家宗教と家族宗教に帰着するので、……概観を Japanese Religion と単数で呼んでいるのはそのためであって、各宗派の相異はむしろある共通した要素のヴァリエーションとして問題になるのである。[*9]

とある辺りを意識した言い方だろう。不可算名詞の扱いだとするならば、単数というのも考え物だが、趣旨はそういうことでなく、日本宗教と言えば、複数のものの併存ないしそれら相互の融合と見る常識に反して、ベラーはこれら多様なるものの基底にある、尾藤に言わせると「一つの宗教」に着目したのである、と。[*10]

実際には、石門心学（石田梅岩〈一六八五～一七四四〉らの心学という学問）を始めとして、各種の思想にあらわれた価値意識の在り方であって、宗教はただその価値意識の体系を究極において位置づけたに過ぎないとする。そのように宗教を定義づけたということであるにしろ、社会の近代化へと働く合理主義的な勤労の倫理を産み出した点で、マクス・ヴェーバーの言う清教徒的プロテスタンティズムと、ほぼ同様な機能を果したと評価され、その後者が宗教であることから、前者である日本社会の価値

体系をも一種の宗教と見なしたのだ、と。

ベラーはけっして「一つの宗教」と言っているわけでなく、丸山の評語もまたこれ以後、批判へと転化してゆくのだが、私としてはベラーがどうということよりも、この価値意識の体系という考え方を発展させて、「国民的宗教」がここに成立したという見方を尾藤がみちびいたことに、ウエイトを置いてみたい。氏の著書名がそのまま問いかけになっている。つまり「江戸時代とはなにか」に対する答えをそこに見いだしたことに注目する。

古い時代には複数の宗教の様相を呈していたろうが、歴史の経過のなかで、特に鎌倉新仏教ののち、それらの諸宗派を中心として、民間に普及していった室町〜戦国時代、すなわち十五〜十六世紀のころに「一つの宗教」を形成するに至る、と。十四世紀ごろに開始された大きな社会変動が、ようやく収束に向かい、旧体制に代わる新しい政治的、社会的秩序が形成しつつあった時で、それらは諸大名の政治組織を単位としながら、それらを統一する豊臣政権―江戸幕府の強大な権力によって、全体として統一的な国家体制をなしていった、と論じられる。

縦的な身分制度ががっちりとできたように見えて、それらは地域的な差を含みつつも、全国に共通する横断的な性格であった。そうした体制に奉仕する思想としての秩序は、仏教から神道まで、また民俗的信仰や庶民の学問、宗派宗学の差異を包みながらも、「国民的宗教」というほかはない〝一つ〟

＊7 『江戸時代とはなにか』岩波書店、一九九二。
＊8 一九六一。『日本近代化と宗教倫理』堀一郎・池田昭訳、未来社、一九六六。
＊9 「ベラー『徳川時代の宗教』について」、本章注8著書所収。
＊10 尾藤前掲書。

性を有しているということだろう。尾藤のこれら仮説は近世精神史の一端であり、いわゆる「神仏習合」すら今日のイデオロギーでしかないことをつよく想起させる。[*11]

尾藤の仮説に随うならば、困ったことに、ある種のソフトなナショナリズム形態を、ついに近世社会は成熟させた、というような理解にもなる。イデオロジカルにはその通りだと肯うほかないが、今日に至るまでの日本文化論の基礎形態を、国学にしろ、儒学にしろ、一役も二役も買って、ついにこんな甘やかな日本社会を構成してきた根源に、ずっと「攪拌」文化を繰り返してきた実態があるのだから、と思うと、複雑な思いにかられざるをえない。

## 3　都市民像のあした

そのような日本社会の実態を体現してきたのが都市という在り方だと、一口に言うことはなかなかできないとしても、都市民や郊外の都市と農村との境界地域に、どんな人々が流入、集住し、その構成員であったかを見れば、かなりの確度で都市がそれまで動揺していた各種のひとびとの移入先であったと分かる。そのことから、市民層をかれらが形成する度合いに応じて、かれらの思想がナショナルなイデオロギーを醸成し、構成原理となり始めるとの予想を立てることもまた容易だろう。

都市への定着といっても、浮動と紙一重であり、いったん、そこにやすらってまた旅立つ漂泊民たちも、けっして少なくなかった。とはいえ、都市のついかたわらに宿して、時あっていずこよりか姿をあらわす、童姿などの異装や芸能民としての生活をかれらはもっぱらとする。能の詞章、琵琶法師たちの詞章を検討するまでもなく、かれらはナショナルなイデオロギーへの奉仕者であった。

「市場の平和」が「無縁」「公界」「楽」の原理によって保たれること、道もまた公界の場であり、その結節点とも言うべき都市が「公界」にほかならないとは、引くまでもない、歴史学者、網野善彦の描く中世都市の基本イメージだった。*12 われわれの考察の出発点となるところで、遍歴する非農業民、広い意味での芸能民（職人など）の広汎な存在こそは都市成立の前提としてある。

あと二点つけ加えよう。（a）武士たちもまた全国を右に左に駈けめぐったあげく、市隠（隠者気取り）になることを含めて、都市に定着する堂々たる権利を有しているはずだ。尾藤などの注意するように、幕藩体制にはいっても、老中（＝おとな）、年寄、若年寄、あるいは家老など、それまでの管領や執権とはおよそ違って、自治組織や民間の慣習のなかから自然発生した名称を踏襲する。中世から断絶する新たな都市社会で、武士たちが生存の根拠をさぐり当てたということだろう。

そして、（b）もとよりけっしてないがしろにせぬある種の超越的存在として、天皇家、院、摂関家、そして寺社が、本家として人的支配の頂点に「君臨」する。すぐれて古代的、ないし中世的に見える、これらの存在がなお権威を喪わないところは、その後の日本社会をしてナショナルな一貫性を幻想せしめる理由になっていった。供御人たちがむしろ天皇制に超越的に結びついていった次第など、ほかでもない網野が渾身の力で論じてきたところであった。

*11 神仏混淆／神仏習合など、近代にはいっての術語。
*12 『日本中世都市の世界』筑摩書房、一九九六（ちくま学芸文庫、二〇〇一）。

## 4　学問をしなければならぬわけ

ところで、改めて、なぜわれわれは学問をしなければならないのか、近ごろあまりよく分からなくなってきた現代かもしれないが、江戸という時代は戦乱期を終えて、仕官のために学が必要だということもあるにしても、素朴な教育熱が時に熱く説かれていた。いまひらいた『日本の近世13　儒学・国学・洋学』[*13]の第1章「近世人にとっての学問と実践」（頼祺一執筆）はいきなり「なぜ学問をするのか」と問いかける。

なるほど、たしかに知りたいことではあるに違いない。西川如見（一六四八〜一七二四）の著した『百姓嚢』[*14]に、

百姓といへども、今の時世にしたがひて、おの〳〵分限に応じ、手を習ひ学問《まなびとふ》といふ事を、人に尋《たづね》聞きてこゝろを正し、忠孝の志をおこすべし。

とあるのが、「なぜ学問をするのか」に対する最初の答えとしてある。百姓は本来、広く「四民」をさしたが[*15]、ここに言う百姓は区別された農民のことで、別に『町人嚢』という著述のあることによってよく分かる。その『町人嚢』に「学問は乞食ぶくろのやうに何もかも取りこみ置きて、さて選び用ゆべしとぞ、法印はのたまひ置きし」（序、一六九二）とあるのは、細川幽斎（＝玄旨法印、一五三四〜一六一〇）の『耳底記』に見える語句を引いている。

如見は長崎の人。この人の身分は何なのだろうか。先祖は対馬などで朝鮮貿易ほかに従事し、長崎

で鍛冶業により家産をなした家という。二十を過ぎて学に志したと言い、天文暦算の学を始めとして、言ってみれば百科全書派である。若い江戸遊学などということは、国際学問の都、長崎のひとにとって不必要かもしれないが、それでも晩年に、将軍吉宗の下問があり（一七一八）、江戸へ向かう。身分が低く、直接の謁見がならなかったというけれども、学問のためにならば、身分などどうでもよかったことを意味する。*16

『清水《きよみづ》物語』（朝山意林庵、一六三八）は、

巡礼曰、「道理と無理とは、何として知り分け候や」。翁曰、「学文《がくもん》にて知り分けたるがよく候」。巡礼曰、「我等如きの文字もなく、物をも書き候はぬ者が、何として俄に読み物致して学び候はんや」。

と、延々、会話体をもって進められる。

巡礼曰、「我等が国は形の如く大国にて候へ共、貴きも卑しきも、殿も町も去年より今年は衰微し、昨日より今日はかじけ候は、何としたる事にて候はんや」。答曰、「士農工商の四民は、国の宝、な

*13 中央公論社、一九九三。
*14 『近世町人思想』日本思想大系、『町人嚢・百姓嚢・長崎夜話草』岩波文庫。
*15 「百姓といふは、士農工商の四民、総ての名なり。いつの頃よりにや、……農人を百姓といふ事になりぬ」（『百姓嚢』序文、一七二一序）。
*16 参照、ベラー前掲書。

くて叶はぬものなり。その外に用にももたゝぬ者を遊民と申候。遊民の多き国は衰微するものにて候」。巡礼曰、「我等が国にも僧法師などは少し候へども、そして遊民といふべきもの候はず」。答曰、「四民の中にも遊民こそ候へ。侍《さぶらひ》は四民の頭《かしら》にて国の宝にて候へども、それも上一人の栄花の為に、夜昼走り廻りて、国のためにならずして、広間の柱に向ひ縁の板をあたためて、下の費えを顧みぬは、遊民に近し。……」

と、当時散見する遊民論の一環をなす。

意林庵（一五八九～一六四四）は京都の人で、僧侶というよりは儒者。豊前や駿府に出仕したこともあり、晩年、後光明に『中庸』を講じている。

## 5　遊び人と学者階級——隠者の定義

遊民は散見するところで、

遊民トテ、田ヲモツクラズ職人ニテモナク、ナニノシゴトヲモセズシテ、タヾイタヅラニクラヒツイヤスモノヲ、遊民ト云ナリ……

（藤原惺窩『寸鉄録』、一六〇六）

あるいは、

世に捨てられたる余者《あまりもの》あり。儒教には遊民の類と言へり。（浅井了意『浮世物語』、一六六一〜）

とある。この物語の瓢太郎（浮世房）は出家の体をなしていた。『町人嚢』巻一に「此四民の外の人倫を遊民といひて、国土のために用なき人間なりと知るべし」とあるほか、

問。遊民とは何〳〵をかいふべきや。云。びく・びくに・山伏は遊民の大なるもの也。其外色々の遊民多し。本民のなかにも遊民あり。世のそこなひになるあきなひ所作をする者は工商の遊民也。たゞ工商のみならず、武士の中にも遊民あり。……（熊沢蕃山『集義和書』補、一六七二〜）

と、云々。

遊民を徒食のものと決めつけるにしても、悪い一方だと排斥するのでなく、それほどにかずが多かったということだろうし、「呂氏曰く、国に遊民なければ、則ち生ずる者衆く、……」（朱子『大学章句』）とは、分かっていても身にだれもが覚えのある時代であった。学問と遊民とは正反対のように見えながら、あいだに隠者という項を置いてみるならば、しっかり繋がってくるような気がする。文学の主人公たちになると、『恨の介』の人物たちにしても、『尤之双紙』（斎藤徳元、一六三二）にしても、『是楽《ぜらく》物語』（未詳、明暦ごろ）の是楽にしても、「遊民」たちこそが活躍するかのように見え、西鶴ないし疑似西鶴の小説群にまであと一歩の距離にある。『竹斎』（一六二〇年代）の主人公は平凡な医者であるが、のんびりした遊民に見えてくるからおかしい。

折口信夫「女房文学から隠者文学へ」（『隠岐本新古今和歌集』解説*17）での定義によれば、隠者とは、

（連歌時代で言うと）定住する所を持たぬを主義とする、ということになる。女房文学との繋がりから か、艶書の代筆をしたり、ひいては色里へ連れ出して「恋の諸わけ」を伝授するまでに至る、と。「江戸の初めの戦場落伍者の遊民たち」を隠者階級と言い換えるのも折口だった。かれらの「大阪末の成功夢想時代から持ち越した、自恣な豪放を衒ふ態度」を、気質《かたぎ》と名づけるのは一案だろう。

かれらの手引きで遊蕩に耽溺するのが近ごろの艶隠者で、あとにすこしふれる下河辺長流などは「難波の哥翁」と言われて、（西鶴作ではないらしいが）『近代艶隠者』（一六八六）のなかでの一員としてある。非定住を終えたかれらは新隠者ないし隠者のパロディックな存在と言ってよいだろう。そういう、非定住の終点で文学を引き受ける何者かこそ、江戸時代の魅力的主力と見たい。隠者という語は中世を通じてほとんど見ることがなく、*18 折口のすぐれた文学史的叙述によって明らかにされたと称したい。それは江戸期への視座を提供したという点で、まさに文学史的叙述とは何かということをも指し示したと思う。

## 6　花のお江戸

根っから江戸生まれという時代人なんかめったにいなかった。これはある意味で今日でも地方から出てきて東京人になるのとおなじ理屈であり、都市とは何かということに対して下す、個人個人による思い思いの結論にほかならない。一度は江戸遊学、参府、見物をもくろむ。修行というのもあったかもしれない。厳密に江戸をめざしたか分からないが、早く、かの高名な一休和尚（宗純、一三九四〜一四八一）の場合、「関東修行」であった（ただし『一休ばなし』〈一六六八刊〉のうえで）。関の地蔵と言うのを始めて作ったころ、この開眼をとりしきるのは紫野の一休に優る僧はいない、ということになり、代表が訪ねてゆくと、一休の言うことには、

幸《さいはひ》、関東修行に出るなれば、立ち寄り開眼してまいらせむ。　（『一休ばなし』）

というわけで、立ち寄った一休は何をしたかと言うと、地蔵の頭から盧山の滝のごとくに小便をしかけた。里人の怒るまいことか、若者たちは追いかけ、尼入道たちは地蔵をきれいに洗おうとしたところ、どうしたことか道に倒れ、小便を洗った人たちみな物に狂ったようになったという。一休禅師が関東に実際に赴いたか分からないが、十五世紀の江戸にはやや都市化していたとすれば（太田道灌の築城は十五世紀後半）、でかけていったとしておかしくない。

『身の鏡』（江島為信、一六五九）に、為信の父親（為頼）が若いさかりに武州江戸へでかけて行った話を載せる。日向国宮崎の人とあるから、ずいぶん大きな旅で、同行の者同士が金銭貸借でトラブルを起こしたのを父がみごとに解決したという説話を掲げる。

それより『竹斎』に見る、さいごの江戸行きがおもしろい。

……形は色々品川や、渡ればここぞ武蔵鐙、花のお江戸に着きにけり。

*17　一九二七、『古代研究』一。
*18　「隠者」の項（三木紀人執筆）、日本古典文学大辞典・一。

というわけで、「花のお江戸」という呼称も見える。だれを頼りに住みなそうか、と言っているから、医者を開業せんとしてやってきたのであろう。

竹斎も江戸で金を儲けなば、家を持ち女を迎へ、三つの縁を結び、身代をも押し直し、人々しくもなりたゝむと、心のうちに喜びけり。

とあって、ひとびとが江戸にどんな思いをもって集まってきたのか、端的に示していると思う。音に聞こえた「日の本の橋」はみな人渡りかね、とあるから雑踏で行き来もならず、「世をたゝずみかねたりし」人もいたとは、橋にひっかけて世渡りできずに落後するひとたちがけっして少なくないことをうまく暗示する。

ここはいづこぞ神田の台、南に当たりて眺むれば、天下の武将の御座なさる御城の見事さよ。……吹き散る程か桜田より、甍を並ぶる家作り、天下に劣らぬ諸大名、時々刻々の出仕の体《てい》、君を守護し奉る、げにゆゆしくぞ見えにけり。……

以下、実見したひとでなければ書けない活写というほかはない。海上には女郎衆の舟歌が聞かれ、ひっきりなしの空櫨の音である。かくて一首、

呉竹の直なる御代に逢ひぬれば藪医師までも頼もしきかな

とあるので、どうやら江戸に住みつく決意をした模様だ。住みたいという自由意志をかなえてくれそうな都会。世界一の大都会へと成長しつつある江戸であった。『色音論（あづまめぐり）』（一六四三）[*19]によれば、日本橋から西の方に、五重の江戸城の天守（＝天主）閣が見られるという名所。日本橋の雑踏については『慶長見聞集』（「見聞集」五）および『江戸名所記』（浅井了意、一六六二）にも記事を見ることができる。

了意（?〜一六九一）は摂州三嶋江出身の僧侶で、多くの仮名草子とともに、『江戸名所記』があるからには江戸に滞在したのに違いない。江戸出生説もあったらしいが（改造文庫版解説〈守随憲治〉による）、土地根生いの江戸人が著すのでないとしたらば、近世初期、ルネサンス時代の凄さがそこにある。ちなみに、多麻史談会の戦後版序に、「お江戸八百八町、僅か三月で灰燼となつた。／昔の錦絵そのまゝに、下町の随所から、富士の雄峯が眺められる」（菊池山哉「江戸名所記発刊に際して」、一九四六）と見える。

## 7 都市への流れ

現代でもおなじようなことかどうか、学問したければ都市へと、ひとびとは流れ込んでくる（そうでないひともいる）。学問のなかには、実学もあれば、文学や和歌作りなどの虚学もあって、広く芸能のうちと見るならば、りっぱに都市に巣くう一員となる権利を有する。カースト型の職業とは別に、

*19 『続群書類従』雑部。

学問が芸能とともに職業として成立した。[*20] 国学、儒学、洋学など、どれをとっても学者たちやその卵たちは、全国を右往左往し、あるいは股にかけ、一度ならず江戸行きを試みた。江戸ならずとも大阪を出て、京都で学問修行するのはざらで、長崎なんかはあこがれもあこがれ、という次第で、しかし規模から見ると何たって江戸、という雰囲気だったろう。古代以来の「移動」という本性で「攪拌」運動が近世社会でも熱く実行された。

木下順庵（一六二一〜一六九八）は京都から出て、幕府の儒官となる。そしてその門下の雨森芳洲（一六六八〜一七五五）も近江あるいは京都から江戸へ出た。後者は対馬藩に仕え、朝鮮語そして中国語が堪能だった。そう言えば、かれらの先生たち、藤原惺窩（一五六一〜一六一九）も、林羅山（一五八三〜一六五七）も、学をもって江戸へ出で、官製や民間儒学のための基礎を作りなした。堀杏庵（一五八五〜一六四二）またおなじ（堀景山の父）。順庵以下、みなそれらの踏襲であるなかに、京都に踏みとどまった松永尺五（一五九二〜一六五七）は儒教隠者とでも言うべき存在かもしれない。

貝原益軒は学問系の家に生まれ、藩主黒田忠之に（祐筆として）仕えるものの、浪人生活ののち二十六歳で、江戸藩邸詰めの父に呼ばれて遊学、林鵞峰にしばしば会う。京都にも長らく遊学して、このときは尺五、順庵、山崎闇斎（一六一八〜一六八二）らに会った。かれらはすべて、京都学派というのか、そのもとで自然に朱子学を修めることになる。のちにも江戸や長崎へ大旅行をして、紀行文学の担い手として知られるが、そういう大きな動きののち、生涯の晩年に「大疑録」二巻（一七一三序）を著し、一旦捨てた陸象山の学にもよいところがあるなどと、朱子の「形而上」の矛盾をついて批判する。[*21]

大儒が晩年に及んでこんな大いなる疑念を起こしてよいことか、しかしまたこうもあらねばならぬのであろう（それがこれまでに受講したひとたちへの責任か）。いま見ると、明代（さらには清代考証学）の動向や予感ともかかわる趨勢であり、闇斎派への批判という側面もある。跋文というのか、太宰春臺（一六八〇〜一七四七）が一文を寄せた辺りにも、学の授受ならぬ、後学の務めを感じさせて好感を持てる。

室鳩巣（一六五八〜一七三四）の父は備中の出で、大阪から江戸へ移り住んだ医者。鳩巣は江戸谷中に生まれ、加賀藩に仕えて京都に遊学する。木下順庵に入門して、新井白石（一六五七〜一七二五）、雨森芳洲らと同門。幕府の儒員となり、将軍吉宗の信任が篤かった。大規模な軌跡をのこしたとは言えないが、赤穂事件でいち早い『赤穂義人録』（一七〇三）があるのは、これを賛美する意図を有する。赤穂浪人たちはみな江戸へ出て生活したというから、元禄江戸は自由（あるいは放漫）都市であったということだろう。この事件への処置をめぐっては荻生徂徠（一六六六〜一七二八）が意見を上申し、かれらの死刑決定に寄与したと言われるが、[*22] 喧嘩両成敗を認めない（「認める」という考え方もある）幕法としては、徂徠の言う通りに裁断するしかない。歌舞伎界を始めとして、世上はこれを義挙とするのであって、日本儒教の徒がこれを追認できるのはなぜか、解けないなぞのままだと思う。

春臺は飯田藩士の家に生まれ、父が浪人して九歳のとき江戸へやってきた。二十歳台の放浪はかえって関西方面であり、三十過ぎて江戸にもどり、徂徠門下となった。ついでに同門の服部南郭（一

＊20　ベラー前掲書および、尾藤前掲書。
＊21　野口武彦「近世朱子学における文学の概念」『文学』一九六七年七月〜一〇月、『江戸思想史の地形』ぺりかん社、一九九三、所収。
＊22　尾藤前掲書。

六八三〜一七五九）は京都（の町人）の出で、十四歳からの江戸暮らしであった。徂徠その人はまあ江戸の人と称してよかろう。

## 8　江戸、京都、大阪

伊藤仁斎（一六二七〜一七〇五）は京都の一方の雄で、終生、京都を離れなかったと思う。家業を弟にゆずって、学問の道に走る。批判の学を著述の積みかさねのなかから深めてゆくさまについては、野口武彦「仁斎学における文学論の形成過程」[*23]があった。

おなじく、朱子学に疑問を抱いた一人、山鹿素行（一六二二〜一六八五）は少時より江戸に出て、ある種の古学に至る。

幕府によって招聘される儒者はひきもきらず、寛政の改革で大阪から呼ばれる尾藤二洲（一七四七〜一八一三）は、そのまま帰郷することがない。肥前のひと、古賀精里（一七五〇〜一八一七）、讃岐のひと、柴野栗山（一七三六〜一八〇七）もまたおなじ、寛政の三博士だ。知多のひと、細井平洲（一七二八〜一八〇一）は早く江戸へ出て、寛政の改革のころには米沢へ出向いている。

この辺りを私はまったく暗いので、かつて印象的であり、字句までおぼえている野口の口調を「近世朱子学における文学の概念」から、ただひたすらここに引くと、「ところで、ここにわたしにとって」（わたしとは野口）「はなはだ興味あることは」、頼春水、二洲、栗山、精里「の四人が、かつて、大阪の片山北海を盟主とする詩社、混沌社にあって文事に明け暮れた青春の日々を過ごしたことがある、という事実である」。いや、引きたいのはこのあとで、混沌社の盟主片山北海をはじめ、頼春水、尾藤二洲、それに西山拙斎いずれも、当初は徂徠の復古学を信奉していたという経歴を持っているのである。寛政異学の禁が徂徠学からの『転向』者たちによって準備され、実施されたといったらおそらく言い過ぎだろう。*24

と。何が言い過ぎなものか。「転向」だって学問の第一歩あるいは第二歩、やはり結節点に違いない。歴史は繰り返す、以前とはまったく異なる相貌で。その言い方に就けば、朱子学は繰り返すものの、以前とおなじ姿をとらないのだ。備中から大阪へ出ていたその西山拙斎(一七三五〜一七九八)にしろ、寛政の改革のために江戸へ呼ばれた(が、固辞する)。

京都、大阪と、江戸との違いを書き出してもしようがないが、商人層に行きわたる心学を媒介項に置いて、ベラーは言う、

心学が起こったのが、江戸でなく京都であったことは、おそらく、全く偶然ではない。……京都および大阪の経済は、江戸と「全く異なった基盤をもっており、このことは、それらの都市の商人にみられるいくぶん異なった精神にあらわれている。大阪は、日本の大きな商業中心地であった。各地域の産物、米、油、木棉、酒、薬などが大阪の商館に運ばれた。大阪は実際、『帝国の台所』であった。京都は、立派な手細工の大中心地であり、その産物は日本全国で売られた。京都、大阪地

*23 『国語と国文学』一九六七・二〜三。
*24 本章注22論文、前掲書。

方の商人は、江戸の商人とは対照的に、几帳面で、確実かつ正直な生活方法で有名であった。[*25]

と。

こんな乱暴な纏め方に遭うのは初めてだが、分かり易いといえば分かり易い。江戸はどうかと言うと、「収賄の機会ははかり知れず、このことが投機的な政治資本主義を助長し、それがまた、ぜいたくな生活様式に反映した。……」。金づかいが荒く、「宵越しの金を持つな」と。ある時期の文壇ないし文化界についてだが、大阪だけが何ともとらえどころがない、という感想でもある。

試みに宝暦明和の三都文壇乃至は文化界を想像して見るに、京都・江戸はおぼろげながら、輪郭を描くことができる。しかし大阪はいっこうに明らかでないのは、私のみではないようである。京都や江戸は、その地に永住または半永住の、漢詩文・和歌・国学・俳諧・戯曲・小説など専門家または準専門家を中心において詩壇・歌壇・俳壇等、乃至は文化圏が考えられるのに対して、大阪は、宝暦明和に限らず、その後も同傾向を持つが、専門家には仮寓の人が多く、彼らはしばしば出入し、彼等を中心に描く圏はまたしばしば変化する。むしろ大阪の文化界の主体は、専門の師家の側になくて、それを後援し従学する素人の側にあったと解さねばならぬ状態なのが大きな原因ではなかろうか。

（中村幸彦「宝暦明和の大阪騒壇[*26]」）

なるほど、江戸と京都とを一括りにする見方もあるのだ。

近世に限らず、今日になお流動する大阪の気質は捉えがたい。近世前期に関してならば、しかし江戸もまた十分に混沌としていたとは言えるにしても。

## 9 隠者から国学へ

国学というのは、賀茂真淵（一六九七〜一七八九）に言わせると〝皇朝の学び〟だが、どうも近世以前からの繋がりがいま一つよく見いだせない。契沖（一六四〇〜一七〇一）に見られる、敬虔な神崇拝者である（僧侶でもある）さま、真淵らが神社の家（禰宜家や社家など）の出であること、あるいは本居宣長（一七三〇〜一八〇一）のように大神宮のお膝元であったことなどを勘案して、かれらもまた「国民的宗教」が成立したあとでの、「一つの宗教」のなかでの宗派という見方が成り立とう。ベラー[*27]は国学を至福千年の宗教運動だと位置づけている。宗派という言い方に狭さがあるならば、宗団[*28]という程度の規模と系統とを守った宗教活動だったという見方でよかろう。その意味で「古学」（＝宣長）あるいは古道、復古などという名称の古めかしさと裏腹に、新しい政治的宗教的運動だ。

「この運動は、最初から政治や宗教と関係し、文学それ自体とは関係しなかった」（ベラー[*29]）。文学の定義にかかわってくるものの、みぎの視野は重要だろう。儒教者や仏教者、またその教理が、漢詩

＊25 ベラー前掲書。
＊26 『近世作家研究』三一書房、一九六一。
＊27 ベラー前掲書。
＊28 学会（学界）と学派とのあいだに「学団」を求めてよいならば、宗団という考え方があってよかろう。
＊29 ベラー前掲書。

文の文化から仮名草子のたぐいまでを広く支え、「文学」を量産したのに対し、和学派は一部を除き、近世和歌への加担と和文物語のいくらかの提供とを見せただけで、古文綴り方という程度であり、その非生産性は覆うべくもない。かれらについてこんにち的に言うならば、〈国文学〉をもって業となしていたということになる。一部を除き（秋成などがいることはいる）国学の創造的貧しさについて、なかなか言及するひとがいない。

契沖というひとについては、江戸へくだったという証拠がない。零落した武士の家に生まれ（尼ヶ崎出身）、僧侶として修行し、放浪もしたけれども、家族を抱え、しかも典型的な隠者であって、いまの大阪府を中心とする方数十キロを出でず、京都にすら寄りつかなかったらしい。けれども江戸と縁がなかったわけでなく、長兄が尾羽うち枯らして江戸から帰郷し、晩年を契沖と同居して書写など万端を助けている。現代で言うなら東京からのUターンというところだろう。

契沖と親しく、影響を与えた下河辺長流は大和出身で、一六四七年以来、何度か江戸に足を運び、むなしく去る、ということがあった。これもUターン現象と言われるべきではないか。『近代艶隠者』に「難波の哥翁」とあることについてはさきにふれた。折口信夫は『近代短歌』のなかで、長流について「師承を明らかにしない隠士」つまり隠者階級だとする。ほかにも隠者に木下長嘯子（勝俊、一五六九～一六四九）、木瀬三之（一六〇六～一六九五？）らがいる、とする。長嘯子の門人、山本春正（一六一〇～一六八二）はやはり隠者で、江戸に出て水戸徳川家の『万葉集』校勘に携わる。契沖が水戸家とかかわりをもって来るのは春正が介在しているかと言われる。契沖をもって隠者から学者への展開ないし解消を見る、という見通しとなろう。ちなみに契沖に援助を惜しまなかった、光圀公（水戸黄門、一六二八～一七〇〇）がなぜテレビのなかで隠者姿であるのか、答えは春正、契沖、そして長流、三者の関係のなかにあるらしい。

安藤為章（一六五九～一七一六）の名を逸したくない。京都から江戸へ出て、光圀に仕えた。光圀の命で契沖のもとへ走り、古典研究家になって水戸へ帰り、『紫家七論』（一七〇三）は『紫式部日記』を利用しつつ、『源氏物語』に初めて本格的な物語評論の光を当てた著述だと評してよい。

北村季吟（一六二四～一七〇五）は京都で一生を終えるかと思うと、突然、よい年になって幕府から召し出され（一六八九）、江戸の歌学方となる。門人の山岡元隣（俳人）は京都を出なかったが、伊賀のひとでおなじく俳諧者の松尾芭蕉（一六四四～一六九四）は、幾度も江戸を起点とする、大旅行を企てて実行した。隠者階級の解消のもう一つの仕方は芭蕉をきっかけとして、京都から江戸へと拡散して果てたというべきか。

## 10　国学文人その他

荷田春満は神職で伏見のひと。元禄十三年（一七〇〇）、江戸に下向して和学を講義し、以後も繰り返した。甥の在満（一七〇六～一七五一）は伏見に生まれ、同様の経歴である。

賀茂真淵はやはり神官の家の出で、浜松の人。伏見の荷田春満に会ったり、江戸へ向かう途中に立ち寄る春満に会ったりするなどして、自身も江戸に三十七歳を期して長期の遊学生活にはいる。以後、江戸入りを繰り返しつつ古道思想を固めて言った。古道というのも「一つの宗教」の一環と見てよければ、国学＝神道（ないし神学）と考えて大きな誤りにはなるまい。「漢心《からごころ》」を捨てろ、古意を求めよとは、当時を国際時代と見るならば乱暴な議論で、閉鎖のなかに生きようとする近世的宗教心性をかたどる一環だったにすぎない。

加藤(橘)千蔭(一七三五~一八〇八)は江戸派歌壇の祖ということになっており、父枝直(一六九二~一七八五)は松坂の人。志を立てて江戸にやってきたのが千蔭だった。村田春海(一七四六~一八一一)は江戸の富商の子。

本居宣長は遊学という点でならば、江戸と関係がなかったことになる。もともと、江戸に店があったのをたたむに際し、何ヶ月だろうか、つらい滞在を余儀なくさせられたことがある(二十二歳ころ)。京都で堀景山から学ぶところがあったほかは、郷里松坂にずっといて『古事記伝』執筆にいそしんだことなどを、ここに確認するまでもない。けれども、もっと言われるべきだろう、一千年以前の、つまりかれらの現代社会、われわれから言えば近世にとり、もうまったくかかわりのない、一王権の時代といってよい、奈良時代という遠い時代で起きた、『古事記』成立という〈ローカルな〉事件であることにつき、かれは何もまったく言い当ててない、ということを。天皇中心の国家の柱であるかのように『古事記』をぶったてる、その意図は排外主義にあるという次第だが、おぼえず次代の文献主義の先駆となったことや、国学が徳川氏体制の社会を崩壊させる契機になりうる点やを、歴史的意義として認めるのにやぶさかであってはならない。それらを措けば、『古事記』にとって『古事記伝』はそんなにありがたい書物だと手放しで言えそうにない。『古事記』はまだ正確に言って、現代の手に奪還されていないと見てよかろう。

山崎闇斎にふれると、京都に生まれ、土佐をへて江戸に遊学し、藩主保科正之に仕えて会津にも向かう。早く仏門を退いたあと、朱子学及び神道家としての軌跡をあざやかに見せた。国学派の心性と闇斎とはどこがどう違うのか、古道を堅く信じた(ふりではなく本気だったろう)国学と、尊崇しても信奉しない朱子学（儒徒にそういう学者がけっして少なくなかった）との差は歴然としている。

後期の文人について。頼山陽（一七八〇～一八三二）に学んだ原采蘋（一七九八～一八五九）は、九州を出て単身、ついに江戸に至る（文政十一年〈一八二七〉）。彼女の名を記しとどめたところで本章を終わろう。

徳川時代末期から明治初年代にかけて、在来文化の急速な否定と欧化という点では、十六～十七世紀ルネサンス時代の再来であり、一度挫折したことの捲土重来という感がある。気づかれにくいかもしれないが、源流という観点からすると、十六～十七世紀ルネサンス時代と明治時代とは相似形だと言える。むろん、明治時代を成熟させた要因は徳川時代にあったとしても、同時にそれが停滞期であったことをきびしく咎めておく必要がある。

# 第四部

# 第十五章　「詩」「小説」「文学」の〈古代から近代へ〉

## 1　小説、哲学、文献学そして、文学

「文学」および「小説」という語に向き合ってみよう。「小説」という語は古代から散見する。〈大いなる説〉に対する「小なる説」だから、文字通り「小さい」ということとともに、卑下する、あるいはへりくだる感じがある。「物語」にしても、「戯作」にしても、同一の機制を持つ語なのだから、おもしろい。つまり、

「小」＝「戯」＝「物」
「説」＝「作」＝「語」

という類関係がある。この「小説」という語は近世にはいって非常によく使われる。「狂言」（能狂言、歌舞伎劇）という語にしても、「狂」―「言」と分けてみると、「狂」は「小」や「戯」に対応し、「言」は「説」や「作」と対応する。

明治になって、坪内逍遙が novel の翻訳語として言い出して、「小説」という語の定着を見た、というのは通説だ。引くまでもないが、

小説《せうせつ》すなはち那《の》ベルに至りてハ之《これ》（＝羅《ら》マンス）と異《こと》なり世《よ》の人情《にんじやう》と風俗《ふうぞく》をバ写《うつ》すを以《もつ》て主脳《しゆなう》となし平常世間にあるべきやうなる事柄をもて材料とし而して趣向を設くるものなり……
（『小説神髄』上、明治十八年〈一九八五〉～明治十九年）

云々。ノベルを「小説」と見なして、「羅《らう》マンス」romanceと異なり、世間に取材し趣向を設ける写実だとする。逍遥はなぜ翻訳語として「小説」という語を選んだのだろうか、というように問題を立てられる。明治という時代は、既成の語のうえに翻訳語を見つけようとして、見つけられない時には欧米語に対して新造の術語を編み出した。ぴったりする翻訳語に到達するために、たいへんな努力を要したろう。

「小説」という語じたいに、日本社会で長い歴史があった。ゆっくりした流れのうちに、次第にそれじたいの自己目的が芽生え、意味のはばやかげりをたくわえてきたと、後述しよう。それを逍遥は奪うようにして、ノベルへと合体させ、急速に当時の〝現代〟に定着させていった。けっして逍遥を非難するのではない。〝現代〟によって切り捨てられる以前の「小説」の持つ、ある種の可能性がなかったかどうか、源流史はそういうことへの配慮を怠らないでいたい、というように尽きる。

当初、翻訳語や新造語は原語との組み合わせで理解されたろう（推測だが）。しかし、次第に原語から離れて、日本語として自立してゆくいきおいにあるはずだ。「哲学」は新造語ではなかろうか。Philosophie〈独〉が「哲学」へと定着して、原語をだんだん忘れる。それはよい。Philosophieとペアの関係にあるPhilologie〈独〉はどうか。

Philologieをいま手元のドイツ語辞書に見ると、「語学、文学研究、文献学」というようにある。これらの訳語のなかでは、こんにちに文献学という学が定着したかもしれない。しかし文献学は、私の感触だと、資料センターのようなところで、コツコツ調べる学問としてある。そのうえに立って、ときおり、語源的にはPhilo（＝愛）logie（＝語）だという説明が行われる。折口の口まねで言えば、Philologieはことばの世界を好きで好きで、愛《め》で痴れる、没頭する、というようなことかもしれない。哲学にしても、Philo（＝愛）sophie（＝智）という説明で分かった気になる時がある。Philoを現代人の感じる「愛」と直結させてよいか、ほんとうは疑問をかき立てられる。

「文学」という語はこんにち、文学的とか、文学性とか言う言い方を許すまでに、詩や小説や随筆を愛好する人たちの自己目的をさすようになってきている。それでよかったのか、という深い疑問を含めて、「文学」という語の長い経過をたどる必要を感じる。Literatur〈独〉が「文学」という語を翻訳語として求めたということには、不満も不足もないにしろ、それでも明治がLiteratur〈独〉＝「文学」を定着させたとすると、新造語でないからには前代の「文学」からの、意味上の照り返しや光の散乱がけっして小さくない、と思われる。

こんにちでは誤解も生まれてくるかもしれない。欧米文学研究、日本文学研究といった、文学作品の研究者たちが、自分たちこそは（大学なら大学の）文学部の中心だと心得ている限り、日本社会では誤解を避けられないということかもしれない。文学部という時の「文学」には、古い教師などが〈哲・史・文〉というように、学問や思想や、ときには心理学や社会学までが含まれて、文学研究は横並びの一つでしかないはずだ。

## 2 「文学」の事例――日本社会に見る

「文学」という語は、奈良時代〜平安時代の文献にそれを見ると、

調風化俗、莫尚於文、潤徳光身、孰先於学。
（『懐風藻』序、天平勝宝三年〈七五一〉序）

〔風《ふり》を調へ俗を化《すす》むることは、文より尚《たつと》きことは莫く、徳を潤し身を光《て》らすことは、孰《いづ》れか学より先ならむ。〕

というような「〜文、〜学」が早い語例としてある。「文学」が、他の多くの熟語でもそうだが、まずもって「文」と「学」との合成語＝対句であることは最初に述べておきたい。おなじ序に「旋招文学之士、時開置醴之遊。」〔旋《しばし》ば文学の士を招き、時《よりより》に置醴（＝酒宴）の遊びを開きたまふ。〕というようにもあって、「文学之士」の「文学」もまた文人と学者とをあわせて言う言い方、つまり熟語としてある。対句と熟語とは同一のことの双面だろう。

対句をもう一例出すと、『日本後紀』所収の弘仁三年（八一二）五月の勅に、「経国治家、莫善於文、立身揚名、莫尚於学。」〔国を経め家を治むるには、文よりも善きは莫く、身を立て名を揚ぐるには、学よりも尚きは莫し。〕というようにある。

文学争鋒之初、一家方享邦国之大名、雲雨装駕之後、余裔猶為風月之著姓。
（高階積善「九月尽日侍北野廟」、『本朝文粋』巻十）

〔文学鋒を争ひし初め、一家方《まさ》に邦国の大名を享け、雲雨装駕の後、余裔猶し風月の著姓を為す。〕

は、菅原道真（八四五～九〇三）の北野廟に陪したときの詩序で、儒学という学問ないし家学における詩文を広く意味した。

昔征虜黄門之楽、耀武威而饗士卒、今丞相甲館之遊、崇文学而招儒人。

（藤原明衡「冬日陪内相府書閣同賦落葉浮湖水」詩序、『本朝続文粋』巻九）

〔昔征虜黄門の楽しび、武威を耀かして士卒を饗し、今し丞相甲館の遊び、文学を崇びて儒人を招く。〕

の「崇文学」は唐太宗『帝範』に拠る。「武威」との対句で使われている「文学」が儒者のそれだという認識は分かりやすい。

寄文学者、則酌潘江陸海之才、取琴酒者、又感阮籍劉伶之跡。

（惟宗孝言「晩秋於尚書右中丞亭読晋書畢得山簡詩」詩序、『本朝続文粋』巻八）

〔文学に寄せては則ち潘江陸海の才に酌し、琴酒を取りては又阮籍劉伶の跡に感ず。〕

というのは、潘岳（西晋時代の文人、二四七～三〇〇）、陸機（同、二六一～三〇三）が詩文の雄であり、阮籍、劉伶はいずれも竹林の七賢であることを思えば、「文学」とは詩文の謂いにほかならない。「潘江陸海」は『万葉集』巻十七の大伴池主の家持宛て書状（三月五日詩序）に早く見え、『懐風藻』には「忘筌陸機海」〔筌（＝魚を捕るやな）を忘る陸機の海〕（藤原宇合「遊吉野川」）というような例を見る。『詩品』（梁、鐘嶸）の「陸才如海、……」が出典であろうと小島憲之『上代日本文学と中国文学』〈上〉[*1]（塙書房、一九六二）に指摘があった。

「文学」をこのようにして、数十例は集めることができる。それらは「文」と「学」との合成として、また出典をさまざまに持つ語として、漢文の世界に広く行きわたっていたと分かる。職名としての「文学」というのは、『論語』先進（第十一）に「文学、子游・子夏」（文学は子游・子夏）とあって、徳行、言語、政事に並ぶ孔子の四方向に「文学」が挙げられる。孔子と艱難をともにした十哲のうちでは子游と子夏とがそれに秀でていた。

ついでに「文章」は、大伴家持が池主へ宛てた書状（池主からの贈書への返書）のなかに、「所謂文章天骨、習之不得也。」（所謂《いはゆる》文章は天骨にして、習ふこと得ず）（三月五日〈天平十九年（七四七）〉詩序、『万葉集』巻十七）と嘆じているのを見ることができる。この慨嘆からは文章への腐心のただならなさを窺える。

魏の文帝の『典論』論文篇にある、「蓋文章経国之大業、不朽之盛事。年寿有時而尽、栄楽止乎其身。二者必至之常期、未若文章之無窮。」（蓋し文章は経国の大業にして、不朽の盛事なるぞ。年寿（―寿命）は時有りて尽き、栄え楽しむことは其の身に止まる。二つ（―年寿と栄楽と）は必ず至りて常なる期なるも、未だ文章の無窮なるには若かず。」）の一節は平安文人の肺腑にこびりついて離れなかったはずだ。

## 3 「文学」の自己目的は

みぎに見てきたように、語としての「文学」は古来、たしかにある、また、少ない数とは言えない。その時代時代において、学問、時には詩文を意味する、この「文学」という語が、他の熟語、たとえば前述の「文章」や、あるいは「文道、文藻、文華」といった類のことばとどう違うか、現代人が文学的とか、文学性とかいった語感で言う「文学」という術語に近いかどうか、なかなか証明できない。「文学」はけっしてそれじたいの目的でなかった。近世なら近世の「文学」が文学じたいの要求でなく、「道」あるいは思想性においてまさに文学であること、「文学」という語が現代で言うならば思想的探求ということとほとんど同義語であった状況について、積極的に評価しようとする試みに野口武彦「近世朱子学における文学の概念」(『文学』一九六七・七〜一〇)[*2]があった。

野口論文によれば、太宰春臺晩年の『独語』(成立年未詳)のなかで、近世文芸(俳諧、浄瑠璃あるいは歌舞伎など)が口をきわめて攻撃されている。そうした春臺の悲憤慷慨それじたいが、時代における戯作の隆盛ぶりをものがたるわけで、そのことを事実として春臺は認めないわけにゆかなかった。しかし、いっぽうで、春臺の文学意識はそれを「文学」と呼ぶことをけっして肯んじない。つまり近世儒学の内部には牢固とした「文学」概念、つまり思想的探求即文学であるような概念がそびえていた、と野口論文は注意する。

そうした「文学」概念の牢固さは、時代と共に変容せざるをえない。宝暦明和あたりになると、儒者たちのあいだ、なかんづく(荻生徂徠の)蘐園門下に広範に生まれる、戯作への関心というかたちで、「文学」意識に変化を生じずにいなかった。つまりそこには儒者が「文学」と認める認知範囲の増大があるのであり、そのような「文学」概念の拡大の無形有形の原動力となった在り方こそは、「道」

*1 塙書房、一九六二。
*2 『江戸思想史の地形』ぺりかん社、一九九三。

と「文」との関係、言い換えれば「思想」と「文学」との抱合状態が次第に崩壊してゆく過程それじたいではなかったか。かかる趣旨を野口は仮説として提出する。

「文学」という語がこんにちのような文学性をあらわすようになるのは、むろん当初から詩文をその中心にかかえていたからだ。その詩文は『詩経』に発して儒教的な徳目に奉仕するように位置づけられてきた。したがって、われわれが「文学」ということばを、狭く文学性という切り口において使用できるようになってきたとは、それを儒学的な意味から離脱させてきたことの成果という一面があろう。野口の言うところを深く肯うとしても、明治の成果はそれ以前の「文学」の持つ広さを喪いながら成立してきた概念のそれでもあった。

繰り返すと、文学の広さを狭めて、思想や学問を含む「文学」が近世漢学者たちの内部で次第に解体してゆく、この内的なドラマは、いわば終りのない劇として、やがて文学じたいが自己目的になるような、近代的成熟へと舞台がまわってゆく。それはそうだとして、狭まってゆくと何かを切り捨ててしまうのだとしたらば、時代をどこかで貧しくすることに通じたかもしれない。

## 4 「小説」用例いくつか

同様のことを「小説」に見よう。「小説」ということばもまた、日本の古代で知られ、使われていた。最初はほとんど〝文学的〟意義を欠いた、ある種の性格を負う使われ方だった。『歌経標式』（宝亀三年〈七七二〉）の跋文に、

唯李善言、亭《ママ》箒自珍、緘石知謬。敢有塵於広内、庶無遺於小説者。……

〔唯、李善言はく、箒を享《みつも》りて自ら珍とし、石を緘《つつ》みて謬を知る。敢へて広内に塵《けが》すこと有らむとも、庶《こひねが》はくは小なる説に遺《のこ》すこと無からんことを。……〕

とある。李善の「唐李崇賢上文選注表」を出典としてそっくり使った言い回しに過ぎない。「小説」つまり「小なる説」はその卑小さに隠れて「説」を述べることが可能だとする。自分のこのたてまつる表のことを「小なる説」だと卑下する。しかし、卑小さに隠れて何か言いたいことがそこに籠る、という在り方は早くもある種の〝文学性〟の芽を発生させているのではないか。

『聖徳太子伝暦』の跋部にもまた「庶不遺小説、胎彼聖跡。」〔庶《ねが》はくは小説を遺てず、彼の聖跡を胎《のこ》さんことを。〕とあって、取るに足りない「小なる説」であっても、まったくの無価値ではない、と存在を主張する。多分にこれは伝奇と言ってよい作品だった。

藤原佐世の撰した『日本国見在書目録』の卅二「小説家」は『隋書』経籍志を見本に、「燕丹子一巻」以下、二十五部を擁するものの、なかに見ると、漢代のものとされる『神異経』『十洲記』『漢武帝故事』『漢武帝内伝』『漢武洞冥記』『西京雑記』『飛燕外伝』などが「小説」でないのみならず、魏晋南北朝ごろの無数の志怪のたぐいもまた「小説」として登録されていない。『日本国見在書目録』の挙げる「小説」のなかには、「咲林」三巻、「咲論」一巻、「燕丹子」一巻、「世説」十巻、「志林小説」十巻、「小説」十巻、「座右銘」「続座右銘」などを見る。

「小説」の別の場合をさらにもう一つ、早い平安時代にわれわれは持っている。『日本紀弘仁私記』(『日本書紀私記』甲本、弘仁十年〈八一九〉)の序に、古代史上の神話や怪異のたぐいを「異端小説」「怪力

本書紀』が載せる以上、けっして無視し得ない記録としてある。乱神」だとする見方を見せる。「異端小説」「怪力乱神」だとは否定的に言うようでありながら、『日

## 5 近世近代「小説」史

近世の始まりにおいても、全体を通じても、「小説」は何よりもまず「小なる説」つまり街談巷語であり、したがってそれは自分の著作に対する、謙抑そして卑下の挨拶であった。「稗官小説」と言い、あるいは「小説稗官」と言い、例は枚挙にいとまない。

書名の「慶長小説」（林鳳岡）、「寛永小説」（同）、「鳩巣小説」（「可観小説」、室鳩巣）、「安斎小説」（伊勢貞丈）、「兎園小説」（馬琴ら編）など、あるいは藤原惺窩の片々たる漢文「生白室小説」「夕佳楼小説」は文字通り「小なる説」としてある。東大図書館に『小説』という書物があり、奥に「右ノ数条見聞ノマヽ歴挙ス。小説ノ妄ヲ断スルニ足ンカ。……頼惟寛録」と見える。

「小説」という語が内容をどんどんに拡大してゆくのは、中国白話小説への関心に拠るかと思われる。『小説精言』（岡白駒訳、寛保三年〈一七四三〉）、『小説奇言』（同、宝暦三年〈一七五三〉）、『小説粋言』（奚疑斎、宝暦七年〈一七五七〉序）などがあり、そのうち『粋言』は特に読まれた。また諸書の巻末広告に「小説選言」「小説恒言」「小説英言」「小説奇観」など、和漢の小説集が見られる。『小説字彙』（天明四年〈一七六七〉年）など辞書のたぐいも読解のために編まれた。

白話小説の流行が、通俗物や、上田秋成の作品や、読本のたぐいを大いに刺激したことは言うまでもない。『唐錦』（安永九年〈一七八〇〉）の角書「今古小説」は『古今小説』の流行による。『通俗小説

奇事』(石川六樹園訳、寛政二年〈一七九〇〉序)は『通俗醒世恒言』の改題本。『小説比翼文』(馬琴、文化元年〈一八〇四〉)、『小説東都紫《えど》』(中川昌房、文化四年〈一八〇七〉)、『小説不実梅』(彙斎時恭、文化四年〈一八〇七〉奥)、『小説浮牡丹全伝』(京伝、文化五年〈一八〇八〉自序)など、文化年間に「小説」を冠した作品がたくさん作られる。

『(出像稗史《ゑいりよみほん》)外題鑑』(一楊軒玉山、文化年間)に、そのあたりの事情を、いま「其小説百有余部かばかり行はるゝこと古に聞ず後世にあるべきかは……」とある。

初期の黄表紙の世界に「小説」を冠した題名を見いだしえないものの、序文中には例によって、たとえば「於是偶李紳が詩を感ずるのあまり三巻の稗史小説を作り——」(『金々先生造化夢』、京伝、寛政六年〈一七九四〉)とある。合巻に『小説娘楠樹』(京山、文化五年〈一八〇八〉)、『小説由井ケ浜』(京山、文政三年〈一八二〇〉)などがあり、後者の題名は由比正雪を隠し持つ。

その他、人情本では序文に「夫《それ》、出像稗史の著編、諸家より発市を視に、都《おほむね》異邦の小説を訳し、本朝の故叓《ふるごと》とするもの最多し……」(『春色雪の梅』二篇、天保九年〈一八三八〉、春水序)とあり、ふりがなを追ってゆくと、稗史を「よみほん」、小説を「ものがたり」と訓ませる。ちなみに『(出像稗史)外題鑑』や『稗史水滸伝』(合巻)は稗史を「よみほん」。『稗史億説《こじつけ》年代記』(三馬、享和二年〈一八〇二〉)は稗史を「くさざうし」、『稗史 蕣《あさがほ》日記』(『蕣物語』、脚本、嘉永元年〈一八四八〉演)は稗史を「せうせつ」と訓んだ。

戯文のたぐいでは『飴売小説土平伝』(大田南畝、明和六年〈一七六九〉自序)、『小説白藤伝』(玩世教主)など。都賀庭鐘には「小説医話」がある。

唐音に熟達し白話小説を講ずる人々を「小説家」と呼ぶならわしがあった。「仮名手本忠臣蔵は……戯作家の炬なり。小説子挙《さくしゅ》て光を引……」（『挑燈庫闇夜七扮《ちょうちんぐらやみよのななやく》』、椒芽田楽《きのめのでんがく》、享和二年〈一八〇二〉、黄表紙）のような例は多い。『しりうごと』（天保二年〈一八三一〉序）という評判記の作者は小説家大人と称した。

書籍目録は数回編まれているが、『宝暦書籍目録』から「小説」の項目が独立する。軍書や通俗物から「小説」が独立してくるていで、『宝暦書籍目録』だと「小説精言」「同奇言」「同粋言」とともに「忠義水滸伝通俗」など、九種、そこに括っている。それが『明和書籍目録』においては二十二種をかぞえ、ひろく通俗物や中国小説を網羅するようになってくる。

## 6　小説認識の拡大

書名や序文を中心に、「小説」の推移を辿り見ただけでも、そこに小説の認識のおもむろな、しかし着実な拡大を知ることができるとは言えないか。「小説」とは、言うまでもなく卑小な巷説であり、卑下すべき、つたないたわむれの作品という意味だった。しかしながら、これは、なんと誇らしい卑下ではないか。「この作品は小説に過ぎない」という言いわけに隠れながら、さまざまな方面の作品が「小説」の領域へ送り込まれてくる。小説の認識の拡大ということこそは、近世が次代のために用意した、大きな文学的革新前夜の状況であったと、いま言うことができる。

われわれがドストエフスキーの作品を、プルーストの試みを、なぜ（「大説」ならぬ）小説と言い習わすことができるのだろうか。〝小説観〟上の革新があったと、われわれは見なければならない。近世における小説の認識の拡大を、一人一人の作家の内部における小説宣言の積みあげとしてとらえなおす必要がある。一人一人の作家の、内部に向かって発せられる小説宣言、これを想定せずして、われわれはついに現在時点における小説への意志を考えることができない。

安政、文久年間から明治初年代にかけて、表面上、なお草双紙の流行が衰えなかった。それらは明治合巻の世界へ流れてゆく。弾圧ならびに利用も、新政府により試みられた。明治二年（一八六九）「遊娼声妓俳優雑劇小説家等改制ノ事」（集議院日誌）、明治五年仮名垣魯文らの「著作道書上げ」、明治九年「小説ヲ蔵スル四害」（中村敬宇）など。明治四年の新聞紙条例に「新聞紙ヲ撰スル……一部ノ稗官小説ヲ作ルト……見做スベシ」云々。

事態はなんら変わっていないように見えて、変わり果ててしまったのだ。小説の実害があげつらわれ、そうでなければ懐柔が試みられるようになる。『小説神髄』（坪内逍遙、一八八五〜八六）が世に問われるべき機運は、このようにして熟成していた。

それは内部に向かって発せられていた小説宣言が、外部に噴き出し、小説が実害によって弾圧されてはならず、懐柔されるべき性格でもなく、それじたいの価値において自立すると主張し始めたことを意味する。

## 7　新体詩運動の「詩」

つぎに「詩」についても、「文学」や「小説」に類する、語の果てしない使用例の歴史があると指摘しなければならない。古代の「詩」についてはすでに第八章「否定性と詩文」にその一端を述べるところがあった。そもそも『詩経』の詩を言うとか、詩は志を言うとか、ありふれたたてまえの言が行われることを避けられない議論としてある。明治時代はどうだろうか。

「西洋訳詩の濫觴」（『日本現代詩大系』一〈創成期〉）のなかに見る「思ひやつれし君」（勝海舟、文久二年〈一八六二〉か）は、早くオランダ詩（ローフデンヘール〈讃美歌〉）から「みくに詞」へ訳した試みで、「なにすとて、やつれし君ぞ」以下、57調でさいごが77となる。これを外山正一が明治十五年（一八八二）に「新体詩」として紹介している。

漢詩への訳では明治三年（一八七〇）の中村敬宇「打鉄匠《かぢや》の歌」（原作ロングフェロー、七言古詩）が早いと言われる（川口久雄編『（幕末明治）海外体験詩集』）。賛美歌の訳詩は75調、77調、86調その他、工夫をかさねてゆく。『（小学）唱歌集』（初編、明治十四年〈一八八一〉）に「てふ〳〵てふ〳〵。菜の葉にとまれ。／菜の葉にあいたら。桜にとまれ」と、一見、口語をなす。

そして翌十五年の『新体詩抄』（五月）、『新体詩歌』（八月）があり、あとはいきおいを押しとどめようがなく、75調を中心とする新体詩の時代に突入する。そのいきおいは明治二十年～三十年代そして『海潮音』（上田敏、明治三十九年〈一九〇六〉）まで続く。

「新体の詩」「新体詩」とは、短歌に対抗して試みられたと見るべく、しかも命名はかならず漢詩に対してだと思われる。すなわち〝新体歌〟でなく〝詩〟を名告ったというところに評価の重点を置いてよいならば、新体詩を〈泰西ノ「ポエトリー」ト云フ語即チ歌ト詩トヲ総称スルノ名に当ツル〉と『新体詩抄』の凡例に言明する通りで、短歌でも漢詩でもない、「ポエトリー」を必要とするという視野が〝詩〟を要請したのだと分かる。藤村、有明、泣菫みな新体詩のうちにあり、『新体詩抄』の誕生は測り知れない意義を持つ。

折口は『近代短歌』のそこここで新体詩がキリスト教文学の影響下にあること、および今様や和讃から75調を得て長歌と違うリズムを獲得したというように示唆する。山田美妙が鞠唄や和讃めく初期の「新体詞」のさきに、「真美真佳の新体詞」（『新体詞選』序、明治十九年〈一八八六〉）が出てくることだろうと期待していたことに通じるかと思う。柳田國男が新体詩人であったことを折口はしっかり意識していた。

次章は新体詩の〝翻訳詩〟性を視野に入れる。明治以降の近代詩ないし、われわれの現代詩は、苦心された翻訳詩の延長上にあるのだろうか、それとも、短歌に取って代わる〝日本の詩〟として構想され、創出された文学なのだろうか。この翻訳文学か〝民族の詩〟かという二分は、日本近代詩および現代詩のうえに修復しがたい亀裂を走らせてきた。世界の詩の一角として書くのか、それとも〝日本の詩〟を創るというのか、現代になおその対立は深く書き手のなかで問われ続く、と言えよう。

# 第十六章　近代詩、現代詩の発生

## 1　「詩語としての日本語」

近代詩の誕生は、前章の終りにふれたように、『新体詩抄』が用意される明治十五年（一八八二）に求められる。文語定型詩であることの限界点は別途に考えるとして、重要さはそれの中心が翻訳詩であることにあろう。書き手や読者はその時以来、現代詩の制作に至るまで、日本語による〝翻訳詩〟を、最初は見よう見まねで、そして次第に本格的に、書き続けまた読まされてきたのではないか。

特に明治四十年代以降、口語自由詩が刻々と優勢になる時を迎えて、世界の詩の一角を日本語で書く、といったていの、ある種の〝翻訳詩〟性を免れなくなった、と思われる。いや、詩はこの国の言語で書かれるからには、〝日本の詩〟というような、短歌などに取って代わる、〝民族的な〟文学でなければならないという思いが、いっぽうで強まってきたのではないか。そのような民族詩の考え方が広範に疑われることとなしに日本風土のうえに進行していった。

ついに近代詩／現代詩は、詩の在り方をめぐり、〝翻訳詩〟性からアヴァンギャルド詩にかけての〝世界詩〟性に向かう方向と、新しい〝日本民族の詩〟の創出に向かおうとする方向という、別の方向が深い裂けめを作り出す。それは同床異夢というべき二つの相貌と言ってよいかもしれない。繰り返せば、この分裂こそが、近代詩、現代詩における、アヴァンギャルド～モダニズム系の動きと、萩原朔太郎や四季派という日本抒情詩の流れとの、二つの欲求を形成するに至った真相ということになろう。

折口に「詩語としての日本語」（一九五〇）という難解な書き物がある。近代詩（折口にとっての同時代詩）の孕むそのような二つの流れのあいだに立って、誠実にその分裂をかかえ込もうとすると、難解にならざるをえない、ということだろう。結論としては、

上田敏さんの技術は感服に堪へぬが、文学を翻訳して、文学を生み出したところに問題がある。われ〳〵は外国詩を理会するための翻訳は別として、今の場合日本の詩の新しい発想法を発見するために、新しい文体を築く手段として、さうした完全な翻訳文の多くを得て、それらの模型によつて、多くの詩を作り、その結果新しい詩を築いて行くと言ふ事を考へてゐるのである。それならば、原詩をそのまゝ模型とするのが正しいと言ふ人もあらうし、私もさう思ふが、併しそれでは、日本の詩を作るのでなく、その国々の語を以て作る外国詩で、結局日本の詩ではない。

と言うように、「日本の詩」にしなければならないというように収める。それでも、この結論に至る紆余曲折で、新しい発想のために日本語の詩がいったん、詩人たちによって「外国詩」として多く書かれてきた経過を、満腔の同情とともに書き綴ってやまない。つまり、新しい未来詩を発見する努力こそは明治十年度以来の試みだったとする。その発見はなかなかできなかったにしろ、発見する道程で積んできた努力が、一歩一歩、新しい詩体に近づこうとして、およそそれを捉える時期に到達した、と言う。そう折口が書いた昭和二十五年はじつに日本戦後詩のただなかにある。自身の詩制作も含め、

口語自由詩の方向を大きな肯定で包む晩年の短歌詩人がここにいる。

## 2　透谷の〈革命〉と「楚囚の詩」

明治近代詩にまずは向かおう。北村透谷（一八六八〜一八九四）の〈革命〉は現実のうえに敗れたかもしれないが、詩の、あるいは文体の革命において、山田美妙（一八六八〜一九一〇）とともに、永久に忘れ去られてはならないはずのこんにちだ。明治前半の書き手たち――新体詩人たち――が、57調や75調のシ（＝詩）を量産していたところ、透谷は何と言って作品を書き始めたか。これが明治二十二年（一八八九）の宣言であることに、心ある人はたぶん吃驚してかまわない。

「楚囚之詩」自序に、

余は遂に一詩を作り上げました。大胆にも是れを書肆の手に渡して知己及び文学に志ある江湖の諸兄に頒たんとまでは決心しましたが、実の処《ところ》躊躇しました。余は実に多年、斯の如き者を作らんことに心を寄せて居ました。……或時は翻訳して見たり、又た或時は自作して見たり、いろ〱に試みますが、底事此の篇位の者です。然るに近頃、文学社界に新体詩とか変体詩とかの議論が囂しく起りまして、勇気ある文学家は手に唾して此大革命をやつてのけんと奮発され、数多の小詩歌が各種の紙上に出現するに至りました。是れが余を激励したのです。……（中略）

として、この最初の長編詩を作り出すという次第。このあとに続く一節をあわせて刮目したい。

元とより是は吾国語の所謂歌でも詩でもありませぬ、寧ろ小説に似て居るのです。左れど是れでも詩です、余は此様にして余の詩を作り始めませふ《ママ》。

とは、新体詩という大革命に激励されたこと、小説に類する長編であること、そして多年、このような作品を書きたく思っていたという筆勢だ。

第一

曾つて誤つて法を破り
政治の罪人《つみびと》として捕はれたり、
余と生死を誓ひし壮士等の
数多あるうちに余は其首領なり。
中《なか》に、余が最愛の
まだ蕾の花なる少女も、
国の為とて諸共に
この花婿も花嫁も。

獄舎に閉じられた革命運動の首領「余」と、余の「花嫁」たる少女と、若き壮士たち三名と。まもなくそれらの四たりが消え、一《ひと》りとなった「余」の獄窓に蝙蝠が訪れ、あるいは鶯（少女の化身か）が訪れる。「第十六」までである。

第十六

鶯は余を捨てゝ去り
余は更に快鬱に沈みたり、
春は都に如何なるや？
確かに、都は今が花なり！
　斯く余が想像《おもひ》中央《なかば》に
久し振にて獄吏は入り来れり。
遂に余は放《ゆる》されて、
大赦の大悲《めぐみ》を感謝せり。
門を出れば。多くの朋友、
　集《つど》ひ、余を迎へ来れり、
中にも余が最愛の花嫁は、
走り来りて余の手を握りたり、
彼が眼《め》にも余が眼《め》にも同じ涙――
　又た多数の朋友は喜んで踏舞せり、
先きの可愛《かは》ゆき鶯も爰に来りて

再び美妙の調べを。衆《みな》に聞かせたり。

「第二」から「第十六」まで獄舎にあり、そこを出ない（さいごに放たれる）という設定は、書き手に苦行を与えることになる。一般にならば、途中から獄舎を出るなり、破るなりして、物語が動き出すのでなければ長編にならなかろうのに。この作品のなかでは動きようがない。そのことともに、57調でもなく、75調でもなく、言ってみるならば文語自由詩であることに高い評価を与えてよいだろう。内容の甘やかさを、現代の人よ、笑うこと勿れ。

## 3 「外形は散文らしく見ゆるも」

みぎの「楚囚之詩」が散文詩であるわけはない。しかしながら、これを同時代の57調、あるいは75調や、それに類する変体の詩群のなかに置いてみる時――『日本現代詩大系』一「創生期」のうちに置かれた「楚囚之詩」で想像してみよう――如何に異様な、あるいは新しい革命的な試みか、透谷がみずからこれを、〝わが国語（―日本語）のいわゆる歌でも詩でもありませぬ、むしろ小説に似ているのです、されどこれでも詩です〟といわざるを得なかった、苦心の文体創発であることを、深くも肯わないわけにゆかない。

二年後の傑作「蓬莱曲」（一八九二）は5と7とを組み合わせた長編であり、けっして後退したとは思われないにしても、それと比較してみれば「楚囚之詩」の突出した感はいやましに増さる。「寧ろ小説に似て居るのです」とは何のことか。

散文詩について私は岩野泡鳴の「新体詩の作法」（一九〇七）あるいは詩作品にふれて、一度だけ、問題点を掠める程度の一論を書いたことがある（「吊網床《ハンモック》に退行夢を架けて――泡鳴のいる風景」[*1]）。要旨を述べると、〈散文詩は日本社会で社会的に承認せられているジャンルである、しかし一国の詩の歴史や個人の詩史上の、衰弱したところにそれがあらわれ、衰弱を象徴するように書かれているさまは顕著な特徴だ〉とする論調で、散文詩を「批判」しようとしている。

悪いように衰弱をあげつらうのでなく、衰弱じたいは一国の歴史上にも、個人史上にも、いくらでもあるのだから、詩史の場合、それをどうしのぎ、耐えてゆくかというところに、どうやら散文詩が書かれるのであるらしいと論じた。地球上の諸言語のうちに、散文詩をほとんど引きつけない、若い言語がある一方で、日本語が比較的、散文詩を多く受けいれるようであるのは、語としての生理の問題であるよりは、日本語が衰弱してゆくあらわれとして、散文が詩に選ばれていることに原因する、と私は論じた。

古くから詩的散文の伝統があると認めるような言い方（たとえば俳文があるなどの指摘）は、いわゆる近代詩上の散文詩の成立をほとんど説明しない。明治社会の甘美な衰弱が、散文詩をよしとしたに過ぎない、と言う。われわれは衰弱を生き延びなければならない以上、散文詩を避けて通ることができない。そう論じている。

大まかなところでいま、それらの論調に変更を認めなくてもよいにしても、若書きの近代後退史観はあまりきもちよくない。新体詩のうちに「散文」はどう宿るのか、青年たちの心情を盛るうつわの意

*1 『言葉の起源』書肆山田、一九八五。

識が成長してゆくのにつれて、詩型の解体状況もまたやや始まるという、積極面を評価しなければならないだろう。明治三十年（一八九六）の国木田独歩が新体詩の形式について論じるなかで（「独歩吟」序、『抒情詩』所収）、かの著名な「山林に自由存す」を念頭に置きながら、

……

詩躰につきては余は甚だ自由なる説を有す。七五、五七の調も可。漢詩直訳躰も可。俗歌躰も可。漢語を用ゆるの範囲は広きを主張す。枕詞を用ゆる、場合に由りて大に可。たゞ人をして歌はざるを得ざる情熱に駆られて歌はしめよ。此の如くなれば、其外形は散文らしく見ゆるも、瞑々の中必ず節あり、調あり、詠嘆ありて自から詩的発言を成し、而も七五の平板調の及び難き遒勁を得。

……

とは、「自由」詩へ大きく近づいた感のある論調だ。

山林に自由存す
山林に自由存す
われ此句を吟じて血のわくを覚ゆ
嗚呼山林に自由存す
いかなればわれ山林をみすてし

……

この作品について、「外形は散文らしく見ゆるも」と言うかのように聞こえる。文語自由詩であり、これと透谷の「楚囚之詩」とを比較すると、透谷の場合もまた「外形は散文らしく見」える作品だと言ってよいかもしれない。しかし、この「外形は散文らしく見」えるという言い方にはある種の危険さが潜む、と言われないわけにゆかない。なぜなら、〈「外形は散文らしく見」えるが、けっして散文ではない〉とする主張だとすると、今日でも大いに聞かれる弁解にありそうであり、逆にこれは〈けっして詩でなく、散文による詩的表現だ〉とする評言をも絶えず誘発する、ありふれた水掛け論の地獄がこのあとにひかえる。詩的散文や随筆の讃美など、不気味な日本文化があとに続いて際限がなくなる。

## 4　シラー作「野辺おくりの歌」の「解」

明治二十二年、まさに透谷の「楚囚之詩」が発表されたのと同年に、一つの言文一致〈口語自由詩式〉訳詩を見る。一般に口語自由詩は明治三十年代のごく終りか、四十年かになって始まると見られるのに、それよりほぼ十八年まえに、こんな翻訳詩を山田美妙が試みていた。山本正秀『近代文体発生の史的研究[*2]』より、ここに引かせてもらう。

一

*2　岩波書店、一九六五。

消え入りさうな昼《ひる》（夜《よる》）、死んだやうに静な森の上に月がとゞまる。夜《よる》の幽霊は溜息して薄暗い空気を噪《さわ》がす。雲は雨となつて降《くだ》る。絶え行く、墓所《むしよ》の燈明《とうみやう》のやうに瞬《まばた》いて、死人色《しびといろ》の星は嘆きながら衰へる！　幽冥《いうめい》のやうに無情―― 幻《まぼろし》のやうで且無言《かつむごん》、「死」の粧飾《かざり》に暗くなつて、生《なま》青い行列がその悲しい処を指《さ》してしづかに来《く》る――かなしい処、墓がその下の夜《よ》をとざすところの。

二

杖にすがりながら、落ち込んだ暗い目でよろめき歩く人は誰《たれ》。もまれた胸から絞《しぼ》り出されたやうにたゞ一《ひとつ》の唸《うめ》き声が深い静けさをやぶる！　鉄のやうに無情な「運命《うんめい》」につぶされて柩《ひつぎ》に生涯の最期《さいご》の力を籠めたやう。で、聞け――「天父《てんぷ》？」をつぶやくその冷《ひやゝか》な唇。雨はするどくその「恐怖《きようふ》」の里にしたゝツて、失望に肉の噛み取られた骨をも透《とほ》せば、怖《おそ》ろしさに銀髪もさわぎ立つ。

三

火を熱《ねつ》する疵《きず》に、萎《な》え果てた苦痛の心、肉に血はほどばしる――でも声の無くなツた唇には、「天父《てんぷ》」とひゞき、また子の無くなツた「天父」も「わが子」とつぶやく。氷のつめたさ――氷のつめたさ、その白衣《びやくえ》でよこたはる――こゝろよい、黄金《わうごん》の、むかしの夢はみな消え失せて――「天父」といふ、快い、黄金《わうごん》の名が悪念《あくねん》の中《うち》にかくれ――そして、氷のつめたさ――氷のつめたさ――で、よこたはる。無くなツた。今までの楽しみといゝでんは何処《どこ》。

（山田美妙「しるれる作野辺おくりの歌の解《かい》」『以良都女』二七、一八八九）原文総ルビ山本著書から、第一節の原詩を引いておこう。美妙は英訳からの重訳を試みている。

Eine Leichenphantasie（「屍を前にしての幻想」一七八〇）

Mit erstorbnem Scheinen
Steht der Mond auf totenstillen Hainen,
Seufzend streict der Nachtgeist durdh die Luft,
Nebelwolken schauern,
Sterne trauern
Bleich herab, wie Lampen in der Gruft.
Gleich Gespenstern, stumm und hohl und hager,
Zieht in schwarzem Totenpompe dort
Ein Gewimmel nach dem Leichenlager
Unterm Schauerflor der Grabnacht fort.

山本は〈まるで明治末か大正期の口語自由詩と見まがうほどの、すばらしい言文一致訳詩の成功に対しては、ただただ驚嘆のほかはない〉とする。〈こんな言文一致詩の名篇をもう明治二十二年になしとげた訳者の美妙に対して、彼の言文一致体小説文章上の功績以上に高い讃辞を送りたい〉と手放しだ。人見圓吉（人見東明）もこれを絶賛して、〈まことに深い。人の死を憂い、人の死を悲しむ感情のほとばしりが切々として追って来て息気づむ位、それは詩想にもとづくのであるが、その詩想を伝える言葉、これが他所他所しい文語でなく日常に親しんでいる話し言葉であるだけ、感情がそのまま乗り移ってくるという、文と言との同化がかもす妙技によるのであろう〉（『口語詩の史的研究』[*3]）と述べていた。

この「しるれる作野辺おくりの歌の解《かい》」について、作者じしんのコメントがある。

野辺おくりの歌はたくみな形容に富んだ歌です。原作は十句《く》の歌ですが、なまじひに訳して興味を失ふよりはと考へ、解《かい》にしました。外国の歌曲を見せるのはこの法がもっとも宜《よ》さそうです。

や。た。

（「や。た。」は山田武太郎〈美妙〉の略署名）

ここにはまだあまり気づかれていない、最重要事が正確に二点、覗き出ていると思う。一に、諸外国語の詩が日本語に訳されるとき、原詩の音韻上の効果や脚韻などはすべて喪われるのだから、「解《かい》」として訳すのがもっともよさそうだということが一点。このあまりにも当然のことが、ほとんど気づかれず、また実践されてこなかった。そして二に、これは日本散文詩の始まりを告げるだろう。日本近代詩はよく知られるように、欧米詩の輸入として始まった、それは最も正確に言うと「散文詩」として記述される性格としてある。言文一致小説に苦心惨憺した美妙にして、詩においても希有の実践が可能だったということには深い根拠がある、ということだ。

## 5　韻律を放棄する――左川ちかの試み

左川《さがわ》ちか（一九一一～一九三六）が生前に遺した翻訳詩集がある。左川はすぐれたアヴァンギャルド系の実作者であったと、こんにちに多くの人の認める通りだ。ジェイムズ・ジョイス James Joyce（一八八二～一九四一）の“Chamber Music”（一九〇七）を一冊の日本語訳単行本『室楽』[*4]として出版すると、早世する。日本近代詩が翻訳と向き合いながら育てられ、内破するようにして成長することを思うと、彼女の最初に世に問うたのが翻訳であることじたいに、悔いはなかったろう。

訳者附記というのがあり、注目すべきそれというほかはない。

一、原詩の韻を放棄し、比較的正しい散文調たらしめるにつとめた。
一、従って各スタンザ毎に書き続けの形式を執つた。
一、テキストはエゴイスト版を使用した。

これらのなか、最初の「原詩の韻を放棄し、比較的正しい散文調たらしめる」とは、翻訳詩の在り方を考える上で、画期的な実行だった。なぜといって、ある諸言語（たとえば英語）から別の諸言語（たとえば日本語）へと、翻訳がなされる時に、特に詩の場合に問題となるはずのこととして、内容も

*3　桜楓社、一九七五。
*4　三百部、椎の木社、一九三二、『左川ちか全詩集』森開社、一九八三。遺作詩集は『左川ちか詩集』、昭森社、一九三六。

情感も、移し入れようとして、大概、できそうであるにもかかわらず（その移し入れる努力が翻訳だろう）、諸言語の韻律は移し入れることができない。韻律は、語族を異にする場合、翻訳不可能であり、諸言語どうしの壁を越えることができない。個別の諸言語特有の現象としてあるのが韻律にほかならない。散文でもそうだが、詩において韻律が壁を越えて別の諸言語へと持ち込まれるということはありえない。

日本語の短歌や俳句について考えてみれば分かる。それらの内容も情感も翻訳できる。厳密にはむりだとしても、翻訳できるという信念ないし努力目標なしには、翻訳に立ち向かうかいがない。しかし韻律については、別の語族へ持ってゆくことが不可能だ。57577や575に音数を合わせるような工夫を英訳などに時に見ることがあるとしても、それらは不可能性への挑戦であり、あるいは英韻律詩の誕生としてある。遊び心として評価を惜しまないとしよう。

韻律は翻訳できない。とするならば、左川が「原詩の韻を放棄し、比較的正しい散文調たらしめる」というので、あまりにも正確だ。実際、彼女の『室楽』は「散文調」で書かれる。これを散文詩の発生にほかならないと見ぬきたい。以下のように——

35

終日私は水の音の歎くのをきく、独りで飛んでゆく海鳥が波の単調な音に合はせて鳴る風を聞くときのやうに悲しく。

私の行く処には、灰色の風、冷たい風が吹いてゐる。私は遙か下方で波の音をきく。毎日、毎夜、私はきく、あちこちと流れるその音を。

36
私はきく、軍勢が国を襲撃し、膝のあたりに泡だてながら馬の水に飛び込む音を。傲然と、黒い甲冑を着て、彼等の背後に立ち、戦車の御者等は手綱を放し、鞭を打ちならしてゐる。
彼等は闇の奥へ高く名乗りをあげる。私は彼らの旋回する哄笑を遠くできく時、睡眠の中で呻く。
彼らは夢の暗闇を破る、一のまばゆい焔で、鉄床《かなしき》のやうに心臓の上で激しく音をうちならしながら。

彼らは勝ち誇り、長い緑の髪の毛をなびかせながら来る。彼らは海からやつて来る。そして海辺をわめき走る。私の心臓よ、そのやうに絶望して、もう叡智を失つたのか？　私の恋人よ、恋人よ、恋人よ、なぜあなたは私を独り残して去つたのか？

（『左川ちか全詩集』より）

左川の試みを口語散文詩と見なすことにする。当該箇所の原作を引いておく。

XXXV
All day I hear the noise of waters

Making moan,
Sad as the seabird is when going
Forth alone
He hears the winds cry to the waters'
Monotone.

The grey winds, the cold winds are blowing
Where I go.
I here the noise of many waters
Far below.
All day, all night, I here them flowing
To and fro.

XXXVI

I hear an army charging upon the land
And the thunder of horses plunging, foam about their knees.
Arrogant, in black armour, behind them stand,
Disdaining the reins, with fluttering whips, the charioteers.

They cry unto the night their battlename:
　I moan in sleep when I hear afar their whirling laughter.
They cleave the gloom of dreams, a blinding flame,
　Clanging, clanging upon the heart as upon an anvil.

They come shaking in triumph their long green hair:
　They come out of the sea and run shouting by the shore.
My heart, have you no wisdom thus to despair?
　My love, my love, my love, why have you left me alone?

## ６　文語での翻訳

すこし前後するけれども、書記語である「文語」について告発しておきたい。翻訳詩が日本「文語」の使用で開始されたことは、５７調や７５調その他に縛られて翻訳されるからには、ほかの選択肢を考えようがなかったとしても、それは「文語」という言語文化の文法に縛られるということでもある。

日本語は意味語と機能語との二つの性格から成り、文のうえに場所をわけて表現（前者）あるいは表出（後者）される。そのことについては口語も文語も異なるところがない。口語に文法があるように文語にも文法がある。それはよいのだが、かつて口語として（たとえば平安時代に）生きていた日本語が、古代語の終焉という、中世をへて近世に「文語」として再生された時、厳密に言えば〝作られた〟文章語の成立であって、真に古代語が生まれ直したわけではない。文人たちを始めとして、多くの人がそのような文語文化を漢文とともに享受して、不自由をかこつことがなかった。

文語での翻訳詩は、近世において定着してきた文語の使用によって行われる。意味語（名詞、動詞、形容詞、副詞、……）は明治文人の苦心、腐心し、あるいは大いに創出して気を吐くところであり、読者をしてこれが泰西詩かと唸らしめたに相違ない。それはよいとして、もういっぽうの、意味ならぬ、言語を支える機能を果たす助動辞（助動詞）、助辞（助詞）の使用については、何ら創出するすべがなく、かれらの日常的に生きる文語文法の範囲内で書きなされる。異様な助動辞、助辞（あわせて機能語）の使用をするならば、むしろ誤用あるいは稚拙とみなされよう。

対して、ヨーロッパ語や英語は、言語学的にローカルな諸言語だとしても、東アジアの諸言語（日本語、中国語、朝鮮語、……）からするならば、世界の中心にきらりとかがやく憧れの言語文化であるから、ぜひ翻訳してみたい。その場合、重要な文法事項である、複雑な時間相（時制、完了、未完了、非過去など）や、性数一致、つまり文法的性と〈単、複〉、それに冠詞や前置詞、人称などにおける接辞と非人称といった事項に取り組まねばならない。それらは日本語（や中国語、朝鮮語）と異なる言語的特質を呈するから、翻訳する場合に日本語の意味語と機能語とが分け持って引き受けることになる。またはそれらの特質を無視したり省略したりして、日本語なら日本語としていかにも通りやすい文章とする。

秋の日の／ギオロンの／ためいきの／身にしみて／ひたぶるに／うら悲し

（上田敏『海潮音』〈一九〇五〉）

Chanson d'Automne
Les sanglots longs
Des violons
De l'automne
Blessent mon cœur
D'une langueur
Monotone.

は、原作（ヴェルレーヌ「秋の歌」）に見ると〈「ギオロン」が複数なのですこし驚いた〉と泉井久之助『印欧語における数の現象』（大修館書店[*5]）にある。言語学者、泉井でなくとも、上田敏の訳詩からは一つの琴の音に聴こえる。たとい一つの琴からの音だとしても、いつまでも続く演奏のそれは単数なのだろうか、複数なのだろうか。

「ためいき」も原作にみると複数で、「泣きじゃくり」や「しゃっくり」であり、ラテン語に徴するならば断末魔の「喘ぎ」で、訳文にない（原文にある）「長い」を付加するならば次第に息を引き取る

*5　大修館書店、一九七八。

感じになりそうだ。時間の経過は単数や複数を越えてくるということらしい。〈単、複〉と言っても、泉井が一冊の書に纏めたぐらい多様な現象であって、複個数、双数、漢数その他、実際には日本語と共通する課題が少なくないはずで（「二、三軒」とか「一匹また一匹」とか、いろんな言い方をする）、アイヌ語にもおなじ複数問題がある。

## 7　時間相

原詩の時間相の扱いについては、おもに日本語の機能語の出番だ。文語助動辞の利用による翻訳はどこまで〝正確〟か、原詩がこうもあろうという雰囲気を伝える程度でよいのか。

フランス語が日本古典語にとって興味深いのは、たとえばということで言うと、単純過去と半過去（未完了過去）とを「き」と「けり」とに類推することができる。複合過去、大過去、完了形などを擁していて、「き」（過去）、「けり」（時間の経過、伝来）のほか、「ぬ」（さしせまる時間）、「つ」（ついさっきの時間）、「たり」（～た〈のでいまこれこれだ〉）、「り」（現前）、それに「けむ」（過去推量）などとどこまで対置できるか、これからの課題だろう。英語との類推もだいじなことのようで、現在完了と進行形とは「たり」と「り」との差違に相当しそうに思われる。明治の文人たちは日本語の使用者として、「き、けり、ぬ、つ、たり、り、けむ」をある程度〝正しく〟、あるいは文語文化の担い手として、使い分けていたろう。

『海潮音』は内容を極力、訳しながら、しかも７５調を駆使するといった、職人芸とはこれかもしれない。

信天翁《おきのたいふ》（シャルル・ボドレエル）
波路《なみぢ》遥《はる》けき徒然《つれづれ》の 慰草《なぐさめぐさ》と船人《ふなびと》は、
八重の潮路の海鳥《うみどり》の沖の大夫《たいふ》を生擒《いけど》りぬ、
楫《かぢ》の枕のよき友よ心閑《のど》けき飛鳥《ひてう》かな、
奥津潮騒《おきつしほざゐ》すべりゆく 舷《ふなばたちか》近くむれ集《つど》ふ。

ただ甲板《かふはん》に据ゑぬればげにや笑止《せうし》の極《きはみ》なる。
この青雲《あをぐも》の帝王も、足取りふらら、拙くも、
あはれ、真白き双翼《さうよく》は、たゞ徒らに広ごりて
今は身の仇、益《やう》もなき二の櫂《かい》と曳きぬらむ。

（……）

雲居の君のこのさまよ、世の歌人《うたびと》に似たらずや、
暴風雨《あらし》を笑ひ、風凌ぎ猟男《さつを》の弓をあざみしも、
地《つち》の下界《げかい》にやらはれて、勢子《せこ》の叫に煩へば、
太しき双《さう》の羽根さへも起居《たちゐ》妨《さまた》ぐ足まとひ。

みぎに見ると「ぬ」「ぬらむ」「たり」「き」の使い分けを見る。「〜て」を「〜つ」の連用形と見て

よければ「つ」もある。原詩との格闘と日本文語詩としての整えという、絶妙のさじ加減でこれらの使用が決まったろう。『海潮音』を愛唱することにおいて、私とて人後に落ちないが、しかし繰り返して言えば、この翻訳詩集は文語で、しかも韻律を日本語詩としてここに案出しているのであって、原詩の忠実な翻訳だとはとうてい言えない。翻訳は原文にできるだけ忠実であるべきだという鉄則に照らせば、限りなく違反に満ちた、翻訳の名に借りた創造としてある。上田敏の訳業について折口が言う通りで(「詩語としての日本語」)、その「外国詩に対する理会と、日本的な表現力は、多くの象徴詩などをすつかり日本の詩にしてしまつた。(……)われ人共に、すぐれた訳詩だと賞讃したものであるが、翻訳技術の巧みな事は勿論ながら、其所には原詩の色も香も、すつかり日本化せられて残つた憾みが深い」。

蒲原有明、薄田泣菫ら、日本象徴詩のしごとは敏のそれと深くかかわりながら、明治の言語世界を底上げするために、渾身の力を振り絞り、新しい詩のジャンルとして切り開いていった。折口「詩語としての日本語」の真意がその評価にあることは見抜きたいこととしてある。

## 8 口語と文語——中原中也と小林秀雄

すぐれた翻訳詩の試みとしては、フランス語の詩、特にアルチュール・ランボオに没頭した、中原中也(一九〇七～一九三七)に一つの指を屈してよいだろう。中也の翻訳詩の在り方は、語学の才いかんを越えて自在であり、躍動する筆致を愚直に抑え気味にして、誠実そのものと言ってよい。このことは強調したい。

酔ひどれ船

私は不感な河を下つて行つたのだが、
何時しか私の曳船人等は、私を離れてゐるのであつた、
みれば罵り喚く赤肌人等《あかはだびと》が、彼等を的《まと》にと引ツ捕へ、
色とりどりの棒杭に裸かのままで釘附けてゐた。

私は一行の者、フラマンの小麦や英綿《えいめん》の荷役には
とんと頓着してゐなかつた
曳船人等とその騒ぎとが、私を去つてしまつてからは
河は私の思ふまま下らせてくれるのであつた。

私は浪の狂へる中を、さる冬のこと
子供の脳より聾《ぼつ》乎として漂つたことがあつたつけが！
怒濤を繞らす半島と雖も
その時程の動乱を蒙《う》けたためしはないのであつた。

嵐は私の海上に於ける警戒ぶりを讃歎した。
浮子《うき》よりももつと軽々《かろがろ》私は浪間に躍つてゐた

犠牲者達を永遠にまろばすといふ浪の間に
幾夜ともなく船尾《とも》の灯《ひ》に目の疲れるのも気に懸けず。

子供が食べる酸い林檎よりもしむみりと、
緑の水はわが樅の船体に滲むことだらう
又安酒《やすざけ》や嘔吐の汚点《しみ》は、舵も錨も失せた私に
無暗矢鱈に降りかかつた。

その時からだ、私は海の歌に浴した。
星を鏤め乳汁のやうな海の、
生々《なまく》しくも吃水線は蒼ぐもる、緑の空に見入つてあれば、
折から一人の水死人、思ひ深げに下つてゆく。

其処に忽ち蒼然色《あをーいいろ》は染め出され、おどろしく
またゆるゆると陽のかぎろひのその下を、
アルコールよりもなほ強く、竪琴よりも渺茫と、
愛執のにがい茶色も漂つた！

（下略）

ここには口語で訳出するという選択肢がある。その選択肢は、さきに見た左川と等しくするとともに、左川が「韻を捨てて」「散文調」にしたのに対して、中也は行分けし、一行ごとの字数を長短織り交ぜながら、自由律というのか、リズム感で読ませるように工夫しており、これを散文調とは言えないだろう。5音や7音がやや混ぜられている感のあることにはやはり気づかねばならない。口語自由詩の形態とはそういうことだとしておく。近代日本詩が編み出した成果に違いない。

正直言って、原詩にある人称や時制を適切に訳出するためには、口語によるしかない。しかも、原詩には厳格な、あるいは豊かな韻律があって、日本語でもその雰囲気を伝えようと苦心する。そのすぐれた試みを中也に見てよいだろう。中也の口語は現代詩人の役割として必然の選択だったと言えるにしても、翻訳する営みのさなかから現代詩が生まれてくるという、近代詩成立の過程をかれが独りでかかえながら、短い生涯を走りぬけたことに感銘を受ける。

小林秀雄にはこれを文語定型詩として翻訳する試みがある。ちょうど、折口が「詩語としての日本語」のプロローグに引いているので、ここでも折口の引き方で引いてみる。

酩酊船

さてわれらこの日より星を注《スヽ》ぎて乳汁《チヽ》色《イロ》の
海原の詩《ウタ》に浴しつゝ緑なす瑠璃を啖《クラ》ひ行けば
こゝ吃水線は恍惚として蒼ぐもり
折から水死人のたゞ一人《ヒトリ》想ひに沈み降り行く

見よその蒼色《アヲグモリ》忽然として色を染め
金紅色《キンコウショク》の日の下にわれを忘れし揺蕩《タユタヒ》は
酒精《アルコル》よりもなほ強く汝《ナレ》が立琴《リイル》も歌ひえぬ
愛執の苦《ニガ》き赤痣を醸すなり

アルチュル・ランボオ

小　林　秀　雄

中也訳の六連、七連にあたるところ、小林のそれは５５７５と始まる韻律を持つ。ここの原詩を掲げておく。

Et dés lors, je me suis baigné dans le Poéme
De la Mer, infusé d'astres,et lactescent,
Dévorant les azure verts; où flotaison blême
Et ravie, un noyé pensif parfois descend;

Où, tegnant tout à coup 1es bleuités, délires
Et rhythmes lents sous les rutilements du jour,
Plus fortes que 1'alcool, plus vastes que nos lyres,
Fermentent les rousseurs amères de l'amour!

（LE BATEAU IVRE　6連、7連）

小林「訳」と中也のそれとを並べてみるならば、文語「翻訳」と口語のそれとの相違や、前者の限界と後者の可能性とを同時に手にすることができる。

# 第十七章　アヴァンギャルド詩の道程

## 1　アヴァンギャルドという語

定義として〝アヴァンギャルド〟を押さえようとすると、近ごろのジョン・ソルト『北園克衛の詩と詩学』[*1]が以下のように書いている。詩人でもあるソルトは、その北園克衛論で日本の〝モダニズム〟を吹き飛ばそうとする。「テーマへの接近の仕方を明らかにするために、本書であえて選んだ用語について少し説明をしておこう」として、以下のように言う。

> これは太平洋戦争以前・以後の西洋から影響を受けた様々な芸術運動のことである。なぜそうしたかと言うと、「モダニズム」という語は戦後になるまで日本ではそれほど流通していたことばでなかったし、また日本の場合には「戦前」あるいは「戦後」と呼んだほうがより正確に表現できるのに、「モダニズム」や「ポストモダニズム」という語を用いてしまうと、かえって不自然な区別が起こってしまうからだ。

＊1　副題「意味のタペストリーを細断《シュレッド》する」。田口哲也監訳、思潮社、二〇一〇。

「戦前」あるいは「戦後」ならば正確だという通りだろう。さらには、西洋での「ポストモダニズム」の定義、たとえば、階層的秩序のない諸様式（スタイル）の融合というような定義に従えば、それは日本の戦前の「モダニズム」にも、また多くの点で前近代（江戸時代）の文学にさえも、うまく当て嵌まってしまう。輸入された西洋起源の様々な芸術運動は、西洋からその根を抜かれ、日本に移植され、そして一千年にも及ぶ日本の力強い伝統と相互に影響し合うことになる。こうした特殊な融合は、それに見合ったやり方で理解されなければならない。

とする。このうまく言い当てられた「モダン」そして「ポストモダン」批判を、私もまたベースとしたい。モダニズム（以下、かっこをはずそう）は、昭和前代での建築や芸術運動史上での用語であり、流通していなくても詩誌などでは批評用語だったから、あいてにせざるをえない。モダンとポストモダンとに引き裂かれるのでなく、あるいは一九七〇年代〜八〇年代ポストモダンを「アヴァンギャルド」にかさねるのとも違って、ポスト冷戦の一九九〇年代〜二〇〇〇年代になおアヴァンギャルドは〈可能〉かと、方向を探り明かすべき時に来ている。そこに氏の大著の意義もあるわけだし、あたかも岡本太郎の復活（井の頭線渋谷駅へ向かうコンコースの「明日の神話」を見よ）を思い合わせれば、と心躍りしないわけにゆかない。

## 2　西脇の新奇さ

西脇順三郎にとって、そのモダニズムはどうだったか、もう答えが出たようなことながら、話題を『Ambarvalia』[*2]および『古代文学序説』[*3]から展開させる。

『Ambarvalia』は前後に分かれ、古代《アンシャン》世界と近代《モデルヌ》（現代）世界とからなる。前半は、ギリシア的抒情詩と、拉典《ラテン》哀歌とから成り、後半が「馥郁タル火夫」「紙芝居」「恋歌」「失楽園」で、あわせて一冊をなす。古代とモデルヌとが向き合う、というのは意図的だろう。

春の朝でも
わがシヽリアのパイプは秋の音がする。
幾千年の思ひをたどり。
（カプリの牧人）

とあるのは、新倉俊一『西脇順三郎引喩集成』[*4]に拠ると、西脇そのひとのパイプであり、くゆらしながらテオクリトスの牧人の笛を辿って幾千年を遡る。これは趣向であり、粋な見立てがあって、小気味よく〈ギリシア的世界〉にわが詩人はたわむれる。

コク・テール作りはみすぼらしい銅銭振りで
あるがギリシヤの調合は黄金の音がする。

＊2　椎の木社、一九三三。
＊3　好学社、一九四八。
＊4　筑摩書房、一九八二。

「灰色の菫」といふバーへ行つてみたまへ。　（菫）

カクテルを作る手振りは賭博のさいころ振りみたいで、このバーではバッカスの血とニンフの涙とを混合する。『あむばるわりあ』のほうの「恋歌」には、

オリーブの実を食ふ民族の
残した古い抒情詩の
灰色の菫草も
忘れた忘れた

とある。「忘れた忘れた」、忘れても、忘れても、どんどん出てくる思い出みたいな、引用群、作品群、ことばの群れに囲まれながら、恋歌をうたう。

思ひ出は石の中に無い
宝石は単に思ひ出に過ぎない

と言う。さいごは、

石の幻影

何も見えず

などという。これはギリシア的抒情詩ではないが、何でもかんでもぶちまけぶちまけして詩が成る、というところ。宝石と言えば、むろん、「天気」を思い起こす。

何人か戸口にて誰かとさゝやく
それは神の生誕の日。
（覆《くつがへ》された宝石）のやうな朝

「シヽリアのパイプ」や「銅銭振り」を思い合わせれば、単純に、エメラルド色の朝で、詩神の訪れということを詠む、表面のみであるはずはなくて、朝、だれかに乱暴に訪問された、でもよし、ご自分の誕生日でもよし、そういう種明かしを感じさせながら、キーツのエンディミオンや、カンタベリー物語の挿絵に呼び込まれるとともに、短詩運動みたいな方法がここにあって、アプターンする宝石という印象を引っ攫ってきた。

このような引用という束、印象のさまざまな参加がある。

時間差を産み出し、それらによって幾千年をも遠くへと、幻想をのばしてゆける、しかも現代という種明かしを用意していて、そのことによって現代詩だということがたしかに感じられる、というように〈脱出〉を用意する。引用される世界はシニカルに存在させられることになる。

## 3　モダニズムという難問

ここに『詩と詩論』からの補助線を垂らしてしまおう。現代人（あるいは〈現代の〉現代詩）の位置から、『詩と詩論』をひらいてみる。春山行夫が編集の詩誌で、昭和三年《一九二八》九月の創刊。シュルレアリスム、シュールレアリズム、純粋詩、主知主義といった語があふれかえり、自然主義か、超自然主義かを議論し、ポエジーという語（ポエジー運動など）が行き交い、定着し、立体派、構成主義またはフォルマリスムを標榜したり、争って学んだり、というその時代の空気を、現代では考えにくいにしても、自分は何々派だ、何々イズムだというような議論がしょっちゅう行われていた、昭和前代の中心に位置する詩誌。

季刊で二十冊。毎回三百ページを組む。対抗する『詩・現実』は、新現実主義というのか、やはり季刊で、昭和五年（一九三〇）に創刊、五冊出た。そしてマルクス主義化してゆく。『詩と詩論』は『文學』と名を改めて、昭和七年（一九三二）へと続く。

〈文学〉と名のつく雑誌は、昭和四年、また昭和八年にも創刊があり、時代としては文芸から文学へ、という潜勢にあった。世界へ視野をひらこうという姿勢、主義や思潮を位置づけようとする態度がいずれにも（『詩と詩論』にも『詩・現実』にも）見られ、こんにちの基礎をなしている。底上げというのか、現代詩はこれらの激しい詩運動によって、その結果のこんにちがある。とともに、現代はこういう激しさを終えて、主義も思潮も、唱える人がなくなってしまう。もともとはそういう議論を経て、認識系が拡大し、二階を三階へ建て増しするように、近代という眺めを創り出してきた。

その『詩と詩論』の第一冊を見ると、佐藤一英は「現代の日本詩壇」というノートを書いて、安西冬衛、上田敏雄、それに春山行夫「花火」を挙げたあと、「北川冬彦、竹中郁氏らの詩を検討することに興味を持つのであり、また氏等モダニズムの詩人らの現在なしつつある仕事」に「期待」すると述べる。

第二冊でも佐藤一英は、エッセイ「現代詩の散文化を論ず」で、モダニズムがなすものは感性の解放であらねばならぬ、というように言う。

第三冊に「英米詩に於けるモダニスト」を見る。阿部知二によると、「モダニスト」とは、一般のモダンポエトリーと区別するためつけられた名であり、一九二七年の、ロバート・グレイヴス、ローラ・ライディング共同の「A Survey of Modernist Poetry」は、フォルマリストによる「新しき詩学」の試みだという。カミングズ、エリオット、スィトウェル兄妹（姉、弟）、アレン・テイト、マリアン・ムーアなどを論じているとする。

モダニストが形式主義で新しい古典主義だというのはどういうことか。ガートルード・スタインを引く。

時代から時代へ、何物も変化しない。ただ物の見られ方が変る。そしてそれが作詩の基礎となる。

と、ここに新しい古典主義詩学への要求があるという。

もはや詩人は、吟遊詩人でなく、予言者というのも虚栄で、近代文明を題材にすれば「近代的」だというのもこのたぐいで、娯楽にもならなくなった、ここにおいて詩人は強靱な自己を確立し、純粋にして絶対の言語の使用によって、一つの形式の結晶を求める、と、かなり分かりにくいが、阿部は、

T・S・エリオットをあげて、

「伝統と個人的才能」といふエッセイの中に、史的観念こそ詩人を最も近代的たらしめるものであるといつてゐる。そして、これは歴史的批評論をいふのみでない、美学的論理に於て意味するのである、といつてゐる。これも大体、前掲のモダニストの史的発生の一根拠であると思ふ。

とする。紹介しつつ論評を加えるスタイルだ。

歴史的、発生的に見る態度がある、ということに一つありそうだし、古代との対比がある、というようにも取れる。しかし、単に古典との対比を言うのならば、古典主義でしかなくなる。画期的な、ある歴史の流れに置いてみる、といった視野が出てきたことを言うのだろう。

## 4 時間性を取り込む

辻野久憲(一九〇九~一九三七)が、「現代フランス文学の二思潮」(『詩・現実』1)で、アンドレ・ベルジュという人の「近代文学真髄」を引いて、ダダ以後においてモデルヌ(現代の)とは、と問い、かつて十七世紀には「古代のおよび現代の」ということについて争いがあった、然しその場合は、いまと異なり、ただ、その当時の作家が、古代の作家に劣っていないということを言うために用いられたに過ぎない、時間のへだたりを減少するためのものだ、今日にあっては「現代の」という意味は、まったくこれと相反し、時間性のなかに置く、衰退し、時代に遅れることは問題でなく、ある程度までは芸術の不滅をも否定する、と説く。

言えることは、近代的、あるいは現代的とは、古代、古典といった世界との単純な対比でなく、古代から近代へ、と流れるような展望でもなく、時間性を取り込み、それじたいの「現代」をなかから浮かび上がらせる、ということだろう。辻野その人はリヴィエール『ランボオ』を訳した若き翻訳者だった。

われわれが日本社会で、近代的とか、モダンとか言う場合に、古代や古典を対比することがない。また日本語で、モダニズム、近代、近代（合理）主義など言う場合にもその意味合いを絶対視する。古典を考えあわせるひとが滅多にいない。けれども、ジョン・ソルトの視野にある通り、ヨーロッパ語としては〝近代〟の相対化ということが要点で、ある種の古典主義に対立する態度として〝モダニズム〟があるのではないか、ということに思い当たる。

思うに、伝統から切れたところに、現代詩を構想する日本社会で、モダニズムという語を、どう定着させるか、どう定着してゆくか、という問題だった。伝統（ないし古典）の切実さが纏わりつかないとしたらば、モダニズムという語はその先、どうなるか。

こんにち、単に、新しいとか、新しがりとか、都会的、欧米的、未来的、文化的、など、新しい時代の息吹を感じさせる意味として親しめるとしても、反面に軽く、どうでもよい語になりつつある、モダニズムという語に、軽めの、あまりよいことではないようなニュアンスが生じる理由の一つではないか。

このことを源流史的に眺めてみよう。端的に言えば、源流史がどうにも成り立ちにくい、ということではなかろうか。モダニズムが欧米世界から持って来られる際に、〝古代〟〝中世〟〝伝統〟から切り離され、それらを原郷に置いてきたために、うわつらだけを持ってきた日本のそれは、土台のない楼閣であると言ってよい。源流史じたいが成り立たないといってよいような、なんとも危なっかしい建築物としてあるのではなかろうか。

一方で、日本在来式の〝前近代〟が、接ぎ木のための新たな土台にするかのごとく、ときに思い起こされることになる。一つまえの近世社会が一見、ポストモダンであるかのように喧伝される理由ではなかろうか。そこに広がるのは鎖国に貼り付けられた固有の過酷さであって、それを一面でアーリーモダン（前近代）というように評価するのはよいにしても、けっしてポストモダンに通用させてどうなるものでもない。冒頭にふれたソルトの言わんとするところは安易なポストモダンへの類推を断つことに一つあったろう。

## 5　反・古代は可能か

本来の、と言うか、モダニズムという語は、反・古代、反・中世とでも称すべき、伝統との向き合い方として受け取られるのがよい、ということだろう。西脇は滞英中に、ヴァインズという人の紹介でモダニズムの仲間にはいった。諸対立があるとしても、モダニズムにはアイルランドのジョイスがいる。関連して、アメリカのパウンドや、エリオットがいた。『荒地』が出てくる、『ユリシーズ』が出てくる、という雰囲気のなかに飛び込んでいった。

エリオットの『荒地』なら『荒地』に見ると、ヨーロッパ文明を正面から克服しようとする、伝統との向き合い方があって、ま新しい古典主義と称してよい。歴史的文脈にみずからを置いて語る文学のあり方を現代文学の始まりとする。正直言って、西脇の詩法は、歴史的文脈にみずからを置くというような感じでない。どこかギリシア文化ならギリシア文化が、ファッションとしてあり、それらのうえに、詩的宇宙を構築する。ヨーロッパ人でない西脇である以上、それでよかろう。

伝統と無縁のところにモダニズムをイメージする新しがりから切れる。モダニズムと言う時、伝統だろうと、古典だろうと、視野にいくらでもはいってくる西脇と、そうでない春山らとのずれは、ずっと続くのだろうと見通せる。そういう新帰朝者、西脇を、しかも春山が大いにたよりにする理由は、春山その人の課題としてのこる。『詩と詩論』の黒幕扱いをするのは西脇伝説に過ぎないという発言もある（鍵谷幸信）。

『古代文学序説』のさいごで、西脇は、

「幻影の人」といふ方法を敢へて仮説した目的は、一般に文学史を研究する時は多くその変化を見ようとするが、私は古ゲルマン人の文学を考へるとき、それと反対な方法で、変化しないところを発見しようとしたからである。

と言う。極端ながら、西脇のモダニズムをこういうところに見てとれる。「シュルレアリスム批判」という一文もあるように、フランス・シュルレアリスム（の夢、無意識、フロイト）からの距離感はかなり大きい。「幻影の人」はけっしてロマンチックな幻想でなくて、中世の観念世界を経てきて成り立つ幻想ではないか。古代のゲルマン人の文学がのこっているわけでないから、中世から推定する、と西脇が言う。

「幻影の人」とはだれか。中世からかいまみられた古代の幻想だろう。古代そのものにそんな幻想はなかった。いや、圧倒的な神性じたいが古代を闊歩していたのであり、幻想ではない。ところが、西脇にこうして、いったん、みちびかれるようにして、われわれは「幻影の人」に到達する。折口信夫のまれびととの類似が絶えず話題となる。まれびともまた幻想の一種だろう。古代にそうした幻想を産む根拠があって、それによって幻想させられた中世的な「古代」であるか。近代にもそういう幻想があるということだろう。ロマン主義の根拠になるとともに、西脇にとっては、氏の言う原始文化の研究によって、変化しない古代が装置される。

## 6　批評という壁にぶつかる

批評してみたい思いが言うに言われぬ焦燥感であることはわれわれにもよくある。『詩行動』（17、一九五三・四）という詩誌をぱらぱら読むと、作品時評（評者「X」氏）は西脇を「最も苦手な存在である」と、それが定説だとする。

作品時評氏によると、「生物学の教授とかけおちる女」が、その前の一週、故郷の村にきて「ひそかな離別の気持を味う」というこの詩は、「その他愛なさの底に仕組まれた、言葉の持つ神秘的な響きによって、われわれの感覚をたのしませてはくれても、われわれの精神に何ほどの救いを齎さない」、つまり触れたいのは詩がわれわれに与える効用についてだ、と。効用とはどういうことか。「アン・ヴァロニカ」[*5]を読むと、はげしい不信と、一種不思議な共感とを同時に交錯してくる、その結果、子供のように理由なく不機嫌になってしまうのだ、と。

アン・ヴァロニカ
男と一緒に――
その男は生物学の教授――
アルプスへかけおちする前
の一週、女は故郷の家にひそかな
離別の気持を味うので来ていた。
昔の通りの庭でその秘密をかくして
恋心に唇をとがらしていた。
鬼百合の花をしゃぶってみた。
「壁のところで子供の時
神
地蜂
おやじ
の怒りにもかゝわらず
梅の実をぬすんでたべたこともあったわ。」
この女にその村であった

＊5 「アン・ヴァロニカ」（『GALA』1、昭和二十六年〈一九五一〉）についてで、念のために新倉俊一『西脇順三郎全詩引喩集成』に拠って見ると、表題はH・G・ウェルズの小説『アン・ヴァロニカ』（一九〇九）の女主人公の名とある。正確には〈アン・ヴェロニカ〉。

村の宿屋でスグリ酒と蟹をたべながら
紅玉のようなランポスの光の中で
髪を細い指でかきあげながら話をした
「肉体も草花もあたしには同じだわ」

この作への不信感とは、われわれの精神に救いをもたらさないという不満に根ざしており（と「救い」という語が繰り返される）、不思議な共感とは、われわれの感覚に適度な陶酔を与えるところから誘発される、ということらしい。この二つの対立はどちらを選ぶべきか。こうして、作品時評氏は批評という壁にぶつかる。

これはしかし、対立になっているのだろうか。西脇にとっては、知性か情緒かという選択でなく、いや西脇の場合、知性すら人間の証言とならずに、感覚的にわれわれを陶酔のほうへみちびく、と。作品時評氏はよく分かっているので、「対立」しているように見えて、というのか、われわれにとっても氏の言うところは素朴に過ぎて、「救い」という項目は何ら対立項にならない。希求するような知性（世界を洞察しようとする前向きの眼……、進んで現代に生きる人間の証明たろうとする精神……）はここに見いだされない。

神
地蜂
おやじ

の怒りにもかゝわらず

というような分節には、しかしながら明瞭な、書くことへの強調がある。flesh（肉体）とflowers（草花、花々）とを並列、同位させるところ、さらにはこの二カ所が印象的な会話体にしてある、こまかい配慮について見れば、これらが作品時評氏をある種の焦燥へみちびいた何者かであり、批評じたいが試されていることも見やすい。

## 7 前衛芸術のさいご

『詩行動』17の中島可一郎「詩の現実」4は、西脇の「超現実主義詩論」を追って、いくつもの疑問に逢着する。〈日本のモダニスト・インテリ詩人が西欧の詩精神と詩法をメカニックに取り扱いすぎたのではないか〉という疑問はその一つ。西脇による「純粋芸術＝メカニスム」論は日本の多くの詩人たちをいたく刺激してやまなかった。「超自然主義は科学上の自然現象や人間の自然に反することを考えるのでなく、ただその芸術上のメカニスムとして経験意識を超越することであり、この超越により目的を果たすわけである」（中島）。目的＝純粋芸術または純粋詩に到達するためには、作品＝メカニスムつまり機械を動かす方法をもって、メカニックに処理される。

メカニックに処理するとは、具体的に「経験を破る」ことによって、ポエジイを成立させる。どのように「経験を破る」かは問われない。ボードレールはモラルに関する経験（道徳、宗教、審美）を破ろうとし、近来では心理論上の方面から材料を取るようになってきたので、正統なダダの精神およびシュルレアリスムの精神の一部分にそれを見る、という。
「経験を破る」とは、当然、さいごの経験に行きつく。体験としてのポエジイは、さいごの経験を破るために死があるのみだ、つまりそれじたいが消滅する。西脇は結局、「表現のための非表現、または消滅、すなわち法律行為の終了を究極の目的としている」(中島)。そう押さえた上で、中島はこのように言う。ややずっこけてしまうが、「矢張り一つの経験主義を脱することはできないようである」、つまり「ポエジイの完全性がメカニックという武器をもって、見事にその対象を斬ったとき、しかももっとも人間的であるべき詩人は少しも傷ついていないということである」、云々。

さきに、作品時評は「われわれの精神に救いを齎さない」のであり、「前向きの眼」「人間の証明たらうとする精神」と正反対だと述べていた。ここでは詩人が「少しも傷ついていない」と言われる。日本社会での文学批評の仕方は、こういう「救い」と「傷」とへはいってゆくことで落ち着く、という図だろう。戦後批評を彩るとされる一軸である人間主義、救い、癒し、傷つきがここに良好に見てとられる。

あとは一瀉千里、ありふれた〈日本語批判〉である。中島は、(a) スウポオ、ブルトンの「磁場」を日本語で数行に訳出、(b) 西脇の文を数行引用、(c) 新制中学生の作文を数行、と並べて、「日本語のもつ語脈と語脈の不明瞭さが災いして、印象はあまり変らない」「論理的な日本語の叙述形式ができていない」と、まさに毒づく。日本語は明瞭さを欠き、非論理的だと。

日本のアバンギャルド詩人たちの超現実主義の詩は、……機械主義の立場をとり、言語的表現においても機械主義の方法をとつている。また表現されるコトバの種類も、モダニスム《ママ》にふさわしい、マテリアルなコトバが使用されている。……しかしこのメカニスムはもっぱら外国詩の直訳的といっていい状態であり、機械を動かす方法を知らぬと鑑賞できぬという彼等の主張は、その方法が精密機械を運転する高度技術性を持ちすぎているために難解なのではなく、日本語の機能をはなれて、機械主義の観念に囚われすぎたことに原因するのである。……

どうだろうか、〝近代社会のモダニズム〟に抗うからアヴァンギャルドなのであり、それを〝モダニズムにふさわしい〟と言ってしまっては、何も分かっていないという露呈でしかない。日本語の機能から離れているために難解だというのは、反論不能の議論だろう。「日本語の機能」に沿って機械を動かせということか、「日本語の機能」を対象にふさわしく変え改めよということか、中島はそれらのどちらでもない第三の道、つまり「この機械主義のイデオロギー（メカニズム）を打破しないかぎりもはや新しい道はひらかれない」という結論に至る。ここまで何のための議論だったのか。西脇の「超自然主義」が戦後社会で否定されてゆく第一歩であるばかりでなく、アヴァンギャルド詩（ダダおよびシュルレアリスム詩）がかき消されてゆく一段階でもある。

## 8　戦後という前衛運動

すこし遡り、『鵬』（七号から『FOU』に誌名変更）という戦後詩の雑誌があった。一九四五年十一月に北九州市で創刊された、終戦すぐであるから、小冊子ながら、ほとんど隔月刊かというスピードであり、現代詩大事典（三省堂）は「戦後詩史の第一歩は焦土の八幡から始まった」と書く。ある号のあとがきに「創刊号を発行していささか驚いたことは、この少冊《ママ》子が全国で唯一の詩誌であったこと」〈鶴岡高〉とあるよし。

九号（『FOU』一九四六・一一／一二）の「一九四六年の詩人たちの仕事――夜あけの仄暗さ」〈八東龍平〈岡田芳彦〉〉という展望欄に、「詩の世界においても前衛運動は本当に活動しはじめてはゐない。一九四七年を期待するだけである」としつつ、終戦翌年での詩誌を一わたり眺める周到さだ。

われわれは熟慮すべきだ。かつての技術論の根柢には、詩の究極が技術にあることが信じられ、詩はあくまで方法であるといふ考へに侵されてゐた。技術主義を追求する道がどこへ通じるかを、われわれは知つてゐる筈である。技術を生む人間の存在を遂に圧迫するメカニズムの脅威……

とあるのは、しかしかならずしも技術を否定する書き方と違う。《詩人が自己の技術を公開することは偉大な仕事だ。自己について語るときのみ、詩人は真理を発見する。誰もが試みない技術や現在に何物かを附与する作品を、仲間の前に提出する仕事――われわれの索める批評とは、このやうなものであらねばならぬ。》と、まっとうな意見だ。

同誌には鶴野峯正「技術について」というエッセイも寄せられており、「機械」については明瞭なスタンスを見せる。

詩は愛を製造する機械である。（コクトー）

愛とか、詩とか、とらえどころのない、ふわふわしているなかにあって、機械ほどはっきりした概念をもっているものはないと、手放しだ。「機械は人間よりも正確にその未来を希求し、はげしく夢を要求しはじめた」と。

かくてかの難解なシュールリア（リ）ズムの芸術が結実したのである。所謂技術が人間のあり方を規定し始めたのである。これは人間が技術を考案した最初の動機をきびしく反省させるきっかけになった……

と、シュルレアリスムの技術志向が人間本来の欲求のためだと、落ち着く。ここいらで西脇が出てくるはずだ。「〈詩は究極に於て消滅する〉といふ西脇の断言は或は正しいのである」と。

鶴野は技術志向に傾くでもなく、人間主義でもなく、機械が誤謬であっても臆せずに進むしかない、ととらえる。いい加減なことを言っているように見えて、昭和二十年代を呼吸しはじめたばかりの青年たちが抱える、ある種の感懐であった。「電波はその速度によって距離の観念を縮めた」「原子爆弾は力の観念を一変させた」とすら言われる。戦後批評のもう一つの軸である反人間主義の現れとみることができる。

## 9　「溶ける魚」

八束の「展望」が、『ルネサンス』（1ノ1、暁書房、一九四六・四）を取り上げているので、ここに引きたくなった。ブルトンの「溶ける魚」の最初から「1」と「2」とを訳出し（塚谷晃弘・泉倭雄訳）、解説「溶ける魚に就て」を加える。これを八束は長々と引くので、私も引くことにする。この解説はシュルレアリスムの位置とこれからとをよくとらえているように思われる。

溶ける魚はアンドレ・ブルトンが最初の超現実主義宣言を発表した時、同時に発表されたもので、随つてこの最初の超現実主義宣言に盛られた初期超現実主義の主張と方法論を芳醇な詩的感覚の上に盛り上げてゐる彼の最初の「詩の試み」と見ることができる。（中略）

超現実主義は第一次世界大戦後の前衛芸術が最後に辿りついたものであり、フロイドの主張を根柢としながら、マルクシズムの客体に関する思弁によつて裏付けられて発展したのであるが、一九二九年十二月の「第二超現実主義宣言」の出現の前後から芸術家の立場が、感覚並びに抒情詩の問題に関してマルクシズムの分離が行はれ、超現実主義は変転するイデオロギーの変化のため、多くの脱退者及び分派を生じた、この運動はダリの出現によつて終止符を打ち、新たな段階に入らうとした時に、ファシズムの脅威にさらされ第二次世界大戦の勃発となつたのである。今次大戦後の芸術は第一次大戦後の芸術が、たどりついたところから再び出発するといふことは断言できない。しかしながら前大戦後の芸術が経験した豊富な苦悩をそのまま見捨てて新しい段階から出発するものでは決してないだらう。このやうな種類の新しさは再びアカデミズムとマンネリズムへの復帰であつて、充分に警戒されねばならない。第一次大戦後の前衛芸術の中でいはば近代の古典として残り得る作品を再び新しい冷静な眼で見直すことは、今後の芸術の前途にとつて決しておろそかにできないことである。（下略）

（『ルネサンス』1ノ1に拠って引く。）

八束は、《近代の古典として「溶ける魚」を取りあげる編輯者の眼がこの詩誌の前途をまた示していよう》と括る。

「溶ける魚」から「1」をもすこし引用してみたくなった。『ルネサンス』の二人の共訳から「1」の最初の箇所を書き出しておこう。

公園はこのとき幻妙な噴水の下に、ブロンドの両手をひろげてゐた。ひとつの城が無意味に地表に浮んでゐた、神さまの傍でこの城のカイエは陰翳と羽毛と虹彩のデッサンの上に開かれてゐた。「若い聖女のくちづけに就いて」それは急速な自動車と水平線に垂下する雑草に愛撫される田舎宿の名前だつた、光線が婦人たちを露台に投下するとき、過ぎ去つた年の刻まれた枝々は触れ寄る回転窓掛の方へ動かうともしなかつた。東風の悲嘆に耽りながら若いアイルランドの少女は、彼女の胸の中に海鳥の笑ふのを聴いてゐた。

「蒼白い墳墓の娘達よ、祭典の日々よ、私の眼と頭のアンヂエラスの鐘の鳴る形態よ、焔の国の慣習よ、貴方達は白い細工場、機械化された木挽工場と、そして葡萄酒の太陽を私の許に持つてくる。それは私の青ざめた天使、かくも安心しきつた両手である。失はれた楽園の鷗達よ！」

（下略）

『ルネサンス』所載の二編はいかにも昭和初年代〜戦前に、いやになるほど見かけたあの〈モダニズム〉の文体を髣髴とさせる。

「まれに見る美しい〝テクスト〟」。巖谷國士はそのように言った。巖谷訳の岩波文庫で[*6]「溶ける魚」の各編を読むと、みごとな現代詩として受け取れるのに、『ルネサンス』誌上で見ると、所載の二編はいかにも〈モダニズム〉の文体を思わせる。ふしぎなことだ、というほかはない。

「溶ける魚」は言ってみれば、詩と小説というような無難な棲み分けから遠い詩、うたの発生であり、それが底意識から夢の形式で出現する、場合によっては夢でなくともよく、真の散文かもしれず、良識からすると戦争や災害かもしれない、二重写しされる街区であり、叙述以前の歴史であり、言語以前であり、揺動してやまない火や水の形象であり、神話の現前であり、それらはときに遠のき、ときに変身し（溶けて）擬態となり、そしてときに人や獣たちの〝愛〟の現場となる。

## 10　口語の未来に託せるか

前章から述べてきたように、日本近代詩を評価する軸が、二つに割れたのだと思う。萩原朔太郎や四季派という流れがいっぽうで優勢になる現在だ。西脇順三郎・日本シュルレアリスム・アヴァンギャルド詩を囲い込み、祀り上げる過程があって、それのあとに出てきた眺めではなかろうか。朔太郎や四季派を決して貶めるのではない。西脇順三郎・日本シュルレアリスム・アヴァンギャルド詩の国際性と、朔太郎や四季派というローカリティとの落差を見たいというに尽きる。

だれもが、折口信夫だけでなく、世界の詩でなければならず、しかも「日本の詩」を求めるという、両者のあいだに立たされて苦悩する。短歌詩人である折口は、太平洋戦争後の荒廃せる世相を正面から受けて、それまでの定型長詩を脱し（定型が壊れたと言ってもよい）、いくつもの口語自由詩を書くようになる（「暗渠の前」「ごろつき仙人」など）。しかし、折口にとって大きくぶつかることがあった。言うまでもなく、これまで文語の詩（定型長詩）や短歌（これも定型文語詩である）を書き馴れてきた折口が、いま現代語である口語に未来を全幅に託せるか、という壁であって、答えはむろん、ノーに近い。未来性のない現代口語に、しかも未来を託するとは、未来性じたいを言語に開発するほかなかろう、と折口は結論づける。「詩歴一通」（一九五〇）のさいごで、このように言う。

> これは未来性を持たない現在の日本標準語が、われ〳〵の精神を散漫にし、我々の精神をかき乱してゐると言ふ外はない。だが私は象徴主義に身を託する気にもなれない。さうかと言って、しゅうる・れありずむの画面を、自分の詩に写し取って来ようとも思はない。又さうして見た所で、我々には、最苦しい日本語と言ふ障壁がつき立ってゐる。此とせめぎ相ふのが、我々の一生である。私の残余の詩歴は、恐らくはこの苦悩の為に使ひ果たされることであらう。

象徴主義詩人たち（蒲原有明、薄田泣菫ら）を同時代の詩の書き手としてきた折口が、その手法で自分は書くわけでなく、かと言って、そのあとの現代詩の手法である、シュルレアリスムに拠ることも、しようと思わない。望みない現代日本語の口語に、それでも未来に委ねるか、最大の苦しい局面に詩の言語が立たされている、とする認識だ。晩年の折口がいま西脇順三郎と慶應義塾大学で同僚である

＊6 『シュルレアリスム宣言・溶ける魚』、一九九二。

ことは、「しゆうる・れありずむの画面」という言い方にいくぶんかなりともひびいていよう。もっとも、折口の言わんとしている苦しみが西脇に通じるか、その答えもまたノーかもしれない。

俳句よりすこし長い日本語の伝統型定型詩、短歌を、内から改革しようとする一群のひとびとがいた。短歌滅亡という議論は、子規や尾上柴舟のそれらもあり、折口の場合、早く「滅ぶるまでのしばし」(大正三年〈一九一四〉)という一文がある。〝もういまは短歌に与えられた命数に達している〟という議論だ。しかし、それを言うならば、新体詩や近代詩からの攻勢を考慮にいれなければならないのではなかろうか。それらのなか、口語自由詩じたいは折口にとり、脅威でも何でもなかったろう。けれども、関東大震災以後の急速な(近代詩の)〈現代詩〉化、西脇順三郎の帰朝とシュルレアリスム、プロレタリア詩や文学の浸透、といった攻勢は、折口に「歌の円寂する時」(大正十五年〈一九二六〉)のような一文を書かせる。「歌の円寂する時」には「短歌と近代詩と」なる一節もあり、折口その人が詩の創作を考え出していた。

前衛詩運動(早いプロレタリア詩も含まれる)は、日本風土のなかで起きた(世界から見て)地方的な事件に過ぎないのか。よく知られるように、一九二九年ごろの世界シュルレアリスム地図には日本列島がない。逆に言うと、日本列島の描き込まれていない世界地図は、それじたい、シュルレアリスムだと言える。この地図に北園克衛らが日本列島を描き込む活躍は、この直後からのことに属する。列島内部では前衛詩が始まることと、伝統詩である短歌が関東大震災下に改革の動きを見せることとを、同一時期での現象と見て一つの視野に収めよう。

折口の「短歌本質成立の時代——万葉集以後の見わたし」も、「歌の円寂する時」とおなじ大正十五年(一九二六)に書かれている。〈成立〉と〈円寂〉とを同時に論じるという異様な精神風景ではないか。短歌は成立から円環をなして涅槃に到達する命数の終りのときを迎えている。近代詩から現代詩への推移と断絶とのあいだにみずからを作品創作者としてまで位置づけようとしている一歌人研究者をここに見いだす。

結果は折口の予想にたがわず、行き詰まりでしかなかろう。詩にならなければならない短歌が、短歌に踏みとどまるのだとしたらば、好機はもう再びあるまいと思うと、前衛詩と短歌の革新とはこうして別離するしかない。しかし、ほかでもなく現代詩そのものが、そののちになって「前衛詩」から切れて今日にあるということにこそ、ことの難解さがあろう。前衛性を切り捨てることにおいて現代詩と現代短歌とが同一線上にあるという、それでわれわれはよかったのだろうか。

# 第十八章　アジア戦争期翻訳

## 1　「時の滲む朝」

小説家、楊逸《ヤンイー》の「時の滲む朝」（『文學界』二〇〇八・六）は芥川龍之介賞受賞作だ。新しい時代が来たと感じられる小説に遇う。

謝志強は白英露に失恋し、その英露がいま行方を知れない。成田へ向かう飛行機のなかで、国を去る梁浩遠の思いは小窓のそとの漂う摑めない雲のようだ。甘先生が朗読した徐志摩（一八九七～一九三一）の詩が脳裏にひびく。

軽《チン》軽《チン》的《グ》我《ウォ》走《ゾウ》了《ラ》　（そっと、僕はもう行ってしまうんだ）
正《ジョン》　如《ルー》我《ウォ》軽《チン》軽《チン》的《ダ》来《ライ》　（そっとやってきたときのように）
我《ウォ》軽《チン》軽《チン》的《ダ》招《ジャオ》　手《ショウ》　（軽やかに手を振り）
作《ツオ》別《ビエ》西《シー》　天《ティエン》　的《ダー》雲《ユン》　彩《ツァイ》　（西空の雲へのお別れの挨拶にする）

浩遠はふと「この詩には何かまだ読みきれていない意味もあるような気がした」と思う。青年詩人徐志摩は飛行機事故で亡くなった。

（後半、つづき）

軽軽的我走了　（……そっと、僕はもう行ってしまうんだ）
正如我軽軽的来　（そっとやってきたときのように）
我揮一揮衣袖《ウオフィーイーフィーイーシウ》　（軽やかに袖を振り払い）
不帯走一片雲彩《ブダイゾウイーピエンユンツァイ》　（雲を一抹たりとも持ち去らないように）

さいごの一行は何を言おうとしているのだろうか。小説の終りは亡命先で白英露（渡米し、フランス人と離婚して子供がいる）と再会した甘先生が、同棲し、連れだっていま北京へ帰国する途上、東京に一泊するところを浩遠は出迎える。一つの回答としては、二人が故国へ帰るというところに暗示されていよう。残留孤児である梅と、日本社会で家庭を持ち始めた浩遠とにとって、「ふるさと」はどこにあるか。詩のことばの持つ予言の力はこの小説のモチーフとして敷かれていよう。

## 2　『縁縁堂随筆』『我國土・我國民』ほか

詩からすこし離れて、小説や批評の翻訳状況について。中国大陸の文学や思想の場合にどんなだったか。一冊一冊、確かめてゆこう。創元社（大阪）が創元支那叢書を出し始めたのは一九四〇年で、1、胡適『四十自述』（吉川幸次郎訳、一九四〇）、2、豊子愷『縁縁堂随筆』（同）、3、顧頡剛『古史弁自序』（平岡武夫訳、同）、4、林蘭『雷売りの董仙人』（呉守禮訳、同）、5、周作人『瓜豆集』（松枝茂夫訳、同）というのが、最初の五冊であった。（因みに叢書の名に見る「支那」という語は一九四五年までの日本社会において中国を指す。「中国」という名称も見られた。)

無名氏『雨窓欹枕集』(入谷義高訳、同)、袁采『袁氏世範』(西田太一郎訳、一九四一)、梁啓超『先秦政治思想史』(重澤俊郎訳、同)などが叢書として出され、一九四五年までにさらに数冊が出たことを確認できるほかは、予告に范成大『呉船録』(小川環樹訳)、『音論』(顧炎武)、『従文自伝』(沈従文)など多数が見え、一九四五年八月以後になって実際に出たのもある(『呉船録』など)。

最初に出た五冊の邦訳のうち、『縁縁堂随筆』は数種の本からの吉川の選訳をなす。人民文学出版社版(北京、一九五七)のほうに見ると、増補部分に谷崎潤一郎「読縁縁堂随筆」(夏丏尊訳、一九四四)が掲載されている。「昨今」から訳したというのは、「きのふけふ」(『文藝春秋』連載)を中文に部分訳したもので、いま『初昔　きのふけふ』(創元社、一九四二)にあたると、この日本人作家はほかに、胡適、周作人、林語堂にもふれて批評するから、谷崎は叢書のたぐいの出るたびに繙いた勘定だ。

そこに名の出てくる林語堂がこの叢書に入れられていないのは、英語からの訳で、別格の扱いだからであろう。『支那の知性』(喜入虎太郎訳、一九四〇)および、同社発行書の巻末広告に、改訂普及版『生活の発見』(坂本勝訳)、同『続生活の発見』をおなじ創元社版として見る。それらのなか、『支那の知性』は、序文(尾崎秀実)および跋文(浅野晃)に読むと、訳者喜入の絶筆に近いしごとであったらしく、第一部の全訳であるという。『支那のユーモア』(岩波新書57、吉村正一郎訳、一九四〇)は原著の部分訳で(後述)、英語版 Lin Yutang, "The Little Essays, Satires and Sketches on China" から、中国語に思い当てつつ邦訳したとなると、なかなかの難儀であったと想像する。テーマとしての諧謔を、達意の英語でたくみに表現したとしても、どう日本社会のうえに持って来るというのか、苦心のほどが偲ばれる。

『生活の発見』はやはり英語版、"The Importance of Living"（一九三七）からの翻訳で、これは別に偕成社から『有閑随筆』（永井直二訳、一九三八）というのが哲学者三木清の序文を付して出ており、三木によれば「林語堂は現代のモンテーニュ」だと言う。翌年の『続有閑随筆』の刊行も確認されるから、たて続けに二つの出版社で二冊ずつ出たことになる。

林語堂著『我國土・我國民』（新居格訳、豊文書院、一九三八）も、ぜんぶ英語からの翻訳であった。そして同『支那に於ける言論の発達』（安藤次郎・河合徹訳、一九三九）も、一九三七年には改訂版が出て、そこからの増刷を繰り返したから、反響があったということらしい。一九三七年には改訂版が出て、そこからの日本語訳だという。六百四ページという大冊。序文を書いているひとがパアル・バック Pearl Buck。第7章「文学生活」（文学界ともある）はそれだけで百二十ページあり、古今の詩を平易に説いて読み応えがあり、六朝ごろの実の無い散文を扱き下ろす筆致には胸の晴れる思いがする。

後者、『支那に於ける言論の発達』は、目次を掲げておこう。第一部「古代」、第二部「現代」から成り、古代支那の新聞、古代の歌謡、漢代に於ける政治批判及び「党錮」、魏・晋に於けるその結果、宋代に於ける学生の請願、明代に於ける宦官・御史・東林学徒、近代的新聞の創始、革命前改革時代の新聞、共和国時代、現代のジャーナリズム、現代の刊行物、検閲という、全十三章。

古代に新聞があったことにも驚かされるが、後漢の混迷のなかで何百もの学者（とりもなおさず詩人たち）が、殺されても殺されても初志を曲げず、しかもそのことがのちのちにも繰り返され、清代には大弾圧のあったことを刻々と綴る。力づよい筆致がおのずから「現代」の言論の危機、そして希望を語ってしまう。過去や古代を探求することが鋭く現代に突き刺さるという叙述の大きさには圧倒される。目次から暗示されるように、副題は「輿論及び新聞の歴史」。

おなじ小説が別人の訳で出されるということを繰り返すらしく、"Moment in Peking" は『北京の日』（鶴田知也訳）、『北京好日』（小田嶽夫・庄野満雄訳）などあるらしいが、私の見たのは『北京暦日』（藤原邦夫訳、明窓社、一九四〇）で、全訳すると二千枚になるというから（訳者の序による）、適宜抄訳したことになる。その訳者の「序」には「友邦としての支那を知悉すること極めて凱切なる今日」、広く日本読書界にこの文学的傑作が迎えられることを望む、といった紋切り型の行文を見る。大河小説というべき「近代支那」の全貌を、家そして家族を通して描き進める筆法は、『紅楼夢』に比較するひともいるらしく、また『我國土・我國民』に序文を寄せた人、パール・バックの主著『大地』をだれもが思い起こすことだろう。

## 3　大地の幻に対す

パアル・バック代表選集版の『大地』第一部（新居格訳、第一書房）に見ると、一九三七年十二月をもって十三刷を改版して、一九三八年二月には二十二版に達し、二ヶ月弱に二万八千部を売った勘定となる。訳者による「選集版序文」（一九三七）があり、「今、わが国は支那と戦を戦ひつつある」と書き出されて、「しかし、これは支那の支配者達、といふよりも、南京政府の対日政策にたいしてであつて、日本は少しも支那を憎んでゐない」とあるから、よく読むならば『北京暦日』の訳者序と類似した考えなのだろう。戦争をやりながら、一方で一層よく「支那の真相」「支那の民衆生活の現実」「その心理」を理解しようと努める、という論法で、こういう文学の読み方を何と言うのだろうか。

『大地』は全三冊、第一部「大地」The good earth　第二部「息子達」Sons　第三部「分裂せる家」A

house devided ともに、書評集を巻末に織り込み、「支那事変」下の日本で、映画「大地」をも含めて、知識人や文学者たち、読書家たちによる融和的読解や鑑賞が進む、といったていの読まれ方なのだろう。

女性が翻訳した書物としては、おなじくバックの『若き支那の子』"Young Revolutionist"を、東北帝大英文科を出たばかりの宮崎玉江が新潮文庫（一九三八）で出して、これもよく読まれたらしい。革命にも戦争にも興味を失う主人公の魂が、西洋宗教によって洗われるという、そうした主題もまた日本社会で読者を持ち易いことは、いまに変わらないのではなかろうか。

ほかに、短編集として編まれた『第一夫人』（本間立也訳、改造社、一九三八）は中国大陸に取材する小説群だ。代表選集というのがあって（『大地』もそのシリーズ）、『母』『戦へる使徒』などあり、戦後になっての長編『郷土』はすぐに翻訳された（石川欣一訳、毎日新聞社、一九四九）。中国の出てこない翻訳では戦前に『山の英雄』（葦田坦訳、改造社、一九四〇）のみ確かめられたが、ほかにもあるであろう。

中国語から訳された小説集を数冊掲げよう。茅盾『大過渡期』（原題「触」、小田嶽夫訳、第一書房、一九三六）の訳者序は、魯迅を東洋的な作家だとするならば、著者はまさしく西欧的な作家だと言える、とする。訳した小田は同年、中国人「阿媽」との情事を描いた「城外」（一九三六）で芥川賞作家となった。

短編小説集としては十二編からなる支那現代小説集『夜哨線』（古澤修一訳、第一書房、一九三八）があり、題名はそのなかの葉紫の小説から付けてある。訳者のはしがきは「軍閥的軍隊に取材したもの」を集めた、とあり、たとえば沙汀「下手人」は兵隊狩りに遭って連れ去られ、脱走しようとして果たさない兄弟を描く。兄の手で弟を殺すことをしいられる流れは、ある種の反戦小説とも読むことのできる性格だ。ほかに、蹇先艾、沈従文《しんじゅうぶん》、周文（何穀天）、張天翼、蒋牧良の作品から成る集で、よく読まれたかどうかは分からない。

老舎『ちゃお・つう・ゆえ（趙子曰）』（奥野信太郎訳、中央公論社、一九四一）は現代世界文学叢書となって出る。

このシリーズには葉紹鈞『倪煥之』（一九二八）が最初、竹内好訳で出るはずで、のちに『小学教師倪煥之』という題名で大阪屋号書店から、一九四三年になって全三十章のうち十九章が訳出される。二、三、「時世の距りを顧慮して」削除した、と訳者序にあり、二十章以下を「蛇足」あるいは「別の作品と見るべき」だから削った、とあるのは納得しがたいが、時局の迫るなかで出版の志を遂げにくい時であったろう。戦後版というのがあり、『小学教師』という題で、一教師の赴任、改革、結婚などを淡々と描きながら、竹内に言わせると小説作法を日本なりヨーロッパなりに学んだのでなく、「支那の近代文学は直接には支那自体に内在する近代性の展開である」（訳者序）とある。戦後版としては全訳にすべきところ、十九章までの版をそのまま踏襲することにもやや納得できない憾みをのこす。

中国文学研究会編輯の短編小説集『春桃』（支那現代文学叢刊第一輯、伊藤書店、一九三九）によると、葉紹鈞は一八九三年の生まれ、五四以来、魯迅についで代表的な作家でありながら、その退潮後のインテリ的懐疑を取り上げ、灰色の日常的不安を描いた、というようにある。小説を二編、「稲草人」と「古代英雄の石像」とをそのなかに見いだす。

「稲草人」の稲草人とはカカシのことで、田の持ち主である農婦を守ろうとするが、だれをも何をも救えぬままに、カカシは横ざまに倒れて終わる。「古代英雄の石像」のほうは彫刻家によって英雄像となる石のはなしで、慢心して他の石たちを軽蔑するが、やがて恥じて倒壊し、見分けのつかない石ころとなり、平等に道路に敷かれて終わる。

老舎や沈従文が中国文学研究会の仲間うちで風土的作家と呼ばれるのに対し、葉紹鈞には「本当の現代支那」がある、というようにも竹内は書く。『魯迅』（日本評論社、一九四四）の脱稿を急いでいた時にあたる竹内だったはずだ。

## 4　時代の写し絵

東アジアと文学者との関係が一九四〇年代の日本社会でどう受け止められていたか、知りたい。中国近代文学がどのように翻訳され、昭和十年代（一九三六～四五）に読まれたか。今日からはやや死角に隠れた課題としてある。翻訳されて日本語になった、すべての世界文学は、従来の日本語文学とまったく対等の位置にある。日本語で読むのだから、日本語で書かれた翻刻も創作も、区別などありえない。異言語を超えて翻訳されるとは、そういう平等性でなければならない。戦時下の読者論をもうすこし展開してみる。

さきにふれた岩波新書『支那のユーモア』は英語からの訳と、フランス語からの重訳とからなり、なかみは喜入虎太郎訳『支那の知性』とまったく重複しない。『支那の知性』の序（尾崎）によれば、原著の一九三〇～三二年の評論（抜粋）で、岩波新書のほうは一九三三年以後、第二巻からのやはり抜粋であると。

"The Importance of Living"の部分訳『有閑随筆』（林語堂、永井直二訳、偕成社、一九三八）の序は哲学者、三木清が書いている（「『有閑随筆』を読む」）。それの書き出しに、さきにも引いたように「林語堂は現代のモンテーニュである。つまり彼は今日の東洋における勝れたモラリストである」とある。原著をおなじくする、『生活の発見』（坂本勝訳、創元社、一九三八）は完訳をめざし、『生活の発見続』（同）があとに続いており、戦後には一冊版〈東京創元社、一九五七〉もある。

『春桃』の冒頭が表題作「春桃」（落華生作、松枝茂夫訳）で、落華生の略伝を見ると、燕京《イエンチン》大学を出て、コロンビア大学、オクスフォード大学に学び、印度学が専門で、香港大学の教授とある。「春桃」（『文学』一九三四・七）は屑集めで生活する春桃と、郷里の兵災をのがれて途中、春桃と道連れになり、いまはいっしょにいる男＝劉向高と、春桃と再会する李茂（一度だけ許したことのある男で、両足をうしなっている）との三人が、さいごにともに暮らすようになる。この落華生の作品には、昭和二十二年（一九四七）になって、宝雲舎から中国文芸叢書『巣の中の蜘蛛』（短篇集、千田九一訳）があって、翻訳は早くから用意されていたかもしれない。

つぎに「超人」（猪俣庄八訳）と「うつしゑ」（飯塚朗訳）とが、女性作家、冰心の作。略伝によれば一九〇二年生まれで、謝氏。燕京大学を出て渡米し、ウェリー大学に学び、日本へ来遊したこともある。そして「彼女の作品は母親の愛、家庭生活、自然美等をセンチメンタルな筆致で写したものが多く、詩はタゴールの影響が深いと称され」る。「超人」（一九二一）は青年がニーチェ的な悩みを持って、

——慈愛の母、天上の繁星、庭中の花……彼の脳裡《あたま》は極度に疲れ切つた。

と呻吟するものの、一少年との純粋な交際をへて超えてゆく。

「うつしゑ」は、中国へ長く留まって、キリスト教系の女学校で教師をしているC女士が、孤独になった淑貞を連れて、故郷のニューイングランドへ帰ってくる。淑貞はアメリカ人男性や、牧師の父子らと知り合いながら、女性らしく成長して行く。その成長を写し絵、つまり写真のなかに発見して、深く感動する。さいごにC女士は言う、「淑貞や、あたしは支那へ帰らうかとおもつてゐるんだよ」。

冰心にはほかにどれほどの日本語訳があるか、詩集『繁星』（飯塚朗訳、伊藤書店）は未見で、それに中国文芸叢書として『寂寞』（同、宝雲舎）が、出たとすれば戦後だろうか。

『春桃』にはほかに郭沫若（一八九三年生まれ）の「黒猫」（岡崎俊夫訳）および「自叙伝」（吉村永吉訳）を採録している。

竹内にはもう一つ、中国文学叢書の一冊として、劉半農『賽金花』（生活社、一九四二）があった。竹内好訳補とあり（補とは解説のことらしい）、名妓であった賽金花の口述を、劉半農という一言語学者が筆記して成る。賽金花についてはいくつもの小説や戯曲があるという（解説による）。

沈従文の翻訳は『夜哨線』（一九三八）のなかに短篇「顧問官」「会明」があると、さきに指摘した。『辺城』（松枝茂夫、改造社、一九三八〈未見〉）に短篇八種を載せるなど、小島久代『沈従文人と作品』（汲古書院、一九九七）から検索できる。

編著『玉簪花』（支那短編集、新潮社、一九二三）、『支那童話集』（ＡＲＳ、一九二九）、『（支那長編）好逑傳』（奥川書房、一九四二）など、佐藤春夫が早くから中国小説を翻訳しているが、語学的協力者がいて成り立つ翻訳事業であったろう。『霧社』（昭森社、一九三六）、『支那雑記』（大道書房、一九四一）などの小説や随筆も春夫にはあり、ある意味で谷崎と競合したということになろう。

周作人の翻訳は『瓜豆集』のほかにいくつか知られるが（『苦茶随筆』『結縁豆』など）、私の確かめられたのはわずかに『周作人文藝随筆抄』（富山房百科文庫、松枝茂夫訳、一九四〇）で、「鏡花縁」から「希臘人の好学」まで、一九二三年から一九三六年までの随筆を集める。「鏡花縁」（百回、清・李汝珍作）というのは周作人の幼時の愛読書だったという。訳者の松枝に『鏡花縁の話』（日本叢書四七、生活社、一九四六）という、終戦後のわずか三十ページほどの小本があり、執筆は戦時下だったろう。一九四四年に出た、『模糊集』（松枝茂夫訳、生活社）というのは、あとがきから郝懿行（清代）の随筆集と知られる。

ルポルタージュを名告る、長江『中国の西北角』（改造社、一九三八）は、文学にいれる性格のものでもなかろうが、松枝茂夫訳であるので、ここに挙げておく。このたぐいの著述ならほかにいくつもあるに相違ない。

## 5 『生きてゐる兵隊』

石川達三『生きてゐる兵隊』（『中央公論』一九三八・三）は、同年（八月）に早くも上海で、中文に翻訳、出版されている。ハーバード・イェンチン研究所でのシンポジウム（二〇〇七・八）席上で、この小説に言及したところ、ただちに司会のカレン・ソンバーさんからそのことを教えられて喫驚した。『未死的兵』という題で挿絵を伴って、抄訳（白木訳）とは言え、単行本で刊行されるとはどういうことか（日本では発表誌がただちに発禁になったあと、終戦後の一九四五年十二月、河出書房から刊行される）。日本語の文学が、ほとんど同時代の呼吸のなかで翻訳されるという事態は私の意表を突いた。その逆のことばかり考えていた私だった。

そして、そのことすら私のある種の不明であったと、追いかけてくる声がある。二〇〇七年の暮れ、中国の詩人たちと歓談する機会があって、ふと話題に出した私を窘めるようにして、一詩人のコメントだ。

――藤井さん、あなたはアジアが、戦争というかたちでも、そうでないかたちでも、たがいにさし向き合い、組み合わさって一つになっているということを、ふと思い忘れているんだ。昭和二十年の戦争終結とともに、そんな同時代から身をぬきさって、日本だけが自立していられるような幻想は、いかにも戦後日本人的じゃないか。『生きてゐる兵隊』のことは、たしかにそれが同時代的に中国語に翻訳されていると、知られている事実ではないし、また自分も知ることがなかったけれども、そんなに不思議なことじゃないんだ。驚くようなことじゃないさ。それがアジアの近代じゃないか。

戦争するというかたちでも向き合い、関係を作り出しているのだという考え方には、目を見開かされる迫力がある。杉野要吉編『交争する中国文学と日本文学』*1（三元社、二〇〇〇）のなかに、杉本正子「石川達三「生きてゐる兵隊」論――矛盾に翻弄される兵隊達」という論文のあることを知って、この方面の研究が進んでいると分かった。

杉野の編著には「交争」という語が題に選ばれている。戦争をやりながら、一方で一層よく相互に理解しようと努めるというのを、「交争」という語であらわすらしい。このシチュエーションでのキーワードということになろう。「淪陥」（占領状態にあること）も、避けて通れない語をあえて表紙に持ってきたと知らされる。『生きてゐる兵隊』については早く白石嘉彦の専攻研究があり（『石川達三の戦争小説』[*2]）、それに杉本の研究が加わると思っていたところ、二〇一五年になって河原理子『戦争と検閲』（岩波新書）が出て、中国での翻訳状況を詳細に調べている。それに譲ることができる。

＊1　副題「淪陥下北京 1937〜45」。三元社、二〇〇〇。
＊2　翰林書房、二〇〇三。

# 第十九章　歴史意識の「古層」——いまを鏡像とする

## 1　〈思想〉とは何か

第十章「中世の歴史叙述」にちらとふれておいた『歴史思想集』（『日本の思想』6）[*1]の、巻頭に収められる長大な「歴史意識の「古層」」は、丸山が『古事記』冒頭部の字句に深くこだわりながら「古層」に向き合い、それらを『愚管抄』などの中世的テクストにかかわらせて、論述を雄大な規模で展開する。「古層」というその問題関心に対して、どうして私がふれずにいられようか。日本ポストモダン導入期の丸山の動向に注視するという意味合いでも、ここに一章を設けることにしよう。ここでポストモダンは一九七〇年代から冷戦終結までの二十年と見なしておく。

まったくの推測ながら、おそらく戦前、戦時下の丸山の読書体験のうちに、昭和前代的な有象無象の思想家の著述があって、それらの依拠していた中世的文献を含めて、古代というテクストに丸山は改めて向く必要を感じたのだろう。つまり、一九六〇年代の丸山が向き合おうとした〝歴史〟とは何だったのか。

「歴史意識の「古層」」は「解説」として書かれ、のちに『忠誠と反逆』（筑摩書房、一九九二）に収め

*1　丸山編、筑摩書房、一九七二。

られた時、わずかに訂正がある。石田雄、植手通有両人のそれに比して、異常なほど長い丸山の解説だと思えた。一九七〇年代の始まりに位置し、日本古代を論じるかのような氏の手つきには、ポストモダンの到来が刻印されている。

それらの解説群「日本の歴史観の歴史」は、第一章「歴史意識の『古層』」（丸山）、第二章「『愚管抄』と『神皇正統記』の歴史思想」（石田）、第三章「江戸時代の歴史意識」（植手）から成る。本文は『愚管抄』（抄）、『神皇正統記』（抄）、『古史通』（抄）、『日本政記論賛』（抄）、『大勢三転考』の、それぞれ書き下し、注、現代語訳から成る。

〈思想〉が生きられるか死ぬか、切っ先は大げさでなく〝解説〟にあるかもしれない。一九六〇年代は思想が〈敗北〉する時代と言えるとしても、思想の生き方に永続性なんかなくてかまわない。時代と切り結べば、それでよいはずだ。思想家はどこにいたろうか。『日本思想大系』（岩波書店）について、丸山がどこかで言っている、それの〈編集委員のうちにいわゆる思想家なんか一人もいなかった〉と。

いわゆる思想家が〈この世にいる〉として、もし『日本思想大系』を、かれらに企画させていたならば、どんな結末になったことか。御用的で悲惨というほかない終りを迎えたろう。実際には、歴史家たち、文学研究者、中国文学の専門家らが集まり、いったい〈思想〉とは何かというところから議論を開始する『日本思想大系』だった。政治思想、倫理思想、歴史思想の研究者もはいっているが、いずれも哲学者然とした思想家たちではない。かれらはすべて思想のプロたちではない。素人ではないが、プロでもない、しかし女性をまじえない、男性たちだけによって「〈思想〉とは何か」を考えた〝成果〟としてある。

おなじころに進行していた、『明治文学全集』（筑摩書房）もまた男性中心主義ながら、〈文学〉が思想書を取り込むという画期に際会して、渾身、編纂された約百巻であり、テクストの充実度において、『日本思想大系』と扱う時代対象を異にすると言え、驚嘆すべき双璧のいっぽうとしてあった。参考文献や年譜などの恩恵は計り知れなかった。『明治文学全集』各巻の「解説」も恩恵度において引けをとらないものの、もしそれがなかったとしても不可欠ではあるまい。読者をしてテクストそのものに遊弋せしめよ。明治が迫ってきた一九六〇年代に、それらの文学や思想を身近に感じる装置として、テクスト群が全貌をあらわし出した意義はもの凄い。

それに対して、『日本思想大系』は、近世以前の古文や漢文ということもあって、テクストの書きくだしや校訂作業とともに、長大な解説たちの役割が不可欠のものとしてあったと思う。それらは御用解説になるのを避けるならば、どうしても対決的に、いわば勝負に出る感があった。それらのテクスト群のいくつもは、明治以降の、とりわけ昭和前代において、国粋主義推進のための道具となったという経過を有する。むろん、そうでないテクストや、知られざる作物、文献が少なくないにしても、多くは体制のために都合よく利用されてきたテクスト群という面を否めない。

まことに古典としての思想書はあわれな受容者だ。御用学者が時代ごとにあらわれて、どうにでも利用する。それらから、いま国粋的な史観要素をはずし、真の意味でのテクスト群として回復させるということは、解説のなすべき主要な部位としてであろう。テクスト群がそのように、いわばどうにでも利用される、あぶない虚構として置かれているとすれば、解説者の生きる時代や思想的刻印を動員しながら、もう一つの読みを提出する覚悟のような在り方として、眼前に据えられようとする。

戦後十五年余の一九六〇年代は、まったく岐路というほかなかった。明治百年というイデオロギー攻勢のさなかに、丸山は『日本思想大系』ならぬ、もう一つの、啓蒙的な企画『日本の思想』において、その長大な解説「歴史意識の「古層」」を、「つぎつぎになりゆくいきほひ」の〝発見〟という姿勢で、よかれあしかれ書き切った。物議をかもしたといってよいだろう。日本歴史の底面に流れる、ある一貫した思想的根拠を尋ねようとしたその論考に対して、われわれは対決的に取り組むしかなかった。その意味において「歴史意識の「古層」」は丸山を思想的に位置づけていた。

対決的に読むとは、しかしながら思想的な負荷を一九七〇年代へ向けて植え付けたといわれるべきであり、予感的な「つぎつぎになりゆくいきほひ」が、しだいに現実感を増すようになる前夜だ。思想とはそのようにして〈生きる〉、つまり無に帰することなく負荷を引き受けるということだろう。冷戦時代を生きるための知恵というべきか、後期丸山はほぼポストモダン期にかさなると見ることができる。

## 2 「なる」「なりゆく」

丸山の「歴史意識の『古層』」は、まえがきおよび四節と、「むすびに代えて」とから成る。「まえがき」は記紀神話を祭儀の構造から読む戦後的なやり方（西郷信綱を思い浮かべてよかろう）や、津田（左右吉）史学に対し、批判的立場をとって、「なぜ皇室統治の正統性（レジティマシイ）が、天地開闢→国生み→天孫降臨→人皇という時間の流れの中で、しかも系譜的連続性という形で行われたのか、そこに伏在する思考のパターンが問題なのである」とする。

記紀神話の冒頭の発想形式を、かりにいま歴史意識の「古層」と呼び、その後長く日本の歴史叙述なり、歴史的出来事へのアプローチの基底なりにひびき続けてきた、「執拗な持続低音」（Basso ostinato）だ、とする。

「一　基底範疇のA——なる・なりゆく」では、宣長が古語「なる」を三種に分けていると指摘する。1、無かった物が生《な》る、2、この物がかわってかの物に変化する（＝なる）、3、なすこと（＝作事）が成りおわる。さらに、4、実が「なる」、産業（＝なりはひ）もあると、大野晋を引用して言う。これらの意味を包括する原イメージとしての「なる」があったと丸山は言う。神々を「うむ」という論理のなかにも「なる」は浸透する。この「古層」という宇宙は不断に成りゆく（ヴェルデン）世界にほかならない、と。このwerden（「ヴェルデン」とルビされる）＝「成りゆく」（謙譲的言い方は「なりまかる」）という和語（和語がまさに主題）を、氏は『愚管抄』と『水鏡』とから引く。あとにも関係するので、氏の引く当該部分を引いておこう。

ア　昔よりなり行く世を見るに、廃《すた》れ果て、又起るべき時に相ひ当りたり。

（『愚管抄』巻七、「歴史意識の『古層』」より）

イ　露ばかり虚言《そらごと》もなく、最真実の真実の世の成り行くさま書きつけたる人よも侍らじとて、たゞ一筋の道理といふ事の侍るを書き置き侍りぬる也。（同）

ウ　物の道理、吾国の成り行くやうは、かくてこそひしとは落居せんずることにて侍れ。（同）

エ　平氏の跡方なき亡びやう、又この源氏頼朝将軍昔今有難き器量にて、ひしと天下を鎮めたりつる跡の成行くやう、人の仕業とはおぼえず、底には武士が世にてあるべしと、宗廟・社稷も定め思召したる事は、今は道理にかなひて必然なり。

オ「少しものの心つきてのち、この十余年、世のなりまかるさまの心とどむべくも見え侍らねば、人まねに、もし後世や助かるとて、かやうに迷ひありき侍るなり」と……。（『水鏡』序[*2]）
（巻六、同。「巻四」とあるのを日本古典文学大系によって訂正する。）

『水鏡』では「なりまかる」が、生長増殖のオプティシズムに代わって、栄枯盛衰的な「うつろひ」の主旋律を奏している、とする。末法の世にはいり、世の中がわるくなりまかる「現代」は、かえって仏法伝来以前の日本に類似しているのだからと、「現代」を否定的にのみ見るのでなく、仙人が修行者をいましめたように、「古を褒め、今を謗るべき」でない。『愚管抄』的に言えば、「もて起こしもて起こし」する努力が強調されるところだ。

丸山は「基底範疇のA」を、「なり行く世」が仏教的な世界観と結びついて「もっともペシミスティックな調性を帯びた場合にさえ、歴史におけるムスヒ（産霊）の内在という執拗な持続低音が静かに、しかし執拗にひびいていることを確認すれば足りる」として筆を止める。「なり行く」「なりまかる」という語が氏の言う「執拗な持続低音」ということになる。仏教的思惟をくぐりぬけて神話時代の「なる」がそこに持続しているという次第だ。「なる」はともかくもとして、「なりゆく」を直接的に記紀神話から見つけることは不可能に近い。

いっぽうで、昭和の日本精神論者が「なる」と「うむ」とを基本範疇とした哲学談義に明け暮れていた事例についてはこと欠かない。丸山は注において、ほとんど語呂合わせに堕していたそれらの一例として、紀平正美『なるほどの哲学』（畝傍書房、一九四二）をちらと引く。紀平は『「なる」』と『ある』』「なる過程」などを論じるなかで、神々や天皇たちの「いやつぎ〲にあれ（なり）ますさま」

が『古事記』の初句にしっかり規定されているという。ほんとうにそうだろうか。ともあれ、若き丸山の周辺にこの手の言説がうんざりするほど行われていたことを髣髴とさせられる。

## 3　「つぎ〲」と「いきほひ」

「二　基底範疇のB」は「つぎ・つぎ〲」と副題する。これも記紀神話を手がかりにすると、「次に……」「次に……」という神名などの列挙は、物の列挙という読みもあるけれども、また口承性を考慮する必要があるとしても、やはり時間を追っての連続的展開をあらわす、と氏は言う。血統の連続的な増殖過程として表現される。「なる」の論理とは「親和」するとのみ説明される。

「つぎつぎに」について、用語としては記紀神話からかならずしもみちびくことができるわけでなく、「……高天原に事始めて、遠天皇祖《とほつすめらがおや》の御世、中今に至るまでに、天皇《すめら》が御子《みこ》のあれ坐さむ弥継々《いやつぎつぎ》に」（『続日本紀』一、文武元年八月）のような宣命の事例、あるいは『万葉集』にいくつも事例がある。氏はそれらおよび『大鏡』に「御世の栄へつぎつぎ」あるいは「すべらぎのあともつぎつぎかくれなく」とあるのを引いて、それらをもって「古層」とする。やや手つきとして飛躍があるかもしれず、記紀神話へどのように辿り着けるか、曖昧さを押し隠せない。

ともあれ、氏に随えば、宣長は縦（父子、継）と横（兄弟、次）と、ツギに二種があるとする。そうすると、『古事記』に見る「次」は兄弟ということになるが、縦の系譜もツギという語で括られるこ

*2　『水鏡』新典社。「なりまかる」は「なりゆく」の謙譲語で『愚管抄』にも出てくる語。

とがたいせつだと丸山は言う。「一系」の尊重とは縦横に末広がり的に増殖することを含む。「いやつぎつぎ」は重臣たちのいえ（家）にも妥当し、いな、本願寺「一家衆」や「家元」に至るまで一般化する価値意識を構成すると言う。

儒教的な「天授」という観念（統治権のレジティマシイ〈正統的根拠〉）は、「つぎつぎ」という表象によって、微妙な変容を蒙らざるをえない。淳仁天皇（淡路廃帝）は徳治なき天皇であるゆえに廃されたというような、天命的正統性がしきりに宣命に出てくるようになるのは、「いやつぎつぎ」と「天授」とが背反し、矛盾するさまを示す。ここに「継天」という語がしきりに出てくるのには、そのような背景を考えることができるのだ、とする。

「三　基底範疇のC」（副題「いきほひ」）について、『日本書紀』だろうか、「気・肝気・威・威福・権・勢・権勢」などに注意を向けて、「徳」という字を「いきほひ」と訓めると特化する。伊弉諾（イザナキ）の「徳」をイキホヒと訓むのが初出で、雄略紀には天皇を「大悪」とも「有徳」とも評価するのは、一年半のうちに人民の評価が逆転したのでなく、「いきほひ」ある者への賛辞が「徳」なのだと丸山は説く。

「なる」と「いきほひ」とを氏がどう結びつけるのか、不安な箇所であり、「みたまのふゆ」（神霊、霊威、恩頼）という象徴的表現に示されるような、生長や増殖や活動のタマあるいはヒ（霊力）への信仰を媒介として「なる」のカテゴリーと連動するのだとは、「みたまのふゆ」の実態が何であるか、いろんな用字のある語であり、決定的なことをなかなか言いにくい。核心的なイメージである「葦《あし》牙《かび》」について、〈「萌え騰る」いきおいを――たとえその言葉を用いなくとも――推進力として三貴子の化生（又は誕生）まで展開している〉とするような論法は、「たとえその言葉を用いなくとも」と言われてしまうと、反証不可能性の領域に私など追い込まれてしまう。

ここで言ってしまえば、語のうえで裏付けがとれない――「たとえその言葉を用いなくとも」と言われる――なかなかむりな推定を丸山はかさねており、媒介、連動などの用語はあぶなっかしいし、なぜ「みたまのふゆ」がここに出てくるのか、さらに言ってよければ、「いきほひ」は「い」（＝接頭語）「きほひ」（＝競ひ）かもしれないのだから、ニュアンスの受け取り方が語源説によって論者ごとに微妙に違ってこよう。

次節との関連から、「勢」を氏が論じるところは一瞥しておかなくてはならない。しかし、中国文化での「勢」については、近ごろでも研究書にめぐまれており、ここはわずかに丸山に随順するだけとしよう。兵家（「孫子」兵勢論）によると、激水のはやきこと、石を漂わすに至るのが勢。はずみのついた運動は「自然之勢」（韓非子）で、軍事行動などでの刻々とした変化のなかに、そうした「勢」を見なければならないということだろう。日本語「いきほひ」はそのようなダイナミックな側面と相乗して、「時勢」や「天下の大勢」という概念を形成する。たとえば楠木正成の死に急ぎではという議論に対して、藤井蘭斎が「蓋し天下は勢のみ……」（山県禎〈太華〉『国史纂論』七、所引）とか、あるいは源頼朝が全国に守護・地頭設置の勅許を得た件について、頼山陽の「亦時勢の然る也」（『日本政記論賛』）とか、議論としても、一般的傾向としても、「時運」のようなトーンが前面に出て来る（伊達千広『大勢三転考』のように）。

## 4 「関連と役割」

かくして、氏は三範疇、「つぎつぎに」と「なりゆく」と「いきほひ」とを関連づけて、「つぎつぎになりゆくいきほひ」とフレーズ化する。この「関連づけ」はほとんど丸山一箇の関心と責任とにおいてなされていることを、くれぐれも確認しよう。最初から氏の言明する通り、中、近世の日本歴史の叙述なり、アプローチの仕方なりの基底にひびく「執拗な持続低音」を聴き分けて、そこから上流（＝『古事記』『日本書紀』）へと辿るところに見いだす「つぎつぎになりゆくいきほひ」であり、その逆ではなかった。まだ「四　関連と役割」をのこしているので、見て行くことにしよう。

儒・仏・老荘、あるいは西欧世界からの輸入思想が、「つぎつぎになりゆくいきほひ」のような基底範疇によって、微妙な修飾を与えられ、または「日本的」に変容させられてしまう、という。最も難解なところであり、私に読み説く自信はまったくないが、二、三の具体例の一つは『易経』の「変通」にあると言う。私などにはこれを「変ずれば通ず」式の通俗理解しかできないとすれば、そのような理解じたい、この日本社会に生れて、いやおうなしに私が「日本的」変容をへている結果かもしれない。難解とはそのような意味において、多様に受け取れそうな「変通」を、「まさに変化における不変の理を示すところに重点がある」と、氏の言うところにむりやり同意することから解きほぐすしかない。

頼山陽が『易経』の一文「易窮則変、変則通」を微妙に「勢極則変、変則成」と変容させているところに、「勢」の不可避性（不可抗的な変化と言うか）を山陽はきわめて意識的（現実的）なこととして捉えた、ということだろう。太宰春臺もしかり、幕末の山県太華（禎）しかり、これらをひっくるめて丸山は、「正統」から「異端」への問題と言うより、むしろ氏の関心へ引きつけて、持続的な古層の露呈の過程なのだとする。

〈(i)キリシタンの徹底的弾圧、仏教の社会的思想的威信の低下、「元和偃武」による泰平化によってもたらされた現世主義への志向と、(ii)鎖国による、外からの情報刺激の遮断とは、一方では儒教を正統教学ならしめる前提となったと同時に、他方では儒教をふくむ「外来」イデオロギーと「古層」との間の不協和性を次第に表面化させる条件でもあった〉と、この辺り、丸山の言い回しをほとんどそのまま引くしかない。じつはこれらのiとiiという氏の押さえようにこそ、問題点があらわになる。日本における「宋学」の辿った運命(伊藤仁斎など)もそれだと氏は言うので、それを「古層」というべきか、いや、伴走を私は続けねばならない。

「自然」(「天地自然の理」というときなどのそれ)が古来、「おのづから」と訓まれていたときから、「日本的」という修飾音符は胚胎していた、と氏は言う。漢語の「自然」=人為や作為を待たないという点では、natureに通じる「おのづから」としてある。もう一つ、物事の本質、あるべき秩序を意味する「自然」がある。それに対して「おのづから」はどこまでもおのずからなる、自然的生成としてある。これではとうてい、儒教的な「自然の道」と相容れない。神道のイデオローグたちが、国常立神に絶対的な性格を与えるために易や宋学を持ってくることも、慈円が『愚管抄』で「内外典」の滅罪生善や遮悪持善という道理をわざわざ持って来て、歴史に内在させる道理と区別し、後者の複数性を浮きあがらせるなども、歴史的相対主義の花が咲きこぼれる土壌に日本はあるからだろう、とされる。

この歴史的相対主義の土壌が、「つぎつぎになりゆくいきほひ」のオプティミズムに培われている限りで、いわゆる復古主義とも、また「進歩の観念」とも摩擦せざるをえない。鏡もの(『水鏡』など)

じたいが、中国的な「鑑戒」よりも、古今の推移を映し出すという側面が根づよい。この規範主義と「反映論」との両義的な緊張が、近世の名分論的史学において露呈する。『大日本史』において「論賛」が削除され、安積澹泊の個人的著作にとどめられる。そのことは〈価値判断を排除する〉という「実証主義」ゆえとしても、そのような「実証主義」の名目にこそは「なりゆき」への楽観ないし「安心感」が潜んでいよう。

浅見絅斎は『神皇正統記』の北畠親房を弁護する。〈正統の筋目の喪われた天子をそのまま正統と位置づける〉論理として、どのように論じるかというと、〈時代時代のあしらいに沿って記述するのであり、それをいま自分がそう思うからと言って、かってに天子の名を変えたり、位を替えたりするのでは、自分の慰みでしかない。過ぎたことをいま（自分の）詞《コトバ》で奪っても、過ぎた善悪はもはや直すことができないのだから、……〉（要約）というように、「我心ノ是非ノ通リ」に書くのでは「我慰ニ我家ニテ独リシテ見ル」というまでのことだ。

規範としての〈復古主義〉には、「古層」がなじみにくいいっぽうで、「進歩史観」ともまた摩擦を起こす。十八世紀の古典的なそれ（＝イデ・ド・プログレ）は、ある未来社会を目標にかかげる。しかし「つぎつぎになりゆくいきほひ」には、およそ究極目標などないから、「進歩」でなくて、生物学的な進化とならば奇妙に相性がよい。生物学的とは無限の適用過程としての「進化」をなす。ダーウィニズムは明治初期に輸入されるや、「進歩」史観を併呑して蔓延する。日本の社会主義は「ユートピアから科学へ」でなく、進化論から唯物史観へと辿った、と。

## 5　「いま」の鏡像としての「古層」

　こうして、「古層」の歴史像は過去でもなく未来でもなく、「いま」にほかならなくなる。われわれの歴史的オプティミズムは「いま」の尊重とワンセットになっている、とする。「なる」「うむ」の過程として観念された過去は、不断にあらたに現在し、未来は未来として「いま」からの「初発」であって、宣命ふうに言えば「中今」「今も今も」と、まことに「日本的」な「永遠の今」というほかない。血縁的系譜の連続性への高い評価にしても、祖先崇拝ということはあるけれども、尚古主義というより赤子の誕生（祝福）として具体化される。丸山は大嘗祭儀礼における「赤子」としての天皇降臨と通じる側面を見いだすのに困難はなかろう、とする。

　大化改新の詔にしても、「いま」の論理が前景に出ているのがあるし、「惟神」（＝かむながら）は端的に神「道」の非規範性を物語る。「いま」（当時）の外国文明をモデルとする変革はスムーズに天つ神の「事依さし」と連結させられる。明治維新もまたこのパターンを再現しているという次第だ。

　上代にもどってみると、『万葉集』の歌人たちにしても、仏教の現世厭離や「三世」の哲学（の衝撃性）を知るものの、一方で「なりゆくいきほひ」のオプティミズムと激しく摩擦しながら、他方ですべてを不断の変化と流転との相のもとに見る「古層」と互いに牽引する。現世否定が「古層」に入り込むと、「現在世」は歴史的現在としてばかりでなく、肯定される現在＝「無常」であり、逆に無常としての「現在世」は無数の「いま」に細分化される。現在は「なりゆく」から「いま」の到来とともに刻々過去へと繰り入れられる。「いま」はたえず不安な心構えとしてあらわれる。そして「未来」は次の瞬間であり、「今の世」の線的な延長として観念される。

したがって、江戸という社会はそのような思想的文脈で捉えられる。林羅山を引いて、聖人の志が〈我は周に従はん〉と公的に言うにもかかわらず、〈竟に魯に帰る〉〈本を忘れざるなり〉〈今に生れて以て古に反るべからず。信に美なりと雖も吾が土に非ざれば奚ぞ之を覓めんや〉（『文集』六十四）とある、具体性・現実性の尊重というところに、氏は同意する。日本版リベルタンたち（海保青陵、富永仲基、平賀源内を挙げる）が、「インテリ」たちの公式主義を嘲弄しても、どの程度のことか、たとえば源内は「腐儒《くされがくしゃ》」「へっぴり儒者」などと口をきわめて毒づく。そして〈中国は「天子が渡り者も同然にて、気に入らねば取替へて」平気な国だから聖人が出て教えたまうので、日本は自然に仁義を守る国ゆえ聖人が出なくとも太平をなす〉（『風流志道軒伝』一）などと言う時、なんだか国学者たちの凡庸な特殊主義に似てくる。

## 6　ポストモダンの功罪

まさに氏の言う「日本的」変容を丸山その人が生きることの証しであるかのように、溌剌としているとも言えるし、見ようによってはこれだけのことを書くことじたい、ある種の責任の取り方かもしれない。叙述することは相対主義のシーンに氏じしんを置くことだから、ある種の主観にもかかわらず、われわれ後進へのみちびきは大きいと言える。

そういう意味では従来の〈無責任社会〉論と違う視角からの日本社会へのアプローチとしてある。見るところ、記紀神話から「つぎつぎになりゆくいきほひ」を読み取る実証がそこにあるかと見せかけて、中、近世の日本歴史から遡上して記紀神話にそれを〝発見〟するプロセスを隠さない前半だ。

「つぎつぎに」と「なりゆく」と「いきほひ」と連結させる鮮やかさは氏に帰属する。記紀神話のなかにそれが真にあるかどうかを実証できているか、用例でフォローできない以上、そこまでだろう。この幻想された「古層」が日本社会を縦に貫く何ものかであることに、われわれがいやおうなしに同意させられるとしても、氏もまたそこに身をゆだねているのだから、肯定の実を書き込みこそすれ、批判や否定のモメントはそこに見いだしがたい。丸山はそれこそ次から次へ、中世歴史叙述から近世の思想的叙述へと、不眠の子どものように遊歩し続ける。

「むすびに代えて」のさいごのところ。氏曰く、

ところで、家系《いえ》の無窮な連続ということが、われわれの生活意識のなかで占める比重は、現代ではもはや到底昔日の談ではない。しかも経験的な人間行動・社会関係を律する見えざる「道理の感覚」が拘束力を著しく喪失したとき、もともと歴史的相対主義の繁茂に有利なわれわれの土壌は、「なりゆき」の流動性と「つぎつぎ」の推移の眠知れない泥沼に化するかもしれない。現に、「いま」はあらゆる「理念」への錨づけからとき放たれて、うつろい行く瞬間の享受としてだけ、宣命のいう「中今」への讃歌がひびきつづけているかに見える。すべてが歴史主義化された世界認識――ますます短縮する「世代」観はその一つの現われにすぎない――は、かえって非歴史的な、現在の、そのつどの絶対化をよびおこさずにはいないであろう。しかも眼を「西欧的」世界に転ずると、「神は死んだ」とニーチェがくちばしってから一世紀たって、そこでの様相はどうやら右のような日本の情景にますます似て来ている。もしかすると、われわれの歴史意識を特徴づける「変化における持続」は、その側面でも、現代日本を世界の最先進国に位置づける要因になっているかも

しれない。このパラドックスを世界史における「理性の狡智」のもう一つの現われとみるべきか、それとも、それは急速に終幕に向っているコメディアなのか。――だが、文明論は所詮、この小稿の場ではない。

と語り収める。

以上、引きながら、改めて気づくことを三つに区切ってみよう。この三つはそのまま一つのことに帰着し、それらを貫いて「執拗な持続低音」がひびき続けているということだろう。

1　この文の書かれた時はいつか。一九七〇年前後とすれば、大学激動期に身を置きながら、引用したように最終にニーチェおよびヘーゲル（理性の狡智）を置く筆致が意味深長だ。現実の「いま」は大学闘争期かもしれないが、「そこでの様相はどうやら右のような日本の情景にますます似て来ている」と氏が言われるとき、けっして変革期のイメージでなく、その名も「いざなぎ景気」（一九六六）を背景にして、ベトナム戦争や文化大革命（＝文革〈中国〉）を尻目に日本社会が浮き立つ気分に直結するような書き結び方というのが気にかかる。

2　ポストモダンについてはこんにち、まったく評価が割れて、私などがその期間を一九七〇～八〇年代に限定づけると、教室からええーっという声が起きる。けれども、一九八九年の冷戦崩壊をもって、少なくとも西欧社会でのポストモダンは終わった。漫画の主人公、北斗の拳が「お前はもう死んでいる」と繰り返したのは一九八〇年代で、モダンの死を宣告したのだとしても、ポストモダンの死をも日本社会で予言している。そのポストモダンの出口が一九八九年であったのに対して、丸山の「解説」はポストモダンの到来を予告するていであり、しかも「執拗な持続低音」とはまさに終わろうとしても続く、事態の持続にほかならないから、モダンあるいはポストモダンとして持続するしかない。それを「古層」だと称するのも、ポストモダンのファッションとして見るならば、予感的であり、それの開始だ。

3 そして「そこでの様相はどうやら右のような日本の情景にますます似て来ている」と言われる現状把握は、さらにますます二〇〇〇年代以後の社会にとって現実となっているであろう。

ところで、ポストモダン思想はマルクス主義の変形だと言える。哲学者、ジャック・デリダの業績を引き合いに出すまでもなく、西欧社会からそのことを証明することは容易でも、日本社会からだとなかなか指摘されにくいかもしれない。しかしながら、戦後民主主義を領導してきた丸山が、一九六〇年代状況を背景にして、一九七〇年代の始まりにおいて、冷戦体制の〝永続〟のもとに、日本社会の基層部を「つぎつぎになりゆくいきほひ」として位置づけたことには、後期丸山真男の、ポストモダンイデオローグへの展開ないし転向宣言が焼き付けられている。

# 第二十章　犠牲の詩学

## 1　戦争の世紀の終り

a　一九七〇年、日本ポストモダンの〝始まり〟。
b　一九八九年、〝世界〟のポストモダンの終焉。

Aとbとのあいだの二十年をポストモダンの時節だと認定してみる。前章でいささか特化したa＝一九七〇年は、作家、三島由紀夫の自衛隊基地襲撃／自刃に印象づけられる、日本ポストモダンの〝始まり〟でもあり、b　一九八九年が冷戦崩壊による〝世界〟ポストモダンの終焉だ、というように。

一九七〇年では、三島の情死でもあった死の行動について、いろいろに考えられるにしても、国家に〝文学〟が対峙する仕方の一つにおいて、激しいエロスが射出されるという現象だと見たい。国家が〝人身供犠〟（＝三島）を通して、エロス的な起源を絶えず発現してきた一環だ、というようにも纏めたい。

私の持つ『日本文化綜合年表』は一九八八（昭和六十三）年で終わる。昭和天皇の死去は出ていない。その死去は翌年（一九八九）一月七日のことだ。本書で見てきた一千年、二千年の規模で考えるならば、残存する王制が描く一つの終焉（あるいは始まり）でしかない。したがって、年表に見る限り兆候的な何も見えない。一挙に、（1）冷戦の終り、（2）湾岸危機、（3）（日本では）カルト系宗教の浮上とという、これら同時的な（1）（2）（3）をつらぬいて、もし精神史的に大きな地殻変動が走ったと見る場合に、それは何だろうか。

（1）（2）（3）のまえに、（0）〈天安門広場〉（一九八九・五〜六）もさらにここに加えるべきだろう。私の受けた衝撃は大きかった。それらのすこしまえに、チェルノブイリ原発事故をもここにかぞえるべきではないか。ソ連を崩壊させた遠因はウクライナに立てられたこの原発の過酷事故にあったと見よう。

一九八九年、ポーランド民主化。ハンガリー「鉄のカーテン」撤去。一九八九年十一月九日夜、ベルリンの壁崩壊。ついでチェコ、ビロード革命。十二月のルーマニア革命（チャウシェスク政権崩壊）。一九八九年十二月三日、マルタ会談（冷戦終結の宣言）。

ポストモダンを定義するならば、冷戦がうち続くことを前提とする思想潮流、建築、音楽、とりわけ（テクストを扱うという意味での）文学（および研究）をさす。歴史学を始めとする、人文諸科学の絶対多数が〝核〟の恐怖と冷戦とを価値観の一角に据えていたことはいうまでもない。とりわけ、冷戦的な状況を動かすべからざる体制として受けいれ、そのうえに立って積極的に思想や文学を開花させたところにポストモダンの特徴がある。

一九八九年十二月のマルタ会議は冷戦の終結を宣言する。ポストモダンもまた、いったん、保留を余儀なくされるべきだったろう。終わったはずのポストモダンが、しかし東アジアでは「分断」（朝鮮半島）および「日米防衛協定」（沖縄）という、冷戦の残存物（遺物としての冷戦）を口実にして延命していることはまったく残念だ。

一九九〇年夏から、湾岸危機（イラク〈サダム・フセイン政府〉のクエート侵攻）が始まる。一九九〇年十月三日、東西ドイツが正式に統一する。一九九一年一月十七日、湾岸戦争（〜三月）が始まる。エストニア、ラトビア、リトアニアのソ連からの独立（宣言）。スロベニア、クロアチア、マケドニア共和国がユーゴスラビアから独立する（これも宣言）

そしてクロアチア紛争があり、十二月になってソ連の崩壊。一九九二年、ボスニア・ヘルツェゴビナにおける内戦。

日本社会では、一九九〇年代を〈空白〉と論じる人がたくさん出ていたような気がする。この空白については既視感（源流）がある。太平洋戦争の戦時下を〈空白〉と見なした一群の詩人たちに対して、戦争詩、荒地派の詩人、北村太郎らが「空白はあったか」とするどく問いかけていた。

## 2　民俗学の可能性は

思えば、冷戦終結から湾岸危機、わずか一年弱だった。ポストモダン派には発言権がほとんどなさそうであるにもかかわらず、交替要因としての論客がいなかったためか、かれら、ポストモダン派が引き続いて〝解説〟を担当していた。もうすこし言えば、一九九〇年代が空白の十年といわれるのが当たっているならば、その理由は冷戦によって破綻し、退場を命ぜられるべきポストモダンが、代わる何も産み出されないのを幸いに、やや延命したためであり、隙間産業として、日本では「新しい歴史教科書」関連や、見直し型の言説がしつこい泡のように浮かんでくる。

『民俗学と歴史学』（藤原書店、二〇〇七）は赤坂憲雄による、網野善彦、およびアラン・コルバンとの対話、二宮宏之を含む座談会などから成る。網野は「新しい歴史教科書」のような「自由主義史観」を、「底が浅くてまったく駄目だ」と押さえつつ、しかし批判者たちがそれでは人々の心に届くしごとをしてきたか、と問う。戦後歴史学じたいが日本近代社会の産み出してきた産物だという側面を否応なしに持つ以上、批判する力が不足しているのではないかと指摘する。

じつは『民俗学と歴史学』という、この書名が奇異に聞こえる。民俗学は、もしこう言ってよければ、日本社会で生きている理由として、ある種のノスタルジーと、柳田民俗学を脱しきれない学的限界と、そして歴史学が民俗学と同居できるというふしぎさを指摘できる。フランスではもはやフォルクロリスト（民俗学者）というのはあまり聞かない、と説明するコルバンの発言そのものをこの本が取り込んでいるのはきわめて皮肉だ。「たぶんフランス語でこの単語（――フォルクロリスト）を使うときは、十九世紀の末に当時の習俗の観察をしたり記録をしたりした人たちのことを指していた」（コルバン）、と。

その定義にはたしかに柳田民俗学時代が当てはまった。むろん、柳田民俗学は日本社会から立ち上げられた貴重な学的遺産としてある。そこから汲めども尽きない知的原質を得ることと、柳田民俗学じたいが延命することとは別のことであるはずだ。真に告発されるべきは、「民俗学」と「民族学」とを（ミンゾクガクという同音で）ひっかけて、互いに延命をはかる醜悪さだと、柳田その人がおりおり言っていたように思われる。

過去にあったことの積みかさなりが伝説としてのこり、記憶という乗り物に乗っていまという時を襲う、ある種のおぞましさを解明するしごとは、もし学として生き延びたいならば、民俗学こそが担うべきではないか。実際の民俗学はそこを逃げてきたのではないか。以下のような課題は歴史的記憶というよりも、民俗学的パースペクティヴのそれと言えるかもしれない。人身犠牲をやめさせるために、祭祀が歴史上、かつ普遍的に発生してきたことについて、民俗学は解明というしごとに取り組んでもよかった。

## 3 犠牲としての人間

中村生雄を代表とする、ある科学研究費の報告書[*1]に、後半百ページ余を費やしての、秦泰之作成の「供犠事例資料集」という労作を見ることができる。東アジアでの遺跡や史書にみる人身犠牲（殉死、首狩りなどを含む）から、本邦におけるそれら（人柱、石合戦、早乙女の死、金属神への犠牲、造船、水、雨乞い、殉死……）のほか、東南アジア、インド、ヨーロッパ、アフリカ、中南米へと、集めまくった資料集成をそこにみる。

『神、人を喰う』[*2]の著者である六車由実は、みぎの科研の報告「人柱と祟り」のなかで、人身御供《ひとみごくう》と人柱とを分けようと提案する。たしかに、神の食べ物として女性や幼児などの人身をさし出す祭祀と、困難な土木事業の成功を願ったり日照りに対し雨乞いをしたりするために、人身がみずから、あるいは強制されたり、だまされたりして死ぬこととは、対照的に見える。しかし、それらを人身犠牲という観点から見るならば、六車の意見にもかかわらず、統一することができる。

*1 二〇〇七・三、課題番号 16320011。
*2 新曜社、二〇〇三。

人身犠牲を禁止する画期（ゆるやかな時代のはばだったかもしれない）があるとすると、二つのことを意味する。それは第一に、その前後、人身犠牲がごく普通に行われていた、そして第二に、禁止のあとに遺制として何かが（たとえば儀礼が）のこるということであり、その両義的性格に降り立つことのできるのが民俗学ということになる。

心意の奥にまで細やかに降り立つ必要があるとしたらば、繰り返し言うように民俗学の可能性だろう。そして、遺制はいつでも復活を促す危険性がある。人身犠牲と動物犠牲との境目を曖昧にしておくべきか、分けて考えるか、迷うところでもある。山田仁史「東南アジアにおける〈首狩文化複合〉」（前記科研の論文）に見ると、最古の農耕民習俗として、人身供犠と動物供犠とはあまりはっきりと分けられないようだ。

祭祀の発生とはどういうところにあるのだろうか。事例として、人をまな板の上に載せて切るまねをする儀礼があるとする。坂戸神社のその事例は田中香涯「我国における食人の風習」[*3]に拠ると、『上総国誌』に見えると言う。当然、昔は包丁で捌いて神に供犠として捧げていたのを、あるとき「まねごと」にして実際には切らなくなった、という説明だろう。とすると、神に供犠として実際に捧げていた場合と、「まねごと」を儀礼として行う擬態ということとを分けて、後者に祭祀の発生を見ることができる。

人身犠牲をしなくなって、それに取って代わる儀礼が緊張感を持続させるということだろう。祭祀にはそのような模倣的な儀礼が附き纏う。人身犠牲をやめさせるのが仏教観からの提案で、それを受けいれた時に古代神道もまた成立する、と見ると分かり易い。だから、言い換えると、神道儀礼と仏教観とは同時成立する。六世紀はそうした宗教的発生の日々だったのではないか、という見通しとなる。

見逃してはならないこととして、仏教観に対して時代は見返りを要求することになる。死穢を囲い込み、穢れをみずからのものにするという点で、差別がそこにもくろまれるのではないか。差別をみずから産み出し、内部へ向けて解放する、といったような（後述したい）。

繰り返すと、人身犠牲をやめさせるように大きく動いたのが仏教観の導入だった、というように最初の見渡しはある。死刑を聖武が実質的な廃止へと、一時、傾いたのは、仏教観のなせる力が小さくなかったと、しばしば論じられるところに通じる。すぐあとに言うように、死刑は人身犠牲の遺制だ。平安時代のある時期、実質的に国家による刑死者を見ることがなくなったことはよく知られる通りで、人身犠牲はやめようと思えばやめられる。

## 4　人身犠牲はやめられるか

先史時代のある段階では、人身犠牲がある種の合理性を備えていたかもしれない、と『啓蒙の弁証法』[*4]は言う。最古の段階よりはある程度発達した段階で、それが重要になってきた、とするこんな施注があったので、孫引きという感じであらあら引いておく。

*3　『（医事雑考）奇。珍。怪』鳳鳴堂書店、一九四〇。
*4　アドルノ、ホルクハイマー、徳永恂訳、岩波文庫、一九四七。

人間を犠牲に捧げる風習は……全くの野蛮人たちよりも、未開民族や半文明化民族の問に遥かに広く行われており、最低の文化段階にあっては、それはほとんど認められないものである。多くの民族のもとにおいて、この風習は時代と共にますます有力なものとなって来たことが観察されている、つまり、ソシエテ諸島、ポリネシア群島、インド、またアズテク人の間などにおいてであり、アフリカ人に関しては、ウィンウッド・リードが、「国がより強力になればなるほど、犠牲はより重要な意味を持ってくる」と述べている。

（エドウァルト・ウェスターマーク『道徳概念の起源と発達』一九一三）

みぎに見るような、野蛮、未開、半文明といった定義は難問だとしても、われわれの言う先史〜古代のある段階において、人身犠牲はほぼ普遍的に現出する、と肯定派は考える。加藤玄智／柳田國男論争は知られる通りで、加藤が肯定派であるのに対し、しかしかならずしも柳田もまた人身犠牲を否定しなかったし（「一目小僧」『一目小僧その他』など）、高木敏雄にしろ、事例の一部については否定しない（『人身御供論』[*5]による）。説話は一般に、ことが普遍的に行われていた時にならば発生のしようがないので、その激動的な過渡期や終焉に向かって、宗教者たちの活躍をバックに多量に出てくる。

イサクの場合（旧約聖書〈創世記〉）には、当初、動物犠牲に代えて人身犠牲を神が求めたと語られる。羊に代えて犠牲にされそうになった時、身代わりの羊が現れてイサクを助ける。予定調和的に、人身犠牲が終わろうとしているときに成立した説話として理解できる。人身犠牲をやめさせようとするところにイサクの犠牲があった。それとおなじように、日本社会でも、人身犠牲の過渡や終焉は神道イズムや仏教の発展と不可分に説話化される。その時期は古墳時代をその過渡や終焉期と見てよいのではなかろうか。

民俗学的にはなお多くのケースをそののちにのこし、十七、八世紀、あるいは現代に近くまで、なおいくつかの神社がその遺習をのこしてきたと言われる。田植え行事に見る早乙女の死の危険（仲間から深泥に沈められる）などを観察できる。[*6] 近世の北国船を描いた絵馬に（古代で言えば）持斎《じさい》にあたる人物が舳先に置かれているのを私は見たことがある。嵐の際には海に放り込むのだろうか。

羽咋の気多大社の鵜祭（謡曲『鵜祭』がある）をなぜ折口は「無視」するのか、と問いかける中村生雄の視野はきわめて鋭い（『肉食妻帯考』[*7]）。鵜が人肉の味に近いという伝承の意味を折口その人が知らないはずはない、と。血食や食人習俗が現実の人と人とのあいだ、生者と死者とのあいだで繰り広げられるのに対し、人身犠牲が現実の人と想像上の神とのあいだで展開されることについては、折口による前者への関心と、後者への無関心とが振り分けられるか、とする仮説に中村は向かう。

## 5　死刑学がない

ここで、すこし死刑談義にはいり込みたい。およそ国家成立の当初からあり、体制が〈犠牲〉を求める仕方をいまに残存させているのが死刑だから。しかも死刑は、初期のそれ以来、時に実質的中断

*5　山田野理夫編、一九七三。
*6　野村純一『昔話伝承の研究』〈一九八四〉。序論にアワラ田のそれを見る。
*7　青土社、二〇一一。

を見せながら（平安時代だ）、延々と続く。いまに生きる古層文化であることを重く見て、取り上げないわけにゆかない。

死刑囚たちは死刑制度によって殺される。犠牲を求める国家の名のもとにそれの対象となり、生命を断たれる。犠牲を求めることが大前提だから、しばしば政治的対立者を刑死させ、民間運動家をほふり、通常の犯罪者であるのに刑場へひったて、場合によって無辜の冤罪者を殺してしまうこともある。このことは比喩的に言うのでなく、何千年の規模で見るのであり、もし死刑学というべき学問が世にあるならば、その起点となる。しかし、世には死刑学がまだないと、作家、辺見庸は明言する（『たんば色の覚書』『愛と死』などの著書で）。

死刑学の代わりに、世に行われるのは「国民の間の常識的な理解」（辺見）のレベルに過ぎない。もうできあがっている、無難な説明体系が一般に居酒屋談義のようにして議論の場へ持ってこられる。その「常識的な理解」を取りはずさなければ、死刑学なら死刑学は成り立たない。

死刑学では当然、古代や人類の当初から、近、現代までを見通す必要がある。「死刑とは何か、犯罪とは、悪とは何か」を、人類学や歴史学、あるいは宗教学を参照項目として、議論の進む必要がある、しかも喫緊だろう。現代の死刑を論じる、何冊もの論著や雑誌論文を集め、通読して分かることは、ほぼすべて、日本社会で言うと、明治以前（江戸時代やそれ以前）と明治以後とをまっぷたつに分ける論客たちの手つきからできている。

存続容認派（次節に布施弥平治の論著を覗くことにする）は、犯罪者を極悪非道であるから国家による死刑やむなしとする。反対派も、死刑が国家による処罰の最高位にあることを認めたうえで、冤罪の危険や死刑方法の残虐性を議論の前面に押し立てる。視野が近代以後をあいてにしている議論であることで、互いに同列であり、水掛け論となっている。水掛け論の続く限り、日本国家の場合、年に数名の「極悪非道」の死刑囚の処刑が行われ続く。

近世以前に言及する論客がいなくもないけれども、〈昔は公開でしたが、いまは違います〉式の「常識的な理解」が臆面もない。「死刑がはたす機能とは、時代にとってまったく異なる。それはたとえば、江戸時代の死刑の光景と、現代のそれとを比較すれば一目瞭然である」というようなのを見かける(『論座』二〇〇八・三)。ほんとうにそうだろうか。この論者は説明責任を果たす義務があるように思われる。石を投げて男女二人を死刑に処するような公開は、日本その他での非公開的な絞首と、「死刑がはたす機能」にどういう違いがあるか、その論者は証明しなければならない。拷問や死刑の歴史のような興味津々の選書や新書ならば、年々あらわれては消える。

古代や中世と明治以降とのあいだに、もし相違があるとすると、どのような相違か。一向一揆や、キリシタン弾圧に伴う大量死刑、合戦後処理としての死刑殺人、数十人の妻妾を公開処刑しまくる制裁死刑があるかと思えば、いっぽうに古代や中世では、宗教上の理由から極悪非道の犯罪人を救う考え方もあった。極悪非道の人々の罪(国家への反逆罪を含む)を計量して死刑に処するようになる。最近の裁判員裁判の動向には応報観(報復という考え方)がつよく出てきているように思える。古代や中世の死刑を支える考え方には、犯罪者の内部に巣くう邪霊を祓うというような、根本の分かりにくさがあったとしても、やはり応報観が前面に立つ。古代や中世とあとの時代とのあいだに、本質的な相違はないと考えるのが妥当だろう。

古代や中世からの連続面があることを、過小に見積もることはできないと思われる。人類史の遠いいつよりか始まり、延々と行われきて、最終的な装いを変えながら、いまも行われていること、つまり人類史上のそれの現代におけるあらわれだという一面を、過小にやり過ごしてよいとは思われない。鞭打ち、鼻削ぎなどの身体刑をやめて、絞首刑のみをのこしていることに、近代での合理主義があるのかもしれないにしても、車裂きや腰斬と絞首とのあいだに〝機能〟差があるとはなかなか考えにくい。「首」を召すとは人類史上に長い伝統のあることとしてある。敵の首級に化粧をしたり、首狩りの結果を並べたりしてきた人類の歴史の延長上に、われわれの絞首刑は法務死という名で延命している。

## 6　死刑存続派の言い分

死刑存続論の主張へやや回り道しよう。死刑を歴史的に通観する『日本死刑史』（布施弥平治[*8]）は、現代まで辿ってきて存続派にならざるをえなくなる。死刑廃止論の根拠は（牧野英一によると、として布施が引くには）、

1、死刑は恢復すべからざるものなり。
2、死刑には程度の差を附する能はざるものなり。
3、死刑は犯罪人に対して却つて模倣または反抗を挑発するものなり。
4、死刑は社会に対して何等威嚇の効力を有せざるものなり。

との四点が挙げられる。ある廃止論者は「要するに犯罪に対して刑罰は応報なりとなすを以て金科玉

条となしたる時代の遺物にして、……」と論じたという。布施は、みぎの四点にはあえて反対しないけれども、純刑法学的立場のみより論じ尽くして実際に廃し得べきや否やについては異論がある、とする。学的立場、人道上、あるいは宗教上より、いろいろ論じ尽くさざるべからずと信じる、という。死刑廃止は歴史的に見ると、失敗を続けてきたのだと。聖武が一時的に、そして平安時代の弘仁（九世紀である）から保元まで、約三百四十年の長きに亘って事実上、死刑が廃された。結果はかえって厳刑の反動を起こした、という。ほんとうだろうか。

西洋ではベッカリアの死刑廃止論が出て、三十年トスカナで廃止したあと、結果思わしからず、オーストリアでは死刑の代わりに犯人を暗黒の牢獄につないで飢餓に陥らせたり、舟を漕がせて悶死させたり、かえって残酷であり、ドイツ諸邦でも廃止したものの再び行われるようになったと、布施著書は一通り事例を挙げてみせる。

布施は続ける、——では死刑囚がわから大罪を犯すべき原因を除去すれば、事実上の死刑は消滅するか。そのことについてはむしろ、教育または宗教その他の方面によって大いに研究されるべきだろう、という。いっそ死刑になるならばとの心理から、さらに重い罪悪をなす者あることは予想し得ても、死刑にあたるべき罪の規定があるという理由だけで大悪逆の犯人があらわれるわけではない、死刑にもあたるがごとき大罪を犯したる犯人をして、善良なる本性に立ち返らしめることが、絶対に何人にも不可能である限り、孔子が教化圏外に置いた、いわゆる上智と下愚、そして釈迦にすらさじを投げさせる「縁なき衆生」は、もってこれをいかにとなすべきか、かかる者に対して死刑を廃して無

*8　日東書院、一九三三。

期懲役とすることは、はたして犯人のために幸福であるか、生きてなお益なき何年かの間、自由を拘束せられるを考えるならば、はたして喜んで生を欲することなりや、ここにおいて吾人（＝布施）は「刑罰は受刑者の利益のためになすものなり」と言いしアリストテレスの言をいまさらこと新しく感じる、と論じる。

鬼畜の如き犯行を然も心神に異状なくして之を敢てしたる者が果して人間本来の性質に何時の日か立ち返るものなりや。今果して立ち返りたりとなすも、その暁に於て果して良心の呵責に堪へ得るものなりや。若し良心の呵責に堪へ得るならば、これ未だ人間が本然の性に立ち返らぬものなりといはざるべからず。若しも本然の良質に立ちかへりたりとすれば、必ずや自殺をなすか、宗教の袖にかくれて自己逃避をなすなるべし。この意味に於ては死刑は或る一種の慈悲なりと云ひ得べし。人命はこれ元より尊重せざるべからず。然れども国家の秩序は保たざるべからず。如何なる犯行と雖も死刑を廃して無期懲役とし、之を還善せしめんとする努力は或者にありては効力あれども必ずしも凡てが効果を挙げ得るものとは言ふべからず。

このようにして死刑存続論者が、「純刑法学的立場のみより」論じることには「異論がある」として、ここに拉しくるのは何と、孔子、アリストテレス、そして「慈悲」というセットだ。これでは冷静な考察というより、感情的議論に終始していることになる。「被感化能力なき度すなき重罪人は何れも死刑に処し以てこの世より排除すべきものなりとす」とも言う。繰り返すと、度しがたき重罪人を処刑すべきだと、近世以前を切り離した近代国家にみる死刑を肯定する。しかもかれらが度しがたきをもって、死刑を「慈悲」だとまで称するためには、一挙に聖人の時代へ飛ぶ。古聖人や賢人に見放された鬼畜たちに、近代法が成り代わって「慈悲」を垂れるという論法だ。

存続論者の意見内容に立ちいっての考察はなかなか行われないので、やや詳しく布施の引用を試みた。

## 7 比喩表現でなく

人類の叡智として人身犠牲をやめさせ、それに代わる擬制へと古代社会が動いた時、仏教的な布教があり、同時に民俗信仰ないし古神道が成立したとは、六世紀代への大きな見通しとしてある。犠牲を擬制へ代わらせるとはけっしてことばのしゃれでなく、検討されてよいことではなかろうか。

国家的規模では、人身犠牲の〝習慣〟を二種、あとへ生き延びさせた。それは戦争による死と死刑との二種だ。「生き延びさせる」とは、それらが人身犠牲ではないかのように、手立てを尽くしてひとびとの意識から遮断してきたことによってだ。あるいは、前者について、「国家による尊い〝犠牲〟」とでも言うような、きわどい比喩表現によって、その本性をうまく隠蔽してきた。実際には比喩表現でも何でもなくて、まさに人身犠牲にほかならない。国家が人身犠牲を必要としてきたから戦争死および死刑がなくならないのであって、その逆ではない。

刑法存続のままで終身、あるいは長期にわたり、獄中に呻吟せしめることが残酷だという意見はつねにあり、布施の著書もそのように論じる。それならば刑法の改正をすればよいので、それが正統な方法かもしれない。しかし「純刑法学的立場」からしても、実質的な死刑廃止の動きが先行しなければならないので、しかも応報的な思考は現代人にすら附いて離れない亡霊のようにしてある。

そうすると、どんな「死刑」を人類史は今後、設置して執行せねばならないか。人身犠牲を回避するところに、日本社会で言えば神道イズムが成立し、さらに仏教観によって、悪と救済とを哲学としてきたという、古代や中世の在り方に学び、それらを応用するしかあるまい。どうやって？

古代や中世の場合、凶悪な邪霊が身体に潜むと考えられたという一因があろう。その延長上に、古来、政治的対立者（捕虜を含む）や、民間の義人たち（義挙に走るひとびと）の身体にも、どうしようもない邪霊がいて、繰り返し「犯罪」を営むのだと考えられたのだろう。死刑存続の〈希望〉には、仇討ちに相当する復讐としての応報や被害者感情があるいっぽうで、邪霊を懲らしめて社会の秩序を回復する意図が隠されていよう。死刑によって身体を決定的に損壊する理由には、凶悪という邪霊の浄祓ということがあったと思われる。

国家が生命こときれるまで（つまり生きたままで）犠牲者の身体を損壊するという、現行の死刑じたいを回避しつつ、しかもたしかに執行したいのならば、儀礼的に執行するしかなかろう。それは、しかし、暴力の根源である国家によって死刑が行われている現状を依然として肯定する。何ら解決する手段にならないと知る必要がある。「死刑への批判は法そのものを根源から攻撃する」とベンヤミンは『暴力批判論』で言う。

ロンブローゾ『犯罪論』は一定人口の犯罪者が人類的悪としてあることを認めるかのようだ。きびしい議論だとしても、先史時代から始まり、つい数十年まえでも、あるいはこんにちにおいてなお、残虐な犯罪を犯罪とも思わないひとびとがいた、あるいはいるとすると、現代での凶悪犯罪は先祖返りかもしれない。古代や中世では邪悪な何ものかが身体にはいってきて、犯罪を犯させたのかもしれないが、近代や現代では、そんな「邪悪な何ものか」を霊的にとても信じることができなくなった。そこが古代や中世とそれ以降との決定的な差となっていると、多くのひとびとは了解する。その決定的な差を現代が了解するというのならば、人身犠牲をやめさせてきたという人類史的成果から見る時、かれらのからだを使って人身犠牲を国家がするという現状は、ただちに廃止する必要がある。思想的に死刑は終わらねばならない。

そのことは戦争死を終わらさせなければならない、ということと同断だ。国家の名によって兵を徴し、人身犠牲させる、という戦争は終わるか。死刑と戦争とは人身犠牲を原型とすることにおいて同質異像としてある。

## 8 「穢れ」と差別

最初の節に書いたように、人身犠牲をやめさせるというのが仏教観からの提案で、それを受けいれた時に、古代神道というイズムもまた同時に成立する、と見ると分かり易い。ということは、それ以前に神道イズムは存在せず、むろん、仏教観を知るだれもいなかった。六世紀の画期的な事件としてある。そのことは、仏教がわに対して見返りを要求することになる、と私は考察したい。後代からの検討を含めて考察すると、人身犠牲をひとびとにやめさせたことの反対給付として、〝死穢〟を引き受けて囲い込み、穢れに対する〝浄化〟に従事することによって、仏教者は差別／被差別をもかれらの主要な課題とするようになった。差別／被差別をみずから産み出し、それを内部へ向かわせて〝解放する〟といったような役割を引き受ける。神社が〝けがれ〟をつよく忌避するのに対して、仏教がわは被差別寺院を各地に用意するようになる。

差別／被差別へと、ここから論旨を展開させることになる。以前に私は物語の起源を探求して、大きな方向は間違っていなかったと確信するものの、俊徳丸《しゅんとく》、しのだ妻、小栗判官、熊野の本地など一連の、説経語り系、芸能系のそれら物語にさ迷いいるさなか（研究は一つも実らずいまに至る）、実地にも訪ねて和泉市の小栗街道筋から聖《ひじり》神社へ出たことがある。『使者』（一九七九・七）という雑誌の青山恭子「文化を創造する力、再生する力──賤民説話『しのだづま』を手がかりとして考える」という長編論文（卒業論文の掲載だろう）を手にしながら、岩波新書『ある被差別部落の歴史』（盛田嘉徳ら、一九七九）が出たころでもあったかと記憶する。

聖神社は葛の葉狐の信田の森だと言われる。葛の葉物語の発祥地だ。眼下にひろがる集落に生まれた説経師逵田《つじた》秀一の日記から、青山は「小栗判官、俊徳丸、三荘太夫」の名を見いだし、まだ見つけていないがきっと「しのだづま」も登場してくれるに違いない、とする。「しのだづま」こそは逵田の生まれ故郷を物語る中世以来の説経の一つであるから、と彼女は期待する。逵田の写真も「最後の説教師」として掲載されていた。

私のわずかな記憶をこじ起こして何ほどのことか、と思えなくなくても、現代の社会問題となりつつある（教育者たちの課題でもある）「いじめ」は、差別／被差別の心意が執拗に子供たちの奥に〈復活〉する場合ではないかと思え、ほとんど資格のなさそうな私であっても、問題提起してきた。私は小学校五年まで古都、奈良にあり、そのあと東京近辺に住む。差別／被差別が東京では多く比喩として述べられ、関西では現実そのものであるという、議論のすれ違いの場にしばしば行き会うことになる。東京だと、差別／被差別が階級差別と同義にされたり、女性差別と併称されたりする。民族差別が東京ではわりあい表面化しないことと、差別／被差別にやや無理解であることとは、繫がるかもしれない。差別語の議論が〝言葉狩り〟（政治的コレクトネス）とおなじ意味合いで理解されることにもしばしば出会った。それはそれでかまわないと思えても、「葬式ごっこ」のようなそれが発生すると、ああ差別／被差別が東京ではそんなかたちで噴出するのかと思われなくもなかった。

## 9　差別／被差別の研究

私の周囲に特別に差別主義者がいたわけではないとも、だれもが差別主義者だったとも言えるから、環境的差別とでも名づけることができるかもしれない。戦後民主主義の試行期と言える一時期であり、差別がいけないことであるとはだいじなスローガンだった。しかし、差別／被差別は、スローガンとしての「平等」（男女同権など）と違う方向を向いていて、身近なひとのなかには身ぶり言語で差別を示すおぞましさもあった。

一九八〇、一九九〇年代にはいり、かつて友人たちとボール投げ遊びをした「路地」に行って見ると、更地になった跡地に寺院がのこされている。あとに集合住宅を建てる予定なのだろう。古代社会、中世社会、あるいは近代化での、差別をしいられてきた歴史が眼に見えるかたちで姿を一変させようとしている。

だれの学説が正しいか、正しくないか、というより、多くの論者が複雑怪奇なあいてに真剣に取りついていた。芸能から、あるいは伝承から、翁の発生（なぜ黒尉《こくじょう》なのか〈乾武俊の研究に私は惹かれる〉）から、あるいは昔話記録から、差別に向かう研究者の努力も見られた。明治以降の文学の掘り起こし、読み直し、文学史の書き換え、告発が続く。そして、どこからはいり込んでも折口信夫がすでに言及していることに、そこここで舌を巻かざるを得なかった。その折口にして、最初の全集から新全集へ、全集でありながら「三郷巷談」に削除が見られる。『破戒』論を含む三好行雄『島崎藤村論』(一九六四)は何らかの書き換えを余儀なくされていた。

差別/被差別の研究そのものに歴史があって、政治的見解が並び行われ、そのどれもが一理あるようで、全体を説明できるような体系的な記述にはありつけないという、長い期間が続く。その間にも、結婚拒否による悲劇的事件を遠く聞くたびに、差別/被差別を応急でなく、枝葉末節でなく、体系的に解明する必要があると緊急に感じられた。近世以降の部落人口の増加、出入り(流入)からは、それらの近世起源説や階級差別からのアプローチに現実性が増すことになる。個人を狙い撃ちするような差別も近世を中心に見られるところであり、身分制の固定が完成域に達し、まさに悲劇的な部落社会を明治以後へもたらしゆくことは間違いない。被差別の人たちがさらに細分化されて、「非人」クラスが「解放」へ向かうのに、どうして一方に未解放に置かれるひとびとが激増してゆくのかと、喜田貞吉『被差別部落とは何か』[*9]は考えても考え尽くせない重要な入門書としてある。

政治的、とりわけ合戦の敵対者が、敗北後の捕虜や奴隷となって、古代より被差別化する。中世的な宗教戦争として、一向一揆の徹底的抗戦ののち、あるいはキリシタン衆のはげしい取り締まりの結果が、意図的な被差別社会の形成をもたらす。なかなか歴史家の叙述はもどかしく、その辺りの実態が摑めない。近世的起源を論じる立場からは中世的な差別/被差別を〝隠蔽〟する。明治以降へとそのまま持ち込まれる。

繰り返すと、実態がなかなか摑めないにせよ、古代社会にあって先住民族が敗れ、また戦争の敗者たちがくだって、官戸、家人、（公、私）奴隷、そして陵戸を形成していった、というような経過がある。陵戸はとりわけかれらに古墳の墓守をさせるという点で、死穢に対するタブーの発生を観察できよう。民族差別がそこに結びついてゆく一面もあることを見てとれば、差別性の根源にかかわってくるという見当をつけられる。

## 10 信田の森の葛の葉

九世紀がいろんな意味で画期であるように見える。血肉や肉食を穢れとして忌避する意識は、神嘗祭を中止したという承和三年（八三六）記事（『続日本後記』）が早いと言われる。平林章仁によると（「古代日本の社寺における供犠の可能性」前記科研論文）、「血肉を負価値なものとする観念」は「本来的でな」く、肉食のタブーもまた「民族・宗教・文化・習俗・地域・時代などによって多様に展開」する。そのように押さえた上で、本邦だとその観念の顕在化するのが九世紀初めだったと適切に指摘する。差別古代律令制の崩壊が賤民を「解放」することと中世との関係は、〝隠蔽〟によって結ばれる。差別／被差別の古代起源説を否定しないにしても（渾身の力で書き切ったのが高橋貞樹『被差別部落一千年史』〈原題『特殊部落一千年史』[*10]〉で、中世的起源、近世的起源をけっして斥ける立場にわれわれはいない（石尾芳久『部落起源論』〈三一新書〉ほかがある）。中世的起源というより、中世的〝隠蔽〟であり、近世的起源

＊9　礫川全次解説、河出書房新社、二〇〇八〈もと一九一九〉。
＊10　一九二四。いま岩波文庫（沖浦和光校注、一九九二）〉。

というより、近世的〝隠蔽〟ではないか。古代が残存するのでなく、起源が隠されることで再生するシステムこそが明治以降にあっても新たな再編を巻き戻してきた。

差別／被差別はどういうところから発生し、成長するのだろうか。両義性という考え方（さきにちらと申し述べた）を、宗教に当てはめてみる。被差別者がつよい信仰心を、浄土真宗なら浄土真宗に対し、いだいてきたことはいうまでもない。それは霊的な〝解放〟だということか、中心を作り出すということでもある。しかし、そのことが差別を一面で産む、ということにならないか。そのような解放が差別を産むという関係を、古代にあっては祭祀の発生に見ることができる。穢れを他世界から囲い出すことによって差別面を立たせるというような。発生時にあってはそれが人身犠牲をやめさせ、祭祀を開始させるということと引き替えの一大事件だったのではないかと、私のもくろむ論点はここに尽きる。

恋しくばたづね来てみよ。和泉なる、信田の森の恨み葛の葉

葛の葉物語を高橋貞樹は幼時に夏祭りの人形芝居で見たと記憶する。葛の葉は決して狐などという化生のものでなく、怪しいものでもなく、「賤民の娘」であったことを誤り伝えたのだ、と物語について詳細に懇切に高橋は論じる。これこそ芸能言語論の原点ではなかろうか。

## 11　語源のことなど

隠蔽という点では、穢れ差別意識の起源が、平林の推論にもあったように、九世紀に隠されていると見たい。承和十一年（八四四）十一月の太政官符に、「屠割」（殺して肉を裂く）のために賀茂川（鴨川）の上流が穢れ、神社に（その穢れが）接触するから禁じてほしい、と見える。『続日本後紀』同年同月には、王臣家人や百姓、遊猟の徒らが北山に鹿を取るとあり、一般的な狩猟かと見られるものの、「屠割」と言う語がつよくて異様に聞こえる。もとより遊猟じたいに差別はあるわけもないから、ここにあるのは差別意識の発生ではないか。

『意見十二箇条』（三善清行、九一四）には、凶暴邪悪な悪僧が家に妻子をたくわえ、生臭物を喰う、かれらは沙門に似て、心は屠児《とに》のごとく、みな「濫悪僧」だ、とある。屠児のようだとは、その「〜のようだ」という言い方で何を示すかが周知であるというのが差別の位相だ。河田光夫の言うごとく、その「まるで何々のようだ」という比喩は、「何々」に対する典型的な差別表現であり、その言い方で筆者と読者とのあいだに通じ合える社会意識、差別観念のあったことが確認できる（「親鸞と屠児往生説話」『著作集』一）[*11]。河田の著述から教えられることが多い。

「屠児」は『和名抄』に「牛馬の肉を屠り、鷹・鶏の餌を取る。……売る」と見える。「濫悪僧」は『延喜式』（九二七年）にもずばり「濫僧、屠児ら」と、屠児に並べられる。『うつほ物語』「藤原君」巻に「らうそく」が見え、「らうさう」（濫僧）の書き誤りかとされる。戦国時代に見る「すっぱ、

*11　『親鸞の思想と被差別民』明石書店、一九九五。

らっぱ」というのは、「掏摸《すり》、濫僧」ということではなかろうか。「〜っぱ」とさげすんで言う造語法があったと思う。「〜った」というさげすむ言い方もあったと見るべく、語源的にきちっと押さえるべき語として、『天狗草紙』などにあらわれる「ゑた」が、日葡辞書にYettaとある通り、促音を有しており、「餌取《えとり》」を卑しめて「ゑ」に「った」を付けたのではないかと推測される。「餌取」語源説は中世からあり、間違っていないかもしれないが、「〜った」をつけて卑しんだことを指摘しなければ半分だろう。「穢」字を宛てるのは差別的な宛字としてある。

賀茂神社関連として、いま述べた『延喜式』に、「鴨御祖社南辺は四至の外に在るといへども、濫僧、屠児ら、居住することを得ず」とあって、神社の南に被差別集落のあったことが如実に知られる。資料は河田著書、および平林論文（科研所収）に就いて見られたい。『和名抄』「屠児」項には「和名ヱトリ」として説明される。『今昔物語集』に「北山の餌取法師、餌取の家」として見えることはよく知られる。「ゑ」という語は、語源を押さえるべきで、小動物や鳥などの牲体を意味したのではないかと考えたい。犠牲とかかわり深い語で、獲物というのも厳密に（かな遣いは異なるが）「餌物」ではあるまいか。えさ、えば、えばみといった、いまで言う飼料に転化する以前での、古めかしい意味があったろう。

## 12　「いじめ」の前提

穢れの発生、差別の発生を繰り返し調べようと、どうしても隔靴掻痒だ。穢れと言い、差別意識という、空を摑むような得体の知れなさに、こんにちに至るまでの差別の根っこがある。得体の知れなさが有徴を求めて、身体に異表を探ったり、被差別社会の異人種起源説が展開されたりしてきた。映画『破戒』でも描かれたところだ。喜田貞吉は人種起源に深く関心があったようで、大著を出してきた菊池山哉の原点でもあった。俗見、まさに差別的通念のなかでいつまでも引き継がれ続く。

映画表象論として、差別意識を前面に立てて探求している近ごろの好著に、黒川みどり『描かれた被差別部落』[*12]がある。『破戒』(二種)、『橋のない川』(二種)、『人間みな兄弟』……。私の見てこなかった映画もあり、宿題とさせていただくとして、いまは成田龍一「歴史家が映画を観るとき」(立正大学人文研年報別冊、二〇一二)に譲る。差別意識を問題にすることが、黒川の論点にあるように(と成田は読む)、これまでの部落問題研究でほとんど行われてこなかったこととすると、たしかに映画、演劇、そして文学研究のいよいよ出番ということかもしれない。

「いじめ」が言語に始まり、身体損傷に至るまで進むのは、その本質が差別感情をおもてに出してきた代物だというように尽きる。「いじめ」についてすこし突っ込んでおきたい。「いじめ」の深刻さが全国の中学校で広まると、話題としてジャーナリズムが取り上げるようになる。識者たちはインタヴューに応じると、自分たちもまたかつて「いじめ」に遭ったと述べて、いじめられている中学生を励まそうとする。それで間違っているわけではないにしろ、「いじめ」の根源は何だろうか、なぜなくならないのだろうか、という根源を問うことは差し置かれるから、問題解決にならない。話題になる時にのみ応急的に議論する日本社会だ。

子供社会の「いじめ」を食い止めることはなかなかむずかしい。しかし、何とか食い止めることを

*12　岩波書店、二〇一一。

しなければ、とだれもが考える。「いじめ」は大人社会の縮小再生産だという、それの本性をきちんと把握しておくのでなければ、対症療法で解決できるような幻想を甘く抱かされる。成人の証しである文身（つまり入れ墨）をほどこされるためには、他部族へ言って首狩りし、その首を持ち帰る。入れ墨をほどこされて一人前の男になる。若者組の宿で、一人前の男になるためには何をしなければならないかを教育される。娘宿にしても同様だろう。そのような一つ一つに「いじめ」の前身はあった。そしてそれは軍隊にあまりにも似る。

成年儀礼に過酷な試練がなされるという事例は、見方を換えれば大人社会が課す「いじめ」にほかならない。それをしかし、いじめだとはだれも見なさなくて、そのまねごとをして「遊ぶ」中学生が、自分たちの行為を「いじめ」だと認識できず、言われて初めて気づいた時には事件が起きている。少年殺人事件、少女殺人事件と、自殺と、「いじめ」の常習から発展した犯罪や結末であることが多い。教育の現場のすぐ隣で、常習的なそれらの陰惨さが行われる。

しかし、かつて、人類社会の早い段階で、陰惨とはだれもが思わなかった。それらは先史時代での風習としての、人身犠牲のすえにほかならない。われわれのうちなる先史時代人が時に目を覚ますのだろう。古代社会がそれらを克服してきたことをも同時に想起すべきではないか。とともに、それらを克服しようとして、古代社会が差別／被差別社会を産み出してしまったこと、そのダブル・バインドに対しても直視しなければならない。

# 終章　源流とは何か

## 1　戦後七十年の起源

文学源流史がこうして最終章に辿り着いた。源流という語について纏めてしまおう。解明したい対象が、明瞭なかたちでその実態をなかなかあらわさない時に、〝源流〟という視野から接近してみては、と提案したい。歴史や文学には、往々にしてその姿が隠れる——隠蔽される——ということがあるように思われる。そうでなくとも、あとの時代——たとえば現代——に近づけば近づくほど、複雑な様相を呈してしまい、その実態を容易には摑めない、ということが通例だろう。起源と言い、始原と称するのも類似した言い方で、折口的には発生と言い、成立と名づけてきた方法を、私とて愛用せずにいられない。しかし、真には、折口の言わんとするところを考察すると、繰り返し発生する動態ではないか。起源なんかは〝ない起源〟を意図的に〝隠蔽〟することで幻想させる古代や中世びとの狡知に発しているとすら思える。

みぎに〝歴史や文学〟というように、歴史と文学とを並べてみた。最終ステージではやはり〝歴史〟と〝文学〟との相違にもふれて、なぜここは文学源流史なのかに対し、一言しないわけにゆかない。古代の一例を挙げてみると、承平・天慶の乱という歴史的大事件を、われわれは終わりしのちの記録や歴史書から知る。どこかに終わったあとからさわるという安心感がある。いっぽう、文学のなかに見ると、登場人物のリアルタイムという限りでだが、たとえば『うつほ物語』に見ると、都びとは京都の北山に蝟集する、平将門の軍勢かもしれない武士たちが、いつ京都に侵入してくるかと戦々恐々としている。あるいは光源氏が無官の罪びとのようになって京都を離れ、須磨から明石へとやって来た時、待ちかまえている人物はと言えば、水軍数百艘を用意できる藤原純友ではないか。明石の地は畿外だから、そこに来てしまった以上、反逆者となって純友軍と結託し京都に攻め入るのも可だ。と、そのようなあたかも劇中世界を覗き込むような仮想的現実をも、源流史は扱えるのではないか。もとより歴史じたいは源流史そのものを一端として叙述されるとすれば、文学にもそのような源流を尋ねる方法があってよいのではないかと考えられる。

戦争が何万年という規模で複雑に覆い被さるうえに、戦後七十年という時間のなかからせり上がってくるのは、日中戦争から太平洋戦争への流れ、そして朝鮮戦争、ベトナムのそれと、さらには冷戦を越えて湾岸戦争、イラクの内戦、連続テロリズムという、歴史からも、文学からも、こんにちをとりまくリアルポリティクスは、対立の原因や戦況のような記述に終始するのでなく（それはだいじだとしても）、その複雑な覆い被さり方や、戦後をへてなお続き、こんにち以後へ世界的な危機をもたらすそれを、神話や伝承の究明も含めて、人類の内部に探り明かす、源流から尋ねることが、文系の研究の在り方としてわりあいたいせつな役割どころにある、ということではあるまいか。

『万葉集』をどうしようか。一流の文学書であり（だれもが認めるだろう）、しかも戦争があちこちからこぼれて来る。『源氏物語』は不戦の書かもしれないが、『平家物語』や『太平記』のような戦争文学ならばたくさんあって、日本文学史はそれらをだいじそうにかかえていまに至る。

## 2 『万葉集』の〈愛国〉

『万葉集』が古代社会の生まれであるからには、王政讃美を尽くしたことばから多く成ることについて、否定しようもない。それが、幕末期（一八五〇～六〇年代）に、そして日中／太平洋戦争下に、もの凄い戦争謳歌のための恰好な根拠となった。単に素材だったというばかりでなく、一千二、三百年（という『万葉集』成立以来）の日本社会が、大きく変化しないために、いつでも噴き出してくる〝活火山〟なのだとしたらば、だれかがさしちがえないことには、という始末をつけられないままに、その詩歌集成を延命させている。むろん、すべての古典が生きる権利を有する、という前提で。

吾が背子は　物な念《おも》ひそ。事し　あらば、火にも　水にも、吾れ莫《な》けなくに　（巻四、五〇六歌）

おまえさん、あなた。くよくよ物思いすることないよ。
何か起きるならば、火でも水でも、わたしという女がついてるじゃないか

と、これは分かり易い万葉歌だ。さいきん、必要からこれを引用したあとになって、「あれ？　愛国百人一首のなかの一首ではなかったか」と気づいた。気づいて動揺しなかったと言えば、うそになる。

皇《おほきみ》は神にし　座せば、天雲の　雷《いかづち》の上に　廬《いほり》せるかも　（巻二、二三五歌）
大宮の内まで聞こゆ。網引《あびき》すと、網子《あご》調《ととの》ふる海人《あま》の呼び声　（同、二三八歌）
八隅知《やすみし》し　吾が大王《おほきみ》の、御食《をす》国は　大和《やまと》も　此間《ここ》も　同じとぞ　念ふ

（巻六、九五六歌）（「此間」は太宰府）

千万《ちよろづ》の軍《いくさ》なりとも、言挙げせず。取りて来ぬべき男《をのこ》とそ　念ふ

（同、九七二歌）

士《をのこ》や　も、空しかるべき。万代に語り続《つ》ぐべき名は　立てずして

（同、九七八歌）

以下、延々、愛国百人一首（日本文学報国会、一九四二）は『万葉集』から幕末まで、一貫してこのいくさするおのこどもの世界を綴る。

著名な「海行かば、みづく屍、山行かば、草むす屍《かばね》。大皇《おほきみ》のへにこそ　死なめ。かへり見は　せじ」（巻十八、四〇九四歌）は長歌の一部だから、愛国百人一首に取られなかった。佐佐木信綱、土屋文明、釋迢空、斎藤茂吉ら、すべて男性歌人を選者とする。『万葉集』から二十首以上を採録し、なかに女性作者のそれはこの「吾が背子は　物な念ひそ。事し　あらば……」と、あとは遣唐使になって出て行く使人の母のうたと、ぐらいだろうか。それにしても、どうして「事し　あらば、火にも　水にも、吾れ莫けなくに」が〈愛国のうた〉なのだろうか。選者たちはへんになっちゃったのだ、ではない、まさに昭和十七年、十八年とはそういう時代だったということか。いや、そのように『万葉集』に同情していては、われわれもまたその轍を繰り返すしかない。

## 3　「撃チテチマン」と言う幼児

詩のほうでは『辻詩集』（やはり日本文学報国会、一九四三）が、悪名高いにしても、軍艦を造るために、

くぎいっぽんでも供出しましょうという、当時のキャンペーンを内部から読み取れて、「鉄片をひろふ詩」などを詩人たちが書くのは、ちまちましさが、非難される覚悟で言えば、わりあい好きになれるアンソロジーだということもあるけれども、暴論であることを承知で言えば、一千二、三百年という〈風雪〉を度外視するならば、『万葉集』と『辻詩集』との、前者が（何と言えばよいか）偉くて、後者は唾棄すべき翼賛詩集だというような、そんな前提を取り払ってみたい。歌数、詩のかずを除けば、『万葉集』が『万葉集』時代の〈辻詩集〉という性格を一面に有すると、愛国百人一首は不本意な〝裏現〟で語る。

『辻詩集』では女性詩人たちも、そうでなくても、いかにこの〈聖戦〉に協力できるか、陰りも曇りもない。子供たちは一銭二銭という募金に走る。三歳の童女がかたことに「撃チテチマン」と言う（『辻詩集』三四六ページ）。「撃ちてし止まん」は、小林正明の論文を参照すると（『源氏物語』特集、『ユリイカ』二〇〇二・二）、昭和十八年三月の第三十八回陸軍記念日にむけての、決戦標語として選ばれた「久米の歌」に相違ない。幼女がこれを舌足らずに「撃チテチマン」とうたう。

昭和二十年八月六日、爆心地からわずか五百メートルの本川土手で、集合していた二中の一年生、三百二十人の三分の一は即死、三分の二が川に飛び込んで、さいごの一人も八月十一日に亡くなる。川のなかで亡くなるまぎわに、「みたみわれ」を歌い、「海ゆかば」を歌い、「天皇陛下万歳」を唱えて死ぬ。もうさいごだと「君が代」を歌った少年。泳ぎのできない子は「ぼくら先にゆくよ」と、万歳を叫んで流れてゆき、みんな「お母ちゃん」と大声で言う。父親に「僕は戦地で戦っている兵隊さんと変わりないんだね」と念をおし、「くろがね」を歌ってくれとしきりにせがんだという少年。「海ゆかば水づくかばね」をつぶやきながら散っていった十二歳。……（栗原貞子『〈反核詩集〉核なき明日へ

の祈りをこめて』より、一九九〇）

七十年まえのお国の実情であり、そこから戦後社会は脱出してきたように見えて、一千二、三百年、あるいは二千年（「久米の歌」の原型のくめ歌は二千年以上まえだったろう）というような規模から見るならば、底流する愛国百人一首精神（と言うのか）は、一息みしたあと、いつか目を覚ましてくる。まだかろうじて押さえ切っている七十年を高く評価することがまずは戦後の役割としてあろう。提案としては、『源氏物語』一千年紀（＝忌）〈二〇〇八〉前後に、『源氏物語』を日本文学から放り出せ、としきりに述べた私たった独りの反乱とともに、『万葉集』じたいを日本文学ではないという確認（これも繰り返した独りだけの宣言）として、ここでも繰り返すばかりのことだ。

もう『万葉集』を人類史の負の遺産として認定することで責任逃れしたいというほんねでもある。『万葉集』や『源氏物語』を日本文学として死なしめ（いな、手厚く埋葬して）、代わりにどうするかって？　アジアの文学、世界文学へと登録し、記述させよう、と提案してきた。日本文学史から一千年よりまえを消して、アジアの文学、世界文学へ記憶遺産とせよ、というのが言おうとしたことだ。一千年よりこちらがわは、日本文学愛好家やノスタルジーや古典大好き人間を刺激しないように、「日本文学史」をのこそうという妥協線でもある。表記一つとっても古代における中国文字と朝鮮語学との結合部位に『万葉集』は花開いた。

## 4　〈琉球処分〉の繰り返し

六十年代の終りから七十年代の初めにかけて、当時の私だけか、ぼんやりしていた粗雑な自分ということか、一九七〇年安保改定、日米地位協定の延長、固定化ということと、一九七二年沖縄〈返還〉とが、二年という連続一本のライン上のことであり、表裏をなしていることに思い及ばなかった。何をいまになって気づくことか、という告白でもある。後者で言えば、〈沖縄〉と名づけられたデモに出て行ったし、吉本隆明の〈南島〉論の講演には初《うい》学びの感じで、二度か、聴きに行ったし、ベトナム戦争下であることには頭脳で理解でき、〈復帰〉どころか復帰反対という、沖縄から聞こえてくる斬新な声には、いったいどういうことかと一つ一つ訝しみ、突きつけられて、柳田から折口へという、沖縄学に関してならば大きな転回をしいられることでもあり、なかなか届かない想像のさきに、もどかしい沖縄だった。

　大城立裕『小説琉球処分』（一九六八）とともに思い出されるのは、つよく第何回めかの〈琉球処分〉が、二〇一五年、進行しつつあるということだろう。それに対して、抵抗する沖縄がわが、一週間という時間をかけて、ハワイヌブイ（上り）、ワシントンヌブイしながらも、着実にその時間は七十年という歳月を遡及しているのだと、ある実感がやってくる（翁長雄志《おながたけし》知事訪米のこと）。七十年とは、私のこれまでの不明をもみほぐし、この遡及を許してくれるきびしさや優しさの別名ではないか。ずばり、『沖縄の70年』というその名の通りの石川文洋のフォトストーリー（岩波新書）もある。一九六八年十一月には嘉手納にB52が四十九機にもなったと、写真は語る。連日の出撃で基地の周辺に事故の危険がせまっていた。詩の書き手が多くそのなかから誕生しつつあった。

　四百年という歳月をも忘れてはならない。最初の〈琉球処分〉だった薩摩入り（一六〇九）は奄美をおさえて沖縄を服属させる。『沖縄文学全集』（国書刊行会、刊行中）が奄美を企画の一部に据えて、実質〈沖縄奄美文学全集〉にしあげたのは、歴史的にも、基層文化へのまなざしということからも、すぐれた見識だ。その奄美が塗炭の飢餓状態にまで追い詰められながら、講和条約後の復帰をかちとった（一九五三）。朝潮太郎（徳之島の産）の関脇での初優勝は一九五六年の春場所で、われわれ少年たちの想像できた南限はそこ、復帰そして朝潮の奄美。講和から奄美復帰へという流れが何だか非常に嬉しかったという幼い思い出がある。そのかなたに、焦土を沖縄戦とともに認識できるようになったのは私のいつのことだろうか。

## 5　非戦とは、と問う

戦争の原因とその回避とについて、人類史的な深い問いかけへ考え進めるようにと、だれかが用意してくれた戦後七十年という、日本歴史のすきまではなかったか。第一次大戦後では、世界的に不戦条約（パリ条約の戦争放棄など）が構想されても、[*1]日本国はそれをおのれに利するように計らったのであり、〈日中／太平洋戦争〉下にあっては、戦争に明け暮れこそすれ、「戦争とは、非戦とは」という問いから最も遠い時代としてあった。「戦争とは、非戦とは」を根底から問うことが、もしかしたらば戦争学なのだとすると、戦争時代には戦争学から最も遠いところで、その戦争なるものがあらわに人類をたたきのめしている。作家、辺見庸は世にまだ死刑学がない、と言明した。同様に、戦争学もまたないのだ。とするならば、この七十年にこそ「戦争とは、非戦とは」を考察し尽くすのでなければ、もうチャンスは訪れない。

ここにしてようやく辿りつく私の「戦争とは、非戦とは」ということになる。手遅れといえば手遅れということかもしれない、数千年という歳月において、人類はけっして飽きることなく、戦争を営々としてやり続けている。このたったいまにも砂塵のなかで新しい戦争が起きつつある時に、平和憲法に守られた（と言おう）日本社会から発信できる「戦争とは、非戦とは」に辿りつくとは、最も愚かな、しかし貴重な七十年の証明かもしれない。過去でなく、七十年はこれからに向かう。

　二〇一四年八月以後の国連での統計では、五千人の男が虐殺され、七千人近い女性と子どもたちとが、奴隷として拉致されたという。奴隷？　拉致？　ことばが慎重に選ばれて報道されなければならないとしても、写真家、林典子のヤジディの女性（ラマ、十五歳）からの取材は正確な表現だと思う。「私と友人はイスラム国兵士に無理やり貰われ、結婚をさせられました」。逃げ出したものの、見つかってモスルへ引きもどされ、五ヶ月にわたり監禁され、鉄棒で殴られ、食事を与えられず、レイプが繰り返される。らちされた十二歳以上の独身女性の九割がレイプの被害に遭う。「春になると家族とシンジャル山にピクニックに行くのが楽しみ。……まさかそこで虐殺が行われるなんて」（ラマ）。……（『サンデー毎日』二〇一五・六・一四）

　私とて、戦争論や反〝原発〟論を書きながら、[*2] 戦争学に行き着けない途方に暮れる足取りのうちに、死刑、人身犠牲などの陰惨な数千年と切り離しえないそれと、ようやく納得する。虐殺と、略奪と、それに陵辱（レイプ）とを、それらのどれがおもだというのでなく、まったく三点セットとして、男を虐殺し、女を出産要員として確保し（その変形に次ぐ変形が陵辱）、いっさいを略奪する行為として、戦争は人類の当初からあったという、なさけない〝結論〟ということになるにしろ、戦争学（死刑学

*1 『言葉と戦争』大月書店、二〇〇五。
*2 『言葉と戦争』のほか、『湾岸戦争論』河出書房新社、一九九四、『水素よ、――炉心露出の詩』大月書店、二〇一二。

でもある）の始まりを文学源流史に求めよう。本質の究明から批判は開始されるだろう。『辻詩集』から井上靖「この春を讃ふ」を引いておこう。要約すると（詩作品の要約というのは初めてだが）、妻が幼い二人の子に語る、遠いみんなみの海を覆う鋼鉄の、いくさ船を造るために、幼ければ幼いままに、今日からは一粒の米を節し、一枚の紙をも惜しめ、と。ふとはげしいものが「私」を北の窓に立たせる。この春以前の春はなんだったのか、この生活以前の生活はなんだったのか、常に遠くを望ませて来たものはこれだった、と。

咲き盛る天平の春にも似て
このゆたかにして　切ない懐《おも》ひは何か。
神は　いま　たしかに
私たちの生活の中にも降り給ふ（ママ）てゐる。

天平の「神」とは『万葉集』の神ということにたぶんなるのだろう。万葉学にしても、言語学にしても、沖縄文化（奄美を含む）から、そして琉球語から構想しえた人は、折口など少数を除けば、本土の人々のなかになかなかいない。それがどんなにだいじな詩的表現であり、言語であるか、沖縄や奄美の文学者や研究家が精魂尽くして語りかけてきたことを、七十年とこれからとはさらに課題にし続けている。

## 6 「パンドーラの箱」をあけないで

手元にあるのでは、武谷三男編『原子力』(毎日ライブラリー、一九五〇)をひらくと、巻頭の表写真の、上は一九四五年七月十六日、夜明けのニューメキシコ砂漠、その爆裂の瞬間。下は「握手するブッシュ博士とコナント博士」。それ以上の説明はないが、原子爆弾実験の成功を祝福する現場の科学者どうしの握手なのだろう。

ページをめくると、裏写真は「アインシュタイン博士」。「個人としてルーズベルト大統領に懇願書を書こうとしたのである」と説明にある。

目次に「一　原子爆弾」「二　原子力の物理」「三　米国の原子力」……そして「五　原子力の平和的利用」「六　原子力と社会」と続く。この〝原子力の平和的利用〟という語が戦後社会にこびりつく。私のあたまのなかのこびりつきでもある。

平和という語を、私を含め戦後社会は誤解したのかもしれない。誤解を始めとして、いろいろとあとから批判されるその〝平和ぼけ〟を、しかし貴重な財産として昭和二十年代は獲得したのではなかったかとも言いたい。

いや、やはり、さきに確認作業が必要となる。原爆投下わずか十六時間後に、トルーマン大統領(四月にルーズベルトから交替していた)は声明を発し、要約すると、〈日本国民を完全な破壊から免れさせたいために発したポツダム宣言(六月二十六日)を、依然として拒否し続けるならば、この地球上にいまだかつて見られなかったほど惨烈な破壊が、空中から降り注がれることを覚悟すべきである。将来、石炭、石油、水力を補う動力源となるであろう原子力を、いま爆弾に使用する〉というような趣旨となろうか。そして「世界平和維持のため、原子力がいかに有力な働きをなしうるようになるかについて、余〈=大統領自身〉はさらに意見を述べ、また議会に対して勧告することとなろう」と結んでいる（『原子力』による）。

つまり「平和」とは軍事利用を含む世界の秩序維持でもあって、われわれの考えられた範囲内の〝平和ぼけ〟的なそれと、えらく様相を異にする。この大統領声明を武谷らは戦争中にすでに手にいれていたという。原子力の持つ破壊力の利用ということは、文系研究者やさらには文学者のなすべもないことであり、原子物理学が戦後社会の動向を左右する勢力にあると言って過言ではない。武谷は平和的利用という考え方を堅持しながらも、原爆の惨害への危惧を上塗りするごとく、死の灰、原発開発競争と、深刻度をましてゆく世界の動向に対して、専門である原子物理学そのものが関与し領導している状態を告発し続けなければならなかった。

氏の岩波新書の著書および編著を並べてみる。『死の灰』（編、一九五四）、『原水爆実験』（一九五七）、『安全性の考え方』（編、一九六七）、『原子力発電』と、氏の憂慮は次第に原発へ迫ってゆく。原子力三原則——公開・民主・自主——を忠実に守る以外に日本の原子力の将来はない、と結論づけつつ、その三原則がいかに踏みにじられてきたか、その秘密主義を告発する姿勢もまた崩すことがなかった。

「猛毒元素」プルトニウムをテーマに、〈地上はプルートーンの支配するところと化すのだろうか。あるいは、また、当面、この「パンドーラの箱」をあけずに置くのか、人類が、そのいずれの道を歩むかは、今からの私たちのひとりひとりの生き方にかかっているだろう〉として著書を終えたのは、一九七六年刊行の『プルトーンの火』（教養文庫）の高木仁三郎だ。スリーマイル島の原発事故（一九七九・三）よりもまえ、そしてチェルノブイリ事故（一九八六・四）の十年まえのことに属する。

チェルノブイリ事故の八年後、訪れて若松丈太郎が書いた詩「神隠しされた街」（一九九四）が、そっくりそのまま福島第一原発事故（二〇一一・三）の拡散状況を予言する作品になっていたことなど、ここに復唱しなくてよかろう。多くの文学者たち（その一人はツイッターで被災のさなかから発信していた和合亮一）が取り組んだことについても、もう述べなくてよい。技術の暴走を文系が鎮めてまわるというようなことか、だれが知ろうか。

# うしろがき

私的に綴ることはできるだけ避けたいとしつつ、一つ書き漏らしたような、穴のあいている感じがあって、ここに書き留めたい。昭和三十年代、自分の高校生時代に、作家、広津和郎の講演を聴きに出かけたことがある。広津は六十歳台後半で、いまならばもう高齢の作家ではないか。松川事件の被告たちの無罪を訴えて近所まで講演するためにやってきたところを、私は聴くことができた。作家と言えば、プロレタリア作家は別として、社会的な事件と無関係にこつこつ文学作品を生産していればよい、そんな一群のひとびとのことだと思っていた。そのはずなのに、一作家が裁判の記録を丹念に読んで疑義を抱き、友人である、同、宇野浩二とともに仙台高裁へ出かけて傍聴し、広くその不正な起訴や判決を社会に訴え、克明な記事にして連載し、講演に走り回っている。それを目の当たりにして、作家とはどういう存在か、けっして行動型でないはずの広津の炯々としたまなざし、諄々と説くその語り口に文学の原点を見る思いがした。

一九四九年八月十七日の未明に起きた蒸気機関車転覆事件は、東芝松川工場労働組合と国鉄労働組合構成員との共同謀議による犯行とされた。一九五〇年十二月の福島地裁による一審では、被告二十人全員が有罪となり、うち死刑は五人という酷烈な判決だった。むろん、私はそのことをリアルタイムでまったく知らない。広津は宇野とともに松川事件第二審公判傍聴のために仙台に行く。一九五三年になって仙台高裁による二審判決が近づく。広津が被告たちの無罪を訴える「真実は訴える」を雑誌『中央公論』に発表し始めるや（一九五三）、世間の関心がたかまり出す。しかし、同年十二月の二審判決（十七人が有罪（うち死刑四人））についても、私はリアルタイムで知らない。

最高裁での係争となってから、次第に私のリアルタイムの関心事となってくる。被告たちは犯人か無罪か、それと広津や宇野とはだれか、どういう作家で、かれらが社会派の作家でなかったにもかかわらず、なぜ松川事件に取り組むのか、大正から昭和にかけての文学が私に大きく迫ってきた。近代文学というより、現代文学との境界にあった、広津や宇野、織田作之助、宮本百合子、あるいは高見順、石川淳など、「書けない作家」やプロレタリヤ作家たちを読むことが私の原点となる。

中学校に六法全書を持ってくるぐらいの法律好きの同級生がいて、プールサイドで松川事件について話を交わした時、かれの意見によると、「被告たちは事件と関係ない人たちだとして、純法理的には有罪となる可能性がある」というので、真犯人でなければ無罪だ、と単純に信じていた幼い私にとり、犯罪が実際にあったかどうかということと、裁判で法理として争われることとが、一応別だと知ったことは衝撃だった。裁判の論理としてはそういうことだろう。真実がどこかにあろうと、係争して議論を尽くし、無実を証明し勝利するのでなければ、死刑判決は維持されることとなる。かれが教えてくれた法のリアリズムは私の〝社会〟化の一歩となった。一九五九年八月、最高裁による二審判決の破棄があり、仙台高裁で差し戻し審理が始まる。私が広津の講演を聴いたのはその差し戻し審理を受けて講演旅行を再開された時に相当する。

つまり、こういうことだ。明治憲法以来、三権分立や基本的人権について、日本社会のひとびとは知識としてならば知っている。しかし、一般には遠い、お上から与えられる何ものかだった。それを身近なこととして、司法なら司法をわがこととして考え、批判し、場合によっては権利として主張することができると、新憲法下の昭和二十年代、三十年代前半において、みな、おずおずと学習する段階であり、言ってみれば日本社会ぜんたいが中学生か高校生のように勉強中だった。松川事件とそれをめぐる行動する一作家の勇姿とは、大きな〝教育効果〟があったのではなかろうか。裁判の経過をめぐる報道の一つ一つに学んで民主主義を体験化していった。

一九五〇年代のそうした日本社会の体験が一九六〇年に至る安保闘争へと変容するのだ。松川事件は忘れ去られて、世は〝六〇年安保〟のほうへ向かう。ちなみに、一九六一年八月には仙台高裁での差し戻し審で被告全員に無罪判決があり、確定は一九六三年に至る。

安保闘争は、一九六〇年六月十五日（樺美智子死去）の四日後、十九日深夜に安保改訂の自然成立（つまり衆議院の「議決」のみで成立）、そして二十日となった未明には多くの団体が安保改定を認めないという、国会「議決」の無効宣言を発していた。国会の議決により「成立」したことと、「無効」が宣言されたこととの、日本社会は二つから成る、という私の当時の認識であり、後者によって前者が抑制されるバランスを市民たちが学んだということでもある。反対運動としての市民や学生たちの、大きな行動のなかから生まれる二元化であり、思想そして文学のたぐいは多くその行動のなかから生まれると認識された。ここにも、日本社会がそれらによって学ぶという、学習効果が沈められている。戦後七十年、まがりなりにも〝平和ぼけ〟を維持してきた原点には、そのような学習を怠らなかった勤勉な日本社会が実効していた、と思いたい。

折口信夫全集の「日本文学系譜」図（全集第三十一巻、新全集第二十三巻）をあいだに置いて、これをどう読み解けばよいのか、青土社の菱沼達也氏と語り合ったのが二〇一〇年八月で、翌年の三月十一日の東日本大震災と放射能災とは、日本社会が引き返し不可能なところに来ていると、つよく知らされた。文学史と取っ組み合う構想であり、変形に次ぐ変形の結果、初出誌としては『詩論へ』と『るしおる』とに書き綴ってきた草稿その他、まったく原型をとどめないまでに、しかしコンパクトに纏め直すことによって、ようやくかたちをなすところまで来た。

折口からは私の姉（歌人、二〇一三・一〇歿）が、常世《とこよ》（「妣が国へ、常世へ」の〈常世〉である）と名を付けられたほどの、身近に感じられていた環境で、沖縄、芸能、文学発生論などの視座をいつしか与えられることとなった。一本を故姉に捧げることを許してください。折口の学がどう形成されていったか、そういう興味でなく、必要な限りで折口を参照項目にしつつ、その発生論の臨界を越える文学源流史の構築をめざしたかった。一部、思想史のような暗部へ迷いいって身動きできないページもあると、みなから見抜かれているに違いないから、弁解はしないことにする。

二〇一六年一月五日

著　者

# 人名・神名索引

か行

た行

ら行



わ行

著者　藤井貞和（ふじい・さだかず）
1942年東京生まれ。詩人、国文学者。東京学芸大学・東京大学・立正大学の各教授を歴任。1972年に『源氏物語の始原と現在』で注目される。2001年に『源氏物語論』で角川源義賞受賞。詩人としては、『ことばのつえ、ことばのつえ』で藤村記念歴程賞および高見順賞、『甦る詩学』で伊波普猷賞、『言葉と戦争』で日本詩人クラブ詩界賞受賞、『春楡の木』で鮎川信夫賞および芸術選奨文部科学大臣賞など、数々の賞を受賞している。そのほかの著作に『物語の起源』、『タブーと結婚』、『日本語と時間』、『文法的詩学』など多数。

# 日本文学源流史

2016年 2 月 1 日　第1刷印刷
2016年 2 月 15 日　第1刷発行

著者——藤井貞和

発行人——清水一人
発行所——青土社
〒101-0051　東京都千代田区神田神保町 1-29　市瀬ビル
［電話］03-3291-9831（編集）　03-3294-7829（営業）
［振替］00190-7-192955

印刷所——双文社印刷（本文）
方英社（カバー・扉・表紙）
製本所——小泉製本

装幀——菊地信義


Printed in Japan
ISBN978-4-7917-6910-0 C0090